KB234185

어덜트
시터

어덜트 시터

초판 1쇄 찍은 날 | 2012년 11월 12일
초판 1쇄 펴낸 날 | 2012년 11월 16일

지은이 | 이혜선
펴낸이 | 예경원

편집 | 유경화

펴낸곳 | 예원북스
등록번호 | 제396-2012-000132호
등록일자 | 2012. 7. 25
YRN | 제1-0005호

주소 | 경기도 고양시 일산동구 장항동 752 삼성메르헨하우스 712호 (우) 410-837
전화 | 031-819-9431 팩스 | 031-817-9432
http://cafe.naver.com/yewonromance
E-mail | yewonbooks@naver.com

ⓒ 이혜선, 2012

ISBN 978-89-98102-05-0 03810

여덜트 시터

Adult sitter

YEWONBOOKS ROMANCE STORY

이혜선 장편 소설

❖ Contents

주먹을 쥐고 있는 손에 힘이 들어갔다. 얼굴의 반이 검은 안대에 가려져 있었지만 손등에 불거진 핏줄만으로도 이작의 인내심이 한계에 다다랐다는 것을 알 수 있었다.

아무것도 보이지 않아 평소보다 더 예민해진 청각이 고통을 호소하고 있는 상황. 누구의 방해도 받지 않고 조용히 지내고 싶어서 선택한 도피는 시작부터 꼬이고 있었다.

퍼스트 클래스 좌석이 남아 있는 비행기를 기다렸어야 하는 건데. 1초라도 빨리 한국을 떠나라 종용한 감성이 이성을 이겨 버리자 이 사단이 나버렸다. 항상 이성적인 판단을 내려놓고서 왜 가장 중요한 순간에 감성이 승리하도록 놔두었는지 모를 일이었다.

제값을 톡톡히 해내며 빛을 차단해 주던 안대를 벗은 이작은 고개를 틀어 옆 좌석에 앉은 승객을 쳐다봤다.

"훌쩍! 휴우우. 훌쩍! 후우."

기내식을 먹으면서 내내 코를 훌쩍이고, 틈틈이 한숨을 내쉬는 여자 때문에 이작의 미간에 잡힌 주름이 굵어졌다.

이륙 시간에 가까워져서야 겨우 탑승한 옆 좌석의 여자는 비록 이코노미 클래스라도 견딜 만할 거라는 생각을 깨부숴 주었다.

동생인 강호가 걱정하던 것처럼 귀가 찢어지게 울어대는 아이나 심각하게 코를 고는 승객은 없었지만 이 여자는 그들만큼이나 강적이었다. 머리털 나고 처음으로 이코노미 클래스를 경험해 보는 그에게 역시 퍼스트 클래스가 진리라는 교훈을 일깨워 주었달까.

'도대체가……'

여자를 응시하는 이작의 눈빛이 매서웠다. 성질 같아서는 거슬리니까 조용히 하라고 일침을 가하고 싶었지만 딱히 그럴 만한 상황이 아니라는 게 그의 짜증을 부추기고 있었다.

이작의 오감은 평범한 사람들과는 비교할 수도 없게 발달되어 있었다. 특히 청력이. 전에야 그것이 단점보다 장점으로 적용되었지만 하등 쓸모없는 감각들이 되어버린 지 오래였다.

아주 작은 소리에도 민감하게 반응하는 그의 청력은 옆 좌석의 여자가 흘리는 한숨 소리와 훌쩍거림을 참아내지 못하고 있었다. 처음에는 조심스럽게 소리를 죽이는 것 같았던 여자는 시간이 지남에 따라 점점 뻔뻔스러워져 갔다. 대놓고 들으라는 듯이 한숨을 푹푹 쉬어대고 코를 훌쩍거리는 통에 일본에 도착할 때까지 짧은 수면이라도 취하고자 했던 계획이 깨끗하게 날아가 버렸다.

김포에서 일본 하네다까지, 뭐 그리 긴 비행시간이라고 기내식을 주는 건지. 그리고 이 여자는 왜 밥을 먹으면서 훌쩍거리는지 이작은 도저히 이해할 수가 없었고 이해하고 싶지도 않았다.

주먹을 풀고 팔짱을 낀 그는 꾸역꾸역 기내식을 먹고 있는 여사를 훑어보았다.

양 갈래로 촘촘히 땋아 내린 머리카락은 허리까지 내려와 있었고 조막만 한 얼굴은 피죽 한 그릇 못 얻어먹은 사람마냥 혈색 없이 하얗기만 했다. 큼지막한 눈이 인상적이었지만 하얀 얼굴에 대조되게 붉은 기가 도는 눈두덩이 부어올라 있어서 참 못나 보였다.

끽해야 스물이나 되었을까? 어리게 보자고 작정하면 중학생이라 해도 믿을 수 있을 것 같은 여자의 한숨바람, 눈물바람에 두통이 몰려왔다.

여자에게 전염이라도 되었는지 이작이 크게 한숨을 쉬었을 때, 눈물이 그렁그렁한 큰 눈이 그를 향했다. 그리고 잠시 머뭇거리던 여자는 포크로 두툼한 생선살을 찍어 그에게 내밀었다.

"좀…… 드실래요?"

승무원을 호출해 물 한 잔을 마신 옆 좌석의 남자는 다시 안대를 착용하고 있었다. 힐끗힐끗 그를 훔쳐보던 소담은 버릇처럼 한숨을 내쉬었다.

'기막혀 하는 것 같았지? 그래, 뭐, 나도 내가 기막히니까.'

남자가 배고파서 쳐다본 것이라고 오해한 것까지는 괜찮았는데 먹던 걸 내민 행동은 다시 생각해 봐도 기가 막혔다.

온몸이 달아오를 정도로 부끄러웠지만 그가 화를 내지 않아서 다행이었다. 만약 화를 냈다면 꾹꾹 눌러 담아두었던 눈물보가 터져 버렸을 테니까.

기내식을 깨끗하게 비운 소담은 물을 마시고 다시 한숨을 내쉬었다. 어떻게 이 상황에 밥이 꿀처럼 달기만 한 걸까? 기내식이 이렇게 맛있는 거였나?

길고도 길었던 짝사랑이 자의가 아닌 타의에 의해서 끝이 나버렸으면 밥알을 씹는 게 모래알 씹는 것 같지는 않더라도 입맛은 없어야 하는 것 같은데, 밥이 너무…… 맛있었다. 원래 살자고 먹는 게 아니라 먹자고 사는 거라는 모토를 가지고 있기는 했지만 나름대로 실연이라는 걸 했으면 이러면 안 되는 거 아닐까?

태어나 처음으로 홀로 여행을 떠나는 소담에게 잘 다녀오라는 의미라며 고기를 사주던 베프 도희는 그런 말을 했었다.

'사람이 죽으라는 법은 없다잖아. 네 마음이 허하니까 밥이 당기는 거야.'

마음이 허한데 왜 밥이 당기는지 머리로는 납득할 수 없었지만 몸은 충분히 납득한 것 같았다. 도희가 사주는 고기를 4인분이나 먹어 치웠었으니까.

'예전에는 맛있는 걸 먹으면 세상을 다 가진 것처럼 행복했는데.'

소담은 요즘 맛있는 걸 먹으면 슬펐다. 맛있는 음식이 맛있게 느껴지는 게 슬펐고, 그걸 슬퍼하는 게 또 슬펐다. 미각조차 네가 한 건 진짜 사랑이 아니었던 거라고 비웃는 것 같아서 이중삼중으로 슬프기만 했다.

이렇게 될 거 고백이라도 해볼걸. 사랑은커녕 좋아한다는 말 한마디 못해보고 접혀진 마음이 미치도록 아팠다

'가족 같은, 예뻐하는 동생'이라는 자리. '믿을 수 있는 코디네이터'라는 자리마저 잃을까 봐 겁냈던 게 후회스러웠다. 어차피 이제 어떤 명목으로도 그 사람 옆에 있을 수는 없으니까.

"정말 아니라는데, 넌 정말 가족이나 마찬가지라고 했는데 도무지 믿지를 않아. 네가 이해해 줘. 오빠가 정말 미안해."

몇 주 전에 들었던 말이 몇 초 전에 들은 말처럼 생생했다. 그래서 소담은 울컥해졌다.

그 사람의 신부가 될 여인은 그에게 유소담의 자리를 치워달라고 요구했다. 그 사람은 몰랐던 자신의 마음을 여자의 직감으로 읽어낸 것일까? 어쨌든 중요한 건 그녀의 요구 때문에 울컥한 게 아니라는 점이다.

'가족이나 마찬가지라며! 그런데 어떻게 그 여자가 부탁했다고 날 자를 수가 있어? 이해해 달라고? 내가 왜! 왜 나만 이해해야 하는데!'

기어이 눈물이 흘러내렸다. 소담은 다부지게 말아 쥔 주먹으로 거칠게 눈물을 훔쳤다. 또다시 눈물을 흘리고야 마는 자신이 한심

스러워서 견딜 수가 없었다.

도희의 말처럼 그가 자신의 마음을 알면서도 모른 척한 것이든, 엄마의 말씀처럼 자신이 아직 사람 보는 눈이 없어서 그렇게 된 것이든, 진실이 무엇이든 간에 그 사람을 탓할 수는 없었다. 이렇게 슬픔에 허덕이는 건 모두 자신이 못난 탓이니까.

사실은 예비 신부의 부탁 때문에 해고당한 것보다 해고당하면서 그 사람에게 들었던 말이 더 아팠다. 그저 가족 같은 동생이었을 뿐이라는 걸, 유소담은 이선기에게 여자가 아니었다는 걸 뼈아프게 자각당해 버렸으니까.

고백도 못해보고 완벽하게 실연당한 처지가 서글퍼 눈물이 시야를 가렸다. 손등으로 두 눈을 벅벅 문댄 소담의 입술이 굳게 다물렸다. 꽉 말아 쥔 작은 주먹에 힘이 실려 바르르 떨렸다.

'이제 나도 나 좋다는 사람 만날 거야. 다시는 바보처럼 짝사랑 같은 거 절대 안 해!'

비행기에서 내려 캐리어를 찾은 이작은 청바지 주머니에 넣어 둔 휴대폰을 꺼냈다. 휴대폰 액정을 쳐다보면서 천천히 걸음을 옮기던 그는 이내 결심한 듯 단축번호 하나를 길게 눌렀다.

[형! 도착했어?]

언제나 그랬듯 밝고 쾌활한 동생의 음성에 이작의 무표정한 얼굴에도 잠시나마 미소가 스쳤다.

“그래. 밥은 먹었어?”

[나야 너무 먹어서 탈이지. 형은?]

“먹었어.”

[기내식 싫어하는 거 뻔히 아는데 너무 티나게 거짓말하는 거 아니야?]

장난기와 걱정이 섞인 핀잔에 이작의 표정이 한결 더 부드러워졌다.

[식사 거르고 그러지 마. 수술 받고 나면 다시 재활 들어갈 텐데 체력 관리 해야지.]

이작의 얼굴이 가면을 뒤집어쓴 사람처럼 순식간에 굳어졌다. 수술, 재활. 그것들을 상기하기 싫어서 떠나온 여행인데 동생은 여지없이 그가 처한 상황을 알려주고 있었다.

“잘 도착했다고 전화한 거다. 돌아갈 때 다시 연락할게.”

[형!]

전화를 끊으려던 이작은 동생의 외침에 휴대폰을 귀에 가져다 댔다.

[어머니…… 기다리실 거야.]

휴대폰을 쥐고 있는 손등에 파르스름한 핏줄이 툭툭 불거져 나왔다.

[알잖아, 어머니께는 형밖에 없는 거.]

“……끊는다.”

매정하게 전화를 끊어버린 이작은 한숨을 삼켰다. 동생의 말이 틀리지 않다는 것을 알기에 지쳐 있던 마음이 아예 널브러져 버렸다.

　휴대폰의 전원을 꺼버리고 도로 주머니에 넣은 이작의 걸음이 빨라졌다. 머릿속이 복잡해져서 실없는 생각들이 자신을 좀먹어가기 전에 잠을 자야 했다.

　잠을 자야 한다는 생각만으로 빠르게 걷던 이작은 비행 내내 짜증스럽게 굴었던 여자가 보이자 잠시 속도를 늦췄다. 어설픈 일본어와 영어를 번갈아 써가면서 손짓 발짓까지 해대고 있는 여자는 난감해 보였고, 여자를 도와주려는 것처럼 보이는 일본인은 더 난감해하는 것처럼 보였다.

　물어보면 뭐 하나. 알아들을 수가 있어야지.

　일본인과 여자. 두 사람 모두 바디랭귀지로 대화를 해보려 열심히 노력하고 있었지만 노력만 가상했다.

　웃기는 오해였을망정 자신에게 친절을 베풀려고 했던 여자였지만 그는 바람처럼 그녀의 곁을 지나쳤다. 하이작은 타국에서 어려움에 처한 동포를 발견했다고 해서 도움의 손길을 뻗칠 만큼 친절하지도 않았고 비행시간 내내 짜증을 돋운 여자를 나서서 도울 만큼 오지랖이 넓지도 않았다.

 #1

미동 없이 늘어져 있던 몸에 미세한 움직임이 일었다. 객실의 커튼을 모조리 쳐두고서도 안대까지 착용하고 잠들었던 이작이 눈살을 찌푸렸다.

느릿하게 안대를 벗고 몸을 일으켜 침대 옆 작은 탁자 위에 올려둔 시계를 집었다. 오후 9시 40분. 잠들어 있던 시간이 고작 세 시간도 안 된다

기운 없는 걸음으로 창가로 다가간 이작은 커튼을 젖혔다. 검게 물든 하늘에 별들이 수놓아져 있었다. 마음에 들지 않았다. 일어났을 때 적어도 여명쯤은 볼 수 있을 줄 알았는데.

장기간의 복용으로 수면제는 더 이상 깊은 잠을 가져다주지 않았다. 그럴 줄 알고 맥주도 한 캔 마셨는데 오히려 몸만 축축 늘어

졌다.

치밀어 오르는 짜증을 숨기지 못하고 얼굴을 구긴 이작은 만사가 귀찮다는 듯 벗은 옷들을 아무렇게나 던져 놓고 욕실로 향했다.

정수리부터 발끝까지 얼음장 같은 물줄기가 흘러내리자 그제야 정신이 드는 것 같았다. 꾸준한 운동으로 만들어진, 다부진 몸을 타고 내리는 물줄기에 온몸의 근육들이 꿈틀거렸다.

여러 번의 수술로 인해 크고 작은 상처 자국이 남은 몸에 가운을 걸친 그는 욕실에서 나와 미니바에서 생수를 꺼냈다. 목이 말라 잠에서 깬 사람처럼 벌컥벌컥 물을 들이켜고서 생수병을 들고 창 앞에 우뚝 섰다.

탄성을 자아내게 만드는 야경이 눈앞에 펼쳐져 있었지만 이작의 눈빛은 공허했다. 아무것도 없는 암흑을 바라보고 있는 것처럼 그는 어떤 감정도 느끼려 하지 않았다.

석상처럼 가만히 서 있던 이작은 생수병을 탁자에 올려놓고 옷을 꿰입었다. 어차피 다시 잠을 자기는 글렀으니 밤바람의 도움을 받아 사각 틀 속에 갇힌 것 같은 답답함을 몰아낼 작정이었다.

담배를 챙겨 든 그는 미련 없이 객실에서 나와 호텔 밖으로 나섰다.

봄바람치고는 찬 공기가 얇은 옷을 뚫고 들어왔지만 나쁘지 않았다. 어둠이 내려앉은 적요한 거리가 만족스러웠다.

길가에 세워져 있는 가로등과 거리를 두고 서서 입에 문 담배에 불을 붙인 그는 고요한 순간을 깨트리는 소음에 고개를 돌렸다.

개미새끼 한 마리 보이지 않았던 길가에 택시가 서고 그 안에서 낯익은 생명체가 내렸다. 쓸데없이 밝은 가로등의 빛 덕분에 이작은 제 덩치보다도 큰 분홍색 캐리어를 끌고 걸어오는 여자를 알아볼 수 있었다.

이작은 명한 얼굴로 땅바닥에 시선을 고정한 채 발을 질질 끄는 여자와 손목시계를 번갈아 쳐다보았다. 그사이에 거리를 좁힌 여자는 그를 스쳐 지나갔다.

"에이 씨, 진즉 택시 탈걸! 배고파 돌아가시겠네."

투덜거리는 여자의 눈 밑은 퀭했고 마른 다리는 후들거리는 것처럼 보였다. 거짓말을 조금 보태자면 마지막으로 봤을 때보다 10년은 늙어 보이는 모습에 이작은 기가 막혔다.

어떻게 하면 공항에서 호텔까지 오는 데 네 시간이 넘게 걸릴 수가 있지?

길눈 밝은 택시 기사가 작정하고 밟으면 30분 만에도 도착할 수 있는 거리였다. 아무리 헤매도 두 시간 이상은 걸릴 수가 없었다. 그렇다고 길을 묻는 것도 제대로 못하던 여자가 캐리어를 끌고 다니며 관광을 했을 리두 없지 않나?

호텔 안으로 들어서는 여자의 뒷모습을 쳐다보던 이작은 황당한 표정으로 중얼거렸다.

"좀, 모자란 거 아니야?"

『죄송합니다. 지금은 모든 식당의 영업이 끝났습니다.』

프런트 데스크 앞에 선 소담은 직원의 말에 하늘이 무너지는 것 같은 충격을 받았다. 털썩 주저앉아 안 된다고 비명을 지르며 머리를 쥐어뜯고 싶은 심정이었다.

마음이 힘들어서 떠나온 여행이었는데 마음은 더 힘들어지고 이젠 몸까지 힘들다.

"이게 뭐야."

로비 중앙으로 걸어가 푹신한 소파에 무너지듯 몸을 묻은 소담은 황망한 표정으로 중얼거렸다.

객실에 들어가 엄마 박 여사와 통화를 하면서 온갖 타박을 들었을 때도, 발가락이 너무 아파서 굽이 없는 조리를 신어야 했을 때도 이렇게 서럽지는 않았다.

선기의 코디네이터로 일하면서 눈코 뜰 새 없이 바빴던 날들이 하루 이틀이 아니었지만 그때도 끼니는 챙겨 먹었던 소담이었다. 밥을 먹어야 힘이 나고 힘이 나야 일을 하니까.

원래 계획대로였다면 호텔에 짐을 풀고 간단하게 요기를 한 뒤에 도쿄도청사에서 야경을 봤어야 했지만 현실은 소담을 비웃고 있었다.

한국에서 영어 교육이 중요시되고 있는 건 그럴 만한 이유가 있는 건데 그 중요성을 개무시하면서 살아온 유소담은 달랑 가이드북 하나 들고 일본으로 날아왔다. 그것도 길치, 방향치 주제에. 용감무쌍도 정도가 있는 건데 어쩌자고 그런 건지 후회막심이었다.

자괴감에 빠져 머리를 쥐어뜯던 소담은 소파에 묻었던 몸을 꼿꼿하게 세우고 직원이 쏟아냈던 단어들을 하나씩 떠올렸다. 룸서비스 어쩌고, 칵테일 라운지 어쩌고 하는 말을 어렴풋이 알아듣기는 했지만 여행 첫날부터 객실에서 혼자 쓸쓸히 배를 채우고 싶지는 않았다.

'나가볼까?'

골똘히 고민하는 소담의 표정이 더할 수 없이 진지해졌다.

기내식을 끝으로 아무것도 먹지 못한 채로 길거리를 헤매고 다녀서 뱃가죽이 등짝에 달라붙어 있었다. 아무리 길치에 방향치라고 해도 편의점 정도는 찾을 수 있지 않을까, 하는 가느다란 희망이 그녀를 자괴감에서 끌어냈다.

공항에서 호텔을 찾아오는 건 전철을 이용하려고 했기 때문에 헤맸다지만 편의점은 호텔에서 가까운 곳에 있을 수도 있었다.

심각하게 고민하던 소담은 벌떡 일어섰다. 모 아니면 도! 죽기 아니면 까무러치기! 이판사판 공사판! 고민만 하고 있어봤자 기적처럼 굶주림이 사라질 리는 없는 일!

소담은 용감하게 호텔 밖으로 걸음을 옮겼다.

휘이잉!

밖으로 나오자마자 스산한 바람이 소담의 몸을 휘감았다. 어둑한 거리에는 지나다니는 사람 한 명 없었고 띄엄띄엄 놓인 가로등만이 그녀를 반겼다.

호텔 정문에서 몇 발자국 걸어나와 좌우를 살폈지만 달라지는 건 없었다. 도리어 끝도 없이 이어지는 어둠에 슬쩍 겁이 나기 시작했다.

'아니야. 난 할 수 있어! 찾을 수 있을 거야!'

겁을 집어먹은 마음을 다독이며 걸음을 떼려는 찰나, 통렬한 깨달음이 그녀의 머릿속을 뚫고 지나갔다.

"아. 나 길치였지."

길치, 방향치라는 사실을 잊고 네 시간이나 헤맸으면서 또 같은 짓을 반복하려 했다니. 하마터면 국제 미아 될 뻔했다.

쿨하게 편의점을 찾는 모험을 포기한 소담은 긴 한숨과 함께 터덜터덜 힘없이 다리를 놀렸다. 그래도 이왕 밖으로 나왔는데 그냥 들어가기는 뭐해서 호텔 주변이나 어슬렁거릴 생각이었다.

가로등 불빛에 의지해서 걷던 소담은 얼마 안 가 벤치에 앉아 있는 사람을 발견하고 눈을 가늘게 떴다.

"어?"

벤치에 앉아서 담배를 태우고 있는 남자를 집요하게 쳐다보던 소담의 얼굴이 환해졌다.

'아는 얼굴이다!'

아는 사람이라고 할 수 있을지는 모르겠지만 분명 아는 얼굴이었다.

역시 사람이 죽으라는 법은 없는 거다. 하늘은 스스로를 돕는 자를 돕는다고 하더니만!

도움을 구할 사람을 발견한 덕분에 발걸음이 가벼워진 소담은 날 듯이 걸어가 아는 얼굴 앞에 섰다.

“저기요!”

담배 연기를 내뿜은 남자가 고개를 들어 무표정한 얼굴로 그녀를 쳐다봤다. 소담은 최대한 밝은 표정으로 미소를 지었다.

“혹시 편의점이 어디 있는지 아세요?”

별 이상한 여자 다 보겠다는 표정으로 그녀를 빤히 바라보던 남자가 대답 없이 벤치에서 일어나 다 피운 담배를 휴지통에 버렸다. 남자에게서 귀찮다는 아우라가 폴폴 날리고 있었지만 소담은 포기하지 않고 남자 옆으로 쪼르르 다가가 다시 물었다.

“모르세요? 그럼 혹시 근처에 식사를 할 만한 곳이 있을까요?”

남자가 성가시다는 표정으로 소담을 쳐다보았다. 어둠을 등지고 있는 남자는 큰 키만으로도 무척이나 위압적이었지만 소담은 미소를 잃지 않았다. 아는 얼굴이었고 소담에게만큼은 아는 사람이기도 했으며 또한 같은 한국 사람이었다. 어디서 또 이렇게 완벽하게 도움을 구할 만한 사람을 찾겠는가.

들고 있던 담뱃갑에서 새하얀 담배를 꺼내 긴 손가락 사이에 끼운 남자는 소담을 내려다보다가 차가운 눈빛에 어울리는 메마른 음성으로 물었다.

“너, 나 알아?”

소담은 매서운 눈매로 저를 쳐다보는 남자가 무서웠다. 하지만 순순히 물러날 수는 없었다. 어떤 각오로 나온 길이고, 어떤 마음으로 붙잡은 동아줄인데.

가만히 남자를 쳐다보던 소담은 헤실헤실 웃으면서 대답했다.

“아니요.”

남자가 어이없다는 듯 쳐다보자 소담은 반짝반짝 빛나는 눈망울로 그와 시선을 마주했다.

"모르는데, 지금은 그쪽이 제 동아줄이거든요."

저렇게 먹는 게 다 어디로 가는 걸까?

돈가스와 전투를 벌이고 있는 여자가 이작의 호기심을 끌어냈다. 제 어깨에도 못 미치는 작은 키에 얼굴도 조막만 한 여자가 먹기는 얼마나 잘 먹는지. 먹는 게 살로도 가지 않고 키로도 가지 않으면 대체 어디로 가는 건가.

그저 열심히 먹고만 있는 소담 때문에 이작은 한숨을 흘렸다. 야심한 시각에 생판 모르는 여자와 돈가스 집에서 함께 식사를 하고 있는 상황이 어이가 없었다.

'그쪽이 제 동아줄이거든요.'

그 말 때문이었다. 엄청나게 해맑은 얼굴로 자신을 동아줄이라고 표현했던 게 있는지도 몰랐던 양심의 한 귀퉁이를 푹 찔렀다. 공항에서 길을 물으며 난감해하던 모습과 호텔에 도착했을 때 피곤에 짓눌려 있던 모습들이 차례대로 떠올라 귀찮은 일에 휘말리지 말라고 경고하는 이성의 입을 틀어막아 버렸다.

도움을 구하던 여자에게 늦게까지 영업을 하는 식당을 알려주는 작은 친절조차 그답지 않은 행동이었다. 그럼에도 불구하고! 그냥 무시하면 될 것을 귀찮음을 감내해 가며 식당의 위치를 설명해 주었지만 이작이 몸을 돌렸을 때 여자는 그가 입은 하얀색 티셔츠 끝자락을 잡고 놓아주지 않았다.

'정말 죄송한데, 제가 심각한 길치에다가 방향치라서요. 진짜 죄송한데 같이 가주시면 안 될까요? 제가 정말 진짜 배가 너무 고파서요.'

그렇게 말하던 여자는 불쌍해 보이기까지 했다. 한순간 '이런 여동생이 있었다면.' 그런 생각을 했었던 것도 같다. 그래서 이작은 과한 친절을 베풀었다. 바람만 쐴 요량으로 지갑을 객실에 두고 나왔지만 어차피 데려다 주기만 하면 되는 거니 크게 신경 쓰지 않았었다. 그때까지만 해도 여자와 마주 앉아 돈가스를 먹게 될 거라고는 상상도 하지 못했으니까.

'가시려구요? 안 되죠! 저 그렇게 못 배워먹은 사람 아니에요. 식사 안 하셨으면 같이 드세요. 제가 대접할게요. 꼭 대접하고 싶어요. 부탁드려요.'

밥을 사게 해달라고 눈물까지 글썽이는 여자를 이작은 외면하지 못했다. 식욕도 없었거니와 기름진 음식 같은 건 딱 질색이지만 결국 여자와 함께 식당에 들어왔다. 머릿속으로 내 동생이었다면, 내 여동생이 있다면, 하고 되뇌면서.

"다 드신 거예요?"

돈가스를 몇 개 집어먹은 탓에 느끼해진 속을 우롱차로 달래고 있는데 여자가 큰 눈을 깜박이며 물어왔다. 이작이 대답은 않고 쳐다만 보자 입맛을 다시던 여자는 다시 물었다.

"그거 저 먹어도 돼요?"

굶주린 하이에나처럼 눈을 빛내며 묻는데 안 된다고 할 사람이 몇이나 될까. 남이 먹던 걸 먹는다는 게 비위생적이라고 여기는 그였지만 내색하지 않고 고개를 끄덕였다.

정말 저게 다 어디로 가는 걸까?

기어이 그의 접시를 가져다가 남은 돈가스를 먹기 시작한 여자를 보면서 이작은 피식 웃음을 흘렸다. 하이작을 앞에 두고 음식에만 집중하는 여자는 처음이었다. 바이올리니스트 하이작이 아니라 그냥 하이작이어서 그런가?

팔짱을 끼고 여자를 관찰하던 이작은 그녀를 돕기로 한 선택이 옳았음을 인정했다. 적어도 이제 찜찜함이 남지는 않을 테니.

어쩌면 여자가 자신을 모른다고 대답했기 때문에 도울 마음을 먹었는지도 몰랐다. 만약 안다고 했다면 양심 따위는 개나 줘버렸을 것이다.

'모른다고 말하길 잘했어.'

점차 배가 불러오자 이작의 시선을 느낄 여유가 생긴 소담은 제 엉덩이를 토닥여 주고 싶었다.

본능적으로 그를 모른다고 대답하긴 했지만 실은 그가 누구인지 정확하게 알고 있었다. 비행기 안에서는 긴가민가했지만 호텔 앞에서 얼굴을 마주했을 때는 확실히 알아볼 수 있었다. 그가 천재적인 바이올리니스트 하이작이라는 걸.

활동했을 때에 비해서 겉모습이 많이 달라지기는 했지만 그렇다고 못 알아볼 정도는 아니었다. 다만 아는 척해서 좋을 게 없을 것 같다는 제 직감을 믿었을 뿐이었다.

클래식보다 대중가요를 즐겨 듣는 소담이지만 하이작에 대해서는 잘 알고 있었다. 하이작의 광팬을 자처한 선기 덕분에.

아직까지도 처음으로 이작의 공연을 봤을 때의 기억이 생생했다. 어떻게 잊을 수가 있을까? 온몸에 소름이 돋는다는 게 어떤 건지 그때 알았는데.

천재적이라는 말은 그에게 부족했다. 이작의 연주는 어떤 말로도 설명이 불가능했다. 클래식이라고는 관심도 없던 소담을 전율하게 만든 유일한 사람이 하이작이었다.

현란하게 현을 누르던 긴 손가락, 바이올린에 혼을 빼앗긴 것 같은 창백한 얼굴, 물 흐르듯 유연하게 찰랑이던 머리카락. 그가 선사하던 선율은 감히 인간의 언어로 표현이 불가능할 정도였다.

소담은 모든 것을 기억하고 있었다. 지금이야 천재적인 바이올리니스트에서 불운의, 추락한, 재기불능, 등등의 수식어가 붙는 이작이었지만 누가 뭐래도 소담에게는 하이작이 최고였다. 하지만 그녀에게만큼은 언제나 최고인 그를 깔아뭉개는 자들도 있었다. 바로 '기자' 라 불리는 사람들이었다.

이작에게 재기불능 선고가 내려진 후부터 그에 관해 나오는 기사들에는 악의가 다분했다. 적어도 소담이 보기에는 그랬다.

우울증으로 인한 약물중독으로 고생하고 있다느니, 알코올 중독으로 요양 시설에 들어가 있다느니, 심지어는 연인에게 버림받고 자살을 시도했다는 근거 없는 소문까지 나돌았었다.

연예인의 코디네이터로 일하면서 소문이라는 게 얼마나 무서운 것인지 알게 된 소담이었다. 세상에서 가장 잔인한 무기는 사람의 세 치 혀라는 사실도. 그래서 이작에 대한 소문을 믿지 않았다. 고맙게도 자신의 앞에 앉아 있는 이작은 그 믿음을 더욱 견고하게 만들어주었고, 소담은 그것만으로도 감사한 기분이었다.

"아, 배부르다. 잘 먹었어요. 감사합니다."

젓가락을 내려놓은 소담은 숨길 수밖에 없는 감사한 마음을 그렇게 전했다.

"네가 사는 거야."

시니컬한 대꾸에도 그녀는 눈을 반으로 접으며 환하게 웃었다.

"알아요. 그런데 그쪽 아니었으면 이거 못 먹었을 거잖아요. 그래서 감사해요."

따지고 보면 맞는 말이라 이작은 그저 고개만 까닥였고, 소담은 가방에서 지갑을 꺼내 계산대 앞으로 걸어갔다.

접대 받는 게 아닌 이상에야 남이 계산을 하는 게 익숙지 않은 이작은 먼저 식당에서 나와 담배를 꺼냈다. 연기를 깊게 빨아들이고 내뱉었는데 명치가 뻐근했다. 아무래도 얹힌 것 같았다. 생각해 보니 오늘 첫 끼나 다름없는 식사였는데 기름진 음식을 김치도 없이 먹었으니 얹힐 만도 했다.

"호텔로 가실 거죠?"

계산을 마치고 나온 소담이 옆에 서서 묻자 이작은 고개를 움직여 한적한 도로를 가리켰다.

"택시 잡아줄 테니까 가라."

"그쪽은요?"

"걸어갈 거야."

"그럼 저도 걸어갈래요."

이작은 베실베실 웃으면서 쳐다보는 여자가 슬슬 귀찮아졌다.

"너 나 모른다며."

무표정한 얼굴과 고저 없는 음성에 당황했는지 소담이 큰 눈을 데굴데굴 굴렀다.

"모르는 사람 따라가지 말라고 안 배웠어?"

"에이. 이제 모르는 사람 아니잖아요."

순진무구한 얼굴로 바보처럼 웃어버리는 여자 때문에 체기에 짜증까지 얹혀졌다.

"나는 너 몰라."

헤매거나 말거나. 택시 타고 호텔 이름만 말하면 되는데 아무리 모자라도 그마저 못하지는 않겠지.

이작은 무정하게 몸을 돌려 걷기 시작했다. 이미 충분히 과한 친절을 베풀었다. 만약 이런 여동생이 있었더라도 계속 들러붙는다면 오빠 된 입장으로서 큰 민폐를 끼친 거라고 한마디 했을 것이다.

호텔로 돌아가서 맥주를 마시면 얹힌 게 조금 내려가려나 생각하며 걷는데 어느새 달려온 여자가 그의 옆에 서서 숨을 몰아쉬었다.

"유소담이에요!"

이작은 걸음을 멈추고 작은 여자를 내려다보았다.

"제 이름이요. 유소담이에요."

어쩌라고.

"스물다섯 살이구요, 코디네이터였는데 얼마 전에 잘렸어요."

설마 자랑은 아니겠지.

"이제 모르는 사람 아니죠?"

이작은 여자의 뇌구조가 의심스러웠다. 이름, 나이, 직업만 알면 모르는 사이가 아는 사이가 될 거라는 바보 같은 단순함에 기가 찼다.

"같이 가요. 같이 가도 되죠? 네?"

눈살을 찌푸린 그는 대꾸 없이 걸음을 떼었다. 그것을 암묵적인 동의로 해석한 소담은 웃는 얼굴로 이작의 옆자리를 꿰찼다.

그의 말대로 혼자 택시를 타고 돌아가는 게 옳은 일이라는 건 알고 있었다. 하지만 이작의 뒷모습을 보고 있자니 도저히 그럴 수가 없었다.

비행기에서 봤을 때부터 지금까지, 소담은 이작이 왼손을 쓰는 걸 보지 못했다. 물을 마실 때도 오른손을 사용했고 담배를 꺼내고 불을 붙일 때도 마찬가지였다. 왼손은 거의 항상 바지 주머니 속에 들어가 있었다.

왼손을 주머니 속에 넣고 터벅터벅 걸어가는 뒷모습이 왜 그렇게 아파 보였는지. 다분히 의도적으로 왼손을 남에게 보여주지 않으려고 하는 그의 모습에 마음이 따끔거렸다. 저 왼손으로 어떤 마법을 부렸었는지 너무 잘 아니까.

착각이었으면 좋겠다는 생각이 들 정도로 이작은 아프고 외로워 보였다. 그래서 아주 조금이라도 그가 혼자 있는 시간을 줄여

주고 싶었다. 단지 옆에서 걷는 것으로 위로가 되지는 못하겠지만.

이작은 자신의 옆에서 조용히 걷다가 조그맣게 콧노래를 흥얼거리는 여자를 흘깃 쳐다보았다. 유소담. 여자의 부모님이 어떤 분들인지는 알 길이 없지만 작명 센스 하나는 타월했다. 여자는 눈을 제외하고는 모든 것이 작았다. 키도, 얼굴도, 느릿하게 흔들리는 손까지도.

소담에게서 시선을 거둔 이작은 걷는 속도를 조금 늦췄다. 인적 없는 밤거리에 울려 퍼지는 콧노래가 듣기에 나쁘지 않았다.

이렇게 말없이 다른 사람과 거리를 걸어본 적이 있었나?

머릿속을 헤집어보지만 그런 기억은 없었다. 그럴 사람과 기회가 없었다기보다는 그럴 수 있는 시간이 없었다. 숨 가쁘게 달리다가 갑자기 브레이크가 걸렸고, 그 후로는 다시 달릴 수가 없었다.

살면서 한 번도 이런 시간을 가져보지 못했다는 것에 이작은 씁쓸해졌다. 바이올리니스트 하이작에게만 관심을 두던 사람들과 함께했던 시간들은 혼자 보낸 시간보다 더 쓸쓸하고 외로웠다.

"이렇게 걸어본 게 얼마만인지 모르겠어요."

콧노래가 멈추고 소담이 넌지시 말을 건네왔다.

"한 번에 두 가지 일을 못해서 하나에만 집중하다 보니까 놓친 게 너무 많아요."

자분자분하게 이어지는 말을 듣고만 있던 이작의 입가에 자조적인 미소가 걸렸다. 그는 살아오면서 무엇을 놓친 것인지 감히 생각해 볼 수도 없었다. 하나의 목표, 하나의 목적, 하나의 길만 보고 걸으며 살아온 덕분에 다른 건 뭐가 있는지도 알지 못했다.

"그쪽은 놓쳐서 아깝다고 생각되는 거, 있어요?"

소담이 고개를 들어 이작을 쳐다보았다. 하지만 그는 듣지 못한 사람처럼 앞만 보며 걷고 있었다.

"저는 이제부터 생각해 보려구요. 같은 실수를 반복해서 더 많은 후회를 남기고 싶지는 않거든요."

맹한 줄만 알았는데 자꾸만 정곡을 찔렀다. 이작은 그것이 마뜩찮아 길게 한숨을 쉬었다.

"제가, 말이 좀 많죠?"

알면 좀 조용히 하던가.

"조심할게요."

눈치를 보는 여자의 목소리가 작아지더니 이내 침묵이 찾아왔다. 하지만 이상하게도 그 침묵이 썩 달갑지가 않았다. 여자가 입만 다물면 시끄러워진 머릿속이 조용해질 것 같았는데, 아니었다. 오히려 여자가 던진 질문 때문에 기억이란 놈들이 튀어나와 그를 괴롭혔다.

"그런데요."

호텔에서 뿜어내는 불빛이 보일 때쯤, 여자가 다시 입을 뗐다.

"계속 그쪽이라고 부르는 거 좀 이상할 것 같은데. 뭐라고 불러요?"

"부르지 마."

"에? 우리가 눈빛으로 말하는 사이는 아니잖아요."

이작은 다시 맹한 모습으로 돌아온 여자를 황당한 표정으로 쳐다보았다. 어떻게 부르지 말라는 말이 저런 식으로 해석될 수 있는지 그저 놀랍다.

"딱 봐도 저보다 나이 많으신 것 같은데 오빠라고 부를까요?"

살면서 나이 많아 보인다는 말을 들은 적이 없어서인지 이작은 급격하게 가라앉는 기분에 당황했다. 딱 봐도 나이가 많아 보인다니. 그런 말은 아저씨라는 호칭이 어울리는 사람들한테나 할 만한 말 아닌가?

그럴 수도 있다고, 쟤가 한참은 어려 보이는 게 사실이긴 하니까 무시하고 가던 길을 가면 되는 거라고 생각하면서도 이작의 입술은 생각과는 다른 말을 뱉어내고 말았다.

"어딜 봐서 내가 너보다 나이가 많아?"

"어디를 봐도요."

……젠장.

"나보다 나이 많잖아요. 아니에요? 오빠가 싫으세요? 그럼 선생님이라고 부를까요?"

그를 선생님이라고 부르는 사람이 없었던 건 아니지만 나이 많아 보인다는 말을 들은 후인지라 그 단어조차 거슬렸다. 게다가 이제 다시는 볼 일 없을 사람인데 호칭이 뭐 그리 중요하다고.

"부르지 마."

"그럼 아저씨라고……."

눈에 힘을 주고 위협하듯 쳐다보자 그제야 소담이 입을 다물었다.

아저씨라니! 내일모레 서른인 나이라고는 하지만 그래도 아직 20대인데. 사고가 난 이후에 빠르게 노화가 진행되는 것 같은 느낌을 받기는 했었지만 아직 아저씨로 불릴 만한 처지는 아니었다. 아니, 그렇게 믿고 싶은 걸지도.

'내가 그렇게 늙어 보이나.'

이작은 손등으로 턱을 쓸었다. 확실히 전보다 피부가 까칠하기는 했다.

사고를 당하기 전까지는 술과 담배를 멀리했었던 그였다. 그러니 그때처럼 반들반들 윤이 나지는 않겠지만 어디를 봐도 나이가 많아 보인다는 소리는 나름 충격적이었다.

"아무래도 오빠가 좋겠어요. 오빠 낙찰!"

짝! 손뼉까지 치면서 북 치고 장구 치는 여자를 응시하던 이작은 이번엔 무시하는 데 성공했다. 뒤늦게 말 섞어봐야 좋을 게 없다는 판단이 섰다.

재잘대는 여자의 말을 한 귀로 듣고 한 귀로 흘리면서 걷자니 어느새 호텔 입구가 보였다. 여자와 같이 엘리베이터에 타는 것만큼은 피하고 싶었던 이작은 주머니에 넣어두었던 담배를 꺼내 벤치 쪽으로 걸어갔다.

"안 들어가세요?"

호텔 정문과 이작의 등을 번갈아 쳐다보던 소담이 소리 높여 물었지만 그는 대답이 없었다.

"먼저 들어가 볼게요! 이 은혜는 꼭 갚을게요, 오빠!"

이작의 어깨가 움찔했지만 어둠 덕분에 그것을 보지 못한 소담은 호텔 안으로 쏙 들어가 버렸다.

　털썩, 벤치에 주저앉은 이작은 담배 연기를 깊게 빨아들였다. 어쩐지 오늘은 쉽고 빠르게 깊은 잠에 빠져들 수 있을 것 같았다. 정신적으로 상당히 피곤했던 하루였으니.

 #2

잠에서 깨어 시간을 확인하고 커튼을 젖힌 이작의 얼굴에는 믿을 수 없다는 감정이 어른거리고 있었다. 그는 혼란스러운 표정으로 창밖을 바라보며 헝클어진 머리카락을 쓸어 올렸다.

처음에 시계를 봤을 때는 얼마 자지도 못했는데 이상하게 개운하다고 생각했었다. 하지만 커튼을 젖혔을 때 쏟아진 것은 밤하늘에 박혀 있는 별들이 아니라 눈을 따갑게 찌르는 햇빛이었다. 그제야 단 한 번도 깨지 않고 열두 시간 동안 잠들어 있었다는 걸 알았다.

잠들기 전, 마지막으로 확인했던 시간이 새벽 2시쯤. 깨어나 확인한 시간은 오후 3시를 향해 달리고 있었다. 수면제의 도움 없이 고작 맥주 두 캔에 열두 시간의 수면이라니. 최근 2년간 겪어보지 못했던 일에 이작은 적잖이 당황스럽고 혼란스러웠다.

안 하던 짓을 과하게 해서 피곤하다고 여기긴 했지만 그 탓으로 돌리기엔 몸과 정신이 신기하리만치 개운하고 상쾌했다. 상당히 좋은 일이었지만 전혀 예상하지 못했던 일이기도 해서 혼란은 꽤나 오래 지속되었다.

한참을 그렇게 앉아 있던 이작은 욕실로 향했다. 무엇이 만족스러운 수면을 가져다주었는지 찾아내고 싶었지만 생각을 하면 할수록 점점 선명해지는 작고 동그란 여자의 얼굴에 확 짜증이 치민 탓이었다.

여느 때처럼 찬물로 샤워를 하고 나와 담뱃갑을 연 이작의 미간이 좁아졌다. 마지막 한 개비. 미니바의 상황도 담뱃갑과 다르지 않았다. 생수와 맥주가 전멸하고 캔 커피와 독한 위스키들만 남아 있었다.

미니바는 호텔에서 채워준다 해도 담배는 사러 나가야 했다. 철저하게 건강관리를 하던 전과 다르게 지금은 담배와 맥주가 유일한 낙이었다.

여유롭게 담배를 태우던 이작은 콘솔 위에 던져 두었던 휴대폰을 가져와 전원을 켰다. 암호를 누르고 메인 화면이 뜨기가 무섭게 문자 메시지 수신음이 이어졌다. 대부분이 어머니가 보내신 메시지였고 동생과 제수 수정의 메시지도 있었다.

-아들. 잘 도착했다는 얘기는 들었는데 그래도 걱정이 되는구나. 엄마가 기다리고 있을 테니까 전화해 줘.

-형, 어머니가 전화 기다리셔.

-오빠, 계속 이러시면 제가 일본으로 가는 수가 있어요.

어머니와 동생의 문자를 보며 무거운 한숨을 내쉬던 이작은 마지막으로 수신된 수정의 문자에 멈칫했다.

아아. 닮았네. 닮았어, 확실히.

어제 소담이라는 여자가 당황스러울 정도의 당당함으로 도움을 요구했을 때 끝까지 무시하지 못했던 이유를 드디어 찾았다.

소담은 동생의 아내, 수정과 상당 부분 닮아 있었다. 동생이 결혼할 여자가 생겼다며 부모님보다 먼저 그에게 소개를 시켜주었을 때 예비 제수였던 수정은 단박에 이작을 오빠라고 불렀었다.

'아주버님은 너무 거리감 느껴지잖아요. 결혼하기 전까지만 오빠라고 부를게요. 괜찮죠, 오빠?'

환하게 웃으면서 오빠, 오빠 하는데 하지 말라고 할 수가 없었다. 수정의 옆에 있던 동생이 이해해 달라는 눈짓을 보냈지만 그럼에도 뭐라 설명할 수 없게 행복해 보여서 그냥 그래라 했었다. 결혼하기 전까지만 오빠라 부르겠다던 수정은 결혼 후에도 호칭을 바꾸지 않았지만 자신을 뭐라 부르든 이작은 상관없었다. 동생, 강호가 행복할 수만 있다면 무엇이든 상관없었다.

다시 휴대폰의 전원을 끄고 캐리어에서 아무 옷이나 꺼내 입은 이작은 지갑을 챙겨 밖으로 나섰다. 수정이 일본으로 날아오겠다고 협박을 할 정도로 어머니의 시름이 깊으신 건 알겠지만 아직은 가족으로 묶여 있는 사람들 중 누구와도 말을 섞고 싶지 않았다. 당연하게 수술과 재활이라는 단어가 들려올 것을 아니까.

엘리베이터를 타고 내려가면서 맥주는 몇 캔이나 사야 할지, 담배는 얼마나 사두어야 귀찮은 걸음을 줄일 수 있을지를 계산해 보던 이작은 로비 소파에 앉아 있는 사람을 보고 걸음을 멈췄다.

긴 생머리를 풀어헤치고 진지한 얼굴로 가이드북을 보고 있는 사람은 어젯밤의 그 여자였다. 이제야 어딘가로 관광을 나갈 준비를 하고 있는 듯한 모습에 이작은 걸음을 재게 놀렸다. 여자의 눈에 띄면 좋지 않은 일이 일어날 것 같았다. 정신적으로 피곤하게 만들어준 덕분에 충분한 수면을 취했다지만 또다시 그런 식으로 피곤하고 싶지는 않았다.

정문이 코 앞. 호텔 밖으로 나가기만 하면 여자와 마주칠 일이 없을 것 같았다. 아니, 없을 것이다. 여자는 관광을 나갈 테고 그는 객실에서만 시간을 보낼 테니까.

"오빠!"

자동문이 열리는 순간 들려온 소리에 이작은 다리를 움직일 수가 없었다. 마치 여자가 발목에 매달려 있는 것마냥 한 발자국도 뗄 수가 없었다. 오빠라고 부르는 애교 섞인 음성에 목 뒷덜미부터 소름이 돋아났다.

"지금 일어나신 거예요? 좋은 꿈 꾸셨어요? 어후, 저는 길 헤매다가 노숙자 되는 꿈을 꿨어요. 되게 무서웠겠죠?"

……안 궁금해.

소담이라는 이름의 여자는 등을 보이고 있는 그에게 연신 말을 걸었다.

"식사는 하셨어요? 저는 아직 못했는데. 어디 나가시려구요? 어디 가시게요?"

굳이 쳐다보지 않아도 생글생글 웃으면서 재잘거리는 여자의 얼굴이 그려졌다. 사람 등에 대고 저렇게 말할 수 있는 것도 재주라면 재주지 싶다.

이작은 느릿하게 몸을 돌리고 팔짱을 끼고서 소담을 내려다보았다. 그런데 어째 어제보다 키가 큰 것 같았다.

'발목 부러지기 딱 좋겠네.'

소담이 신고 있는 신발에 시선을 둔 이작의 눈썹이 뾰족하게 휘었다. 저게 대체 몇 센티미터나 될지 생각하는 것조차 무섭다. 모양은 운동화인데 굽 높이는 그의 주변에서 얼쩡대던 여자들이 즐겨 신었던 킬힐이라는 것과 비등해 보였다.

"오빠하고 밥 먹으려고 기다렸는데 식사 안 하셨으면 같이 먹어요."

어제보다는 쉽게 그를 올려다보며 말하는 소담을 이작은 짜증스럽다는 얼굴로 쳐다보았다.

"내가 왜 너하고 밥을 먹어?"

"제가 진짜 맛있는 집을 알거든요."

이것은 동문서답인가 우문현답인가.

"사실은 그 집이 진짜 유명해서 새벽에 가도 오래 기다려야 된대요. 그래서 제가 다섯시에 나왔거든요. 거기 가려구요. 그런데 그렇게 유명한 집에 가서 혼자 맛있는 걸 먹겠다고 좋아한 제가 너무 한심한 거 있죠? 까치도 은혜를 갚는 판에 사람으로 태어나서 그러면 못쓰는 거잖아요. 당연히 오빠하고 같이 먹어야죠. 그렇죠?"

이작의 구겨진 얼굴이 더욱 엉망으로 구겨지며 황당함이 들어찼다. 어제 돈가스를 같이 먹어준 은혜를 갚기 위해서 새벽 다섯 시부터 나와서 기다렸단다. 언제 나올지, 나오기나 할지 알 수 없는 자신을.

'이거 뭐야?'

너무 어이가 없으니 실소가 터져 나왔다. 멍청한 건지, 순진한 건지 감을 잡을 수가 없었다. 아무래도 전자 쪽의 가능성이 농후해 보이기는 하지만.

더는 엮이고 싶은 생각이 없기에 너나 많이 먹으라고 말하려고 입을 떼려던 순간.

꼬르륵! 꾸르르륵!

괴상한 효과음이 이작의 귀를 강타했다. 소담의 얼굴이 새빨갛게 타오르고 그녀가 양손으로 아랫배를 힘주어 누르는 모습이 보였다.

"아하하. 얘가 왜 이러지. 하하하!"

민망함을 웃음으로 승화시키려는 사람처럼 소담은 힘 빠진 웃음소리를 흘렸다.

"밥, 안 먹었어?"

물으면서도 그럴 리가 없다고 생각했다. 그의 예상처럼 굉장히 멍청한 여자라 하더라도 본능은 어찌할 도리가 없는 것 아닌가.

새벽 다섯시부터면 기다린 시간이 최소 열 시간 정도 된다는 말인데 지금껏 아무것도 먹지 않았을 리가 없었다. 정말 바보가 아닌 이상에야.

"아니, 그게 그러니까, 언제 나올지 모르잖아요. 먹을 거 사러 가는 사이에 나올 수도 있는 거니까. 그럼 놓친 줄도 모르고 꼬박 기다려야 하니까……. 그래도 음료수는 많이 마셨는데. 다행히 저기 자판기가 있더라구요."

소담이 어색하게 웃으면서 멀지 않은 곳에 우뚝 서 있는 음료수 자판기를 가리켰다.

이 여자는 정상이 아니다. 인간의 몸을 훔친 외계 생명체라던가 깊은 산속 옹달샘 근처에서 홀로 살아왔다던가, 그런 가정들이 잘 어울리는 비정상적인 여자가 확실했다.

얼토당토않은 생각에서 빠져나와 소담의 웃는 얼굴과 마주한 이작은 잠깐 동안 자신이 아직 잠들어 있는 건 아닐까 생각했다. 보통은 꿈을 꾸지 않지만 꾼다고 해도 이렇게까지 현실성이 없지는 않은데.

"나 진짜 배고픈데. 식사 하신 거 아니죠? 그렇죠?"

제발 아니라고 말해달라고 부탁하는 것 같은 맑은 눈망울의 공격. 어떡하면 사람이 이 정도로 멍청할 수 있는 건지 곰곰이 고민해 보던 이작은 그런 고민을 하고 있는 게 우스워졌다. 바보한테 바보 같다고 말해봐야 무슨 소용이 있을까.

"거기가 어딘데."

깊은 한숨을 내쉰 이작은 체념하듯 물었다.

"어디요?"

무슨 말을 하는 건지 모르겠다는 표정으로 자신의 인내심을 테스트하는 소담 때문에 이작의 턱에 힘이 들어갔다. 참자. 이 여자는 안타까울 정도로 멍청한 게 분명하니까, 내가 참자.

"엄청나게 유명하고 맛있다는 거기."

담이 오는 것 같은 목 언저리를 주무르며 말하자 소담이 환하게 핀 얼굴로 가게의 위치를 설명했다. 참 용감도 하다. 호텔도 제대로 못 찾아오던 게 거기까지 갈 생각을 한 거 보면 유소담이라는 여자는 무식해서 용감한 게 확실했다.

이작이 소담과 함께 택시에서 내린 곳은 츠키지 수산시장(築地水産市場)이었다. 한국의 노량진 수산시장과 비슷한 분위기이기도 하고 소문난 스시 집들이 위치해 있어서 관광객들이 많이 찾는 곳이었다.

이작보다 먼저 택시에서 내린 소담은 가방에서 무언가를 꺼내더니 자신만만한 얼굴로 이작의 눈앞에 펼쳐 보였다.

"짜잔! 제가 길은 잘 못 찾아도 준비성은 쓸 만하거든요. 이제 저만 믿고 따라오세요!"

약도가 프린트되어 있는 종이를 들고 소담은 씩씩하게 걸음을 옮겼다. 팔짱을 끼고 그 모습을 가만히 지켜보던 이작의 입술이 살짝 벌어졌다. 황당함과 순수한 놀라움으로.

……그쪽 아니다.

프린트는 왜 해온 건지 알 수가 없었다. 어차피 못 찾아갈 게 뻔한데. 시작점부터 엇나가는 방향으로 갈 거면서 저만 믿고 따라오라니. 어이는 없지만 자신감만큼은 높게 사줘야 하는 건가?

짧은 다리로 높은 굽의 신발을 신고 총총히 걷고 있는 소담을 단숨에 따라잡은 이작은 그녀의 손에서 종이를 빼앗았다.

약도를 보는 듯 마는 듯 대충 훑어본 그는 성큼성큼 걷기 시작했다.

"어? 이쪽 아니에요? 맞는데?"

"그쪽으로 가보던가."

걸음을 멈춘 이작이 차갑게 노려보자 소담이 입을 다물고 도리질을 쳤다.

앞만 보며 걷는 이작이었지만 소담이 잘 따라오고 있는지 확인할 필요는 없었다. 수산시장에 뭐 그리 감탄할 게 많은지 우와, 이야, 세상에, 탄성이 끊이질 않았다. 게다가 고맙게도 제 눈에 신기한 걸 발견할 때마다 이작에게도 저거 보라고 난리를 쳐대서 그는 짜증이 충만한 상태가 되어서야 목적지에 도착할 수 있었다.

"빌어먹을."

스시 전문점에 길게 늘어선 줄을 발견한 이작의 입술이 뒤틀렸다. 하지만 짜증으로 뭉친 그의 음성을 듣지 못한 소담은 기쁨에 겨워 폴짝폴짝 뛰어댔다.

"여기 진짜 맛있나 봐요. 줄 대박! 우리도 빨리 줄 서요!"

이작의 셔츠 끝 부분을 잡고서 줄을 서고 있는 사람들 중의 한 명으로 동참시켜 버린 소담은 이산가족을 만나러 온 사람마냥 설레어했다. 이작은 폭발할 지경이었지만.

소담이 기대감으로 눈을 빛내며 목을 쭉 빼고 쳐다보고 있는 스시 전문점은 과거에 이작이 들렀던 곳이었고, 그때에는 단 5분도 기다릴 필요가 없었다.

항상 기본적으로 세 시간은 기다려야 초밥을 맛볼 수 있다는 곳에서 이작은 접대를 받았었다. 예외의 경우는 두지 않는다는 주인을 어떻게 구워삶았는지는 모르겠지만 일본에서의 공연을 기획했던 사람은 가게가 쉬는 날 문을 열게 만들었었다. 단 두 시간 동안만. 바이올리니스트 하이작만을 위해서.

초밥의 맛은 단연 최고라 말할 수 있을 정도로 환상적이었다. 하지만 그뿐이었다. 공연 관계자들과 어머니가 전부였던 자리. 환상적인 음식을 함께 먹으며 그 즐거움을 나눌 이도, 꼭 다시 오자고 다음을 기약할 이도 없었다. 공연 관계자들은 듣기 좋은 말만 늘어놓기 바빴고, 어머니는 당신의 아들이 얼마나 유명하고 바쁜 사람인지 설명하느라 초밥은 쳐다보지도 않으셨었으니까.

씁쓸한 기억에서 빠져나온 이작은 영원히 줄어들 것 같지 않은 줄을 노려보았다. 은혜를 갚겠다고 열 시간이나 기다린 여자니 밥 한 끼 같이 먹어주자 가볍게 마음먹었던 게 잘못이었다.

'초밥 몇 개 먹겠다고 땡볕에 서서 이게 무슨.'

은혜는 갚은 걸로 치겠다고, 너 혼자 먹으라고 말하려던 이작은 자신의 팔을 툭툭 친 소담이 고갯짓으로 뒤쪽을 가리키자 한숨을 삼켰다.

"벌써 우리 뒤에 사람들 줄 선 거 보여요? 정말 끝내주게 맛있나 봐요. 오빠도 막 기대되고 그러죠? 아, 배고파."

손바닥으로 배를 슥슥 문지르고 있는 소담의 얼굴에서는 꼭 이곳에서 초밥을 먹고야 말리라는 비장함마저 엿보였다. 그래서 이작은 또다시 그답지 않게 하려던 말을 입안으로 삼켜 버리고 말았다. 이번이 끝이라는, 여기서 초밥만 먹고 나면 더 이상은 볼 일이 없을 거라는 사실에 위로받으면서.

얼추 해가 저물어갈 시간이 되어가는데도 햇볕이 강했다. 강한 빛에 눈살을 찌푸리던 이작은 선글라스를 가지고 오지 않은 걸 후회했다. 현 상황에서 그나마 다행인 건 일본 사람들은 하이작을 완벽하게 잊어버렸는지 그에게 관심조차 가지지 않는다는 것이었다. 힐끔힐끔 쳐다보는 여자들은 있었지만 그와 눈이 마주치기라도 하면 냉큼 시선을 돌려 버렸다.

한참을 기다리다가 무료해진 이작은 주변을 둘러보았다. 길가에는 소담처럼 맛집을 찾아온 사람들이 큰 설렘과 조금의 피곤함을 담은 얼굴로 삼삼오오 모여 앉아 있었다. 줄을 서서 기다리는 사람과 앉아서 쉬는 사람을 나눈 모양이었다.

땀이 많은 체질이 아닌 이작조차도 반듯한 이마에 땀이 송골송골 맺혀 있었다. 손바닥으로 땀을 닦아낸 그는 어느새 신혼부부로 보이는 뒤편의 사람들과 친해져 수다를 떨고 있는 소담을 쳐다보았다.

더위로 인해 달아오른 얼굴. 연신 얼굴의 땀을 훔치는 모습. 가느다란 다리에 위험하게까지 보이는 신발.

이작은 그녀가 신혼부부와 대화를 마치고 몸을 똑바로 돌렸을 때 검지로 소담의 동그란 이마를 꾸욱 밀었다.

"더우니까 붙지 말고 저리 가서 앉아 있어."

멀리 떨어지라는 듯 손까지 휘휘 내젓자 소담이 도톰한 입술을 오물거렸다.

"하지만 혼자 기다리면 심심……."

"시끄러워."

너무한다 싶게 매정한 말투로 소담의 말을 잘라 버린 이작은 아직까지도 길게 늘어서 있는 줄로 시선을 옮겼다.

"그러면 저기 가까이에 앉아 있을게요."

이작은 쳐다보지 않았지만 소담은 앉아 있을 곳을 손으로 가리키고서 자리를 옮겼다.

'참 눈에 띈다.'

낮게 올라온 턱에 앉아 양손으로 얼굴을 받친 소담은 이작만을 바라보았다.

고만고만한 사람들 속에서 돋보이는 큰 키와 냉기가 흐르긴 하지만 어디를 뜯어봐도 잘생긴 얼굴. 하얀 면바지에 푸른 바다를 옮겨놓은 듯한 색상의 피케 셔츠를 입고 있을 뿐인데도 여름 화보를 찍는 모델처럼 보였다. 단조로운 디자인의 조리조차 반짝반짝 빛나고 있는 것 같은 환시가 일었다.

액세서리를 좋아해서 반지부터 시작해 시계, 팔찌, 귀고리에 이르기까지 부담스러울 정도로 많은 것들을 주렁주렁 착용하고 다니던 선기와 달리 이작은 손목시계가 전부였다. 그런데 그 모습이 희한하게 남성적으로 보였다. 전혀 화려하지 않은, 심플한 디자인의 시계 하나가 그를 더욱 매력적으로 보이게 했다.

'운동 많이 했나 봐.'

이작을 훔쳐보던 소담은 바이올리니스트로 활동했을 때의 그를 떠올렸다. 그때는 지금보다 전체적으로 마른 모습이었다. 얼굴선도 좀 더 날렵했고, 그래서 인상이 더 차가워 보이기도 했었다. 지금도 그가 따뜻한 이미지라고 할 수는 없지만 그때보다는 건강해 보인다고 해야 할까? 영화 캐릭터 때문에 미친 듯이 운동에 매진해서 우락부락한 근육을 만들었던 선기와는 다르게 옷을 벗으면 자잘한 근육들이 물결칠 것 같은 그런…….

'엄마야!'

누가 제 생각을 읽는 것도 아닌데 소담은 깜짝 놀라 두 손으로 얼굴을 가렸다. 하지만 이내 손가락 사이가 벌어져 시선은 다시 이작을 향해 있었다.

여러모로 참 감사한 분이다. 여자들로 하여금 사랑이 돋아나게 만드는 분. 그런 분이 은혜를 갚겠다는 저를 내치지 않고 함께해 줘서 소담은 정말 감사했다.

『어서 오세요!』

가게에 들어서자마자 들려오는 요리사들의 우렁찬 인사에 소담은 약간 멍해졌다. 안내받은 자리에 앉아서도 쉼 없이 움직이는 요리사들의 손을 신기하게 쳐다보던 그녀는 능숙하게 주문을 하는 이작에게로 시선을 옮겼다.

『얼음물도 있습니까?』

『네. 곧 가져다 드리겠습니다.』

소담의 것까지 주문을 마치고 뜨거운 우롱차로 입술만 축인 이작은 따갑게 느껴지는 시선에 고개를 돌렸다.

초롱초롱한 눈으로 저를 쳐다보고 있는 소담 때문에 이작은 눈살을 찌푸렸다. 또 뭐에 감동해서 저런 눈을 하고 있는 건지.

"완전 멋있어요."

소담이 이작을 향해 엄지를 치켜세웠다.

"뭐가."

"어떻게 일본어까지 해요? 영어도 잘하죠?"

이작은 대답을 기다리는 소담의 시선을 외면했다.

영어를 먼저 정복하는 대부분의 사람들과는 달리 이작은 독어를 먼저 배웠다. 그 후에 영어를 배웠고 2개 국어를 완벽하게 마스터하고 나서야 불어에 도전했었다. 가장 마지막에 배운 게 일어였고, 중국어도 배워볼까 하던 시기에 사고가 났다.

이작에게 언어는 살아가는 데 있어서 굉장히 중요한 요소였다. 그래서 잠자는 시간을 줄여가며 언어 공부에 매달렸고, 이제는 4개 국어를 원어민 수준으로 할 수 있었지만 그래 봐야 지금은 여행을 다닐 때 외에는 쓸 데도 없었다.

연습, 운동, 공부. 쳇바퀴 굴러가듯 똑같은 일들만 반복하며 보냈던 하루하루가 조금은 후회되는 것 같기도 하다. 그때는 그것이 최선이라 믿으며 살았지만 정말 그게 최선이었을까?

"안 드세요?"

생각에 빠져 있던 이작은 소담의 음성에 정신을 차렸다.

"얼른 드세요. 맛이 정말 말로는 설명을 할 수가 없어요. 사람들이 왜 기다리는지 충분히 이해가 되고도 남아요."

소담의 얼굴은 행복에 젖어 있었다. 맛있는 음식만으로 행복해질 수 있는 그녀가 못내 부럽기까지 했다.

자꾸만 빨리 먹으라고 채근하는 소담 때문에 이작은 못 이기는 척 젓가락을 들었다. 입안에서 녹아내리는 듯한 부드러운 식감. 또다시 기다려서 먹으라고 한다면 거부하겠지만 기다린 보람 정도는 있는, 전과 다름없이 훌륭한 맛이었다.

"한국인?"

충분히 맛을 음미하며 차례대로 나오는 초밥을 먹고 있던 이작은 어눌한 한국말에 고개를 들었다.

"한국말 하실 줄 아세요?"

소담과 이작을 포함해 네 명의 손님을 전담하고 있는 젊은 요리사가 그녀의 말에 씨익 웃으며 엄지와 검지 사이에 틈을 만들었다.

"조금?"

요리사를 쳐다보던 소담이 작게 웃음을 터뜨렸다.

『귀엽다.』

소담을 쳐다보던 요리사의 말에 이작의 눈썹이 휘었다. 귀여워? 누가, 쟤가?

"카와이면 나 귀엽다는 거예요? 맞죠?"

눈을 동그랗게 뜬 소담이 이작에게 물었지만 그는 대답해 주지 않았다. 대신 요리사가 그녀의 물음에 답해주었다.

"응. 귀여워."

호감 가는 인상의 젊은 청년이 대놓고 귀엽다고 말하자 소담의 얼굴이 발그레해졌다.

'어쩜 좋아. 나 일본에서 먹히는 얼굴인가 봐!'

크게 터져 나오려는 웃음을 속으로 삼킨 소담은 눈인사로 감사한 마음을 대신했다. 이작과 함께 맛있는 음식을 먹고 있는 것만으로도 넘치게 즐거운데 훈훈한 청년의 칭찬까지 더해지니 이곳이 지상천국. 여행지를 일본으로 선택한 건 정말 잘한 일이었다.

틈틈이 짧은 한국어로 말을 거는 요리사와 몸짓 발짓까지 해가며 대답을 하는 소담을 쳐다보던 이작의 입술이 비뚜름해졌다.

'아주 좋아 죽네.'

만들라는 초밥은 뒷전이고 손님에게 추파를 던지는 요리사나 말을 걸어주길 기다리고 있었던 사람처럼 신이 나서 따박따박 대꾸해 주고 있는 소담이나 영 마음에 들지 않았다. 두 사람을 귀엽다는 듯 쳐다보고 있는 관광객들도.

식욕이 뚝 떨어졌다. 아이스크림으로 둔갑한 것마냥 부드러웠던 초밥이 비려진 것 같기도 하고 눈을 즐겁게 해주던 선명한 색감도 인공 색소에 담갔다가 빼낸 것처럼 보일 지경이었다.

이작은 망설임 없이 젓가락을 놔버렸다. 그때까지도 요리사는 호구조사 나온 사람처럼 소담에게 이것저것 묻고 있었고, 대답을 하느라 바쁜 그녀의 앞에는 미처 손대지 못한 초밥들이 늘어서 있었다.

초밥 먹겠다고 세 시간이나 기다린 사람이 요리사와 수다를 떨고 있는 모습이 가히 좋아 보이지 않았다. 이작도 같이 세 시간을 기다려야 했으니까. 다른 사람도 아닌 유소담이 은혜를 갚는다고 해서 말이다.

이작이 식사를 중단한 이후에 가장 먼저 반응을 보인 사람은 나이가 지긋한 가게의 책임자였다. 백발의 남자가 자신의 손님들에게 양해를 구하고 이작의 앞으로 다가와 공손하게 물었다.

『손님, 절반도 드시지 않으셨는데 저희 음식이 입에 맞지 않으십니까?』

걱정스런 눈빛으로 저를 쳐다보는 남자를 일별한 이작은 젊은 요리사와 소담에게로 시선을 옮겼다. 소담과 수다를 떠느라 그런 것인지 확실히 요리사의 손놀림이 둔해 보였다.

『음식보다는 손님에게 더 신경을 써서 그런지 맛이 예전 같지 않습니다.』

백발의 요리사는 이작의 말을 단박에 알아들었고 곧바로 죄송하다며 허리를 숙였다.

이작이 땡깡 부리는 수준으로 컴플레인을 건 이후, 요리사들의 위치가 바뀌었다. 젊은 요리사가 소담과 정반대의 자리에서 일을 하기 시작했지만 이작은 만족스럽지가 않았다. 이게 뭐 하는 짓인가. 남이야 수다를 떨든 작업을 걸든 무슨 상관이라고.

"저분은 왜 저쪽으로 가신 거예요?"

요리사들의 위치까지 바꾸게 만든 마당에 계속 손을 놓고 있을 수도 없어서 다시 젓가락을 든 이작은 소담의 말을 듣지 못한 사람처럼 초밥만 먹었다. 입안에서 씹히는 생선살이 질긴 고무마냥 아무 맛도 나지 않았다.

가게에서 나온 이작은 담배를 꺼냈다. 그가 계산을 하게 되면 은혜를 못 갚았다고 우길까 봐 소담이 계산하게 놔두기는 했지만 찜찜한 마음은 어쩔 수가 없었다. 초등학생 조카의 세뱃돈을 빼앗는 그런 기분이었다.

"진짜 맛있었다. 그렇죠?"

지갑을 가방에 넣은 소담이 부른 배를 두드리며 활짝 웃었지만 이작은 담배 연기만 내뿜었다.

"호텔로 가실 거예요?"

이작은 생글생글 웃으면서 친근하게 말을 거는 소담을 쳐다보았다.

동생의 아내와 비슷한 면이 많은 탓에 차마 단호하게 무시할 수가 없었던 여자였다. 애가 모자라 보여서 측은한 감정도 생겼었다. 맹랑하게 도움을 청하는 모습까지도 순진해 보였었고 타국에서 동포애를 발휘한다고 해서 나쁠 건 없다는 생각을 했던 것도 사실이었다. 하지만 이제 끝이다. 처음부터 거슬렸던 여자애한테 휘둘려 저답지 않은 일들을 늘려 나가는 건 사양이었다.

"은혜 갚았지?"

이작의 말에 소담은 눈을 깜박였다.

"이건 제가 먹고 싶어서 온 거잖아요."

"갚았다고 쳐."

"이걸로 어떻게 은혜를 갚았다고 해요. 저 때문에 여기까지 와서 세 시간이나 기다렸잖아요. 오빠는 다 드시지도 못하셨는데."

담배를 바닥에 던져 비벼 끈 이작은 양손을 주머니에 넣었다.

"내가 갚았다고 했으니 갚은 거야. 간다."

이작은 그대로 몸을 돌려 걷기 시작했다. 하지만 몇 걸음 떼기도 전에 소담이 그의 팔을 붙잡았고, 이작은 저를 붙잡고 있는 작은 손을 매섭게 쳐내 버렸다.

"너, 거슬려. 귀찮고 짜증나. 알아들어?"

다시 주머니에 손을 넣은 이작은 소담에게서 몸을 돌려 사람들 틈으로 섞여들었다. 한 번도 뒤돌아보지 않은 그는 도로에서 택시를 잡아 호텔로 향했다.

어렵지 않게 도쿄도청사에 도착한 소담은 두 시간째 야경만 바라보고 있었다. 꼭 가봐야 할 곳들 중 한 곳이었는데도 그녀의 얼굴에서 감탄이나 기쁨의 빛을 찾아볼 수는 없었다.

다리가 아픈 것도 모르고 멍하니 서 있던 소담은 고개를 돌려 주변을 살폈다. 촬영을 하거나 기념품을 구매하는 관광객들은 무척이나 즐거워 보였다. 혼자 야경을 보러 온 사람은 그녀밖에 없는 것 같았다.

'이렇게 예쁜 야경을 보고 있으면서 우울해하면 안 돼!'

다시 창밖 세상으로 시선을 던진 소담이 기운 없이 늘어지는 마음을 다잡아보지만 뜻대로 되지는 않았다.

어깨를 축 늘어뜨린 소담은 침대에 힘없이 설터앉았다. 일본에 온 지 고작 이틀째인데 마음이 한없이 외롭다. 이럴 줄 알았으면 정말 가족 여행으로 올 걸 그랬나?

고등학생인 동생까지 데리고 가족 여행으로 떠나자고 우기던 엄마를 떠올리던 소담은 고개를 저었다. 가족과 함께였다면 혼자 조용히 생각할 시간 같은 건 없었을 테니까.

도희와 함께 왔으면 좋았겠지만 입사 1년차인 친구는 눈코 뜰 새 없이 바빴다. 운 좋게 취업난을 겪지 않은 다른 친구들도 바쁘기는 마찬가지였다.

일을 그만둔 지 얼마나 되었다고 벌써부터 도태되는 기분. 이런 마음을 읽으셨던 건지 소담의 아버지는 넌지시 외국에 나가 공부를 해보는 게 어떻겠냐고 말씀하셨었다.

공부를 잘했다면 좋았을 텐데.

어쩔 수 없이 한숨이 새어 나왔다. 세상에는 노력해도 안 되는 일이 있다는데 소담에게는 공부가 그랬다. 코피 쏟아가며 공부를 해도 상위권 근처에는 가볼 수가 없었다. 잘해봐야 중위권이었고, 초, 중, 고를 합쳐 거의 하위권에 머물러 있었다. 부모님도 이름만 대면 전 국민이 고개를 끄덕이는 대학 출신에, 동생은 전교 수석을 놓치지 않는 수재인데 자신은 도대체 누굴 닮은 건지 알 수가 없었다.

'공부 같은 거 못해도 돼. 우리 큰딸은 재능이 있으니까 기죽지 마.'

부모님은 늘 같은 말로 소담을 위로하셨었다. 어디 가서 기죽은 적은 없는데. 해도 해도 안 되니까 진짜 바보인 건가 스스로를 의심해 본 적은 있어도.

친가와 외가 쪽의 예술적인 기운들만 물려받은 소담은 어릴 때부터 붓이나 펜, 천들을 가지고 놀았다. 아주 어릴 때부터 가지고 노는 인형들의 옷은 직접 만들었고, 그 후에는 인형 자체를 만들면서 놀았었다.

중, 고등학생 때는 공부를 하는 시간 외에는 옷을 만들면서 시간을 보냈었다. 엄마 옷, 동생 옷, 도희 옷. 예쁜 옷을 만드는 시간이 가장 행복했었다. 공부만 조금 더 잘했더라면 원하는 대학에 갈 수도 있었겠지만 크게 상심해 본 적은 없었다.

외국에 나가봐야 달라지는 건 없을 것 같았다. 외국에 간다고 나쁜 머리가 좋아지는 건 아닐 테니까.

아무도 모르는, 서울에서 거리가 먼 지방 산골짜기에 있는 대학에 가기보다는 사설 교육기관에서 패션디자인을 배우겠다고 결심했을 때는 오로지 선기의 코디네이터가 되겠다는 생각밖에 없었다. 그때에는 그것이 자신이 할 수 있는 일이었고, 유일하게 하고 싶은 일이었다. 그래서 수능을 준비할 때보다 맹목적일 수밖에 없었는지도 모른다.

대학은 가지 않아도 상관없지만 전문적으로 패션디자인을 공부

하는 게 낫지 않겠냐는 부모님의 말씀을 들었어야 했다고 후회해
봤자 지나간 시간을 되돌릴 수는 없다.

또다시 포옥 한숨을 쉬던 소담은 가방에서 진동하는 휴대폰을
꺼내 들었다. 도희가 보낸 카톡이 화면에 떠 있었다.

-내 선물 샀어?

도희다운 메시지에 가볍게 웃음을 흘린 소담이 손가락을 움직
였다.

-넌 아직도 살 게 남았냐?
-당연하지. 외국에 갔으면 선물을 사오는 게 사람으로서 지켜야 할 도
리다.
-그런 도리 안 키워.
-나는 아버님이 너에게 카드를 주신 사실을 알고 있다.

보나마나 박 여사가 도희에게 말해주었을 것이다. 펑펑 쓰고 즐
기라고 손에 카드를 쥐어주었는데도 궁상맞게 굴고 있을 거라고,
매번 저에게 잔소리를 하듯 도희에게 하소연을 하셨겠지.

-작업 거는 남자는 없음?

눈을 가늘게 뜨고 짓궂은 미소를 짓고 있을 도희가 그려져 소담

의 입가가 부드럽게 풀어졌다.

　-나 일본에서 좀 알아주는 페이스임.
　-그래서 거기 눌러 살 거임?
　-말이 안 통해서 안 되겠음.

'ㅋ'의 행렬이 한참이나 이어진 후에야 도희는 밥 너무 많이 먹지 말라고, 여자는 항상 긴장하고 있어야 하는 거라고 경고했다.

　-언제 올 거야?

하얀 창에 떠 있는 도희의 메시지를 보고도 소담은 손가락을 움직이지 못했다.

선기의 결혼식이 얼마 남지 않았다. 일본으로 오기 전에도 온갖 대중매체를 통해서 신부가 어떤 드레스를 입을 것인지, 결혼반지는 어디서 얼마짜리를 샀는지, 신혼여행은 어디로 가게 되는지에 대해서 수도 없이 보고 들었다. 결혼식이 끝난 후에도 누가 하객으로 참석했었는지, 결혼식이 어땠는지 방송하기 바쁠 텐데 그것들을 모두 외면할 수 있을까? 보고 듣고서도 아무렇지 않을 수 있을까?

지그시 눈을 감고 있던 소담은 느릿하게 메시지를 작성했다.

　-날 너무 사랑해서 한국에서 살겠다는 남자가 나타나면 가겠음.

–안 오겠다는 말을 너무 거창하게 하는 거 아님?

피식 웃으면서 몇 번 더 메시지를 주고받던 소담은 눈이 감긴다는 도희에게 좋은 꿈 꾸라는 말을 남기고서 휴대폰을 도로 가방에 집어넣었다.

억지로 힘을 내 기념품을 파는 코너로 걸음을 옮긴 소담이 도희의 선물로 살 만한 게 있는지 둘러보고 있는데 누군가 그녀의 어깨를 세게 치고 지나갔다.

"아야."

『미안합니다!』

장신의 남자가 급하게 사과를 건네고 사라졌다. 소담은 흘러내린 가방을 고쳐 메고서 어깨가 아닌 손을 쳐다봤다.

'너, 거슬려. 귀찮고 짜증나. 알아들어?'

이작의 차가웠던 음성이 귓가에 맴돌았다. 귀찮게 하려고 했던 건 아니었는데. 그저 일본에서 한국 사람을 만난 게 너무 반가워서, 그 사람이 바이올리니스트 하이작이라 더 반가워서, 뒤돌아서 있던 모습이 아프게 외로워 보여서, 그래서 그랬던 건데.

유소담은 누구에게나 손이 많이 가는 애였다. 소담도 자신이 그런 존재라는 걸 어렴풋이 느끼고 있었다. 학생 때는 도희에게 의지했던 부분이 적지 않았고, 사회생활을 하면서는 같은 일을 하는 동료들에게 의지했었던 것 같았다. 하지만 이제껏 아무도 직접적으로 짜증을 내거나 귀찮아하는 기색을 보인 적이 없었다. 그래서 내심 당연히 의지해도 된다고 여겼던 것일지도 모른다. 그들 역시 이작처럼 자신이 귀찮고 짜증났을 수도 있는데.

"아프다."

빤히 제 손을 쳐다보던 소담의 눈시울이 붉어졌다. 모르는 남자
와 부딪친 어깨보다 이작이 쳐낸 손이 더 아팠다.

 #3

Rrrr. Rrrr. Rrrr.

끊겼다 안심하면 이내 다시 울리는 휴대폰 벨소리에 소담은 무거운 눈꺼풀을 들어올렸다. 친구들이 이토록 집요할 리 없으니 분명 집에서 걸려온 전화일 것이다.

끄응 신음을 흘리며 몸을 일으킨 소담은 액정을 가득 채운 엄마의 얼굴에 목소리를 가다듬었다.

"응, 엄마."

[너, 목소리가 왜 그래! 울었어?]

가끔 생각하는 거지만 엄마 박 여사의 예리함은 일반인들과는 차원이 달랐다. 뜨끔한 소담은 박 여사가 앞에 있기라도 한 것처럼 도리질을 쳤다.

"울기는! 자다가 깨서 그래."

[웬일이야? 이 시간까지 잠을 다 자고?]

소담은 벽에 걸려 있는 시계를 쳐다봤다. 오후 12시가 넘어 있었으니 그런 말이 나올 만도 했다. 어렸을 때부터 아버지와 함께 약수터에 가는 것으로 하루를 시작했던지라 늦게 자도 일찍 일어나는 게 습관이 되어버렸다.

[잘했어. 더 자게 놔둘 걸 괜히 깨웠네. 어제 연락이 없어서 참다가 전화한 건데.]

"아니야. 일어나려고 했어."

[관광은 좀 했어?]

소담은 일본에 와서 먹은 것들과 도쿄도청사에 다녀온 이야기를 장황하게 늘어놨다. 그래야 이틀간 객실에서 꿈쩍 안 한 사실을 들키지 않을 수 있을 것 같았다.

밥 잘 먹고 길 잃어버리지 않게 택시 타고 다니라고 당부에 당부를 거듭한 박 여사가 전화를 끊자 소담은 침대 위에 대자로 뻗었다.

무려 이틀간 울다가, 멍 때리다가, 또 울다가, 그러다 지쳐서 잠들기만 반복했더니 몸에 힘이 하나도 없었다. 먹은 거라고는 룸서비스를 받은 샌드위치 두 조각과 미니바의 음료가 전부였다.

눈이 너무 부어서 잘 떠지지도 않았지만 소담은 잘된 일이라고 여겼다. 선기의 결혼 소식을 듣고, 해고가 되고 나서도 시원하게 울어본 적이 없었다. 저보다 더 속상해하는 가족들에게는 괜찮은 척을 해 보여야 할 것 같았고, 소식을 접하고 분에 받쳐서 눈물을 쏟아내던 도희 앞에서는 차마 울 수가 없었다. 오히려 괜찮다고 도희를 위로했던 소담이었다.

삐죽삐죽 흘러내리는 눈물을 누가 볼세라 주먹으로 훔쳐 냈던 게 몇 번인지. 몰래 우는 것도 할 짓이 아니었다. 그렇게 밖으로 쏟아내지 못하고 안으로 저장해 두었던 눈물들이 이틀 새 다 빠져나왔다.

선기를 좋아했던 시간들. 길고 긴 시간 동안 언젠가는 알아줄 거라고 미련하게 기다리기만 했던 자신의 한심함. 가족과 다름없다고 했으면서도 사랑하는 여자의 부탁에 자신을 내몬 선기에 대한 서운함. 그리고 이작의 차가웠던 내침까지. 서운하고 서러웠지만 자신에게도 잘못이 있다는 걸 알아서 더욱 눈물이 났었다. 적어도 남에게 피해를 주며 살아오지는 않았다고 생각했는데 그게 아니었던 것 같아서 모자랐던 스스로에 대한 반성까지 해야 했다.

기운은 없고 얼굴은 퉁퉁 부었지만 속은 시원했다. 이제 아프지 않다고 말하면 거짓말이겠지만 적어도 아무 데서나 눈물을 보일 수준은 면한 것 같았다.

"배고프다."

새하얀 천장을 바라보며 중얼거린 소담은 침대에서 내려와 꺼 두었던 에어컨을 작동시켰다.

"맛있는 거 먹어야지. 맛있는 거 먹고 기운내야지."

이틀 전보다 씩씩해진 그녀는 욕실로 걸음을 옮기다가 휘청거렸다.

"맛있는 거든 맛없는 거든 뭐라도 먹긴 해야겠다."

벽을 짚고 혼잣말을 중얼거린 소담은 샤워를 하고 나와서 옷을 갈아입었다. 드라이기를 가져오려고 다시 욕실에 들어가서야 거울에 비친 제 모습과 마주한 그녀는 손으로 얼굴을 더듬었다.

"와, 장난 아니다. 내 얼굴이지만 완전 괴물이네."

얼굴 자체가 부어 있기는 했지만 눈은 정말이지 심각했다. 이럴 때는 냉동실에 얼려둔 숟가락이 있어야 하는 건데. 한국에서였더라면 얼음을 수건에 싸서 긴급 처방이라도 했겠지만 지금은 대책이 없었다.

"이거 완전 민폐인데."

거울에 얼굴을 바싹 들이대고 요리조리 살피던 소담이 한숨을 내쉬었다. 이래서야 화장은 하나마나다. 눈 화장을 한다 해도 역효과를 줄 게 빤했다. 그렇다고 하루 더 객실에 박혀 있어봤자 팔이 빠지게 삽질만 할 거고.

될 대로 되라는 심정으로 머리를 말리고 포니테일 스타일로 묶은 소담은 굽 있는 신발과 굽 없는 운동화를 두고 고민에 빠졌다. 어쩐지 오늘 굽 높은 신발을 신었다가는 국제적인 망신을 당할 것 같았다. 결국 운동화를 신은 소담은 미니바에서 생수 한 병을 꺼내 가방에 넣고 객실에서 나왔다.

급하게 전철에 타려던 사람과 부딪친 소담이 비틀거렸다.

『죄송합니다.』

미안한 얼굴로 사과하는 남자에게 웃으면서 고개를 숙이는 소담을 보면서 이작은 인상을 구겼다. 가까운 거리에 있었다면 팔을 뻗어 잡아줄 뻔했을 만큼 소담의 얼굴은 엉망이었다.

호텔에서 선칠 인까지 이자은 소담의 뒤를 쫓고 있었다. 계획적으로 벌인 일은 아니었는데 어쩌다 보니 그녀를 미행하는 꼴을 하고 있었다.

츠키지 수산시장에서 소담의 손을 뿌리친 이후로 이작은 다시 불면에 시달렸다. 위험한 줄 알면서도 수면제를 과다 복용해 봤지만 소용이 없었다. 맥주 대신 위스키를 마셔도 정신은 맑아지기만 했고, 미친 듯이 달리고 들어와도 잠은 오지 않았다.

사고 이후에 불면이 익숙해졌지만 한 시간도 잠들지 못할 정도로 심하지는 않았었다. 그래서 이작은 불면의 이유를 마음의 불편함 때문이라고 결론지었다.

그렇게까지 하지 않았어도 될 일이었다. 비록 예정되어 있는 수술과 자신의 전화만 기다리고 계실 어머니 때문에 신경이 날카로워져 있기는 했지만 그렇게 심하게 굴 이유는 없었다.

잠은 안 오고, 마음은 점점 더 불편해시기민 히고. 도대체 왜 그랬을까 아무리 생각해 봐도 뚜렷하게 떠오르는 이유가 없었다. 그래서 답답하다는 핑계로 호텔 밖에서 죽치고 앉아 있었다. 결코 소담을 기다린 건 아니지만 혹시 우연히 마주치게 된다면 그때는 말이 심했다고 말이라도 건네볼까, 뭐 그런 생각으로.

이틀간 호텔 로비와 소담과 처음 만났던 벤치를 오가면서 시간을 보냈던 이작이지만 그녀를 만날 수는 없었다. 그럴수록 마음은 더 안 좋아졌다. 눈을 감으면 손을 내쳤을 때 놀라다가 상처받은 작은 얼굴이 떠올라 잠을 자려는 시도조차 할 수가 없었다. 그러다 오늘, 벤치에 앉아서 담배를 피우던 이작은 소담을 발견했다. 얼굴 전체가 퉁퉁 부어서 힘없이 걸어가는 소담을. 그 순간 그는 태어나서 처음으로 타인에게 죄책감을 느꼈다.

누가 봐도 울어서 부은 얼굴이었다. 제대로 뜨고 있는 게 맞는지 헷갈릴 정도로 눈이 부어 있었다. 봐줄 거라고는 맑고 큰 눈밖에 없었는데 그 눈이 보이지 않았다.

소담의 사정을 모르는 이작으로서는 그녀가 얼굴이 엉망이 되도록 운 게 전부 자신의 탓인 것만 같았다. 저 미련한 여자가 밥은 먹으면서 울었을까, 잠은 자면서 울었을까 신경이 쓰이기 시작했고, 급기야 미행을 하는 처지가 되어버린 것이다.

그 얼굴을 해가지고 어디를 가려는 것인지 소담은 전철역이 나오자 그 안으로 쏙 들어갔고 역사 안에 위치한 편의점에서 초코바를 사 먹었다. 배가 고팠던 것인지 편의점 밖에 서서 열심히 초코바를 먹던 소담은 가이드북을 꺼내 한참을 살펴보았었다. 그리고 목표지를 정한 듯 보이던 그녀는 그때부터…… 헤맸다. 한국과 일본의 시스템이 약간 다르긴 하다지만 헤매도 너무 헤맸다. 오죽 답답했으면 달려가서 대신 표를 끊어주고 싶었을까.

'어디로 가려는 거지?'

가이드북만 쳐다보고 있는 소담에게서 시선을 떼지 않고 있던 이작은 미간을 좁혔다. 길을 모르면 택시를 타던가. 왜 사서 고생인지. 덕분에 따라다니는 자신도 고생이다.

다음 역을 알리는 안내 방송이 나오자 소담은 가이드북을 가방에 넣었고 이작도 내릴 준비를 했다. 아직 언제 말을 걸어야 할지 정하지는 못했지만 이대로 돌아서면 일본 전철을 구경한 것밖에 되지 않으니까.

하라주쿠 역(原宿驛)에서 내린 소담을 쫓으며 이작은 그녀가 메이지신궁에 갈 것이라고 예상했다. 역에서 가장 가까운 관광지이기도 하고 길치인 소담이 복잡한 도심으로 나갈 거란 생각을 할 수 없기 때문이기도 했다. 하지만 소담이 곧장 메이지신궁으로 향할 거란 이작의 예상은 보란 듯이 빗나갔다.

전철역에서 나와 주변을 돌아보던 소담의 시선이 어느 한곳에 머물렀고, 그녀는 망설임 없이 그곳으로 걸어갔다.

'그래. 초코바로는 간에 기별도 안 갔겠지.'

타코야끼 전문점에서 어렵사리 주문에 성공한 소담을 지켜보면서 이작은 저도 모르게 웃어버렸다.

여자가 먹기에는 부담스러울 정도의 돈가스를 가볍게 해치우고 그가 남긴 것까지 먹던 소담이었다. 그러니 겨우 초코바 하나로 배가 불렀을 리가.

이작은 멀찍이서 그녀를 바라보며 담배를 피웠다. 타코야끼를 만드는 사람의 모습을 보면서 신기해하고, 성급하게 타코야끼를 입에 넣었다가 뜨거워서 손부채질을 하고, 그러다 맛있어서 죽겠다는 표정으로 웃고. 참으로 다채로웠다. 지켜보는 게 지루하지 않을 정도로.

종이 접시를 깨끗하게 비우고서 아쉽다는 듯 새로 만들어지고 있는 타코야끼를 쳐다보던 소담은 줄을 서서 기다리고 있는 사람들을 보고 자리에서 일어섰다.

배를 채우고 나니 힘이 났다. 뭘 먹어야 하나 걱정했었는데 타코야끼 맛은 환상적이었다. 한국에서도 먹어본 적이 있었지만 이곳의 타코야끼와는 차원이 달랐다. 한국에서 먹는 김치와 외국에서 먹는 김치의 맛이 같을 수 없듯이.

기분이 좋아진 소담은 잘 떠지지 않는 눈에 힘을 주고서 메이지 신궁으로 향했다. 도희는 재미없게 신사 같은 곳을 뭐 하러 가냐고 했지만 길을 잃기 일쑤인 소담에게는 전철역에서 가까운 관광지가 관광하기에 가장 좋은 곳이었다.

거대한 기둥 두 개가 세워져 있는 출입문을 지나 안으로 들어선 소담은 한껏 숨을 들이마셨다.

"아, 좋다."

차들이 지나다니고 사람들이 북적이는 공간에서 몇 발자국 들어섰을 뿐인데 공기가 달랐다. 도심 속에 헤아릴 수 없을 정도로 많은 나무들이 심어져 있다는 게 그녀를 놀라게 했다. 어디로 눈을 돌려도 녹음이 우거져 있어 머릿속까지 상쾌해졌다. 도시가 아니라 어디 한적한 시골에 내려와 있는 기분이었다. 까마귀가 우는 소리는 듣기에 좋지 않았지만 괴로울 정도는 아니었다.

뒷짐을 진 소담은 느긋하게 걸음을 옮겼다. 걷다 보니 우물가처럼 생긴 장소도 나오고 소원을 적어서 달아놓은 것 같은 나무도 보였지만 무심하게 지나쳤다. 굳이 일본의 신궁에서 소원을 빌어야 할 이유는 없으니까.

신기한 걸 보면 무턱대고 꺅꺅거리는 소담이지만 메이지신궁에서는 그저 삼림욕하는 기분으로 걸어 다녔다. 그러다 유독 사람들이 많이 몰려 있는 곳에서 걸음을 멈췄다. 신궁의 본전에서 전통 결혼식이 진행되고 있었다.

일본 전통 의상을 입은 사람들이 단정하게 손을 앞으로 모으고 걸어나오고 있었다. 소담은 늠름해 보이는 신랑과 어여쁜 신부, 그들의 뒤를 조용히 따르는 하객들을 가만히 지켜보았다.

"야, 우리 진짜 운이 좋은가 봐. 주말에만 어쩌다 한 번 결혼식이 있다는데 타이밍 좋게 그걸 보네."

배낭여행을 온 것처럼 보이는 여자들의 대화에 소담이 쓴웃음을 지었다. 그들에게는 운이 좋은 것인지 모르겠지만 자신에게는 아니었다.

신랑과 신부를 쳐다보던 소담은 눈에 힘을 주었다. 비슷한 생김새도 아니고, 턱시도와 웨딩드레스를 입은 것도 아닌데 자연스럽게 선기와 그의 신부가 떠올랐다. 이틀을 죽어라 울어놓고도 바보처럼 또 눈물이 나오려고 했다.

결혼식 행렬이 이어지고 있었지만 소담은 몸을 돌렸다.

'잘 먹고 잘살라지! 배 터지게 잘 먹고 잘살아라! 이선기, 이 나쁜 놈아!'

예비 신부 옆에서 팔불출처럼 웃음을 감추지 못하던 선기가 떠올라 소담은 아드득 이를 갈았다. 이웃 오빠 동생으로 지낸 시간이 몇 년이고 코디네이터로 일한 시간이 몇 년인데 가위로 잘라내듯 싹둑 잘라 버리다니. 야속하고 서운하다 못해서 이제 화까지

났다.

걸음에 화를 실어 성큼성큼 걷고 있는데 투둑, 얼굴에 물이 떨어졌다. 멈춰 서서 물기를 닦아낸 소담이 하늘을 올려다보기 무섭게 비가 쏟아지기 시작했다.

"아. 진짜 언빌리버블이다."

기가 막혀서 멍하니 하늘을 쳐다보던 소담은 일단 뛰었다. 어디서 우산을 사야 하는지, 비가 언제쯤 그칠지는 알 수 없었지만 내리는 비를 맞고만 있을 수는 없는 일이니까.

종종거리면서 뛰던 소담은 돌부리에 발이 걸려 넘어져 버렸다. 재수가 없어도 이렇게 없을 수가 있나 허망해하던 그녀는 누군가 자신의 팔을 잡아 일으키는 힘에 화들짝 놀라 비명을 질렀다.

"일어나!"

새까만 선글라스로 얼굴을 가리고 있었지만 분명 이작이었다. 키로 보나 목소리로 보나 이작이 아닐 수가 없었다. 왜 그가 이곳에 있는지 생각해 보려던 소담은 강한 힘에 의해 일으켜져 그가 이끄는 대로 뛰었다.

"여기 가만히 서 있어."

기념품 판매점 지붕 아래 소담을 세워놓은 이작은 무시무시한 눈빛으로 그녀를 쳐다보고서 휙 몸을 돌렸다. 허둥대지 않고 곧바로 판매점으로 향한 덕분인지 다행스럽게도 우산이 남아 있었다. 이작은 지체 없이 요란한 꽃무늬가 가득한, 제정신이라면 절대 사지 않았을 장우산 두 개를 집어 계산하고 서둘러 밖으로 나왔다.

소담은 그가 세워둔 그 자리에 얌전히 서 있었다. 우산을 쓰고

관광을 이어가는 사람들과 겉옷이나 손으로 비를 막으며 뛰는 사
람들을 보고 있던 그녀는 눈앞에 쑤욱 내밀어진 우산을 얼떨떨한
표정으로 쳐다보았다.

"받아."

받아도 되는 것인지 아닌지 고민하던 소담은 이작의 말에 떨떠
름한 표정으로 우산을 받아 들었다. 그는 그새 젖어버린 머리카락
의 물기를 손으로 털어내고 있었다.

처음에는 그가 왜 이곳에 있는 것인지 물으려 했었다. 그러다
당연히 관광을 하러 왔을 거라는 생각이 들었고, 지금은 왜 저를
그냥 내버려 두지 않고 우산을 사주냐고 묻고 싶었지만 튀어나오
려는 말을 목구멍 안으로 삼켰다.

거슬리고 귀찮고 짜증난다고 했었다. 그때의 표정과 말투를 기
억하는 소담은 그가 왜 친절을 베푸는지 알 수가 없었다. 하지만
왜 그랬냐고 물으면 또 그의 짜증을 돋우는 게 될까 봐 겁이 났다.

"손수건 없어?"

가만히 이작을 바라만 보던 소담은 갑자기 던져진 질문에 깜짝
놀라 황급히 가방을 뒤졌다. 그리고 손수건을 꺼내 그에게 건넸지
만 돌아온 건 손이 아니라 옅은 한숨이었다.

"너 닦으라고. 무릎 까졌다."

멍해 있던 소담은 고개를 끄덕이고서 얼굴의 물기를 닦았다. 아
이라인을 그리지 않은 게 그렇게 다행스러울 수가 없었다. 그랬다
면 검은 눈물을 흘리는 추한 모습을 보였을 테니까. 팅팅 불어터
진 면발 같은 얼굴도 추하기는 마찬가지겠지만.

얼굴을 닦고 시선을 내리니 이작의 말처럼 무릎이 까져 있었지만 심하지는 않았다. 슬금슬금 배어 나오는 피를 손수건으로 닦느니 밴드를 사서 붙이는 게 나을 것 같았다.

조용히 얼굴을 닦는 소담을 보면서 이작은 흘러나오려는 한숨을 삼켰다. 물에 빠진 생쥐 꼴은 면했지만 아예 젖지 않은 것은 아니었다. 비가 언제 멈출지, 멈춘다 해도 다시 내리지는 않을지 알 수 없는 상황에서 얇은 티셔츠를 입고 있는 소담의 모습은 그의 걱정을 샀다. 제대로 먹지도 못하고 울었을 텐데 젖은 옷을 입고 돌아다니다가 감기라도 걸리면 어쩌나. 그러면 죄책감이 배로 커질 테고 생전 해본 적 없던 사과를 제대로 해내야 하는 난관에 봉착하게 될 것이다.

"저기."

걱정과 짜증이 섞인 눈빛으로 소담을 쳐다보던 이작은 그녀가 목과 팔까지 닦고 내민 손수건으로 시선을 옮겼다.

"선글라스, 계속 쓰고 계실 거면 닦으시는 게 좋을 것 같아서……."

소담의 말을 듣고서야 먹구름에 해가 가려지고 비가 세차게 내리는 거리에서 선글라스를 쓰고 있었다는 사실을 인지한 이작의 미간이 좁아졌다.

"됐어."

마음과는 다르게 차갑게 대꾸한 그는 선글라스를 벗어 티셔츠에 걸려다가 멈칫했다.

우연히 소담을 만나게 되면 그냥 말이나 걸어볼까 했을 뿐이지 사과를 해야겠다는 생각은 해본 적이 없었다. 하지만 퉁퉁 부은 얼굴을 보니 미안하다는 말이 목 끝까지 차올랐다.

이제까지 누군가에게 사과해야 할 일을 한 적도 없었고 미안해해야 할 짓을 하고도 미안한 줄 모르고 살아온 그였다. 고맙다, 감사하다는 말은 버릇처럼 해왔지만 미안하다는 말은 해본 적이 없었다. 그래서 머리는 빨리 사과를 해버리고 불편한 마음을 없애라고 하는데 입은 그렇게는 못하겠다며 강하게 버티고 있었다. 이러다 소담이 훌쩍 자리를 떠버리면 의도치 않게 그녀를 기다렸던 시간과 스토커처럼 미행을 감행했던 행동이 쓸모없게 되어버리는 건 아닐까 싶어 입이 바싹 말랐다. 그러니 입이 머리의 명령에 복종할 때까지 시간을 벌어야 했다.

"넣어."

소담에게 선글라스를 내민 이작은 당황하는 그녀의 표정에 자신의 말투가 너무 강압적이었다는 걸 깨달았다.

"귀찮으니까 가방에 넣어달라고."

여전히 당황스러운 표정을 지우지 못한 소담이었지만 순순히 선글라스를 받아 가방에 넣으며 조그맣게 중얼거렸다.

"다 귀찮대. 귀찮아서 똥은 어떻게 싸나 몰라."

쓸데없이 예민한 청각으로 소담의 혼잣말을 정확하게 주워 들은 이작이 인상을 험하게 구겼다.

"너 지금, 뭐라고?"

잠시 어깨가 굳어진 듯 보이던 소담이었지만 그녀는 이작을 올려다보며 눈을 깜박였다.

“제가 뭘요?”

상상조차 하지 못했던 소담의 앙큼한 면에 놀란 이작의 눈이 가늘어졌다.

“뭘 모르겠다며.”

“제가요?”

“방금 그랬잖아.”

“아무 말도 안 했는데요.”

“뭘 어떻게 싸…… 됐다. 말을 말자.”

배 째라는 식으로 아무 말도 안 했다고 잡아떼는 소담을 취조해 봤자 볼 건 오리발밖에 없을 듯싶었다. 추궁을 포기한 이작이 주먹을 쥐었다 폈다 하는 것으로 마음을 가라앉히고 있을 때, 고개를 숙인 소담의 두 번째 혼잣말이 그의 귓속으로 파고들었다.

“말하는 것도 귀찮은 거지. 쳇.”

그런 게 아니었다. 하지만 이작은 평소에 그러던 것처럼 변명 같은 걸 꺼낼 생각도 않고 그저 입을 다물었다.

그는 본래 말이 많은 편이 아니었고 어쩌다 인터뷰를 하게 되더라도 신비주의를 강조하시던 어머니 덕분에 단답형으로만 응했었다. 속내를 터놓을 친구 한 명 없었고, 그런 친구를 만들 시간도 없었다. 연인이었던 여자와도 많은 대화를 나누지는 않았었다. 바이올린과 관련된 일이 아니라면 입을 열 필요도, 이유도 없었다. 그래서 장난스럽게 소담의 혼잣말을 받아칠 수가 없었다. 이럴 때 어떤 식으로 어떻게 말을 해야 하는지 방법 자체를 모른다.

사람들은 하이작이 차갑고 무심한 사람이라고 말했다. 만족스러운 연주를 했을 때를 제외하면 웃는 모습 한 번 보기가 힘들고 다가가려 하면 밀어내기에 급급해 보인다고. 하지만 그건 그의 사정 따위는 궁금해하지 않기 때문에 할 수 있는 말들이었다.

이작은 어머니로부터 바이올린을 켜는 사람들은 절대 친구가 될 수 없는, 영원한 경쟁자라고 배웠다. 누구에게 레슨을 받는지, 하루 연습량이 얼마나 되는지 묻는 건 너보다 더 열심히 하려고 수를 쓰는 거니까 아무도 믿지 말라고 배웠다. 사람들은 최고가 아니면 인정하지도, 기억해 주지도 않으니 무조건 최고가 되어야 한다고 배웠다. 최고가 아니면 사랑받을 수 없다고, 그렇게 배웠다. 그래서 최고가 되려고 발버둥 쳤지만 최고가 되고 나니 곁에 남아 있는 사람이라곤 가족밖에 없었다. 언제든 떠날 준비가 되어 있었던 여자와.

사실은 어떻게 웃어야 하는 건지 거울을 보면서 연습한 적이 있다고, 친구가 많은 사람을 지켜보면서 어떻게 행동하고 말하는지 배워보려 했다고 토로하는 건 자존심이 용납하지 않았다.

비굴하고 구차해지느니 차라리 혼자가 되는 것이 나았다. 이작은 지금도 그것이 현명한 선택이라고 믿어 의심치 않았다.

"식사는 하셨어요?"

소담의 조심스러운 물음에 상념에서 벗어난 이작은 눈살을 찌푸렸다.

"넌 나만 보면 배고프냐?"

"전 항상 배고픈데요."

"어떻게 항상 배가 고파?"

"친구가 그러는데 마음이 허해서 그러는 거래요."

이 조그만 여자가 마음이 허한 이유가 무얼까. 웃음기 없는 소담의 얼굴에 이작이 인상을 썼다.

"먹는 게 다 어디로 가는 거야?"

소담의 얼굴을 외면하며 불퉁하게 묻자 그녀가 재깍 대답을 해왔다.

"화장실로요."

아, 진짜 더러워서. 똥이니 화장실이니 하는 말을 여자애가 아무렇지도 않게 내뱉다니. 혹시 자신이 여자라는 자각이 없는 건 아닐까?

"저는 배고파서 밥을 먹어야겠어요. 식사 안 하실 거면 안녕히 가세요."

제법 매정하다. 제발 같이 밥을 먹어달라고 애원했던, 밥 생각 전혀 없던 사람을 세 시간이나 기다리게 만들어 초밥을 먹이던 사람과 동일인물이 맞는지 의심스러웠다.

어쩐지 소담이 괘씸한 이작은 얼굴을 구겼다. 하지만 소담은 그를 쳐다보지도 않고 우산을 펴들었다.

소담이 설마 정말 혼자 가버리지는 않을 거란 이작의 예상은 이번에도 빗나갔다. 그의 선글라스가 제 가방에 들어 있다는 걸 잊어버리기라도 했는지 그녀는 통통 튀는 걸음으로 이작에게서 멀어지고 있었다.

눈에 꽉 힘을 주고 소담을 노려보던 이작은 재빠르게 그녀의 뒤를 쫓으며 소리쳤다.

"옷부터 갈아입어!"

간단하게 미소라면으로 식사를 마친 소담과 이작은 기끼운 카페로 들어갔다. 사람들로 바글거리는 카페의 창가 쪽에 자리 잡은 두 사람의 옷차림은 호텔에서 나올 때와는 판이하게 달라져 있었다.

신사를 벗어나 가장 가까이에 위치한 의류 매장에서 블랙 진에 하얀 셔츠를 사 입은 이작은 평범한 옷차림에도 불구하고 단연 눈에 띄었다. 비를 맞았음에도 전혀 푸석거리지 않는 새까만 머리카락 아래 서늘한 눈매, 커피로 인해 촉촉하게 젖어 있는 얇은 입술이 여자들의 시선을 끌고 있었다.

'공기 같다.'

표정 없는 얼굴로 커피를 마시는 이작을 보고 있던 소담은 갑자기 가슴이 싸해져 뜨끈한 커피를 한 모금 삼켰다.

이작은 존재하지만 눈에 보이지 않는 공기 같았다. 말도 안 되는 생각이었다. 지금만 해도 여자들이 대놓고 그에게 시선을 보내고 있었으니까. 하지만 그 말도 안 되는 생각을 접을 수가 없었다.

소담은 그가 무엇을 보는지 알 수 없었고 어떤 생각을 하고 있는지도 읽어낼 수가 없었다. 생명 없는 그림처럼 앉아 있는 모습이 왜 이렇게 아프게 다가오는지 모를 일이었다.

원하는 게 없어 보이는 사람. 소담이 보는 이작은 그랬다. 무엇에도 관심 없고 그냥 살아지니까 사는 느낌이 강하게 밀려왔다. 그래서 이작의 앞에서는 더욱 말이 많아지고 실없이 웃게 되는 걸까?

“왜.”

자신을 뚫어져라 쳐다보고 있는 소담의 시선을 느낀 이작이 커피잔을 내려놓았다.

소담은 눈을 깜박이며 이작의 눈동자를 응시했다. 까만 동공에 맺힌 제 얼굴이 반가워 눈으로는 미소를 그리면서도 그를 향해 입술을 삐죽여 보였다.

“여동생 없죠?”

비를 맞은 탓에 뜨거운 바닐라라테를 홀짝이던 소담의 말에 이작은 눈만 치켜떴다.

“딱 봐도 여동생 없을 것 같아. 맞죠?”

이미 이작에 대해서 잘 알고 있었지만 내색할 수는 없었다. 뜬금없이 사실은 팬이라고 말하면 그가 얼마나 무섭게 돌변할지, 상상하는 것만으로도 식은땀이 흘렀다.

“없어.”

짧게 대꾸한 이작에게 소담은 그럴 줄 알았다는 듯 열성적으로 고개를 끄덕였다.

“다행이네요.”

“뭐?”

“있었으면 여동생이 되게 싫어했을 거야.”

“야.”

손발이 오그라들 만큼 차가운 음성이 그만 주절대라고 경고 메시지를 보냈지만 소담은 멈추지 않았다. 그가 자신을 쳐다보고 짜증난다는 듯 인상을 긋는 모습이 보기 좋았다. 정말 살아 있는 사람 같아서.

"그렇잖아요. 세상에 어떤 오빠가 반바지도 못 입게 해요?"

"그게 어딜 봐서 반바지야?"

의류 매장에서 소담이 골라 입고 나온 옷을 보고 기겁했던 이작이 눈을 부라렸다. 반바지라는 단어는 그런 천 쪼가리에 쓰여서는 안 되는 것이었다.

우산과 의상을 매치시키려고 작정을 했는지 소담이 고른 옷은 알록달록한 꽃들이 만발해 있었다. 게다가 핫팬츠라고 부르기에도 민망한, 초미니 핫팬츠를 입고 나왔을 때의 황당함이란 이루 말할 수가 없었다. 엉덩이나 제대로 가릴까 싶었던 그것을 반바지라고 칭하는 소담이 도저히 이해되지 않았다.

"지금 네가 입고 있는 걸 반바지라고 하는 거야. 처음에 골랐던 건 그냥 천이고."

"내가 입으니까 5부 바지잖아요!"

소담이 새된 음성으로 항의해 봤지만 이작은 무표정한 얼굴로 그녀를 빤히 쳐다만 볼 뿐이었다.

이작이 골라준 옷이라 입고 있기는 했지만 소담은 지금 제 모습이 무척이나 마음에 들지 않았다. 목이 졸릴 것 같은 라운드 넥의 헐렁한 맨투맨 티셔츠와 이도저도 아닌 어정쩡한 길이의 하얀색 면바지. 오늘은 굽 없는 운동화를 신어서 짧은 다리가 더 짧아 보이는 최악의 효과를 맛보고 있었다. 반대로 이작은…….

'눈 돌아가게 멋있다는 게 이런 거지.'

그를 바라보는 데 있어서 어울리지 않는 씁쓸한 감정에 소담은 입안이 썼다. 그저 눈이 즐거워지는 호사를 기껍게 받아들이면 될 텐데 이유 없이 심통이 났다.

"불공평해요."

따듯함을 잃지 않은 커피잔을 내려놓은 이작은 볼을 빵빵하게 부풀리는 소담을 보곤 더 해보라는 듯 팔짱을 꼈다.

"그쪽은 멋있는데 나만 이상하잖아요."

천 쪼가리를 반바지라고 했던 것만큼이나 소담의 말을 이해할 수가 없었다. 그가 보기엔 충분히 귀여웠다. 노란 병아리가 프린트되어 있는 루즈한 사이즈의 티셔츠는 그녀를 더욱 어려 보이게 만들었고 바지도 나쁘지 않았다. 아무렴 천 쪼가리보다 나쁜 게 있기나 할까.

귀엽다는 말 한마디면 빵빵하게 부푼 그녀의 볼이 홀쭉해질 걸 알고 있었다. 제 아내를 향해 예쁘다, 귀엽다는 말을 입에 달고 사는 강호가 괜히 그러는 건 아닐 테니까. 하지만 이작에게 그런 낯 간지러운 말은 미안하다는 사과의 말보다 더 하기 어려운 말이었다.

"그런 거 입고 다니면 팬티 보인다. 다 널 위해서 하는 말이야."

결국 이작은 여자들이 좋아하는 말 대신 어쭙잖은 충고를 던졌다.

"세상이 얼마나 험한데 그런 걸 입고 다녀. 내가 네 오빠가 아니라 아빠라도 그런 옷은 안 돼.”

소담의 동그란 눈이 가재미눈으로 변한 걸 봤을 때 멈췄어야 했는데 그러지 못했다. 행여나 또 그런 옷 같지도 않은 옷을 입겠다고 할까 봐.

“코디네이터였다면서 뭐 그딴 걸 옷이라고 골라?”

설정타였다. 하지 말았어야 할 말까지 해버린 이작을 노려보던 소담은 다부지게 말아 쥔 주먹을 테이블 위에 올려놓았다. 그리고 화가 덕지덕지 붙은 얼굴로 쏘아붙였다.

“할아방탱이.”

이작은 제 귀를 의심했다. 설마, 잘못 들었겠지.

“완전 보수적이고 가부장적인 못된 할아방탱이!”

확인사살까지 당하자 헤비급 충격이 몰려왔다.

아저씨도 거슬렸는데 뭐? 할, 할아방탱이?

“너!”

어이가 없고 기가 막히고 코가 막혀 큰 소리를 냈는데도 소담은 겁먹은 척도 하지 않았다. 소담에겐 패션에 관한 모든 것이 건드려서는 안 되는 성역이었기 때문이다.

줏대 없고 귀가 얇아서 사기 낭하기 딱 좋은 스타일이 유소담이었지만 패션에 있어서만큼은 자기 주관이 확실했고 고집도 셌다.

자신의 일에 굉장한 자부심을 가지고 열심히 일해 왔던 소담이었다. 그런 그녀가 고용인의 완벽하게 사적인 이유로 해고당한 지 얼마 되지도 않았다. 그래서인지 이작이 던진 말은 그렇게 센스가 없으니까 해고당한 거라는 비아냥으로 들렸다.

“나 갈 거예요.”

팩 토라져 일어서는 소담을 멍하니 쳐다보던 이작은 뒤늦게 그녀를 쫓아 나가 가느다란 손목을 붙잡았다.

“어떻게 가는지나 알아?”

“내가 바보예요? 택시 타면 돼요!”

순하게만 보이던 여자가 격하게 화를 내니 적응이 되질 않았다. 이럴 작정은 아니었는데 일이 꼬여가는 것 같아 답답해졌지만 말로 풀 재간은 없었다. 혼자 가겠다고 버티는 소담을 강하게 붙잡고 있던 이작은 마침 그들의 앞에 멈춰 선 택시 안에 그녀를 밀어 넣었다.

억지로 택시에 태워진 소담은 창 쪽으로 고개를 돌린 채 호텔에 도착할 때까지 한마디도 하지 않았다.

젖은 옷을 입고 다니면 감기 들 것 같아서 새 옷을 사 입게 했고, 제대로 된 옷을 입고 다녔으면 싶어서 그녀의 선택을 반대했던 것뿐인데 어디서부터 잘못된 건지.

연거푸 한숨을 내쉬던 이작이 택시비를 지불하고 내리자 그를 따라 내린 소담이 꾸벅 허리를 숙였다.

“안녕히 가세요.”

오늘은 운동화를 신어서인지 빠르게 눈앞에서 멀어지는 소담의 뒷모습을 쳐다보던 이작은 끝까지 하지 못한, 미안하다는 말을 입 안에서 굴렸다.

소담과 헤어진 후, 벤치에 앉아 담배에 불을 붙인 이작의 얼굴에는 그새 표정이 사라져 있었다.

어쩌면 사과를 하지 못한 것이 잘된 일일 수도 있었다. 언제부터 남의 감정에 신경 쓰며 살았다고.

얇은 입술 사이로 하얀 담배 연기가 새어 나왔지만 마치 눈속임인 것처럼 그의 마음속은 여전히 새하얗게 바라져 있었다. 낯익은 감정도 달갑지 않은데 낯선 감정 따위, 연기 속에 재워두면 그만이었다.

 #4

이작을 뒤로하고 객실로 돌아온 소담은 전신거울에 비친, 끝내 주게 어정쩡한 옷차림에 눈을 찡그렸다. 키 작은 사람이 이런 옷을 입는 건 뚱뚱한 사람이 프릴이 잔뜩 달린 벙벙한 원피스를 입는 것과 다름이 없었다.

"나도 예쁘게 입고 싶었는데."

시무룩하게 중얼거린 소담이 포옥 한숨을 쉬었다.

이작이 멋있게 입으려고 노력한 게 아니라는 건 안다. 그저 뭘 입어도 멋있는 것뿐이지. 그래서 더 예쁘게 입으려고 기를 썼다. 여자로서 함께 있는 사람의 눈에 예뻐 보이고 싶고, 왜 저런 여자와 같이 다니는지 모르겠다는 시선을 피하고 싶은 건 본능 아닌가?

한참을 거울만 쳐다보던 소담은 캐리어를 열어젖히고 원피스와 긴 청바지를 제외한 하의를 모조리 꺼냈다. 그것들을 침대 위에 열 맞춰 늘어놓고 보니 전부 길이가 비슷비슷했다. 평범한 신장의 여자가 입으면 엉덩이와 허벅지의 경계가 아슬아슬해 보이겠지만 소담이 입는다면 무난한 핫팬츠나 미니스커트일 뿐인 옷들.

의류 매장에서 이작이 결사반대했던 바지도 그랬다. 눈으로 보면 초미니 핫팬츠이지만 소담이 입으면 동네 마실 나갈 때 입어도 될 만한 수준이었던 것이다.

"안 그래도 해고당한 게 억울한데 그걸 건드리면 어쩌자는 거야."

투덜거리던 소담은 입고 있는 바지를 벗고 3단 프릴 치마바지로 갈아입었다. 그렇게 입고 거울을 보니 새로 산 맨투맨 티셔츠도 썩 나쁘지 않았다.

옷을 갈아입고서야 마음이 풀어진 소담은 야무진 손놀림으로 늘어놓은 옷들을 정리했다. 한 벌, 한 벌 접어서 캐리어에 넣고 있자니 이작에게 느꼈던 서운함이 서서히 가라앉기 시작했다. 그리고 정리를 끝낸 뒤에 캐리어를 잠갔을 때는 묘한 죄책감이 생겨 버렸다.

"너무, 심했지?"

침대 끄트머리에 엉덩이를 걸친 소담의 콧잔등에 주름이 잡혔다. 그래, 너무 심했다. 그 사람이 보기에는 심하게 짧아 보였을 수도 있는데.

"할아방탱이는 너무 심했던 것 같아."

혼잣말을 중얼거리며 왜 그랬을까 후회하던 그녀는 손톱을 물어뜯었다. 귀찮고 거슬린다고 했으면서도 우연히 마주친 그녀를 도와준 사람이었다. 동행해 준 덕분에 식당에서 메뉴를 고를 때도 수월했고 카페에서도 어려움 없이 원하는 커피를 주문할 수 있었다. 게다가 밥이며 옷이며 커피며 모두 그가 계산했다는 것까지 기억났다.

부담스러울 만큼 어마어마한 금액은 아니지만 얻어먹고 얻어 입은 주제에 할아방탱이라고 쏘아붙였다니.

"어떡하지? 어떻게 사과해야 되지? 나 어떡해?"

얼굴을 양손으로 감싸 쥔 소담은 패닉에 빠졌다. 생각해 보니 그의 선글라스도 제 가방에 있었다. 이로써 얻어먹고 얻어 입고 나서 화를 낸 것도 모자라 선글라스까지 훔쳐 온 사상 최악의 민폐녀로 등극한 것이다.

"아으윽! 유소담! 너 왜 그러냐, 정말! 어떡하지, 나?"

선글라스라도 돌려주고 왔더라면 이렇게까지 괴롭지는 않았을 것을.

후회와 자책에 사로잡혀 넋을 잃은 소담이 신음하고 있을 때, 휴대폰에서 벨소리가 울렸다. 그제야 소담은 이작과 몇 번이나 밥을 먹고 같이 관광 아닌 관광을 다녔음에도 전화번호는커녕 몇 층에서 묵고 있는지도 모른다는 것을 깨달았다.

물어보면 대답해 줬을까?

낭랑하게 울리는 휴대폰 벨소리를 귓등으로 흘리며 생각해 봤지만 결론은 '아니다.'였다. 아예 부르지도 말라고 했던 사람이니 전화번호가 뭐냐고 물어보면 깔끔하게 무시했을 것이다. 몇 층에 묵냐고 물었다면 스토커냐고 되물었을 가능성은 천 퍼센트.

결국엔 스토커로 취급받을지언정 또다시 로비에서 그를 기다리다가 선글라스를 돌려주어야 하는 현실에 소담은 절망했다.

"나 같아도 내가 귀찮고 거슬리고 짜증나겠네."

성실하게 자학하고 있던 소담은 끊어졌다가 다시 울리는 벨소리에 가방에서 휴대폰을 꺼냈다. 발신인을 확인한 그녀의 얼굴에 희미하게나마 미소가 떠올랐다.

"유소담입니다아."

[우리 엄지공주, 무슨 일로 목소리에 힘이 없을까? 누구야? 누가 우리 공주 괴롭혔어?]

장난기가 가득하지만 영혼을 울리는 것 같은 낮고도 깊은 음성에 소담이 입술을 삐죽였다.

"엄지공주라고 하지 말라니까. 자꾸 그러면 아저씨라고 부른다?"

[노노노노! 오빠는 영원한 오빠로 남고 싶어요. OK?]

애써 꾸며낸 능글맞은 말투에 소담이 작게 키득거렸다.

"그런데 웬일이에요? 안 바빠요?"

[나야 항상 바쁘지만 우리 엄지공주한테는 항상 한가한 사람이잖아.]

"아닌 거 아니까 장난치지 말구요."

기분 좋은 말에 진한 미소를 머금으면서도 부러 어깃장을 놨다. 그녀의 말처럼 광영은 정말 바쁜 사람이었으니까.

　　나이 차가 많이 나기는 하지만 광영은 소담에게 친오빠 같은 사람이었다. 아버지들끼리 친해서 자식들끼리도 친해졌고 광영이 부친과 같은 일을 하겠다고 정했을 때부터 더 친해질 수밖에 없는 사이가 되어버렸다. 주로 소담이 도움을 받는 입장이지만.

[지금 일본에 있다고?]

"네."

[언제까지 쉴 거야?]

"아직 잘 모르겠어요."

[진로는 정했고?]

"그것도 아직이요."

[선생님은 엄지공주가 공부를 더 했으면 하시는 것 같던데.]

"아시잖아요, 공부 머리 없는 거."

소담은 부끄러움에 볼을 붉적였다.

[음. 그건 그래.]

"에이. 그렇게 솔직할 건 없잖아요."

　　광영이 장난이라며 크게 웃자 소담도 피식 웃어버렸다. 유소담 공부 머리 없는 게 하루 이틀 일인가, 뭐.

[오라버니가 의도치 않게 엄지공주 일거리를 물어왔는데, 어때?]

　　웃음을 그친 광영의 말에 소담이 고개를 갸웃거렸다. 광영이 외국에서도 콜이 잦은 유명한 패턴사이기는 했지만 정식 디자이너가 아닌 소담에게 물어다 줄 일거리는 전무하다고 봐야 했다.

"뭔데요?"

[엄지공주가 기생오라비 옷 만들 때 내가 가끔 패턴 떠줬잖아. 그래서 그 바닥에 우리 사이를 아는 사람들도 꽤 되고.]

광영은 선기를 기생오라비라고 불렀다. 계집애처럼 생긴 게 계집애처럼 굴어서 마음에 안 든다고.

[제이엔터테인먼트에서 제의가 들어왔어.]

"제이엔터데인먼트요?"

[응. 차승화 알지? 네가 차승화 전담이 되어줬으면 하더라고. 물론 패턴은 내가 맡는 조건으로.]

차승화의 전담이 되어주길 바란다는 건 의상을 제작하고 협찬받는, 스타일에 관한 모든 것을 소담에게 맡기겠다는 뜻이었다.

"전담은 말이 안 되죠."

소담은 절레절레 고개를 저었다. 그녀는 자신의 능력이 어디까지인지 알고 있었고 아직 누군가를 전담하는 스타일리스트가 되기에는 갈 길이 멀었다. 스타일리스트와 패션 디자이너 중에서 어느 쪽으로 갈피를 잡아야 할지도 고민하는 중이었고.

[왜 말이 안 돼? 우리 공주, 충분히 능력 돼. 재능이 있는데 노력까지 하니 발전은 당연한 일이고.]

"그건 오빠니까 할 수 있는 말이고, 저는 절 알아요. 아직 그 정도는 안 돼요. 그리고 아빠 말씀처럼 공부를 더 해야 할지, 하던 일을 계속해야 할지도 정하지 못했구요."

[공부를 할 생각은 있는 거야?]

"생각이야 늘 하죠. 과연 할 수 있을까, 걱정이 더 많아서 문제지."

[우리 공주가 공부를 하겠다고 나서면 이 오빠가 어디든 같이 가줄게. 이미 아버지하고도 끝난 얘기니까 믿어도 돼.]

소담은 정말요? 하고 묻지 않았다. 광영이라면, 광영의 아버지라면 충분히 그렇게 해주고도 남을 사람들이니까.

울컥해서 눈물이 차올랐지만 소담은 겨우 웃음 섞인 목소리를 흘렸다.

"내가 아프리카로 간다고 하면 어쩌려구요?"

[아프리카 사람들에게 패션은 이런 것이다! 보여주면 되지?]

가벼운 농담을 주고받으면서 웃던 소담은 제의는 거절해 달라고 부탁하고 전화를 끊었다. 그 제의를 거절한다고 해서 광영이 피해를 입을 일이 없는 걸 알기에 할 수 있는 부탁이었다.

"그래, 그건 아니지."

휴대폰을 만지작거리던 소담이 고개를 끄덕였다.

제이엔터테인먼트의 제의를 거절한 건 광영에게 말했듯 소담 본인의 능력이 부족한 탓도 있었지만 다른 이유도 컸다.

선기와 차승화는 비슷한 시기에 데뷔했고 스타로 불리게 된 시점도 비슷했다. 비슷한 행로를 걷는 두 사람을 팬들은 라이벌이라고 칭했고, 그래서인지 그들은 서로에게 예민했다.

대박 칠 것 같은 드라마의 주인공으로 누가 먼저 섭외가 되느냐에 촉각을 곤두세웠고, 각기 다른 예능 프로그램에 출연이라도 하게 되면 누가 나온 프로그램의 시청률이 더 높은지에 신경 썼다. 나중에는 누가 더 많은 광고를 찍는지 경쟁을 했을 정도였다.

이선기와 차승화는 라이벌이다. 유소담은 이선기의 코디네이터였다. 비록 인정사정없이 해고당하기는 했지만 그렇다고 제의가 들어오길 기다린 사람처럼 차승화 쪽으로 날아갈 수는 없는 일이었다.

선기는 다른 여자의 남편이 될 남자였지만 아직도 그녀에겐 이웃집에 살았던 멋있던 오빠, 오랜 시간 마음에 담아두었던 사람이기도 했다. 그러니 실연당하고 해고당했다고 라이벌 연예인에게 갈 수는 없었다.

"이렇게 괜찮은 여자를 못 알아보다니. 나중에 땅을 치고 후회할 거다. 흥!"

소담은 한국에서 결혼식 준비에 바쁠 선기를 떠올리며 씨익 웃어 보였다. 고백 한 번한 적 없지만 그녀의 마음을 아예 몰랐다고는 못할 것이다. 초초초 A급 여자 연예인에 눈이 멀어 유소담 따위는 이제 필요 없다는 듯 잘라 버린 이선기는 반드시 후회할 날이 온다. 젖 먹던 힘까지 끌어올려 터져 버리려는 눈물을 참아낸 소담은 밝게, 환하게 웃으며 파이팅을 외쳤다.

이작의 저녁 식사 메뉴는 술이었다. 즐겨 마시는 맥주가 아닌 식도가 타들어갈 만큼 독한 위스키.

얼음도 넣지 않은 잔에 위스키만 잔뜩 채운 이작은 유리잔을 들고서 넓은 창 앞에 서 있었다.

그의 시야에 들어오는 건 아무것도 없었다. 아름다운 야경 같은 건 알 바 아니었고 짙은 남빛으로 물든 하늘도 눈에 들어오지 않았다.

호텔 밖 벤치에서 시간을 보내다 객실에 돌아왔던 그는 어머니께 전화를 걸었었다. 아들을 걱정하고 계실 어머니를 위해서가 아니라 통화를 미루면 미룰수록 시달릴 강호와 수정을 위해서.

[밥은 잘 먹고 있는 거니? 입맛도 까다로운 애가 얼마나 고생을 하고 있을지, 엄마가 걱정이 돼서…….]

말을 늘이는 어머니께 이작은 그저 걱정하지 마시라고만 대답했다. 이작의 입맛은 누군가의 걱정을 살 정도로 까다롭지 않았다. 다만 그가 먹는 음식을 까다롭게 검사하는 사람이 있을 뿐이지.

[언제쯤 들어올 거야? 엄마는 지금이라도 와서 이런저런 준비를 했으면 싶은데.]

수술받을 사람이 준비할 게 뭐가 있을까? 더군다나 이미 어머니께서 만반의 준비를 다 해놓으신 상태일 텐데.

수술받고 나서 옮겨질 입원실은 물론이고 그의 전담 간호사까지 정해놓으신 어머니셨다. 병원 측과 합의해 식단도 어머니 뜻대로 하시기로 이미 말이 맞춰져 있었고 재활에 도움을 줄 치료사들도 다른 환자를 맡지 않고 대기하고 있는 중이었다.

모든 것이 어머니의 뜻과 계획대로 준비되어 있었다. 한국에 있다 하더라도 이작이 할 일은 병원 관계자들의 말에 고개를 끄덕이는 것밖에 없었다.

밥은 잘 먹느냐, 잠은 잘 자느냐, 수면제를 너무 많이 먹으면 좋지 않다, 긍정적으로 생각해라, 술과 담배는 끊는 것이 좋다. 구구절절 이어지는 어머니의 잔소리를 이작은 참을 수 있었다. 언제나 듣는 말이니까. 하지만 도저히 참을 수 없는 게 있게 마련이고 어머니는 그가 참아낼 수 있는 한계를 넘어서고야 말았다.

[아들, 엄마가 할 말이 있는데.]

그 말을 듣자마자 전화를 끊고 싶었다. '엄마가 할 말이 있는데.' 그 뒤에 이어지는 말은 항상 그의 분노를 불러 왔었으니까. 하지만 오늘까지는 잘 참아왔었다. 오늘까지는.

[어떻게 알았는지 나타샤가 전화를 했어. 아들 수술한다는 소식 들었다고, 자기가 도와줄 거 없냐고 묻더라. 마음 씀씀이가 얼마나 예쁘던지. 아들 수술하기 전에 한국에 와서 머무르겠다고 해서 엄마가 우리 집에 와 있으라고 했다. 괜찮지?]

그 순간 이작은 뇌신경이 끊어지는 느낌을 받았다. 어머니에 대한 분노로 호텔 창을 깨고 망설임 없이 뛰어내리고 싶을 정도였다.

"이미 끝난 관곕니다. 바이올린을 켜지 못하게 되었으니 그 여자의 후광이 지한테는 이용 사치가 없다는 걸 아실 텐데요."

결국 어머니가 끔찍하게 여기며 절대로 인정하지 않는 사실을 자신의 입으로 뱉어내야 했다. 이제 다시는 바이올린을 켜지 못한다는 잔인한 진실을.

"무슨 이유로 그 여자를 좋아하시는지 알지만 그만하세요. 저한테 필요 없는 여자니까."

　어머니의 부름을 듣지 못한 척 전화를 끊어버린 후, 이작은 강렬한 유혹에 휩싸였었다. 수술을 시도조차 하지 못하게 손을 어떻게 해버릴까 하는.

　이작은 어머니가 잠시 잠깐 머물다 떠나 버리는 불나방 같은 여자를 끼고 도는 이유를 알고 있었다. 그의 연인이었던 나타샤는 러시아의 대부호인 친가와 대대로 명망 있는 음악가를 배출해 낸 외가를 등에 업고 있었다. 음악계에 강한 입김을 불어 넣을 수 있는 집안. 이작의 어머니인 우 여사는 당신의 아들에게도 그 배경을 안겨주고 싶어했다. 입버릇처럼 나타샤 정도는 돼야 네 짝으로 어울린다는 말씀을 하셨을 정도로.

　정작 이작은 한 번도 그녀의 배경을 이용하려는 생각을 해본 적이 없었다. 그저 다른 여자들보다는 시끄럽지 않았기 때문에 곁에 두었을 뿐.

　잔을 비운 이작의 낯빛이 어두워졌다. 어머니는 항상 그러셨다. 모든 일에 결론을 내어놓고 '괜찮지?' 라고 물었다. 이제까지는 괜찮지 않아도 괜찮은 척을 해왔었다. 하지만 더는 아니다. 어머니가 정해준 길을 걷는 하이작의 인생은 사고가 난 그날로 막을 내렸다.

　이작의 기억이 사고가 났던 그날로 달려갔다. 순식간에 일어난 일. 누구도 예상하지 못했던 사고였다.

　미친 듯이 울려대는 경적 소리는 잠깐이었다. 대형 트럭과 충돌한 차는 도로 위에서 먼지처럼 날아다녔다.

몸이 뒤집히는 느낌이 아직도 생생하게 남아 있었다. 차가 뒤집힐 때 바이올린을 품에 안아 지켰던 이작은 뼈가 부서지는 아픔도 느끼지 못했다. 눈앞이 깜깜했고 아무 생각도 나지 않았다. 어쩌면 그 순간, 이대로 잠들었으면 좋겠다는 마음을 먹었었는지도 모른다. 그렇게 깜깜한 터널 속에 갇힌 것처럼 아무것도 느끼지 못한 그에게 고통이 찾아온 건 병원 응급실에서 눈을 떴을 때였다.

그날의 기억을 떨쳐 내려 술을 물 마시듯 마신 이작은 잔을 힘주어 잡고 있다가 그대로 던져 버렸다. 창문에 미세한 상처를 낸 잔은 그의 마음처럼 산산조각 난 채로 바닥에 흩뿌려졌다.

미니바의 술이란 술은 깨끗하게 비워 버리고 술기운에 잠들었던 이작은 하늘이 새까맣게 물들었을 때 눈을 떴다.

어머니와 통화한 후에 던져 두었던 휴대폰에는 문자 메시지와 음성 메시지가 차곡차곡 쌓여 있다고 알려주었지만 확인도 하지 않고 전원을 꺼버렸다.

생수로 입을 행군 그는 한동안 가만히 앉아만 있었다. 퓨즈가 나가 버린 기계처럼 멍하니 앉아 있다가 비칠거리며 일어나 객실 밖으로 나섰다. 심장이 터질 것 같아서 도저히 갑갑한 방 안에 있을 수가 없었다.

엘리베이터에서 내려 로비를 지나 밖으로 나가려던 이작은 등 뒤에서 들려오는 작은 음성에 걸음을 멈췄다.

"저기."

소담이 서 있었다. 눈이 빨갛게 충혈된, 피곤이 그득한 얼굴이 보였다.

"이거."

이작은 그녀가 내미는 것을 쳐다보았다. 자신의 선글라스를 쳐다보다가 소담에게로 시선을 옮긴 이작에게서 갈라진 음성이 흘러나왔다.

"몇 시야?"

"지금요? 어, 1시 23…… 아니, 24분이요."

손목에 찬 시계를 보고 대답한 소담이 배시시 웃었다. 그녀의 미소를 보면서 이작은 언제부터 기다렸냐고 물으려다가 입을 다물었다. 저 소심한 성격에 화를 내고 갔으니 아마 저녁도 못 먹고 내내 기다렸겠지.

"안 지쳐?"

정말 궁금해서 물은 말에 소담이 눈을 동그랗게 떴다.

"네?"

"그렇게 언제 올지도 모르는 사람 기다리는 거, 안 지치냐고."

이작은 지쳤다. 언제 변할지 모르는 사람이 변하길 기다리는 게. 그래서 그는 긴 기다림을 끝내기로 마음먹은 참이었다. 세상에는 절대로 변하지 않는 사람이 있다는 걸 이제는 인정해야 할 것 같았다.

잠시 골똘하게 생각하는 것 같은 소담은 생긋 웃어 보였다.

"지치죠. 그런데 포기는 안 해요. 돌려주어야 할 물건이 있고 해야 할 말이 있으니까. 내가 지쳐서 포기해 버리면 상대방이 날 오해할 수도 있고 슬퍼할 수도 있으니까요."

애는 가끔 생각지도 못하게 정곡을 찌른다. 어쩌면 맹한 모습이 가면이고 그 속에는 기가 찰 정도로 현명한 여자가 숨어 있는 건지도.

"돌려주어야 할 물건은 이거고. 해야 할 말은 뭔데."

소담이 내민 선글라스를 받고서 한 말에 그녀는 넙죽 허리부터 숙였다.

"아까는 예의 없게 굴어서 죄송했어요."

"……."

"제가 지나쳤어요. 키 작은 게 콤플렉스라 옷에 많이 예민하거든요. 그래서 기분이 상했던 건데, 그래도 너무 심했어요. 죄송해요."

머리를 긁적이며 연신 죄송하다고 말하는 소담을 보고 있자니 뭐라 표현할 수 없는 감정이 휘몰아쳤다. 이 감정이 뭔지 모르겠다. 짜증스럽거나 화가 나는 건 아닌데.

금방이라도 뛰는 걸 멈출 것 같았던 심장이 욱신거리며 제 속도를 찾아가기 시작했다. 조금씩 정신이 맑아지고 지금이 그녀에게 사과를 되돌려 줄 최상의 타이밍이라는 것을 알았지만 이작의 입에서는 뜬금없는 말이 튀어나왔다.

"밥은."

"먹었……."

이작이 매서운 눈길로 쳐다보자 소담이 헤헤 웃으면서 아랫배를 쓰다듬었다.

"배가 고프기는 하네요."

이작은 저도 모르게 피식 웃어버렸다.

"따라와."

무의식적으로 소담의 머리를 헝클어놓은 이작은 라운지 바가 있는 쪽으로 걸음을 옮겼다.

"안 드세요?"

제 손만큼이나 작아 보이는 샌드위치를 손에 든 소담의 말에 이작은 고개를 저었다. 베이컨과 치즈, 달짝지근한 소스가 합세한 샌드위치를 먹으면 속이 뒤틀릴 것 같아서. 게다가 소담이 혼자 먹기에도 부족해 보이는 양이었으니 손댈 엄두가 나지 않기도 했다.

한 번 더 권해볼까 고민하던 소담은 생각을 고쳐먹고 샌드위치를 베어 물었다. 성격대로 하자면 세 번은 권해야 마땅하지만 이제까지의 경험상 이작은 두 번 묻는 것도 귀찮아할 사람이었다.

사람을 앞에 앉혀두고 혼자만 음식을 먹는 게 쑥스럽기는 했지만 소담은 열심히 먹었다. 하지만 맛을 느낄 수는 없었다.

'왜 저렇게 쳐다보는 거야?'

안 드실 거냐고 물었을 때부터 자신의 얼굴로 향한 집요한 시선이 달라붙어 떨어질 줄을 몰랐다. 얼굴에 뭐가 묻었나 싶어 냅킨으로 입가를 닦아보기도 하고, 너무 게걸스럽게 먹어서 쳐다보나 싶어 두 입만으로도 거뜬한 샌드위치를 야금야금 뜯어 먹고 있는데도 제게 꽂힌 시선은 여전했다.

밥 먹는데 잘생긴 남자가 뚫어져라 쳐다보고 있으니 적잖이 부담스러웠다. 이래서 여자들이 데이트할 때 내숭 떨면서 깨작거리는 건가? 데이트라는 걸 해본 적이 없으니 알 수가 있나.

오렌지 주스로 손을 뻗는데 이작이 손끝으로 유리잔을 밀어주었다. 이작의 섬세한 배려가 낯설어 소담이 어리둥절해할 때, 그는 다시 손바닥에 턱을 괴고 그녀를 쳐다보았다.

배시시 웃고서 주스를 마시는 소담을 응시하던 이작은 아까부터 하고 있던 생각을 이어갔다.

너를 보면 기분이…… 좋아져.

짜증나거나 귀찮을 때도 있기는 했다. 하지만 그럼에도 불구하고 기분이 나빠지기는커녕 실없는 웃음을 흘릴 만큼 기분이 좋아졌다.

왜일까?

바이올리니스트 하이작을 찬양하는 여자들은 셀 수 없이 많았지만 그들로 인해 기분이 좋아진 적은 없었다. 유일하게 곁에 두고 결혼을 생각했던 나타샤조차 이작을 진심으로 웃게 만들지는 못했었다.

여자란 귀찮고 거슬리는 존재였다. 그를 아이돌 취급하며 꺅꺅대면서 쫓아다녔던 여자들은 물론이고 가끔이나마 자신의 존재 가치를 확인받으려 했던 나타샤의 낯간지러웠던 질문들도 짜증스럽기는 마찬가지였다.

이작의 주변에 머물렀던 여자란 존재는 늘 그에게 무언가를 바랐다. 어머니는 착하고 훌륭한 바이올리니스트 아들이 되어주기를, 나타샤는 그녀만 바라보며 그녀 없이는 살 수 없는 연인이 되어주기를, 팬들은 사인을 해주거나 함께 사진을 찍어주기를 바랐다. 그 외의 여자들은 하룻밤 연인이라도 되어주길 바라는 것 같았으니 결국 모든 여자들은 그에게 바라는 게 있었다.

너는, 왜 내게 바라는 게 없지?

남은 샌드위치를 먹는 소담을 보면서 이작은 이유를 찾아 나섰다. 이제껏 소담이 그에게 바랐던 건 기껏해야 같이 밥을 먹어주는 정도였다. 내가 너를 좋아하니 같이 밥을 먹어달라는 게 아니라 도움을 받았으니 은혜를 갚겠다는 명목이었으니까 그가 대면했던 여자들과는 달라도 한참은 달랐다.

"저기."

주스를 홀짝이던 소담의 말에 이작이 그녀와 시선을 맞췄다.

"제가 뭐 실수했어요?"

눈치를 보며 조심스럽게 묻는 소담 때문에 이작의 눈썹이 휘었다.

"아니, 아까부터 계속 쳐다보셔서……."

우물거리며 말을 늘이던 소담은 이내 고개를 푹 숙여 버렸다. 손가락을 꼼지락거리고 있을 게 빤한 소담을 쳐다보던 이작은 크게 숨을 내쉬고서 입술을 움직였다.

"너, 진짜 나 몰라?"

"네?"

"네 이름, 나이, 직업, 다 말해주고 나한테는 아무것도 안 물었어. 이상하잖아?"

올 게 왔구나.

머릿속까지 꿰뚫어 볼 것 같은 날 선 눈빛과 마주했지만 소담은 오히려 마음이 차분해졌다. 물어도 대답해 주지 않을 것 같아서 그랬다는 변명 같은 건 소용없다는 생각이 들어서 그랬는지도 모른다.

거짓말은 체질에 맞지 않았다. 이작을 볼 때마다 언젠가는 말해야지, 사실은 팬이라고 솔직하게 얘기해야지, 다짐만 곱씹었었다. 그러니 진실을 밝히고 나면 따끔거렸던 양심만큼은 편안해질 수 있겠지.

"알아요."

몇 번의 심호흡 끝에 내뱉은 말에 그는 어이없어하는 것 같았다.

"모르는 게 더 이상하잖아요. 다른 사람도 아니고 하이작인데."

자못 뻔뻔하게까지 느껴지는 소담의 고백에 이작의 눈이 가늘어졌다.

"피겨 여왕 김연아, 마린 보이 박태환, 신남 하이작. 대한민국 국민이라면 모를 수가 없는 사람들이라는 거, 아시잖아요."

소담의 입에서 팬들이 지어낸 애칭이 흘러나오자 이작은 얼굴이 뜨끈해졌다. 신남 하이작. '클래식계에 신이 내린 남자'라는 말을 줄인 것으로, 들을 때마다 소름 끼치게 부끄러워서 차라리 귀를 막고 싶어지는 애칭이었다.

이작이 자신의 애칭 때문에 멍해진 사이, 소담은 말을 이었다.

"계획적으로 거짓말을 한 건 아니었어요. 그때는 누군지 안다고 말하면 도와주지 않을 것 같아서 본능적으로 모른다고 한 거였어요.”

본능 한번 무섭다.

“그리고 아는 척하면 되게 싫어할 것 같더라구요. 그런 기분 잘 알거든요. 아무도 날 몰라봤으면, 알아봤어도 모르는 척해주면 좋겠다는 그런 기분.”

“네가, 그런 기분을 어떻게 알아?”

인상을 찡그리며 묻는데 소담이 곱게 웃어 보였다.

“잘리기는 했지만 이래 봬도 꽤 잘나가는 연예인 코디였다니까요? 연예인하고 같이 다니면서 연예인들 속에서 살다 보면 모르고 싶어도 알게 되는 것들이 있어요.”

이렇게까지 얘기를 하니 차마 버럭 화를 낼 수가 없었다. 어찌나 맞는 말만 해대는지 웃고 있는 소담이 얄미울 지경이었다.

“너, 비행기에서부터 알았지?”

의심이 가득한 이작의 표정에 소담이 도리질을 쳤다.

“비행기에서는 신세한탄하느라 그쪽이 누군지 생각할 겨를도 없었어요. 그냥 긴가민가했던 정도? 확실하게 안 건 편의점이 어디 있는지 아냐고 물었을 때였어요.”

괘씸하고 화가 나야 하는데 이상하게 아무렇지도 않았다. 준비해 놨던 말들을 풀어놓는 것처럼 막힘없이 얘기하고 있어서 딴죽을 걸 수도 없고.

화가 나질 않으니 딱히 할 말이 없었다. 하이작을 알고 있는 게 죽을죄를 지은 것도 아니고 알면서도 모르는 척해주었으니 도리어 고마워해야 할 판이다.

"고의는 아니었지만 어쨌든 거짓말을 했으니 계속 죄송해하고 있었어요. 죄송해요. 기분 나쁘셨으면 푸세요."

소담이 고개를 숙였다. 정작 사과를 해야 할 사람은 입 다물고 있는데 미안해할 필요가 없는 사람이 연신 사과하고 있었다.

이작은 입이 근질거렸다. 지금이라도 사과를 해야 했다. 아직 늦지 않았다. 굳이 미안하다는 말을 하지 않더라도 가끔 말이 거칠게 나갈 때가 있으니 이해해 달라고만 해도 소담은 사과로 받아들일 터였다.

"내……."

"그런데요."

동시에 말을 꺼낸 두 사람이 서로를 쳐다보고만 있었다. 어렵게, 정말이지 어렵게 말을 꺼내려던 이작은 한숨을 쉬었다.

"말해."

"혹시 속 쓰리세요?"

무구한 얼굴로 묻는 소담 때문에 이작은 뜨끔했다. 어떻게 알았지?

"말씀하실 때마다 술 냄새가 조금씩 나서요. 물도 많이 드시고. 과음하셨나 뵈요."

과하게 마시긴 했다. 하지만 말할 때마다 술 냄새가 날 거라고는 생각지 못했다. 손을 모아서 입 냄새를 맡아보고 싶은 욕구를 참아내며 이작은 괜스레 헛기침만 해댔다.

"해장국은 어렵겠지만 라면 정도는 대접할 수 있는데, 드실래요?"

눈치를 살피며 묻는 소담이었지만 이작은 '라면'이라는 단어를 들은 순간부터 맹렬하게 갈등하고 있었다. 입맛이 까다롭지는 않지만 한국 음식이 그리워지는 건 어쩔 수 없는 일이니까.

"김치하고 즉석 쌀밥도 있는데. 싫으세요?"

얼큰한 라면에 잘 익은 김치를 얹어서 먹는 자신의 모습을 상상하자 군침이 돌았다.

"싫으시면 어쩔 수 없구요. 그래도 뭐라도 드시는 게……."

어색하게 웃으면서 다른 음식을 추천하려는 소담을 앞에 두고 이작은 벌떡 일어섰다. 그 기세에 놀란 소담이 같이 일어서자 이작은 굳은 얼굴로 물었다.

"어디서 먹을 수 있는 건데?"

소담과 함께 엘리베이터에 탄 이작은 어리석게도 호텔에 한국식 라면을 파는 식당이 입점해 있는지 생각하고 또 생각했다.

가보면 안다는 소담의 말을 믿고 따라나선 이작이 당도한 곳은 호텔이라면 당연히 있어야 할 객실 앞이었다.

"들어오세요."

스스럼없이 문을 열고 들어오라 손짓하는 소담을 보면서 이작은 얼이 빠져 버렸다. 이 새벽에, 이 야심한 시각에 호텔 방에 남자를 초대하는 여자의 얼굴이 저렇게 해맑아도 되는 건가?

"뭐 하세요? 아까 치우고 나가서 못 볼 만한 건 없으니까 들어

오셔도 돼요.”

키득거리며 웃는 소담은 아무 생각이 없어 보였고, 덕분에 이작은 더더욱 혼란스러워졌다.

활짝 열린 문 덕분에 자신의 객실보다 아담한 공간이 눈에 들어오고 캐리어를 뒤적거리는 소담의 웅크린 모습도 보였나.

라면 같은 거 안 먹어도 된다고 말하고 자신의 방으로 돌아가야 하는 게 맞지만 이작은 어느새 문 안으로 들어서 있었다.

“짜잔! 컵라면이 있지요! 작은 사이즈라 양이 별로 안 될 텐데 두 개 끓여 드릴까요?”

문 닫히는 소리와 동시에 소담이 캐리어에서 꺼낸 컵라면을 자랑스레 들어 보였다. 경계심이라고는 찾아볼 수 없는 모습에 닫힌 문에 등을 기대고 있던 이작은 한껏 구긴 얼굴로 소담을 쳐다보았다.

“너, 내가 무슨 짓을 할 줄 알고 이 시간에 함부로 남자를 들여?”

쬐끄만 게 겁도 없이.

물론 이작은 소담의 머리카락 한 올 건드릴 생각이 없었다. 하지만 그가 아니라 다른 남자였다면?

객관적으로 봐도 소담은 귀여운 편이었다. 들어갈 데 들어가고 나올 데도 들어간 게 흠이라면 흠이지만 세상에는 특이한 취향을 고수하는 남자들도 많았다. 롤리타 콤플렉스라는 말이 누가 심심해서 만들어낸 말이 아니라는 것이다.

이작은 무섭게 인상을 쓰고 소담을 노려보았다. 저는 친화력이 좋아서 아무한테나 오빠라고 부르고, 배려심이 장해서 속 쓰린 사람한테 라면을 먹이고 싶었던 거겠지만 남자라는 동물한테는 그렇게 친절을 베풀면 안 되는 거였다. 자신도 남자이기는 하지만 오빠를 여보로 듣고 라면 먹여주겠다는 말을 유혹의 메시지로 받아들이는 종족이 남자니까.

'물론 나는 제외하고.'

"무슨 짓, 하실 거예요?"

무시무시하게 노려보고 있던 이작의 눈에서 힘이 풀렸다. 얘가 뭐라는 거지?

"아니면 제가 무슨 짓 할까 봐서요?"

묻는 사람의 표정이 너무 순수하고 순진해 보여서 이작은 할 말을 잃었다.

"저는 그냥 라면만 끓여 드릴 거예요. 안 덮쳐요. 걱정 마시고 앉으세요."

킥킥 웃던 소담이 전기포트에 물을 담았지만 이작은 당황스럽고 황당하고 기가 막혔다. 하이작을 호텔 방에 초대하면서 아무 생각이 없어 보이는 것도 낯설고, 얼굴이 시뻘게져서 겁먹을 줄 알았던 소담이 덮친다는 말을 입에 담은 것도 낯설었다.

"저기 김치 좀 뜯어주실래요? 저는 볶음김치 좋아해서 그걸로 샀는데 괜찮으시죠?"

나는 누군가. 여긴 어디인가. 저 아이의 정체는 뭔가. 많은 질문들이 떠올랐지만 생각 자체를 포기한 이작은 힘없는 걸음으로 볶음김치를 향해 걸었다.

길고 푹신한 소파에 앉아 작은 테이블 위에 있는 편의점용 김치의 입구를 뜯어 다시 올려놓은 이작은 분주하게 움직이는 소담에게로 시선을 고정시켰다.

라면 스프를 손끝으로 톡톡 쳐서 남아 있는 가루를 털어내고 다른 컵라면의 비닐을 벗겨내면서 물이 끓었는지 확인히는 모습을 지켜보는데 기분이 묘했다. 어떤 보상도 바라지 않고 그에게 음식을 만들어주는 여자는 소담이 처음이었다.

"물이 모자라네요. 물 끓을 시간에 드시면 딱 맞을 거예요. 그전에 드시면 맛없어요. 아셨죠?"

컵라면을 테이블에 놓은 소담의 말에 이작은 고개를 저었다.

"하나면 충분해."

그 말에 그녀가 고개를 갸웃거렸다.

"저 먹을 건데요."

오늘만 벌써 두 번째로 얼굴이 뜨끈거린다. 이작은 조용히 고개만 끄덕여 주었다. 네 위장을 얕봐서 미안하다.

다시 물을 끓인 소담은 제가 먹을 컵라면에 물을 붓고도 다시 포트에 물을 담았다.

"두 개나 먹게?"

지켜보던 이작이 놀랍다는 얼굴로 물었다.

"아니요. 이 물은 햇반 끓일 물이요. 세면대에다 채워놓고 거기다 넣으면 돼요. 잘 될지는 모르겠지만 속 쓰린데 면만 먹는 것보다는 밥이 들어가는 게 낫잖아요."

생글생글 웃는 소담이 예뻐 보였다. 귀염성 있는 얼굴이지만 예쁘다는 생각을 해본 적이 없었는데 뜬금없이, 갑작스럽게 예뻐 보였다.

유소담이라는 존재가 조금 모자란 아이에서 예쁜 여자로 바뀌어 보이자 이작은 그녀에게서 시선을 거둬 버렸다.

"이제 드셔도 돼요."

기어이 욕실 세면대에 팔팔 끓인 물을 채우고 즉석 밥을 두고 온 소담의 말에 이작은 그녀가 건네준 일회용 젓가락으로 잘 익은 면발을 헤집었다. 그런데 희한하게 김치에서 나는 시고 고소한 냄새나 라면 냄새가 아니라 소담의 향이 후각을 자극했다.

베이비파우더 향 같기도 하고 비누 향 같기도 했다. 아기들에게서나 맡을 법한 향에 당황스럽게도 그의 몸이 반응하고 있었다.

"얼른 드세요. 불어요."

면발을 들어 올려 후후 입김을 부는 소담 때문에 이작은 심장이 덜컹 내려앉았다. 동그랗게 오므린 입술이 그의 시야를 가득 메웠다. 도톰한 입술에서 시선을 뗄 수가 없었다.

'내가 왜 이러지? 정신 차려! 얘는 애야!'

큰 숨을 들이쉬고 라면을 먹기 시작했지만 이작의 시선은 소담의 얼굴을 헤맸다. 톡 튀어나온 귀여운 이마, 동글동글한 콧방울, 라면을 흡입하고 있는 다홍빛 입술. 누가 상상이나 했겠는가? 볶음김치를 먹는 여자가 섹시해 보일 수 있다는 것을.

정신없이 라면을 먹어치운 이작은 소담이 말아주는 밥까지 깨끗하게 비우고 그녀가 건네는 물도 받아 마셨다.

"너무 급하게 드신 거 아니에요? 커피는 안 좋을 것 같고, 음료수라도 드릴까요?”

걱정스러운 눈빛으로 쳐다보는 소담이 라면을 끓일 때보다 열 배 정도는 더 예뻐 보이는 걸 보니 현재 자신의 상태가 매우 심각했다. 이작은 무작정 소파에서 일어섰다.

“가시게요?”

소담을 쳐다보지도 않고 고개를 끄덕인 이작은 문을 열고 밖으로 나선 후에야 그녀를 쳐다보았다.

“내일 밥 사줄 테니까 12시까지 로비로 나와 있어.”

대답도 듣지 않은 그는 그대로 문을 닫고 뛰듯이 걸어 엘리베이터에 올랐다. 그리고 엘리베이터 벽에 쓰러지듯 기대어 오른손으로 얼굴을 덮었다.

“과음해서 그래. 과음해서 그런 거야.”

유소담이 예뻐 보이다니. 여자로 보이다니. 머리가 고장 난 게 틀림없었다.

객실에 들어선 그는 눈에 보이는 위스키 병들을 쳐다보다가 남은 술을 모두 세면대에 부어 버려 버렸다. 안 마시면 될 일이지만 있으면 마시게 될 거고 혹시 과음한 날 소담을 만나게 된다면 그때는 정말 롤리타 콤플렉스를 의심해 봐야 할 것 같으니까.

 #5

"콜록, 콜록!"

큰 타월 한 장만 몸에 두르고 있는 소담에게서 기침이 터져 나왔다.

"이상하다. 여름엔 감기 안 걸리는데."

손등을 이마에 대어보지만 열은 없었다. 목이 까슬거리고 몸이 무겁게 느껴지기는 했지만 감기에 걸렸을 리가 없었다. 새우잠을 자면서 일할 때도 아픈 적이 없었다. 겨울에도 감기를 모르고 살았는데 한여름에 감기에 걸렸을 리가.

혹시 몰라 박 여사가 챙겨준 종합 감기약을 먹은 소담은 기침을 하기 전에 했던 행동으로 되돌아가 침대 위에 만들어져 있는 옷 무덤을 노려보았다. 벌써 전부 한 번씩 입어봤다가 벗어놓은 옷들이었다.

이작이 가고 난 후 잠들기 전까지 오늘 무엇을 입을 건지에 대해서 고민했지만 결국 정하지 못하고 잠들었었다. 아무리 생각해도 그가 합격점을 줄 만한 옷이 없었다. 그리고 옷을 고르고 있는 지금도 그 사실은 변하지 않았다.

"이럴 줄 알았으면 조식 먹고 쇼핑하러 갈걸."

약간은 짜증스러운 표정으로 중얼거린 소담의 눈동자가 휙휙 돌아갔다. 얌전한 옷, 무난한 옷, 이작의 심기를 거스르지 않을 수 있는 옷을 찾으려니 눈이 빠질 것 같았다.

소담은 독특하고 개성 있는 옷들을 좋아했다. 프린트가 화려하다거나 찢어졌거나 구멍 났거나, 그렇지 않으면 짧거나 언밸런스했다. 일자 청바지는 입어본 기억이 없었고 무난한 면 티셔츠를 입을 때는 백 퍼센트 하의실종 패션을 고수했다. 긴 바지가 있기는 했지만 이작에게는 누군가 고의로 심각하게 훼손해 놓은 것처럼 보일 터였다.

소담은 여행 오면서 챙긴 청바지 두 벌을 진지한 얼굴로 응시했다. 하나는 엄청나게 해져서 청바지가 맞는지 의심스러울 정도의 모양새였고, 다른 하나는 스무 개 정도의 페인트 통을 바지 위에 쏟아놓은 것 같았다.

"안 되겠지?"

긴 한숨과 함께 고개를 저은 소담은 혹시 비가 오면 입으려고 넣은, 하지만 결코 입을 일은 없을 거라 자신했던 레깅스를 집어 들었다. 가장 무난해 보이는 옷이 멜빵 치마인데 이작이 무섭게 노려볼 만큼 짧으니 레깅스라도 신어야지 어쩌겠는가.

하얀 민소매 티셔츠에 멜빵 치마를 입은 소담은 비둘기 색 레깅스가 신겨져 있는 다리를 불만스럽게 쳐다보았다. 이 레깅스만 안 신었더라도 완벽하게 큐트한 옷차림이 될 수 있었을 텐데. 아아, 안타깝다.

레깅스를 벗고 나가서 그냥 혼나 버릴까, 얌전히 레깅스를 신고 나갈까 고민하는 사이에 시간은 약속했던 12시로 달려가고 있었다.

"헉! 늦었다!"

어떡해, 어떡해를 연발하며 머리에 두른 수건을 내던진 소담은 드라이기로 머리카락을 말리기 시작했다.

조금만 더 기르면 엉덩이를 덮을 수도 있을 것 같은, 자르르 윤기가 흐르는 머리카락이 오늘따라 그렇게 짜증스러울 수가 없었다. 진즉 잘라 버렸어야 하는 건데.

키가 작은 소담은 긴 생머리를 선호하지 않았었다. 머리를 풀어 헤치고 다니면 안 그래도 작은 키가 더 부각되는 것 같았다. 그랬던 그녀가 긴 생머리를 고집하게 된 건 오롯이 선기 때문이었다.

하얀 피부, 광고에나 나올 법한 길고 매끄러운 생머리, 거기에 미소가 예쁜 여자가 선기의 이상형이었다. 그래서 소담은 고등학생 때부터 화이트닝 제품에 열을 올렸고 헤어숍에 가는 일이 있어도 끝부분만 다듬었었다. 미소가 예쁜 여자가 되기 위해 얼굴에 경련이 일어날 때까지 웃는 연습을 한 건 말할 것도 없다.

"까무잡잡한 피부에 세련된 커트머리를 한, 썩소가 끝내주는 여자한테 뽕 갈지 누가 알았겠어. 쳇!"

선기를 열렬하게 짝사랑한 덕분에 원래도 하얗던 피부는 우윳빛을 띠게 되었고 머리카락은 광고 모델로도 손색이 없을 정도로 훌륭해졌지만 마음은 만신창이가 되어버렸다.

선기가 만져 보고 싶을 정도루 예쁜 머리카라이라고 킹친했을 때는 더없이 자랑스러웠던 머리카락이 이제는 짜증과 분노만 일으켰다.

"확 잘라 버려야지."

소담은 말리고 말려도 끝이 없는 머리카락을 거칠게 헤집으며 한국에 돌아가면 헤어숍부터 가겠다고 다짐했다. 일본에서 잘라도 되기는 하지만 뜻이 잘못 전달되어 봉순이 언니가 될 수도 있으니까.

"으어억! 12시 넘었다!"

시간을 확인한 소담은 번개처럼 움직였다. 비비크림을 얇게 펴 바르고 앙증맞은 귀고리를 하고 복숭아 향이 나는 향수도 뿌렸다. 마지막으로 희미하게 장밋빛이 도는 챕스틱까지 꼼꼼하게 바른 소담은 객실에서 나와 엘리베이터를 향해 뛰었다.

'괜찮아. 아식 있을 거야.'

불안한 마음을 진정시키면서도 그녀의 시선은 엘리베이터 문에 비친 자신의 모습을 살피는 데 여념이 없었다.

잘생기고 까다로운 사람하고 다니려니 참으로 피곤했다. 같이 다니면서 '저 여자는 뭐니?'라는 식의 눈빛을 받고 싶지도 않고 이작이 싫어할 만한 차림새로 돌아다니고 싶지도 않으니 점검해야 할 사항들이 무지하게 많았다. 이상한 일이었다. 선기하고 다 닐 때는 이렇게까지 신경이 쓰이지는 않았었는데. 하긴, 선기가 까다로운 사람은 아니었다. 오히려 무던했다고나 할까?

'아니지. 무던한 게 아니라 나한테는 관심이 없었던 거지.'

새로 얻은 깨달음에 소담의 입가에 씁쓸한 미소가 걸렸다. 선기 는 그녀가 손바닥만 한 바지를 입던, 화장법을 바꾸던 신경 쓰지 않았다. 관심이 없었으니까. 이선기 눈에 유소담은 보이지 않았으 니까.

우울해지려는 찰나, 소담은 격하게 고개를 털었다. 밥 한 번 사 게 해주십사 애원을 해야 함께 식사를 할 수 있었던 사람이 먼저 밥 먹자고 제의한 기적 같은 날이니까 지금은 그 기적을 즐겨야 함이 마땅하다.

엘리베이터 문이 열리자마자 소담은 로비로 뛰어갔다. 그리고 붉은색 소파에 앉아 긴 다리를 꼬고서 신문을 보고 있는 이작을 발견했다.

'어쩜, 멋있어도 저렇게 멋있을 수가.'

30분이나 늦었으니 숨이 차게 뛰어가 늦어서 죄송하다고 해야 하건만 움직일 수가 없었다.

이작은 베이지색 치노 팬츠에 희미한 핑크빛이 감도는 스트라 이프 셔츠를 입고 있을 뿐이었다. 그의 성격을 대변하듯 팬츠, 셔 츠 할 것 없이 주름 하나 없이 빳빳하게 날이 서 있는 게 유일한 특이점이었다. 검은색의 얇은 끈이 매어져 있는 크림색 로퍼도 전 혀 독특한 디자인이 아니었다. 그런데 그에게서 후광이 비쳤다.

빛을 뿌리고 있는지 계속 보고 있자니 눈이 부실 지경이었다.

자체발광. 이작에게 딱 어울리는 말이었다. 신남 하이작이 아니라 자발 하이작이라고 했어도 좋았을 것이다.

이작에게 혼을 빼앗긴 사람처럼 넋을 놓고 있는데 신문을 들여다보고 있던 그가 고개를 들었다. 그리고 금세 소담을 찾아내 검지를 세워 까딱거렸다.

쪼르르, 이작의 앞으로 다가간 소담은 입을 헤에 벌리고 그를 쳐다보았다.

"뭐야?"

"막 반짝반짝 빛나요."

약속 시간에 늦어놓고 왜 쳐다만 보고 서 있었냐 물어본 것인데 소담이 엉뚱한 대답을 해왔다.

"뭐가?"

"그쪽이요. 막, 막 반짝반짝 빛이 나요."

빛은 소담의 눈에서 쏟아지고 있었다. 당황스러운 이작이 할 말을 찾는 동안 소담은 집 나갔던 정신을 되찾았다.

"예쁜 옷을 만들어서 입히고 싶어지는 사람이에요, 그쪽은. 남자를 뮤즈로 삼고 싶다고 생각하게 만든 두 번째 사람이에요. 그만큼 빛이 나요."

이작이 눈살을 찌푸렸다. 하이작을 찬양하는 것 같기는 한데 묘하게 거슬리는 말이었다. 이성으로서 찬양하는 게 아닌데다가 두 번째 뮤즈라니. 어떤 놈인지는 모르겠지만 자신이 두 번째라는 것에 심사가 뒤틀렸다.

"첫 번째는 누군데?"

얼마나 잘난 놈인지 궁금해서 물었는데 소담의 눈에서 반짝이던 빛이 사그라졌다.

"참! 늦어서 죄송해요. 아무리 찾아도 얌전한 옷이 없어서……."

급하게 화제를 돌린 소담이 손끝으로 이마를 긁으며 어색하게 웃어 보였다. 그래서 이작은 더는 묻지 않기로 했다. 누구나 하고 싶지 않은 말이 있는 법이니까.

"그런데 안 부었네요? 원래 잘 안 부어요?"

소파에서 일어서던 이작은 소담의 말에 그녀를 쳐다보았다.

"새벽에 라면 먹고 잤잖아요."

"아아."

"완전 부럽다. 난 부었는데."

이작은 소담이 양손으로 볼을 누르는 걸 지켜보았다. 손바닥에 눌린 볼이 홀쭉해지면서 입술이 톡 튀어나왔다. 발갛고 통통한, 먹음직스러운…….

'젠장!'

홱 고개를 돌려 소담을 외면하면서 어금니를 악물었다. 이제껏 술과 수면제를 함께 복용한 부작용이 이제야 나타나는 모양이었다. 아니면 몇 달간 처방받아서 먹었던 항우울제가 뒤늦게 문제를 일으켰던가. 둘 다 아니라면 잦은 수술로 정신이 나가 버린 거다. 미치지 않고서야 이럴 수는 없었다. 어떻게 스무 살로도 안 보이는 애한테 말도 안 되는 욕구를 느낄 수가!

새벽에 그 많던 술을 다 버린 후에 이작은 거의 뜬눈으로 밤을
지새웠다. 예전처럼 못 잔 게 맞기는 한데 잠들지 못한 이유가 달
랐다.

생각하고 또 생각했었다. 도대체 왜, 무슨 이유로, 어떻게 유소
담이 여자로…… 그것도 예쁜 여자로 보일 수가 있었는기에 대해
서.

나타샤와 헤어진 후에 여자와 신체적 접촉이라는 걸 하지 않아
서인가? 다 늦게 발정이라도 난 건가? 정말 미쳐 버린 건가? 갖가
지 추측이 난무했지만 해답을 찾을 수는 없었다.

하이작은 성적인 접촉을 갈구하는 사람이 아니었다. 나타샤는
그 점에 불만을 가지기도 했었다. 운이 좋아야 한 달에 한 번 정도
얼굴을 보는데 왜 키스조차 거부하느냐고 따진 적도 있었다. 항간
에는 하이작이 동성애자일지도 모른다는 소문이 돌기도 했을 만
큼 그는 여자에 관심이 없었다. 28년간 그렇게 살아왔다. 여자보
다는 바이올린이 좋았고, 여자의 몸을 더듬는 것보다 바이올린의
현을 쓸어내리는 순간이 더 짜릿했다. 그런데 왜 이제 와서, 육감
적인 육체를 자랑하는 여자도 아니고 나와야 할 곳까지도 들어가
있는 유소담에게!

"저기요."

이건 영양이 부족한 사람이 음식이 당기는 것과 같은 이치일 것
이다.

"저기요?"

나는 절대 롤리타 콤플렉스가 아니다. 아니고말고! 따지고 보면

재도 스물다섯이잖아? 스물다섯 살이면 성인이지.

"저기요!"

소담이 빽 소리를 지르고 나서야 이작은 혼자만의 세상에서 벗어날 수 있었다.

"우리 밥 먹으러 안 가요?"

이거 봐. 항상 밥만 먹자는 여자한테 그 무슨 말도 안 되는.

"오늘 뭐 먹어요?"

자신이 잠시 돌았던 거라며 마음을 가라앉힌 이작은 느릿하게 다리를 움직였다.

"오늘 뭐 먹는데요? 안 정했어요?"

그의 옆에서 걸으며 재잘대는 소담에게 이작은 시큰둥하게 대꾸했다.

"오코노미야끼."

"오코노미야끼요? 나 그거 진짜 좋아하는데! 신난다."

그럴 줄 알고 골랐다는 소리는 필요 없을 것 같았다. 신나 하니 그걸로 됐다고 생각한 이작은 호텔 밖으로 나서자마자 택시를 잡았다. 그렇지 않으면 또다시 소담이 전철역에서 헤매는 꼴을 봐야 할 게 확실하니까.

모래사장에 앉아 강아지처럼 물장난을 치는 소담을 쳐다보던 이작은 선글라스를 벗어 셔츠 포켓에 걸었다.

"이리 와서 발이라도 담가 봐요! 진짜 시원해요!"

멀지 않은 곳에서 소담이 손짓을 하며 불렀지만 이작은 들은 척도 하지 않았다. 오다이바 해변공원의 수질을 눈으로 확인했을 때 곧장 몸을 돌려 다른 곳으로 이동하고 싶었을 정도인데 발을 담그라니.

도시에 만들어놓은 인공 해변에는 사람이 많았다. 이작은 발가벗고 물속에서 놀고 있는 아이들을 보며 중얼거렸다.

"이해할 수가 없군."

소담이야 쫄바지 같은 것만 걷어 올리고 발을 담근 수준이었지만 아이들은 수영복이나 티셔츠만 입고 있는 상태였다. 저들의 눈에는 멀리서 보기에도 그다지 깨끗해 보이지 않는 물이 보이지 않는 건가?

애초에 이런 장소에 오는 게 아니었다. 소담의 입맛에 맞춰 오코나미야끼를 먹는 것에서 배려를 끝내야 했었다. 갑자기 해변공원 따위를 왜 떠올려서는.

좋아할 것 같아서.

유일한 이유였다. 단지 소담이 좋아할 만한 장소일 것 같아서 내키지 않는 걸음을 했나. 불론 식사를 했던 비너스포트나 전망대가 있는 후지TV 본사가 그녀의 취향에 훨씬 가까웠겠지만 관광객들이 바글거리는 그런 장소는 피하고 싶었던 것이 솔직한 심정이었다. 그런데 판단 미스였다. 어린아이처럼 즐겁게 물장난을 하고 있는 소담이 어제보다 몇 배는 더 예뻐 보였으니까.

"발이라도 담그라니까, 왜 혼자 고독을 씹어요?"

　실컷 물장난을 하고서 돌아온 소담이 해를 등지고 선 채로 이를 드러내며 웃었다.

“너는 저 물이 안 보여?”

“물이요? 물이 왜요?”

“더럽잖아.”

“에이, 저 정도는 아무것도 아니죠. 피서철에 동해나 해운대로 놀러 가본 적 없으시구나?”

　당연했다. 이작은 피서철이든 아니든 늘 공연을 다니거나 연습에 매진했었으니까.

“배는 부르고 모래는 따땃하고 눈앞에는 바다가 있고. 여기가 낙원이네요.”

　정말 낙원 같은 곳을 본 적이 없는 모양이었다. 어디 이런 곳을 낙원에 비교하는지.

　이작의 옆에 털썩 주저앉은 소담은 콧노래를 흥얼거렸고, 두 사람은 한참을 인공적으로 만들어진 바다를 바라보며 앉아 있었다.

“에취!”

　동요인지 가요인지 알 수 없는 노래를 흥얼거리던 소담이 크게 재채기를 하자 이작이 굳은 얼굴로 그녀를 쳐다보았다.

“감기 걸린 거 아니야?”

“아닐 거예요. 여름에 감기 걸린 적 한 번도 없거든요.”

　이제까지 그런 적 없으니 앞으로도 그럴 거란 자신에 찬 눈빛에 이작은 입을 다물었다. 본인이 아니라는데 굳이 사서 걱정할 필요는 없으니까.

“혹시 몰라서 아침에 약도 챙겨 먹었어요. 걱정 안 하셔도 돼
요.”

“안 해.”

단호한 대답에 소담이 눈을 가늘게 뜨고서 음흉한 미소를 지었
다.

“에에이, 걱정한 것 같은데.”

“옮잖아, 감기는.”

“대에박. 완전 매정해.”

눈을 세모꼴로 만든 소담이 고개를 홱 돌리더니 다시 콧노래를
흥얼거리기 시작했다. 대체 그 노래의 정체가 뭐냐고 묻고 싶었지
만 이작은 이번에도 입을 다무는 걸 선택했다.

해변은 한산하지는 않았지만 번잡스럽지도 않았다. 더러워 보
이는 물이 아니었다면 엽서의 배경이 되어도 좋을 것 같은 모습이
었다.

“맛있겠다.”

잠을 제대로 못 잔 탓인지 점점 무거워지는 눈꺼풀에 힘을 주고
있던 이작은 소담의 말에 경악했다. 식사를 한 지 얼마나 됐다고
또 먹을 길 덤내는 서지? 이 여자의 위장은 한계란 것이 없나?

“저기 꼬마가 먹고 있는 아이스크림이요. 맛있겠죠? 나도 항상
혼합으로 먹는데.”

소담이 검지로 가리키고 있는 아이는 소프트아이스크림을 들고
있었다. 입 주변에 아이스크림을 묻히고 해맑게 웃고 있는 아이를
부럽게 쳐다보는 소담 때문에 이작은 한숨을 쉬었다.

“가자.”

“벌써요?”

소담은 무척 아쉬워했지만 이작은 자리에서 일어설 수밖에 없었다. 소담이 아이에게 다가가 아이스크림 한입만 달라고 할까 봐 무섭기도 했고 날이 좋아서인지 자꾸만 잠이 몰려오기 때문이기도 했다.

해변공원에서 벗어나 소담에게 소프트아이스크림을 쥐어준 이작은 택시를 타고 목적지를 말하자마자 눈을 감았다. 소담이 끊임없이 재잘댔지만 이상하게 시끄럽다는 생각이 들질 않았다. 오히려 부드럽고 잔잔한 음악처럼 들려와 그는 어느새 깊은 잠에 빠져들었다.

“저기요, 저기요!”

단잠에 빠졌던 이작은 천천히 눈꺼풀을 들어올렸다. 자신의 어깨를 붙잡고 흔드는 소담 때문에 창밖을 쳐다보니 호텔 앞이었다. 깜박 졸았을 뿐이라고 생각했는데 몸이 가뿐하다.

“다 왔어요. 일어나야 한다구요. 네?”

도착한 지 꽤 되었던가? 소담의 음성에 조급함이 묻어났다. 하지만 이작은 알 수 없는 아쉬움만 느꼈다.

옆에 사람이 있으면 잠들지 못하는 버릇 때문에 늘 혼자 잠들고 혼자 깨어났던 이작이었다. 그런데 택시의 좁은 뒷좌석에서 소담을 옆에 두고 너무 편하고 달게 잠을 잤다. 그래서 일어나기가 싫었다.

"들어가서 편하게 자요. 아니면 기사님한테 조금만 기다려 달라고 말이라도 해주면 안 돼요?"

몽롱한 기운이 퍼져 있는 이작에게 소담은 애원했다. 벌써 몇 분째 짧은 영어로 기다려 달라, 미안하다는 말만 하고 있으니 짜증을 내던 기사가 언제 화를 낼지 알 수가 없었다.

일본어만 할 줄 알았으면 굳이 이작을 깨우지 않았을 것이었다. 깨우기가 미안할 정도로 곤하게 자고 있었으니까.

정말 그 이유만이었어?

자문한 소담은 슬그머니 벌어지는 입술에 힘을 주었다. 솔직히 이작이 자는 모습을 오래 지켜보고 싶은 욕심도 있었다. 초절정 미남자가 잠들어 있는 모습을 지켜볼 수 있는 기회가 흔한 건 아니니까 말이다. 하지만 그런 마음을 택시 기사에게 이해시킬 수가 없었고 말이 통했다고 해도 이해해 주지 않을 마음이었다.

소담을 숨넘어가게 만든 이작은 느긋하게 목을 양옆으로 꺾더니 바지 뒷주머니에서 지갑을 꺼내려 했다.

"내가 냈어요. 내리기만 하면 돼요."

그 말에 소담을 힐끗 쳐다본 이작은 택시 문을 열고 내렸다.

"어제 잠 못 잤어요? 많이 피곤했으면 약속 취소해도 되는 거였는데."

"기다리는 게 취미야?"

"네?"

기지개를 켜던 이작의 말에 소담의 눈이 동그래졌다.

"아니면 쓸데없는 배려가 특긴가?"

"무슨……."

얼떨떨해하는 소담을 지그시 쳐다보던 이작은 무심하게 말을 흘렸다.

"못 나올 정도로 피곤했다면 연락 안 됐을 거고 넌 계속 기다렸 겠지. 기다리는 게 취미고 배려하는 게 특기가 아니라면 남보다 너를 먼저 생각하는 버릇을 들이는 게 좋을 거다. 그리고."

이작이 말을 많이 한다는 것에 대한 놀람 때문에 아무 생각도 할 수 없었던 소담은 그의 입술만 빤히 쳐다보았다.

"나는 내가 만든 약속, 깬 적 없어."

그 말을 끝으로 이작은 호텔로 걸음을 옮겼지만 소담은 멍한 얼 굴로 그의 뒷모습만 지켜보았다.

뭐지, 무한하게 느껴지는 이 신뢰감은?

그저 말 한마디였는데 신뢰감이 퐁퐁 샘솟았다. 이작이 말했으 니 당연히 그럴 것이라 믿어졌다.

이작이 뱉은 말에 기분이 나빠질 수도 있었다. 세상에 기다리는 게 취미고 배려가, 그것도 쓸데없는 배려가 특기인 사람은 없을 테니까. 하지만 소담은 그가 말하고자 했던 게 무엇인지 알 것 같 았다.

내가 나오지 않았다면, 넌 하염없이 기다렸을 거잖아.

배려는 소담이 아니라 이작이 한 것이다. 택시에서 곯아떨어질 만큼 피곤했는데도 기다릴 저를 알기에 나온 것이다.

이작은 사람들이 보고 말하는 것처럼 마냥 차갑기만 한 사람이 아니었다. 소담에게는 무척이나 다정하고 따스한 사람이었다. 내 재되어 있는 따스함을 제대로 표현할 줄 모르는 것뿐.

"같이 가요!"

소담은 해사한 얼굴로 이작을 향해 달렸다.

등 뒤에서 느껴지는 숨결과 후각을 자극하는 부드러운 향에 이 작의 입술이 고운 선을 그렸다. 희한한 일이었다. 전혀 자극적인 향이 아닌데도 자극을 받게 된다. 기분 좋은 자극. 자꾸만 실없이 웃게 만드는 자극제였다, 소담은.

다리가 길어서 걸음도 빠른 거냐는 소담의 말을 들으며 이작은 손목시계로 시간을 확인했다. 아직 저녁을 먹기에 이른 시간이었 다.

"저녁은?"

어디서 어떻게 먹을 거냐는 질문이 함축되어 있는 말을 용케 알 아들은 소담이 진지한 얼굴로 대답을 해왔다.

"아직 생각해 둔 건 없어요. 오늘은 편의점 도시락을 먹어볼까 하는네, 그쪽은 그런 거 싫어하죠?"

자연스럽게 저녁도 같이 먹는 걸로 결론을 내려 버린 소담이 밉 지가 않았다. 편의점에서 파는 싸구려 도시락 같은 건 입에도 대 지 않는 이작이었지만 어쩐지 그녀와 같이 먹으면 맛이 있을 것 같기도 했다.

"그러고 보니 호텔에서 밥을 먹어본 적이 없네요? 룸서비스로

시킨 건 제대로 된 밥이라고 할 수는 없는 거니까. 아, 샌드위치
도…….”

「이작?」

소담의 종알거림에 엷게 미소 짓고 있던 이작의 얼굴이 단박에
굳어버렸다. 낯설지 않은 여자의 음성. 얼굴만큼이나 굳어버린 몸
을 돌린 이작의 눈에 그녀가 보였다. 다시는 보고 싶지 않았던 여
자가.

소담은 또각또각 구두 소리를 내며 다가오는 여자를 쳐다보았
다. 은은하게 빛나는 짙은 코발트빛의 타이트한 원피스. 금방이라
도 타오를 것 같은 붉은 머리카락. 투명해 보일 정도로 하얀 피부.
머리카락처럼 붉은 립스틱이 발라져 있는 여자의 입술이 움직였
다.

「이작, 우리 오랜만이죠?」

여자가 자그마한 얼굴의 반 이상을 가리고 있던 커다란 선글라
스를 벗자 소담은 그녀가 누군지 알 수 있었다.

나타샤 에바소르바 레리나. 하이작의 유일한 연인.

여자를 보자 기사가 떠올랐다. 연인이 떠난 후 실의에 빠져 있
던 이작이 자살을 기도했다는. 그 기사를 봤을 때는 당연히 거짓
말일 것이라 믿었다. 근거 없는 악의적인 기사일 것이라고. 하지
만 눈앞에 선 여자를 보고 있으니 거짓이 아닐 수도 있겠다는 생
각이 들었다.

여자는 살아 숨 쉬는 인형 같았다. 새하얀 피부에 육감적인 몸
매만으로도 뭇 남성들의 시선을 빼앗기 충분했지만 하이라이트는

그녀의 눈이었다. 깊이를 잴 수 없는 심해를 담아놓은 것 같은 파란 눈동자가 이작을 응시하고 있었다.

여자에게서 눈을 뗀 소담이 이작을 올려다보았다. 이제껏 느낀 적 없었던 냉기가 그의 온몸을 휘감고 있었다.

「이 소녀는 누구죠? 설미 새로운 연인?」

그럴 리 없다는 코웃음에 나타샤를 보는 이작의 눈빛이 더욱 매서워졌다. 그는 긍정이나 부정을 하는 대신 소담에게로 시선을 돌렸다.

"가라."

더하는 말 없이 이작은 몸을 돌려 라운지 바가 있는 곳으로 향했다. 잠시 소담에게 눈길을 주었던 나타샤도 금세 그의 뒤를 따랐다.

혼자 남겨진 소담은 멀어져 가는 두 사람의 모습을 바라보다가 다시 호텔 밖으로 나왔다. 어디로 가야 하는지, 무엇을 해야 하는지는 알 수 없었지만 이대로 객실에 돌아갈 수는 없었다. 왠지 눈물이 날 것 같아서.

"아무튼 여자는 무조건 예쁘고 봐야 해."

어깨를 축 늘어뜨리고 터덜터덜 걷던 소담에게서 혼잣말이 흘러나왔다.

"아무리 그래도 그렇게 매정하게 가버릴 건 뭐야."

서운했다. 그에게 서운한 감정을 느낄 만큼 가까운 사이가 아니라는 것도 알고 그가 그럴 만한 여지를 주지 않았다는 것도 알지만 서운한 건 어쩔 수가 없었다.

다시, 만나는 건가?

무작정 걷고 있던 소담이 불현듯 떠오른 생각에 걸음을 멈췄다. 이작이 가라는 말 한마디만 던지고 몸을 돌려 버렸을 때 욱신댔던 심장이 따끔거리기 시작했다.

"……내가 뭐라고."

하이작에게 유소담은 아무것도 아닐 것이다. 그저 타국에서 우연히 만나게 된 귀찮은 아이쯤으로 여기고 있을 게 빤했다. 그러니 이런 일에 심장이 따끔거리면 안 되는 거다.

"왜 이러는 거야, 진짜."

울상이 된 소담이 손바닥으로 가슴을 꽉 눌렀지만 따끔거림은 사라지지 않았다.

「어머니가 걱정하고 계세요, 연락이 되지 않는다고.」

염려하는 표정으로 희미하게 미소를 그리고 있는 나타샤였지만 이작은 그녀를 보면서 다른 생각을 하고 있었다.

그렇게 보내는 게 아니었는데. 객실까지 데려다 줄걸 그랬어.

「한국에는 언제 돌아갈 생각이에요? 수술이 얼마 남지 않았잖아요.」

기분, 나빴겠지?

「이작, 내 말 듣고 있어요?」

빌어먹을!

이작의 얼굴이 무섭게 구겨졌다. 고개를 갸웃거리면서 떠들어 대는 나타샤 때문에 집중을 할 수가 없었다.

「갑자기 찾아와서 화난 거예요? 화내지 말아요. 당신 보려고 공연을 두 개나 캔슬했어.」

칭찬받을 일을 한 아이처럼 나타샤가 곱게 눈웃음을 지었다. 그래서 어이가 없었다. 누가 반긴다고 공연까지 캔슬하고 나타났단 말인가? 혹 그의 마음을 읽으러 저지른 일이라면 방법이 틀렸다. 이작은 약속을 어기는 사람을 끔찍하게 싫어했다. 더군다나 다른 약속도 아니고 공연을 캔슬하다니. 그로서는 상상도 할 수 없는 일이었다.

「용건.」

소담이 걱정되어 두통이 밀려온 이작이 관자놀이를 꾹꾹 누르며 짧게 묻자 나타샤가 큰 눈을 더 크게 떴다.

「당신 보려고 왔다니까요? 나 객실도 안 잡았어요. 당신하고 같이 있으려고.」

끈적끈적한 눈빛을 보내던 나타샤가 이작의 얼굴로 손을 뻗었다.

탁!

더러운 벌레를 쫓듯 나타샤의 손을 쳐낸 이작이 실소를 터뜨렸다. 기억상실증에 걸린 여자처럼 구는 나타샤가 그의 비웃음을 끌어냈다.

「혹시 섹스할 남자가 다 떨어졌어?」

날 선 눈빛으로 웃음을 머금고 말하는 이작 때문에 나타샤의 얼굴이 붉게 물들었다.

「그럴 리가 없을 텐데. 그럼 이건 무슨 수작이지?」

「당신이 화난 건 이해해요. 내가 잘못했다는 거, 알아요.」

눈을 내리깐 나타샤의 입에서 사과의 말이 나오자 이작의 비웃음은 한결 더 진해졌다. 하이작만큼이나 오만한 여자가 나타샤였다. 그런 그녀가 어지간하면 내뱉지 않는 말까지 해가며 자신의 앞에 앉아 있는 이유가 무언지 너무 잘 알아서 쓴물이 치밀어 올랐다.

팔짱을 낀 이작은 나타샤에게로 가까이 얼굴을 숙였다.

「내가 재기할 수 있을 거란 생각은 안 하는 게 좋아. 부질없는 일에 목매다는 여자 아니잖아?」

「아니야! 나는 그저, 당신 옆에 있고 싶어서……!」

「웃기는군.」

나타샤의 말을 끊은 이작이 쿡쿡 웃음을 터뜨렸다. 그녀의 커다란 눈에 눈물이 그렁그렁했지만 이작의 마음은 흔들림 없이 더욱 단단해져 갔다.

「나는…… 난 당신을 사랑해요. 모르겠어요?」

나타샤가 떨리는 음성으로 애절한 마음을 호소했지만 이작은 지금의 상황이 웃기기만 했다. 한국에서의 생활은 지독하게 정적이어서 신물이 날 지경이었는데 일본에 온 지 얼마나 되었다고 인생이 드라마로 변해 버렸다.

「기자들 데려왔나?」

느릿하게 고개를 돌리며 기자를 찾는 이작의 모습에 나타샤의 얼굴색이 파랗게 질려갔다.

「내가…… 당신한테 고작 그 정도의 사람이었어요? 기삿거리나

만들어보자고 이런 일에 기자들을 불러들이는……. 당신한테 나
는 그런 여자, 였어요?」

띄엄띄엄 말을 잇는 나타샤는 이작의 죄책감과 양심을 건드리
지 못했다. 이미 그녀의 얼굴에 굵은 눈물이 흘러내리고 있었고,
이로 입술을 짓이겨 립스틱이 지워지고 있었지만 이작은 어떤 감
정도 느끼지 못했다.

사랑한 거라고 생각했었다. 그래서 그녀가 떠났을 때 화가 난
거라고, 그렇게 생각했었다. 하지만 이제야 그녀를 사랑했던 순간
이 없었음을 알게 되었다.

「그때는 그게 옳은 선택이라고 생각했어요. 내가 옆에 있으면
당신이 더 힘들 것 같았어요. 미안해요. 날 용서해요, 이작.」

흐느끼는 나타샤를 이작은 무감한 얼굴로 마주했다.

「나한테 용서를 빌 거 없어. 아마 누구라도…….」

말을 잇던 이작은 입을 다물었다. 그때, 그런 상황이었다면 자
신조차 나타샤와 같은 선택을 했을지 모른다. 하지만 누구라도 그
랬을 거라는 말은 할 수가 없었다. 그렇게 하지 않았을 사람을 알
게 되어버렸으니까.

작고 여리게 보이지만 실상 누구보다 강하고 밝은 소담이라면
자신을 떠나지 않았을 것이다. 사고를 당한 그보다 더 아파했을
테지만 자신이 아픔과 억울함을 토해낼 수 있도록 가만히 끌어안
아 주었을 것이다. 괜찮다는 말 대신 마음껏 아파하라고 말해주었
을 것이고, 그 모습을 다른 사람들에게 보이지 않도록 그 작은 몸
으로 제 앞을 막아섰을 것이다. 이작이 아는 소담은 그런 여자였

다. 사랑하는 사람의 아픔을 외면하지 못할 여자.

「이작, 우리…….」

이작은 어느새 눈물을 지우고 애처로운 미소를 짓고 있는 나타샤를 빤히 쳐다보았다.

「우리는 없어.」

「이작?」

「전에도 없었고 앞으로도 없어. 유명한 성악가와 바이올리니스트였던 남자가 있을 뿐이지.」

「이작, 왜 그런 말을 하는 거예요?」

「이제야 확실하게 알겠어. 내가 당신을 사랑한 적이 없다는 걸.」

새하얀 나타샤의 얼굴이 딱딱하게 굳었다. 이작은 지갑에서 음료의 값을 꺼내 테이블에 올려두고 자리에서 일어섰다.

「그리고 아까 그 여자를 연인으로 두기엔 내가 너무 부족해. 어떻게 하면 나한테 과분한 그녀의 마음을 가질 수 있을지, 걱정이군.」

정말 인형처럼 굳어버린 나타샤를 뒤로한 이작의 걸음이 빨라졌다. 소담의 얼굴을 봐야 했다. 그녀를 만나 미안했다고, 오늘도 미안했고 전에도 미안했다고 사과를 해야 했다.

네가 내 마음속에 들어와 버린 것 같다고, 고백해야 했다.

이작이 떠나고 한참이 지났지만 나타샤는 그와 마주 보고 앉았던 자리에 머물러 있었다. 하지만 애처롭던 표정은 간데없이 사라지고 립스틱은 완벽하게 덧발라져 있었다.

　이작이 있었던 자리를 응시하는 나타샤의 눈 속에는 수많은 감정들이 얽혀 있었다. 서러움, 배신감, 분노, 수치심, 그리고 약간의 미안함과 후회.

　「쉬울 거라 생각하지 않았으니까.」

　마티니를 홀짝이던 나타샤의 눈빛은 새파랗게 날이 서 있었지만 음성만큼은 사랑을 속삭이는 여인처럼 부드러웠다.

　자신의 등장에 이작이 곧바로 화를 풀고 돌아와 줄 거라고는 생각지 않았다. 하이작은 그렇게 시시한 남자가 아니니까. 하지만 이렇게까지 수치스러워질 거라고는 예상하지 못했었다.

　남부럽지 않은 집안의 외동딸로 태어난 나타샤는 아쉬운 것 없이 살아왔다. 손가락만 까딱하면 친구든 남자든 만사를 제쳐 두고 달려왔고, 성악가가 되겠다고 마음먹으니 성악가가 되었다. 그리고 누구도 차지하지 못했던 남자가 그녀의 연인이었다.

　나타샤는 이작을 처음 만났던 날을 회상했다.

　가만히 서 있기만 해도 땀이 흘렀던 더위 속에 그가 있었다. 본공연도 아니었고 자유롭게 연습을 하기 위해 모인 날이었는데도 그의 옷차림은 단정했디. 반팔 비셔츠와 반바지를 입고도 손부채질을 해대는 사람들 속에서 이작은 땀 한 방울 흘리지 않고 바이올린을 켜고 있었다.

　이작에게서만 서늘한 냉기가 흘렀다. 그의 곁에 있으면 더위를 잊을 수 있을 것 같다는 어리석은 생각이 들 정도로. 하지만 아이러니하게도 그의 연주는 봄바람처럼 따스하고 부드러웠다. 눈을

감은 그가 연주를 하며 웃는 모습을 보았을 때 나타샤는 하이작이
라는 남자에게 반해 버렸다.

그녀에게 있어서 하이작은 가장 크고 완벽한 트로피였다. 하지
만 그저 트로피일 뿐이라고, 얼마든지 이작보다 잘난 남자를 만날
수 있다고 확신했던 게 실수였다. 남아 있던 마티니를 남김없이
마셔 버린 나타샤의 입술이 바르르 떨렸다.

진심이었어요, 이작.

사랑한다던 말은 진실이었다. 그를 떠나고 나서야 사랑했었다
는 걸, 사랑하고 있다는 걸 깨달았다. 그래서 이미 늦었다는 생각
따위는 하지 않았다. 모든 것을 예전으로 돌려놓을 자신이 있었으
니까.

자신과 이작은 아름다운 커플이었다. 누구와 견줄 수도, 비교할
수도 없는 환상적인 커플. 그러니 자신의 곁에는 이작이, 이작의
곁에는 자신이 있어야 했다.

이작은 넓은 객실 안을 배회하고 있었다. 그의 얼굴에는 걱정과
불안이 가득했다.

"설마 또 길을 잃은 건가?"

혼잣말을 중얼거리는 이작의 표정이 심각했다. 벌써 밤 11시.
어디로 가버렸는지 알 수 없는 소담이 들어왔어도 벌써 들어왔어
야 할 시간이었다.

"보내는 게 아니었는데. 객실에 들어가는 걸 봤어야 했는데."

후회는 언제 해도 늦다는 말이 새삼 강하게 와 닿았다. 의도하지는 않았지만 매정하게 등을 돌려 버린 꼴이 된 것 같아서 더욱 마음이 쓰였다.

소담에게 나타샤를 소개시키고 싶지가 않았다. 이제는 자신과 아무런 상관도 없는 여자인데 인사를 시킨다는 게 웃기는 일 같았다. 소담을 깔보는 듯한 나타샤의 눈빛도 마음에 들지 않았고, 그런 여자에게 소담이 인사를 건넬 필요가 없다고 생각했었다. 나타샤와 가까이 있는 시간이 길어질수록 소담의 맑음이 흐려질 것 같다는 기분이 들어 신경이 곤두섰었다.

……한심하군.

이작은 자책했다. 자신은 늘 그랬다. 다른 사람의 기분이나 감정 따위는 무시하고서 저만 생각하는 이기주의자.

나타샤와 헤어지고 곧바로 소담의 객실로 향했지만 그녀는 없었다. 있었다면 문을 열어주었을 것이다. 소담은 한 시간 가까이 벨을 누르고 문을 두드리는 그를 모른 척할 수 있는 여자가 아니었다.

처음에는 저녁을 먹으러 나갔겠거니 했었다. 편의점 도시락 얘기를 꺼냈었으니 그걸 사러 간 거라고. 하지만 시간이 너무 많이 걸렸다. 딴 데로 빠지지 않았다면 한 시간 안에는 돌아왔어야 했는데. 그래서 그때부터는 관광을 하고 있는 모양이라고 여겼다. 그래야 시간이 갈수록 부피를 늘려가는 걱정과 하등 쓸모없는 위험한 상상들을 접을 수 있을 것 같아서.

10시가 되자 이작은 말할 수 없이 초조해졌다. 소담의 객실로 전화를 걸어봤지만 그녀는 받지 않았다. 수없이 다시 해봐도 마찬가지였다.

"들어왔겠지. 들어와서 자고 있겠지."

그래야만 했다. 하지만 만약 돌아오지 않았다면…….

"젠장!"

서성임을 멈춘 이작이 휴대폰과 지갑을 챙겨 객실에서 나섰다. 엘리베이터를 기다릴 수가 없어서 계단을 통해 소담의 객실이 있는 층까지 뛰어 내려가면서 부디 그녀가 돌아와 있길 바랐다.

'돌아오지 못한 거라면……. 대사관에 연락부터 해야겠지.'

개인적으로 경찰을 찾아가는 것보다는 대사관이 움직이는 게 소담을 찾는 시간을 단축시킬 수 있을 것이다. 대사관 관련자 중에서 하이작을 기억하고 있는 사람이 있다면 더할 나위 없이 좋을 것이고.

소담의 객실 앞에 선 이작은 성마르게 벨을 눌렀다. 하지만 이번에도 돌아오는 답은 없었다.

"문 열어!"

크게 소리치며 주먹으로 문을 두드려 보지만 허사였다. 돌아오지 않은 게 분명했다. 돌아오지 못한 것일지도 모른다는, 애써 생각하지 않으려던 가능성 때문에 끔찍한 불길함이 그의 뇌리를 장악했다.

이작은 대사관에 연락을 취하려 휴대폰의 전원을 켰다. 그런데 엘리베이터로 걸음을 옮기던 찰나 철컥! 문이 열리는 소리가 들려왔다.

　빠르게 몸을 돌려 문 앞으로 다가갔지만 누구도 보이지 않았다. 그리고 잠시 후, 이작은 문에 기대 주저앉아 있는 소담을 발견했다.

　가까이 다가간 이작이 그녀의 앞에 무릎을 꿇고 앉자 소담이 작은 목소리로 웅얼거렸다.

　"시끄럽게……."

　"왜 이래. 어디가 아픈 거야?"

　소담의 이마와 목 언저리에 손등을 대어본 이작이 어금니를 악물었다. 작은 몸이 불덩이였다. 그의 얼굴을 쳐다보다가 새빨개진 얼굴로 기침을 하던 소담이 눈을 감자 이작이 그녀의 어깨를 감싸 안았다.

　"정신 차려! 유소담, 소담아!"

　더 아프게 할까 두려워 부드럽게 흔들자 눈을 뜬 소담은 붉어진 얼굴로도 미소를 지었다.

　"내, 이름…… 기억……."

　말을 끝맺지 못하고 까무룩 정신을 놓은 소담을 가뿐하게 안아 올린 이작은 곧장 호텔 로비로 향했다.

　『가까운 병원이 어딥니까!』

　놀란 얼굴의 직원들에게서 대답이 나오자마자 이작은 달렸다. 소담이 아픈 게 저때문인 것만 같아서 숨 쉬는 것조차 잊어버렸다.

 #6

'아이구우, 삭신이야.'

잠에서 깨어난 소담은 힘겹게 눈꺼풀을 들어올려 뻑뻑한 눈을 깜박였다.

친구들하고 장난치다가 인간 매트가 되어 맨 아래에 깔렸을 때처럼 몸이 무거웠다. 몸 구석구석이 쑤시고 결려서 절로 인상이 찌푸려졌다.

'목말라.'

입안이 바싹 말라서 쩍쩍 갈라졌다. 손가락 하나 까딱할 힘도 없었지만 소담은 끄응 소리를 내며 몸을 일으켰다.

툭.

상체를 세우자 얼굴에서 떨어진 희끄무레한 물체. 소담은 이불

위로 낙하한 젖은 수건을 멀뚱하게 쳐다보다가 슬그머니 고개를
돌렸다.

'끼야아악! 뭐야? 이 사람이 왜 여기 있어! 뭐지? 뭐야!'

양손으로 입을 막아 비명을 삼킨 소담은 눈도 깜박이지 못했다.

'여기 내 방 맞지? 맞는데?'

정신없이 고개를 돌려가며 자신의 캐리어와 화장대 위에 올려
놓은 화장품들을 확인한 소담은 저를 놀라게 만든 사람에게로 시
선을 돌렸다.

침대 옆에 의자를 끌어다 놓은 이작은 불편한 자세로 잠들어 있
었다. 긴 다리를 우아하게 꼬고서 팔짱을 낀 채로. 허리를 꼿꼿하
게 펴고 바른 자세로 잠들어 있어서 정말 자고 있는 게 맞는지 헷
갈릴 정도였다.

소담은 이작의 얼굴 앞에서 손을 좌우로 흔들었다. 그의 머리카
락이 날릴 정도로 손을 흔들었는데도 미동이 없는 것으로 보아 깊
은 잠에 빠진 게 확실해 보였다.

'가만있어 봐. 이게 어떻게 된 일이야?'

마른침을 삼키며 침대헤드에 몸을 기대고 차분하게 기억을 더
듬기 시작했다.

나타샤의 출연에 이작의 매정함까지 더해져 괜한 서운함에 빠
진 채 땅만 보면서 걷다가 길을 잃었었다. 한두 번 일어나는 일이
아니기 때문에 현명하게 택시를 잡아탔고, 호텔에서 가까운 전철
역에 도착해 편의점으로 향했었다. 기어이 편의점 도시락을 사서
호텔로 돌아오는데 그때부터 몸이 무겁긴 했었다. 기분 탓일 거라

고 치부하며 객실에 들어와 도시락을 먹었는데 기대했던 것만큼 맛이 있지는 않았다. 몇 입 먹지도 못하고 샤워를 하려고 일어섰는데, 몸이 휘청거렸던가? 아니, 주저앉았었나?

'그때 약을 먹었어야 했는데.'

자신의 아둔함에 고개를 설레설레 저은 소담은 다시 기억 속으로 들어갔다.

조금 누워 있으면 괜찮아지겠지 싶어서 침대에 누웠는데 그 후로 일어나질 못했다. 오한이 들고 구토가 일 정도로 기침이 심해져서 어떻게든 약을 먹어야 한다고 생각했는데 생각으로만 그쳤었다. 일어날 수가 있었어야 뭘 먹던가 하지.

혼자 끙끙거리면서 앓다가 정신이 혼미해질 때쯤, 누군가 무식하게 문을 두드리는 소리에 끊어지려던 정신줄을 잡았었다.

무시하고 싶었지만 그러기엔 불청객이 너무 끈질겼고 굉장히 시끄러웠다. 문이 두들겨질 때마다 골이 깨지는 기분이었으니까.

어떻게 침대에서 내려와 문까지 걸어갔는지, 무슨 힘으로 문을 열었는지 모를 일이지만 확실하게 기억나는 건······.

'유소담, 소담아!'

그의 목소리. 다급하게 저를 부르며 걱정스러운 눈빛으로 쳐다보던 이작. 그가 자신의 이름을 기억하고 있다는 사실이 기뻤다는 것까지만 기억이 났다. 그 후로는 아무리 기억을 쥐어짜 내봐도 암흑이었다.

'도대체 이게 뭔 일이래.'

길게 한숨을 내쉰 소담은 그때까지도 흐트러짐 없는 모습으로 자고 있는 이작을 쳐다보았다.

'왜, 여기 있는 거예요?'

묻고 싶지만 묻지 못하는 말.

나타샤와 함께 있을 거라고 생각했었다. 누가 뭐래도 그녀는 이작의 유일한 연인이었으니까. 실제로 본 나타샤는 여자인 소담소사 반할 정도로 아름다웠으니까.

나란히 서 있는 두 사람을 보고 느낀 감정이 질투였다는 것을 인정하기란 쉽지 않았다. 결국 자신의 감정을 인정한 소담이지만 이작을 이성으로 여겨서 질투를 한 것인지, 그저 그들이 함께 있는 것에 질투를 한 것인지는 알 수 없었다.

이작과 나타샤는 분할 정도로 완벽하게 어울리는 한 쌍이었다. 그래서 질투했던 걸까? 그의 옆에 있는 자신이 너무나 초라하고 모자라 보여서.

몸과 더불어 마음마저 무거워진 소담이 고개를 저었다. 내가 뭐라고. 도대체 하이작에게 유소담이 뭐라고 이런 일에 마음이 무거워진단 말인가.

조심스럽게 침대에서 내려온 소담은 미니바에서 생수를 꺼내 마셨다.

"어우, 살겠다."

조용히 혼잣말을 중얼거리던 그녀는 이작을 보곤 미간을 좁혔다.

이제 어떡해야 되지?

자고 있는 이작을 깨우자니 뭔가 미안하고 그렇다고 혼자 침대에 누워 편하게 자자니 그건 그것대로 미안했다. 그렇다고 그를 깨워서 침대에서 주무시라고 하자니……

'그건 유혹하는 것 같잖아.'

깨워서 이제 가보시라고 하면 될 일이지만 그게 제일 미안해질 만한 일인 것 같았다. 상황을 보아하니 그가 자신을 간호해 주고 황공하게 물수건도 올려주신 것 같은데 그런 사람을 깨워서 가라고 해버리면……

'사람의 탈을 쓰고 할 짓이 아니지.'

심각한 표정으로 이작을 쳐다보던 소담은 결심한 듯 발끝을 들고 조용히 움직였다. 깨우지도 못하겠고 침대에 누워 자라고 하지도 못하겠으니 이불이라도 덮어줘야 할 것 같아서.

소담은 조심조심 이불을 그러모았다. 그리고 손을 달달 떨면서 이작의 몸 위에 이불을 덮어주려던 찰나.

"유소담."

"엄마야!"

너무 놀란 나머지 몸에서 힘이 빠져 버린 소담은 앞으로 고꾸라져 버렸다.

아, 엄마. 나 어떡하지.

엉덩이가 뒤로 빠진 상태에서 이작에게 안겨 버린 꼴이 되어버린 소담은 민망하고 부끄러워서 움직일 수도 없었다.

"너무 적극적인 거 아닌가?"

낮게 울리는 이작의 음성에 소담의 몸에는 불길이 일었다.

"아니, 그게 아니라요, 나는 그냥 이불만 덮어주려고……"

더듬거리면서 그에게서 떨어지려던 소담은 자신의 몸을 감싸 안는 이작 때문에 그대로 굳어버렸다.

"아프면 아프다고 말을 했어야지."

타이르는 것 같은 부드러운 음성에 소담은 그만 울컥해졌다.

"어떻게 말을 해요. 연락처도 모르고, 몇 층에 있는지도 모르는데. 그리고……."

쏘아붙이던 소담이 말을 늘이자 이작은 그녀의 등을 가만히 쓸어내렸다.

"그리고?"

"그…… 사람하고 같이 있을 것 같아서."

"그럴 일 없어."

이작의 음성은 단호했다. 하지만 소담은 무엇을 확인하고 싶은 것인지도 모르면서 질문을 던졌다.

"다시, 만나는 거 아니에요?"

"아니야."

"……예쁘던데."

질문인 듯 혼잣말인 듯 조그맣게 중얼거린 소담은 입술을 깨물었다. 그 여자와 같이 있을 일도 없고 다시 만나는 것도 아니라는데 자꾸만 땅을 파고 있는 제 모습이 기가 막혔다.

멍충이 같은 짓만 골라서 한다고 자학하던 소담은 흐음, 하는 소리와 함께 이작이 뱉어낸 말에 감았던 눈을 떴다.

"예쁘지, 그 정도면."

어라?

"몸매도 나쁘지 않고."

뭐라?

"내가 예쁘지도 않은 여자를 옆에 뒀을 리가 없잖아?"

아아, 네, 그러시겠죠. 아무렴요. 그렇고말고요.

나타샤의 외모를 높이 평가하는 그의 말에 왜 심술이 나는지 모를 일이었다.

"그렇죠. 알았으니까 이제 좀 놔주……."

툴툴거리면서 그의 가슴을 떠미는데 이작이 소담의 허리에 팔을 휘감아 강하게 끌어당겼다. 그것만으로도 심장에 무리가 가는데 뒤이어 던져진 그의 말은 소담의 심장을 아예 마비시켜 버렸다.

"네가 더 예뻐."

그 말 한마디에 소담의 머릿속은 하얗게 타들어갔다.

"그 여자는 안 귀여운데 넌 귀엽고."

손끝과 발끝이 저릿저릿했다. 이 남자가 지금 뭐라고 하는 건지, 제대로 듣고 있는 게 맞는 건지 확인할 길이 없었다.

"예쁘고 귀여운데 바보처럼 착하기까지 하잖아, 너는."

그가 켜던 바이올린이 내던 소리만큼이나 부드러운 음성이 소담의 귓가를 간질였다.

이게 만약 드라마 속 남자주인공의 대사였다면 베개를 끌어안고 비명을 지르며 몸을 배배 꼬았을 것이다. 손발이 오그라드는 저런 말은 드라마에서나 존재하는 거라고 중얼거리면서 마른 오징어를 질겅질겅 씹는 것으로 외로움을 달랬을 것이다.

‘꿈, 인가?’

현실성이 없는 상황에 소담은 정신없이 눈만 깜박였다. 하지만 꿈이라고 하기엔 맞닿아 있는 체온이, 그가 흘리는 뜨거운 숨결이, 허리를 감고 있는 강인한 팔이 전하는 힘이 너무나도 뚜렷했다.

“배고프지 않아?”

다정한 속삭임에 정신을 차린 소담은 슬그머니 그의 가슴을 밀어냈다. 이번에는 이작도 그녀를 막지 않았다.

흘러내린 머리카락을 쓸어 넘겨주는 이작의 손길에 온몸의 솜털들이 곤두섰다.

“나 지금, 되게 불쌍해 보여요?”

진지하게 묻는 말에 이작은 대답 대신 입술을 늘여 웃어 보였다.

에이 씨, 웃으니까 더 멋있다. 살 떨리게 멋있다.

“불쌍해 보여서 잘해주는 거예요?”

그럴 수 있었다. 아니, 그게 아니라면 지금 일어난 일들이 설명되질 않았다. 소담에게 이작은 표현만 못할 뿐 다정하고 착한 사람이니까, 아파서 봄져누운 자신을 불쌍하게 여긴 거라면 그의 행동을 이해 못할 것도 없었다. 다른 남자였다면 날 좋아해서 그런 거라고 착각하는 것도 모자라 김칫국을 배터지게 마셨겠지만.

“되게 불쌍해 보이지는 않고.”

느릿하게 흘러나온 그의 말에 소담의 눈이 뎅그레졌다.

“되게 예뻐 보이기는 하네.”

아무래도, 나…… 귀가 잘못된 모양이야.

"배 안 고파? 아무것도 안 먹고 꽤 오래 잤는데."

다크초콜릿을 연상케 하는 이작의 눈동자를 응시하던 소담은 어느새 말라 버린 입술을 떼고 그에게 물었다.

"나한테, 왜 이래요?"

궁금해서 참을 수가 없었다. 불쌍해 보여서 그런 게 아니라면 도대체 왜?

나타샤보다 유소담이 예쁘다는 데 동의를 할 사람은 그녀의 가족밖에 없었다. 도희는 완전 절친이지만 친한 사이일수록 객관적이어야 할 필요가 있다고 하는 애니까 예쁘기는 나타샤가 예쁘다고 말할 게 빤했다.

개인적인 취향에 딴죽을 걸 수는 없지만 어느 남자가 나타샤와 유소담을 놓고 저울질을 할까? 백이면 아흔아홉 명은 나타샤 쪽으로 추를 기울일 것이다.

설마, 날 좋아하나?

문득 떠오른 가정에 소담은 마음속으로 도리질을 쳤다.

자학에는 소질이 있지만 자뻑에 재능이 있지는 않았다.

무려 '하이작'이다. 클래식계에 신이 내린 남자 하이작. 그런 남자가 평범하디평범한, 귀찮고 거슬린다고 했던 여자를 좋아한다는 건 말이 안 된다. 그런데…….

"좋아하니까."

말이 안 된다고 생각했던 가정을 현실에서 맞닥뜨린 소담은 순간 멍해졌다.

"내가 널 좋아하거든."

멍하니 이작을 쳐다만 보고 있던 소담은 침대에서 내려와 마시다가 남겼던 생수를 깨끗하게 비웠다.

빈 생수병을 협탁 위에 올려놓고서 천천히 심호흡을 한 뒤에 이작에게로 몸을 돌렸다.

"에, 그러니까 여동생 같은 거죠? 막 챙겨줘야 할 것 같고, 걷다가 넘어지지는 않을까 걱정되고, 뭐, 그런 의미의 좋아한다죠?"

제 입으로 말해놓고도 참 스스로가 한심스러워지는 말이었다. 하지만 어쩔 수가 없었다. 그런 의미로밖에는 받아들여지질 않으니까.

소담을 쳐다보며 한숨을 쉰 이작은 의자에서 일어섰다. 그리고 그녀에게 다가가 작은 얼굴을 손으로 감싸고 살짝 벌어져 있는 입술에 입을 맞췄다.

많이 놀랐는지 숨을 멈춘 소담의 눈을 바라보며 이작은 입술 끝을 말아 올렸다.

"여동생한테는 이런 거 안 하는데, 나는."

우연이 인연으로 이어진 장소에서 이작은 담배를 피우고 있었다. 담배 연기를 내뿜는 게 미안할 정도로 맑은 하늘을 올려다보며 그는 피식 웃음을 흘렸다.

'아, 그게, 그러니까, 샤워를 해야 돼서…… 땀도 많이 흘렸고 어제도 들어와서 못 씻고 자서……. 아, 원래 그렇게 안 씻는 건 아니고, 잘 씻는데, 막 여름엔 다섯 번씩 샤워한 적도 있는데, 그게, 그래서…….'

패닉에 빠져서 횡설수설하는 소담을 보는 건 즐거웠지만 베이비키스 한 번에 어쩔 줄 몰라 하는 그녀를 더 곤란하게 만들고 싶지는 않았다.

객실에 비치되어 있는 메모지에 휴대폰 번호와 자신의 객실 호수를 적어놓은 이작은 씻어야 하니까 나가달라는 말을 하지 못하고 있던 소담에게 아침 식사 같이하게 전화하라는 말을 남기고 밖으로 나왔다.

"무섭군."

길게 연기를 내뿜던 이작이 들릴 듯 말 듯한 음성으로 중얼거렸다.

예쁘다고 말하고 나니 더 예뻐 보이고, 좋아한다고 말했더니 더 좋아졌다. 말이라는 게 이렇게 무서운 거였나?

담배를 입에 문 채로 주머니에서 휴대폰을 꺼냈다. 일본에 온 이후로 켜놓은 적이 거의 없었기 때문인지 충전을 하지 않았는데도 배터리가 많이 남아 있었다.

이제껏 누군가에게 걸려올 전화를 기다려 본 적이 없다는 사실을 인지하지 못한 이작은 물끄러미 휴대폰을 쳐다보았다. 언제쯤 소담에게 연락이 오려나, 휴대폰을 만지작거리고 있는데 기다리는 연락은 안 오고 동생에게서 전화가 걸려왔다.

[대통령보다 통화하기 힘든 사람이 형일 거야.]

전화를 받자마자 들려오는 투덜거림에도 이작은 씨익 미소를 지었다. 오늘 같은 날은 동생이 뭐라 해도 웃을 수 있을 것 같았다.

"대통령이 나만큼 한가하면 안 되지."

[형 지금, 농담한 거야?]

농담 한 번한 거 가지고 뒤로 넘어갈 기세다.

"알면 좀 웃던가."

[형…… 약 먹었어?]

목소리에 웃음기라도 있었으면 같이 웃고 넘겼으련만 강호의 음성엔 걱정만 가득이었다.

"다시는 농담하면 안 되겠네."

새 담배를 꺼내 무는 이작의 눈가에 씁쓸함이 어렸다. 동생의 눈에 자신이 그 정도로 위험하고 위태로워 보였나 싶어서 미안한 마음이 또다시 부피를 늘렸다.

[기분 괜찮은 거야?]

"괜찮아."

[정말 괜찮은 거지?]

담배에 불을 붙이고 동생의 목소리에 귀를 기울였다. 원래 통화할 때마다 그의 컨디션이 어떤지 묻는 동생이었지만 오늘은 음성에 담긴 무게가 전과 달랐다.

"뭘 묻고 싶은 건데?"

담배 연기와 함께 한숨을 내쉰 이작은 동생의 망설이는 기운을 읽었다. 하지만 재차 묻지 않고 동생이 말을 꺼낼 때까지 조용히 기다렸다. 먼저 그 이름을 꺼내고 싶지는 않아서.

[혹시, 만났어?]

강호 역시 그 이름을 말하고 싶지는 않은 모양이었다.

"그래."

[후우. 안 그러시겠다고 말씀하시기에 마음 놓고 있었더니 그새 형이 있는 호텔을 알려주셨더라고. 아니, 그 여자도 그래. 가르쳐줬다고 어떻게 거길 찾아가? 정신이 어떻게 된 거 아니야? 난 그 여자 진짜 싫어, 형.]

"동감이다."

[그 여자하고 헤어진 거, 정말 잘된 일이야. 난 그렇게 생각해.]

"그래."

너무 순순히 대답을 해줬던 걸까?

[……형, 진짜 약 먹은 거 아니지?]

농담을 해도 난리, 대답을 해줘도 난리다. 하긴 누굴 탓할까. 잠 안 온다고 수면제를 과다 복용했었던 스스로를 탓할 수밖에.

"네 형은 약 안 먹고 기분 좋아지면 안 되냐?"

쯧! 혀를 차며 말한 이작에게 동생의 어설픈 웃음소리가 들려왔다.

"어머니께 나 잘 지낸다고 말씀드리고 수술하기 전에는 돌아갈 거니까 걱정 마시라고 해. 그리고."

너도 전화 자주 하지 말라고 말하려는데 대기 중 통화가 들어오고 있었다. 모르는 번호였지만 누군지 알 것 같아서 이작은 급하게 말을 이었다.

“나 앞으로 바빠질 거니까 전화하지 마. 끊는다.”

[형, 형!]

동생의 다급한 외침을 못 들은 척, 이작은 모르는 번호로 걸려 온 전화를 받아버렸다.

“여보세요?”

[어, 저기, 저 소담인데요.]

웅얼거리는 작은 음성을 듣자마자 이작의 입가에 포근한 미소가 떠올랐다.

“맛이 별론가?”

이작이 호텔 레스토랑에서 포장해 온 죽을 숟가락으로 뭉개던 소담은 번쩍 고개를 들었다.

“네?”

“맛, 없냐고.”

눈짓으로 죽을 가리키는 이작에게 소담은 고개를 저어 보였다.

“뜨거워서…… 식혀 먹으려구요.”

얼버무리는 말을 곧이곧대로 믿는 눈치는 아니었다. 하지만 그는 고개를 끄덕이고 자신의 것과 똑같은 죽을 숟가락으로 휘저으며 후후 불기 시작했다.

이작의 시선에서 벗어난 소담은 김이 모락모락 피어오르는 야채죽으로 고개를 떨어트렸다.

뜨거운 음식을 못 먹는 편은 아니었다. 미련하게 입천장이 데는 줄도 모르고 설렁탕이나 육개장을 먹었던 게 한두 번이 아니다. 단지 지금은 음식이 목구멍으로 넘어가지 않을 뿐이었다.

이작을 내쫓다시피 객실 밖으로 내보내고 난 후부터 소담의 머릿속은 바쁘게 돌아가고 있었다. 왜? 라는 질문이 끊임없이 떠오르고 모르겠다는 결론이 난무했다.

그에게 물었던 것처럼 그저 여동생 같다는 의미의 '좋아한다'일 거라고 믿었었다. 하지만…….

'아우, 입술 화끈거려.'

엄마가 안아줄 때, 아빠가 출근할 때, 외국에서는 만나면 반갑다고 하는 뽀뽀 수준이었는데도 입술이 불에 달군 것처럼 뜨겁고 화끈거렸다.

첫 키스라고 부르기에는 뭔가 조금 아쉽고 가벼운 스킨십이라고 하기에는 과한 듯한 입맞춤이었다. 아쉽지 않은 입맞춤이었다 해도 첫 키스라 이름 붙일 수는 없었겠지만.

첫 뽀뽀를 피곤에 곯아떨어진 선기에게 바친 소담에게는 이번이 두 번째 뽀뽀였다. 선기에게 몰래 도둑 뽀뽀를 했을 때도 심장이 미친 듯이 뛰어댔었지만 이번에는 느낌이 확연히 달랐다. 처음으로 뽀뽀를 했다는 두근거림, 허락도 없이 남의 입술을 훔쳤다는 죄책감이 뒤섞인 떨림과 원인을 알 수 없는 떨림은 다른 거니까.

저도 모르게 손끝으로 입술을 더듬던 소담은 죽이 담긴 용기가 눈앞에서 사라지는 것을 보고 고개를 들었다.

"대충 식혔어. 입 안 댔으니까 걱정하지 말고 먹어."

이작이 일부러 식힌 죽을 소담의 앞에 놔주었다. 환장하게 멋있는 미소를 지으면서.

정말 나한테 왜 이래요?

소담은 억지로 떠넘긴 죽을 삼키는 것으로 답답한 마음을 숨겼다.

아팠을 때 간호해 주고 그녀를 위해서 죽을 포장해 와준 것만으로도 황공해서 미칠 지경인데, 이작의 감동 퍼레이드는 끝날 기미가 보이질 않았다.

좋은데, 좋은 건 확실한데 좋은 것만큼이나 부담스럽다.

소담도 이작이 좋았다. 어떻게 안 좋아할 수가 있을까? 하지만 좋아한다는 감정의 의미가 이작과는 살짝 다르다는 것이 문제였다. 아니, 다른지 다르지 않은지조차도 알 수가 없는 게 문제일까?

소담에게 하이작은 동경의 대상이었을 뿐 남자는 아니었다. 애초에 '이성으로서 좋아해도 되는 현실 속의 남자'가 아니었다는 뜻이다.

올려다보기에는 너무 높고 큰 나무인 이작이지만 그동안 그를 편히게 대할 수 있었던 건 소담 나름대로의 이유가 있었다. 처음에는 우선 살고 보자는 본능에 따랐을 뿐이고 그다음에는 그의 방식으로 친절하게 대해준 것에 대한 은혜를 갚고 싶었다. 그렇게 아기 새가 어미 새를 따라다니듯 같이 다니다 보니까 이작이 즐거움이나 행복과는 거리를 두고 지내는 게 보여서 웃게 만들고 싶어졌었다. 어쩌면 그와 함께 있을 때만큼은 선기 생각을 하지 않을 수 있어서 깊숙이 숨겨두었던 이기심 한 토막을 꺼내 보였던 것일지도 모른다.

먹기 편하게 식은 죽을 입안에 넣은 소담은 이작을 쳐다보았다가 빠르게 시선을 내렸다.

'네가 더 예뻐.'

들었을 당시에도 믿기지 않았던 이작의 말이 떠오르자 부드러운 밥 알갱이가 돌덩이처럼 느껴졌다.

'내가 널 좋아하거든.'

미치겠네, 진짜.

머리털 나고 처음으로 고백을 받았는데 그 대상이 하이작이다. 그 사실에 차라리 머리털 나기 전으로 돌아가고 싶어진 소담이었다.

넌 그가 싫은 거야? 그의 고백이 싫기만 해?

마음속의 자신이 물었다. 정말 그렇게 끔찍하게 싫으냐고.

'……그럴 리가 없잖아.'

소담은 죽과 함께 한숨을 삼켰다.

무려 하이작이었다. 수많은 여성들이 열망했고 지금도 많은 사람들의 가슴속에 별이 되어 박혀 있을 남자의 고백을 받았는데 싫기만 할 수는 없었다.

하지만. 하지만 소담은 아직도 깨끗하게 마음의 정리를 마치지 못한 상태였다. 선기가 다른 여자의 남편이 되어 행복해하는 모습을 볼 자신이 없어 언제 한국으로 돌아갈지도 정하지 못했다. 앞으로 어떻게, 무슨 일을 하면서 살아가야 할지 구체적인 계획을 세운 것도 아니다.

　인생의 목적이나 목표가 불투명한 상황에서 이작을 남자로 좋아하게 된다면…….

　'또 올인하겠지.'

　소담은 자기 자신을 너무 잘 알았다. 하나에 몰두하면 다른 건 쳐다보지도 않는 성격은 쉽게 고쳐지지 않았다.

　열심히 공부했지만 마음은 늘 옷을 만들 생각에 들떠 있었고, 선기를 좋아한 순간부터 다른 사람은 눈에 들어오지도 않았다. 지구는 선기를 중심으로 돌아간다고 믿었기에 소담도 그를 중심으로 살았었다. 이작을 오롯이 남자로만 좋아하게 된다면 선기 때보다 더하면 더했지 덜하진 않을 것이다. 그래서 안 된다.

　소담이 선기의 코디로 일하겠다고 선언했을 때 부모님은 실망하시지는 않았지만 안타까워하셨었다. 선기가 바빠지면서 소담은 그 배로 바빠졌기에 그 점을 안쓰러워하시기도 했었다. 종국에는 유소담이 살고 싶은 인생이 아닌 이선기를 위한 인생을 살아가는 딸을 보면서 억장이 무너지셨을 것이다. 소담은 두 번 다시 부모님께 그런 불효를 하고 싶지 않았다. 그리고 이제는 자신을 위한 삶을 살고 싶었다. 누군가의 영향을 받아 회선하는 삶을 살고 싶지는 않았다.

　'아, 또 있네!'

　이작의 고백을 마음속에서 밀어내는 이유를 더 찾은 소담은 기쁘기는커녕 급격하게 우울해졌다.

　조금만 덜 잘났어도 강풍 앞의 갈대처럼 흔들렸을 텐데. 잘나도 좀 잘났어야지.

이작은 명성이 전부인 사람이 아니었다. 선기와는 비교도 되지 않는 유명세와 재능. 선기뿐만이 아닌 누구와도 비교할 수 없는 그만의 분위기. 반짝반짝 빛이 날 정도로 우월한 외모. 거기다 유일하게 곁을 내줬던 여자는 이작만큼이나 유명하고 아름답기 짝이 없는 나타샤 에바소르바 레리나였다.

유소담과 나타샤는 비교 자체가 불가능했다. 자신이 문방구에서 파는 종이인형이라면 나타샤는 한정판 마론인형쯤 될까?

'에이 씨! 좋아한다는 말은 왜 해가지고!'

가슴도 납작, 엉덩이도 납작한데다 스머프가 친구하자고 달려올 작은 키의 소담은 입술을 깨물었다.

이미 결론은 나 있었다. 너무 잘난 남자는 위험하고, 고로 하이작도 위험하다. 위험한 남자를 좋아하는 건 위험한 짓이니까 소담은 위험한 짓을 하지 않기로 했다.

"입맛이 없는 건가, 맛이 없는 건가."

혼자서 북 치고 장구 치고 자학까지 한 큐에 끝내 버린 소담은 낮게 울리는 이작의 음성에 정신을 차렸다.

"다른 거 사다 줘?"

부드럽기 그지없는 음성이었지만 그마저도 부담스러워 목이 부러져라 고개를 저었다.

"괜찮아요."

빤히 쳐다보는 이작의 시선에 그녀는 다시 숟가락을 움직였다.

"몸 상태 좋아지면 밖에 나가서 바람이라도 쐬자. 어디 가고 싶은 데 있어?"

자잘한 야채를 골라내려는 사람처럼 죽을 헤집던 소담이 움찔했다. 그리고 여러 번의 심호흡 끝에 그를 외면한 채로 우물거렸다.

"아, 저, 이제 관광은 혼자 하려구요."

들릴 듯 말 듯한 목소리에 이작의 미간이 좁아졌다.

"제가 너무 귀찮게 군 것 같기도 하고, 그래서 죄송하기도 하고……."

"이제야?"

"하, 하하. 그러니까요. 제가 이렇게 염치가 없어요. 하하."

본인이 듣기에도 어색한 웃음소리를 흘리는 소담은 딱딱하게 굳어 있는 이작의 얼굴을 보지 못했다.

"그래서 혼자 관광을 하시겠다? 길치에 방향치인 네가?"

착 가라앉은 이작의 음성은 음산하기까지 했다. 하지만 소담은 입을 다무는 대신 꿀꺽 침을 삼키고 말을 이었다.

"어, 어차피 혼자 온 여행이었는데요."

"그렇게 따지면 나도 혼자 온 여행이었지, 누가 따라붙기 전까지는."

소담의 등에 식은땀이 맺혔다. 발밑에 뜨끈한 화로가 놓여 있는 기분이었다.

"스, 슬슬 도, 돌아갈 준비도 해야, 하구요."

그럴 생각은 눈곱만큼도 없었지만 지금이라도 준비하면 완벽한 거짓말은 아니다. 한국에 돌아가기 싫다면 제발 놀러 오라고 울부짖는, 뉴욕에서 공부를 하고 있는 친척 언니를 방문해도 될 일이었다.

급조한 계획이지만 뉴욕 방문이 썩 괜찮은 일정 같았다. 언니를 본 지도 꽤 되었으니 가겠다고 연락하면 반겨줄 것이다. 물론 그곳에서는 혼자 다니는 일 같은 건 상상도 해서는 안 되겠지만.

정말 뉴욕으로 가볼까, 고민하는 소담을 쳐다보는 이작의 눈썹이 강하게 휘었다.

돌아갈 준비를 해야 한다는 소담의 말을 듣고서야 자신에게 주어진 유예기간만 신경 쓰고 그녀의 일정은 계산하지 않았다는 사실을 지각했다. 그에게 남아 있는 시간도 그리 길지는 않았다. 꽉 채워도 보름 남짓. 강호가 어머니의 시달림을 참지 못하게 된다면 그전에 직접 데리러 올지도 모를 일이었다.

일본에서의 시간은 영원이 아니었다. 그걸 너무 뒤늦게 깨달았다.

언제쯤 돌아갈 생각이냐고 물으려던 이작은 질문의 방향을 돌렸다.

"묻고 싶은 게 있는데."

깍지 낀 손을 무릎 위에 올려놓은 이작의 말에 소담이 조심스레 그와 시선을 맞췄다.

"일본에는 왜 온 거지?"

찰나였지만 소담의 눈빛이 흔들리는 것을 이작은 놓치지 않았다.

씁쓸해 보이기도 하고 서글퍼 보이기도 하는 표정. 소담의 그런 표정을 이작은 전에도 본 적이 있었다.

잘나가는 연예인의 코디였는데 해고당했다고 했었다. 하지만 그 이유 하나만으로 길 헤매는 게 특기인 여자가 혼자 타국으로 여행 올 결심을 하지는 않았을 것이다.

비행기에서는 신세한탄하느라 자신을 알아보지 못했다는 말을 했을 때, 처음 뮤즈로 삼고 싶었던 사람이 누구였냐고 물었을 때 소담은 슬퍼 보였고 그를 똑바로 쳐다보지 못했었다. 그래서 캐묻지 않았다. 지금도 소담은 아랫입술을 괴롭히며 시선을 피하고 있었지만 이작은 침묵으로 기다림을 전했다.

입술이 살짝 부풀어 오를 정도로 잘근잘근 깨물던 소담은 물 잔으로 손을 뻗었다. 기갈 난 사람처럼 한 컵 가득 채워져 있던 물을 비워냈지만 갈증은 사라지지 않았다.

이작에게는 말하고 싶지 않았다. 일본에 오게 된 자초지종을 설명하면 그가 자신을 얼마나 한심하게 볼까? 그래서 끝까지 모른 척하고 싶었지만 한심한 진실이 그의 고백이 만들어놓은 난처함이라는 덫에서 빠져나올 수 있는 계기가 될 수도 있었다.

크게 숨을 들이마신 소담은 이작을 쳐다보며 어설프게 웃어 보였다.

"도망, 왔어요."

예상하지 못했던 대답에 이작의 눈매가 가늘어졌다.

"내 소개할 때 코디로 일하다가 잘렸다고 했었죠?"

이작이 가볍게 고개를 끄덕였고 소담은 부끄럽다는 듯 시선을 내리며 이마를 긁적였다.

"내가 좋아하던 사람한테 잘린 거였어요. 오랫동안 짝사랑했던 사람인데……. 처음부터 연예인은 아니었어요. 이웃집 오빠였는데 연예인이 됐고, 운 좋게 그 사람 코디로 일할 수 있었던 거죠.”

덤덤하게 말하는 소담이었지만 이작의 마음속에서는 손톱만큼 작았던 불씨가 몸체를 불려가고 있었다.

난 먼저 좋아한 사람, 네가 처음이란 말이다. 젠장.

이작이 이름도, 얼굴도 모르는 남자에게 적대심을 키워가고 있다는 것을 모르는 소담은 작게 헛기침을 했다.

“흠흠, 그 사람이 결혼…… 을 하게 됐는데 내가 불편해졌나 봐요. 미안하다고 하더라구요. 미안하다는데 이럴 수는 없음이야! 하는 것도 웃기잖아요. 그래서 그냥 알았다고 했어요.”

큭큭, 웃어가며 말하는 소담은 금방이라도 울 것처럼 보였다. 그래서 이작은 더 화가 났다.

“알았다고 하기는 했는데, 그래도 서운하고 배신감도 들고. 혼자 한 사랑도 사랑이라 아프기도 하고. 그 사람 코디를 그만두게 되니까 뭘 해야 할지도 모르겠고. 여러 가지로 복잡했는데 내가 자초한 일이라 어디다 하소연할 수도 없더라구요. 괜히 나 때문에 다른 사람들까지 화나고 슬프게 만들기도 싫었고. 그래서 도망쳤어요. 혼자 생각하고 정리할 시간이 필요해서.”

턱에 힘을 주고 있던 이작이 팔짱을 끼면서 잠긴 음성으로 물었다.

“그게 전부야?”

이작을 쳐다본 소담이 눈을 깜박였다. 몇 번 입술을 붙였다 떼었다 하다가 푸스스 바람 빠진 웃음소리를 흘렸다.

"그 사람 소식을 듣기가 싫었던 이유도 있어요. 아무래도 연예인이다 보니까 어디서 결혼하는지, 신혼여행은 어디로 가는지, 그런 소식들이 여기저기서 날아오더라고요. 그 사람이나 신부 될 사람이나 잘나가는 연예인들이라, 너무 유명한 사람은 좋아하면 안 된다는 교훈을 얻기는 했죠."

마지막 말에 어쩐지 뼈가 박혀 있는 것 같았다. 마치 당신 들으라는 듯 하는 말 같아서 이작의 심기가 불편해졌다.

"어쨌든, 그래서 전 당분간 누구 좋아하고 그런 거 못해요. 하나만 알고 둘은 몰라서 누군가 좋아하게 되면 그 사람한테만 집중하거든요. 저는 앞으로 뭘 해야 할지도 정해야 하고……."

"내가 나 좋아하라고 했나?"

말이 끊긴 소담은 당황한 표정이었다.

"내가 널 좋아한다고 했지, 날 좋아하라고 한 적은 없는데."

"네?"

"짝사랑이라……. 해본 적이 없어서 그런지 신선하네."

이 남자가 지금 뭐라는 거니?

소담의 머릿속이 빙글빙글 돌고 있었다. 당황하고 황당한 이 순간에도 비뚜름한 미소를 짓고 있는 이작이 멋있다는 생각이 드는 걸 보면 제정신은 아니지 싶다.

"그럼 난 지금부터 짝사랑을 해야 하는 건가?"

누가 이마와 턱을 잡아당기고 있는 것처럼 소담의 입이 쩍 하고 벌어졌다.

"내가 널 좋아하는 건 확실하니까 넌 나중에 날 좋아하던가.

됐지?"

되긴…… 뭐가 됩니까.

기가 막히고 코가 막힌다는 건 이럴 때 쓰는 말인 모양이었다.
도대체 이작이 왜…… 평범한데, 정말 평범해서 슬픈 자신에게 이
러는지 소담은 이해가 되질 않았다. 그래서 그 의문이 기어코 입
밖으로 나와 버렸다.

"날, 왜 좋아하는데요?"

큰 눈을 연신 깜박이며 묻는 소담에게 이작은 재깍 대답해 주지
못했다. 생각해 본 적이 없으니까.

처음엔 분명히 귀찮고 거슬렸었다. 그런데 어쩌다 보니 제 뒤를
졸졸 따라다니는 그녀를 무시할 수가 없었고, 어느새 소담을 보면
기분이 좋아지는 자신을 발견할 수 있었다.

안 보이면 궁금하고 걱정되고. 같이 있으면 시간이 쏜살같이 지
나갔다. 눈앞에서 사라지면 불안했고 다른 사람에게 웃어주면 짜
증이 치밀었다.

누군가를 진심으로 좋아해 본 적이 없는 이작이었다. 좋아한다
는 감정이 무엇인지도 소담 때문에 알았다.

아, 알았다. 좋아하는 이유.

언제부터, 어떻게 좋아하게 되었는지는 이작에게 중요하지 않
았다. 좋아하게 된 이유를 알게 되었으니까.

"거봐요. 왜 좋아하는지도 모르겠죠? 아마 잠깐 착각……."

"유소담이라서."

눈의 깜박임을 멈춘 소담을 쳐다보면서 이작은 씨익 웃어 보

였다.

"그게 널 좋아하는 이유야."

조각상처럼 얼어버린 소담에게 저녁에 데리러 올 테니 더 자두라고 말한 이작은 자신의 객실로 돌아가 휴대폰을 만지작거렸다.

하고 싶은 일이 있는데 막상 하자니 굉장히 유치한 것 같고, 그래서 안 하자니 궁금해서 참을 수가 없었다.

미니바에서 맥주 캔 하나를 꺼내 벌컥벌컥 마신 그는 소담에게 번호를 알려준 이후로 꺼두지 않은 휴대폰을 노려보다가 결국 손가락을 움직이고 말았다.

다행인지 불행인지 이용하고 있는 통신사가 로밍 협약이 되어 있어 별다른 불편 없이 휴대폰으로 인터넷을 사용할 수 있었다.

소파에 자리를 잡은 이작은 쉴 새 없이 손가락을 놀렸다. 그의 목표는 최근에 결혼을 했거나 할 계획인 남자 연예인을 찾는 것.

"나참, 어이가 없어서."

방대한 양의 기사를 찾느라 바쁜 이작이 궁시렁거렸다. 스시 집에서 졸렬하게 젊은 요리사를 엿 먹인 거나 소담이 짝사랑했다는 남자를 찾아보는 거나 다를 게 없었다. 한심하기로는 두 가지 행동 모두 도찐개찐이었다.

"이건가?"

미동 없이 처음에 앉았던 자세 그대로 검색만 하던 이작은 웨딩 사진 몇 장이 올라와 있는 기사를 찾아 읽어 내려갔다.

"가수이자 배우인 이선기와 아역 출신 연기파 배우 한수정이 이번 달 말에 결혼식을 올린다."

중얼거리며 기사를 읽던 이작은 사진을 확대해서 보다가 이선기라는 이름만으로 다시 검색해 보았다.

"이선기. 스물여덟."

기생오라비같이 생긴 녀석이 재수 없게 나이도 그와 동갑이었다.

"치렁치렁 매달고 있는 꼴이라니."

액세서리를 과하게 착용하고 있는 선기의 사진을 한 장, 한 장 관찰하듯 보던 이작이 쯧쯧, 혀를 찼다.

"이런 게 뭐가 좋다고."

한껏 인상을 구긴 이작의 이마에 깊은 주름이 팼다.

잘생기기는 했다. 하지만 어딘지 모르게 날티난다. 몸도 꽤 좋은 듯했지만 그 정도는 누구나 운동만 하면 만들 수 있었다. 남자가 돼가지고 눈웃음이나 폴폴 치고 다니는 것도 거슬렸다. 하지만 하나는 인정해야 할 것 같았다. 나이보다 훨씬 어려 보인다는 점. 자신과 동갑인데도 선기는 20대 초반으로 보일 정도로 동안이었다.

"보톡스 좀 맞았나 보지?"

사진 속의 선기를 비웃던 이작은 제 하는 꼴이 우스워 휴대폰을 탁자 위로 던져 버렸다. 그리고 소파에 몸을 늘어트리고 눈을 감고서 손바닥으로 얼굴을 가렸다.

잠시 후, 살짝 벌어진 그의 입술 틈으로 피식 웃음이 비어져 나
왔다.

"큭! 뭐 하는 짓이냐, 나."

미치지 않고서야 하지 못할 거라 여겨왔던 행동을 실행에 옮기
고 나니 실없는 웃음이 멈추질 않았다. 그런데 딱히 기분이 나쁘
질 않다.

"할 만하네, 짝사랑."

눈을 감은 채로 소담의 모습을 그려보는 이작의 입가에서 미소
가 떠나질 않았다.

 #7

이작은 더 자두라고 말했지만 소담은 잠들 수가 없었다. 머릿속에서 폭탄이 폭죽처럼 터지고 있는데 잠이 올 리가 없었다.

어제보다 몸은 한결 가벼워졌지만 머리만큼은 돌덩이가 꽉 들어차 있는 것처럼 무거웠다.

소파에 비스듬히 앉아 양 무릎을 모아 껴안은 소담은 창밖의 허공을 응시했다. 죽을 때가 된 것도 아닌데 일본에서 보낸 날들이 파노라마가 되어 눈앞을 스치고 지나갔다.

일본에 온 지 일주일은 되었나? 넘었나? 몇 박 며칠이라고 정해놓고 온 여행이 아니라서 시간관념이 없어졌다. 확실한 건 그중에 단 이틀을 제외하고는 이작과 함께였다는 점.

"그새 나한테 미운 정이 들었나?"

작게 중얼거리던 소담이 고개를 갸웃했다.

"아니면 나한테 이런 여자는 니가 처음이야, 뭐, 그런 건가?"

이유치고는 무척 빈약했지만 어쨌든 후자보다 전자 쪽이 더 나았다. 귀찮을 정도로 들러붙었던 여자가 한둘은 아니었을 테니까.

"하이작이 짝사랑이라니."

중얼중얼, 혼잣말을 되풀이하던 소담이 길게 한숨을 쉬었다.

짝사랑이라는 단어가 가장 안 어울리는 사람을 뽑으라면 이작이 단연 으뜸이다. 그런데 어이없게도 그런 남자를 짝사랑하게 만들어 버린 여자가 자신이었다. 광신도 집단 저리 가라 할 정도로 이작을 추앙하는 '클.신.남(클래식계에 신이 내린 남자, 하이작)' 팬클럽 회원들이 알게 된다면……. 소담의 몸이 부르르 떨렸다.

이작은 모르고 있었고 앞으로도 모르길 바라지만 소담은 클.신.남의 회원이었다. 그간 너무 바쁘게 지냈던 터라 활발하게 활동하지는 못했지만 팬클럽 회원들의 성향 정도는 알고 있었다. 그들에게 있어 이작은, 신이었다.

소담은 머릿속 다이어리에 한국에 돌아가면 해야 할 일 리스트를 정리했다. 첫 번째는 헤어숍 가기, 두 번째는 클.신.남. 탈퇴하기.

이작을 격하게 애정하는 그들을 떠올리며 도리질을 치던 소담은 작게 웃음을 흘렸다. 일본에 오기 전에는 자신도 그들처럼 팬으로서 이작을 애정하는 무리 중 하나였을 뿐인데 어쩌다 이렇게까지 되었나 싶었다.

담백함이 느껴지는 풍경에 시선을 두고 있었지만 그녀의 마음은 시고 짜고 매웠다.

이럴 때는 정신없이 돌아다니는 게 상책인데 마음껏 돌아다닐 수도 없으니 갑갑증이 치밀었다.

"아! 내가 왜 그 생각을 못했지?"

입술을 깨물던 소담은 머릿속에 가득한 돌덩이 사이를 비집고 들어온 한줄기 빛에 몸을 재게 놀렸다.

소담은 휴대폰을 찾아 들고 메신저 창을 띄웠다. 도희라면 현재 자신이 직면한 사태에 대한 해결 방안을 알려줄 수 있을 거란 근거 있는 믿음에 그녀의 눈이 초롱초롱해졌다.

도희가 누구인가. 대학 다닐 때는 연상, 동갑, 연하 골고루 만나며 캠퍼스 커플 최강자로 인정받았고 미팅, 소개팅, 부킹을 통하여 남자친구가 끊긴 적이 없었던 인물이다. 지금이야 철이 들었는지 지겨워진 건지 사회생활에 충실하고 싶다며 솔로로 지내고 있었지만 얼마 안 가 그 생활이 끝나리라는 건 소담보다 도희 본인이 더 잘 알고 있었다.

소담은 설레는 마음으로 문장을 입력했다.

-너 만약에 장동건이 너 좋다고 하면 어떡할 거야?

소담이니까 할 수 있는 질문이었다. 무턱대고 하이작이 날 짝사랑한다고 하니 예의 있게 거절할 방법을 가르쳐 달라고 할 수는 없는 노릇이니 말이다.

도희의 메시지는 예상했던 것보다 빨리 도착했다.

-유부남은 패스.

소담의 눈썹이 찌푸려졌다. 이작이 장동건처럼 키가 크고, 장동건처럼 어깨도 넓고, 장동건처럼(어쩌면 장동건보다) 잘생겨서 상동건으로 골랐던 건데.

-유부남 되기 전에 그랬으면?
-내가 고소영이 아닌데 장동건이 날 좋다고 했겠냐.

……이노무 기지배가.
평소에는 개떡같이 말해도 찰떡같이 알아듣던 게 질문의 요지를 전혀 파악하지 못하고 있었다.
"비교 대상이 잘못된 건가?"
소담은 이름만 대도 도희가 자다가 벌떡 일어나 눈을 하트 모양으로 만드는 남자 연예인으로 대상을 바꿨다.

-그럼 소지섭이 너 좋다고 하면?

이제는 뭔가 그럴듯한 답변이 오겠지 싶어 메신저 창을 뚫어져라 쳐다보는데 도희는 말이 없었다. 회사에 있을 시간이라 바쁜가 싶어서 잠자코 기다리던 소담은 갑자기 울리는 휴대폰 벨소리에 깜짝 놀랐다.

"회사 아니야? 전화해도 돼?"

도희의 전화를 받은 소담의 눈빛이 걱정으로 흐려졌다. 괜히 바쁘게 일하고 있는 친구에게 피해를 준 건 아닌가 싶어서.

[회사 근처에 외근 나왔다가 들어가는 길이야. 그나저나 언 놈이야?]

"어?"

[장동건, 소지섭 급으로 어마무시하게 부담스러운 남정네가 누구냐고.]

심장이 벌렁거렸다. 오늘따라 말귀는 못 알아듣던 게 눈치는 평소 때와 다름없어 보였다.

"어, 어? 아니, 그런 게 아니고. 그냥 심심해서 물어본 거야."

놀라서 얼버무리는 소담에게 콧방귀 뀌는 소리가 들려왔다.

[그냥 심심하다고 나 회사에 있는 시간인 거 뻔히 알면서 그런 메시지 보낼 애지, 유소담이?]

"그, 그런 애일 수도 있지!"

[국제 전화 요금 무시하냐? 언 놈인지 빨리 불어.]

"진짜 그런 거 아니라니까?"

[그런 거 맞잖아. 누구야? 누가 또 우리 납작이한테 꽂힌 거야?]

학창 시절 내내 따라다니던 별명에 소담의 눈이 밉게 찢어졌다. 납작이라니. 그래도 완전 납작하지는 않은데.

"넌 빵빵이라 세상 살맛 나지?"

답지 않게 가시 돋친 음성을 흘려보내니 도희의 웃음소리가 들려왔다.

[빵빵이도 세상 살기 힘든 건 매한가지라네, 친구. 나 시간 얼마 없어. 언 놈인지 안 불어?]

들어갈 곳은 확실하게 들어가고 나올 곳은 빵빵하게 나온 도희 이 말에 소담은 입술을 삐죽였다. 그냥 모르는 척 나 같으면 이래 저래 할 거다, 그렇게만 얘기해 주면 좀 좋아?

"그래서 넌 어떡할 거냐고, 소지섭이 너 좋다고 하면."

이작의 이름을 대지 않고 뾰로통하게 질문을 질문으로 받아쳤 더니 도희는 쿨하게 대꾸했다.

[그런 일이 생기면 넙죽 엎드려야지.]

"넙죽 엎드려?"

[이게 웬 떡이냐. 올레! 외치면서 감사합니다, 해야지.]

"거절할 생각은 전혀 없어?"

[난 지극히 정상이다.]

진지한 어투로 봐서는 미치지 않고서야 거절을 왜 하냐는 의미 가 분명했다. 소담은 포옥 한숨을 내쉬었다.

"넌 소지섭이 부담스럽지도 않아? 그런 남자가 너 좋다는데 아 무 걱정, 의심 없이 그냥 감사합니다, 하겠다고?"

[소지섭은 사람 아니냐? 그리고 걱정과 의심은 그만한 남자가 아니라도 하게 되는 거야. 어차피 하게 될 거면 잘난 남자한테 하 는 게 낫지. 내가 항상 말하잖아. 어디를 봐도 잘난 남자가 배신 때리면 그러려니 할 수 있지만 못나서 믿었던 남자한테 뒤통수 맞 으면 기분 더럽다고. 그러니까 이왕이면 잘난 남자를 만나는 게 여러모로 이득이다, 이 말이야.]

도희의 말은 들으면 들을수록 설득력이 있었다.

득과 실을 따져 가며 사람을 만나는 건 옳지 않은 일이라고 믿는 소담이었고 도희는 그런 믿음을 답답해했다. 일일이 따져 가며 만나는 건 옳지 않지만 일부러 실만 되는 사람을 만나야 될 이유가 있느냐고.

[바쁜 직장 여성인 나한테 SOS를 칠 만큼 잘난 남자가 누군지, 말 안 할 거야?]

생각에 잠겨 있던 소담은 그 속에서 빠져나오고서도 쉬이 입을 열지 못했다. 이제껏 도희에게 비밀을 만들어본 적이 없었고 이작의 이름을 말한다 하더라도 소문을 퍼트리고 다닐 친구가 아님을 알면서도 그의 이름이 입 밖으로 나오질 않았다.

잠시 소담의 대답을 기다리던 도희는 이내 급하게 말을 꺼냈다.

[지금은 내가 회사로 들어가 봐야 하니까 나중에 다시 얘기하자.]

"어? 어, 그래. 얼른 들어가."

소담은 도희가 눈앞에 있기라도 한 것마냥 손까지 휘휘 흔들었다.

[납작아, 어떤 남자인지는 모르겠지만 니가 좋으면 일단 잡고 봐. 남자 별거 없어. 잘난 것처럼 보여도 다들 덜떨어진 점 몇 개씩은 가지고 있거든. 오죽하면 남자는 늙어서도 애라고 하겠냐. 쓸데없는 부담 같은 건 우주로 날려 버려. 끊는다!]

앞뒤 없이 서둘러 제 할 말만 하고 끊어버린 도희 때문에 소담은 멍하니 휴대폰을 쳐다보다가 킥! 웃어버렸다. 빨리 들어가 봐야 하는 와중에도 하고 싶은 말은 끝내 하고야 마는 점이 정말이지 도희다웠다.

휴대폰을 협탁 위에 올려놓은 소담은 생수를 마시고 침대에 대자로 드러누웠다.

"덜떨어진 점?"

천장에 시선을 고정하고 이작의 덜떨어진 점을 찾으려 머리를 굴리는데 도저히 생각이 나질 않았다. 하이작에게 덜떨어진 점 따위, 있을 리가 있나. 그렇다고 도희의 말에 반박을 할 수도 없었다.

'네 아버지 저런 점은 정말 마음에 안 들어.'

가끔씩 엄마가 하시던 말씀이었다. 주변인들의 질시를 살 정도로 금슬 좋은 부부로 정평이 나 있는 부모님이시지만 항상 좋기만 한 건 아니었다. 남들이 몰라서 그렇지, 가끔 싸우실 때도 있었고 원인 제공을 하는 사람은 거의 아버지셨다.

소담에게만큼은 언제나 완벽한 아버지셨지만 엄마 눈에는 딸에겐 보이지 않는 모자란 부분이 보이는 것 같았다. 그런 걸 보면 도희의 말이 완전히 틀린 건 아니었다. 단지, 하이작이라는 남자가 무결점의 결정체인 것처럼 보일 뿐이지.

지나치게 차갑거나 지나치게 다정한 것도 덜떨어진 점의 일부가 될 수 있을까 진지하게 고민하던 소담은 어느 순간 얼굴을 구겼다.

"에이 씨. 나는 왜 이럴 때도 배가 고프냐."

더도 말고 덜도 말고 먹는 양의 반의반만이라도 가슴으로 가졌으면 납작이라는 비참한 별명은 얻지 않아도 되었을 것이다.

배는 고픈데 생각할 거리가 많으니 무엇을 먹어야 하는지 정하기가 어려웠다. 세상에서 가장 어려운 게 딱히 먹을 만한 게 없을 때 뭘 먹을지 고르는 일이건만.

생각의 끝은 보이지 않고 배는 계속 고프고 뭘 먹어야 할지도 모르겠고. 주린 배를 움켜쥔 소담은 침대 위에서 하릴없이 뒹굴다가 찢어지게 울리는 전화벨 소리에 얼음이 되었다.

어정쩡한 자세로 굳어버린 소담의 머릿속이 딸그락, 딸그락, 요란한 소리를 내며 굴러가기 시작했다.

객실로 전화를 걸 사람은 이작이 유일하다고 해도 무방했다. 호텔 측에서 뭔가 중요한 용건이 있어 전화를 걸었을 수도 있는 일이었지만 지금 걸려온 전화는 이작이 걸었을 거란 확신이 들었다.

시선이 벽걸이시계로 향했다. 10분이 지나면 저녁 6시가 되는 시각이었다.

Rrrr. Rrrr. Rrrr.

전화벨은 끊임없이 울려댔다. 자라고 했으면 자는구나 생각해도 될 일일 텐데. 반대로 죄지은 게 없으니 걸려오는 전화를 받으면 될 일이었지만 소담은 꿈쩍도 하지 않았다.

얼음땡 놀이를 하듯 얼어 있다가 공간이 고요해지자 안도의 숨을 뱉어냈다. 전화를 받지 않았으니 이제 자는 줄 알……

Rrrr. Rrrr. Rrrr.

잠시 안도했던 것을 비웃기라도 하는 것마냥 전화벨은 다시 울려댔고, 소담은 갈등했다. 받을까, 말까. 받을까? 말까?

마음속에서는 그 사람이 아닐 수도 있으니 빨리 전화를 받으라고 재촉하는 목소리와 그 사람일 게 확실하니 받지 말라는 목소리가 날카롭게 부딪히고 있었다.

계속 갈등만 하던 사이에 전화는 다시 끊겨 버렸고, 그녀의 공간은 조용해졌다. 하지만 마음은 줄곧 시끄러웠기에 눈을 질끈 감았다가 뜨고서 침대에서 몸을 일으켰다.

마음먹기가 어려웠을 뿐, 일단 결정을 내리고 나니 몸놀림이 빨라졌다. 소담은 서둘러 옷을 갈아입고 하얀 캡 모자를 푹 눌러썼다. 가방에 소지품을 쓸어 담고 객실 밖으로 나간 그녀는 엘리베이터를 타기 위해 버튼을 눌렀다.

아랫입술을 잘근잘근 씹으며 초조하게 기다리던 소담은 땡! 하는 소리가 들리자마자 고개를 푹 숙이고 엘리베이터 안으로 발을 들였다.

로비 층으로 향하는 버튼을 누르기 위해 손을 뻗었다가 이미 눌러져 있는 것을 보곤 손을 거두려는데 등 뒤로 익숙한 음성이 날아들었다.

"마중 나온 건 아닌 것 같고."

이작의 낮은 음성에 없는 애가 떨어질 뻔했다.

"설마, 나한테서도 도망치는 건 아니겠지?"

소담의 동그란 어깨에 잔뜩 힘이 들어가는 것을 지켜보던 이작의 눈썹이 휘었다. 자고 있지 않으면서 전화를 안 받은 것도 마음에 안 들고, 소매 없는 티셔츠를 입어 뽀얀 살결이 드러나 있는 것도 마음에 들지 않았다.

변명거리를 찾는 것인지 조용했던 소담은 그를 쳐다보지도 못하고 울상이 된 채로 억지로 말을 꺼냈다.

"어, 어머, 어머머머, 웬일이니? 아니거든요?"

저 어색한 말투라니. 이미 소담에게 어울리지 않는 앙큼함이 숨어 있다는 것을 알고 있는 이작은 손등으로 턱을 쓸었다.

"흐음, 그래? 그럼 전화는 왜 안 받고?"

"전화, 했었어요?"

거짓말을 하려면 그럴듯하게 하기라도 하던가. 말하는 중간에 침 삼키는 소리가 크게도 들려왔다. 이렇게 순진하게 굴어대니 대놓고 화를 낼 수도 없었다. 하기야 짝사랑하는 주제에 전화 안 받고 피했다고 화를 내기도 뭐하다.

그때까지도 뻣뻣하게 경직되어 있는 소담의 뒷모습을 보며 이작이 긴 숨을 흘릴 때, 엘리베이터 문이 열렸다.

"밥 먹으러 가자."

엘리베이터에서 내려 쭈뼛거리는 자신의 손목을 감싸 쥔 이작의 말에 소담은 곤란한 표정을 지었다.

"배 안 고픈데요."

먹었다는 말도 아니고 배가 안 고프다니. 죽 몇 숟가락 깨작거린 게 다인 걸 모르는 것도 아닌데. 어지간히 자신이 불편한가 싶어 서운하면서도 한편으로는 괘씸하기도 하다.

“정말 안 고파?”

눈을 가늘게 뜨고 묻자 소담이 단호하게 고개를 끄덕였다. 하지만 잠시 후.

꼬르르륵. 꾸르륵!

흔히 사람들이 굶주렸을 때 뱃속에서 내보내는 신호음에 이작은 웃음을 참아야 했고, 소담은 얼굴을 붉게 물들였다.

“가자.”

둘러댈 말이 없어진 후에야 그녀는 잠자코 이작을 따랐다.

식당에 도착해 주문을 마친 이작은 한 손으로 턱을 괴고 소담을 쳐다보고 있었다. 그녀는 손가락을 꼼지락거리며 아직은 휑하기만 한 테이블을 응시하고 있었다.

이곳으로 오면 좋아할 줄 알았는데 그만의 착각이었는지, 좋은데도 내색하지 않는 것인지 알 수가 없었다.

신오쿠보는 도쿄 번화가 속 코리아타운이었다. 한류 열풍에 힘입어 한류 카페와 한국 음식점들이 즐비한 곳이라기에 망설임 없이 이곳으로 데려온 것인데 소담은 조개처럼 입을 꾸욱 다물고 있었다. 신기하다고 꺅꺅거려야 정상인데.

자신의 고백이 그렇게나 충격이었나, 아니면 저에게 이성적인 호감이라고는 눈곱만큼도 없어서 이제 싫어져 버린 것인가 궁금했지만 묻기에는 장소와 상황이 여의치 않았다.

주문한 음식이 나오길 기다리면서 이작은 소담에게서 시선을 떼지 않았다.

모자를 쓰고 있는 소담은 훨씬 앳되어 보였다. 모자가 새하얀 색이라 그런지 얼굴도 더 하얘 보이고, 안 그래도 작은 얼굴이 아예 조막만 해 보였다. 모자의 챙으로도 가려지지 않는 큰 눈은 오늘따라 더욱 맑아 보였고 입술은 여전히, 예뻤다. 예쁘다는 표현이 부족할 정도로.

소담에게 홀딱 빠져 있던 이작은 주문한 음식과 밑반찬들이 나오기 시작하자 정신을 차렸다. 고기가 불판에 오르고 나서야 소담의 의사를 묻지 않고 제멋대로 주문해 버렸다는 사실을 깨닫고서 눈살을 찌푸렸다.

아팠던 탓에 야위어 버린 소담의 모습이 안쓰러워 뭐라도 먹여야겠다는 생각만 했던 터라 미처 그녀의 취향을 존중하지 못했다.

"고기, 괜찮아?"

"괜찮아요."

다행이라는 듯 고개를 끄덕인 이작이지만 소담은 입안에 고이는 침 때문에 곤란하기 짝이 없었다.

일본에 와서 라면과 볶음김치를 먹긴 했지만 제대로 차려진 한국 음식은 오랜만이었다. 이작이 갈비를 주문할 때부터 꼴깍꼴깍 넘어가던 침이 자칫 잘못하면 턱으로 질질 흘러내릴 판이었다.

소담은 밑반찬부터 조금씩 맛보았다. 절로 몸을 떨게 될 만큼 훌륭하지는 않았지만 나름 먹을 만은 했다. 어차피 메인 메뉴는 고기니까 고기만 맛있으면 되는 거다.

지글지글 구워지는 갈비를 보면서 소담은 정신줄을 놔버렸다. 이작의 고백도 잊어버리고, 그와 마주 보고 밥을 먹어야 하는 게 부담스럽고 어색하다는 생각도 지워 버리고 오로지 고기에만 집중했다.

한국 음식점답게 구색 맞춰 공깃밥과 된장찌개가 차례대로 나오고 맛깔스럽게 구워진 갈비가 먹기 좋은 크기로 잘려 소담의 앞에 쌓여갔다. 그래서 그녀는 모처럼 만에 깨끗하게 비워진 버리로 행복함을 느끼며 격하게 밥을 먹었다.

"더 시킬까?"

정신없이 밥을 먹는 도중에 묻는 말에 무의식적으로 고개를 끄덕였다. 얼마 만에 먹어보는 고기인지. 눈물이 날 지경이었다.

한참이 지나고, 배가 터질 것 같다는 생각과 함께 소담은 수저를 손에서 놓았다. 기분 좋은 포만감에 그녀의 얼굴에는 부드러운 미소가 감돌고 있었다.

"잘 먹네."

물을 마시고 컵을 내려놓는 이작의 웃음기 섞인 음성에 외출했던 정신이 예고 없이 돌아왔다.

'나 지금…… 무슨 짓을 한 거니? 다른 사람도 아니고 하이작 앞에서 걸신들린 사람처럼 먹어댄 거야?'

아무리 배가 고팠기로서니 이렇게 너 좋아한다고 고백한 남자 앞에서 며칠은 굶은 사람처럼 먹어댈 수 있었던 걸까?

"더 시켜?"

큰 눈을 깜박이며 어버버거리는 소담에게 묻자 그녀는 기겁한 얼굴로 고개를 가로저었다.

"그럼 갈까?"

　어깨를 축 늘어뜨리고 자리에서 일어서는 소담을 보면서 이작은 뿌듯한 미소를 지었다. 맛있게 잘 먹어줘서 고맙고 예쁘기만한데 본인이 부끄러워하니 말을 보태지 않는 게 나을 것 같았다.

　소담을 앞세우고 계산대로 걸어가던 이작은 식당에 들어왔을 때부터 자신을 힐끔거리던 여직원이 다가오자 얼굴에서 미소를 지워 버렸다.

　『저, 혹시…….』

　이작을 알아보고 다가온 것이 확실했다. 식사하는 내내 음식에만 집중했었던 소담도 알 수 있을 만큼 여직원은 그의 얼굴을 꼼꼼히 뜯어보고 있었다.

　『바이올리니스트 하이작, 맞죠?』

　손끝만 대도 조각조각 금이 갈 것처럼 굳은 이작의 얼굴에 소담의 심장이 아픔을 호소했다.

　찰나의 시간이 흘렀지만 소담에게는 억겁의 시간처럼 느껴졌다. 이래서 이작이 항상 선글라스를 챙겨 다녔던 것이다. 사람들 눈에 띄고 싶지 않아서. 그런 그를 전혀 배려하지 않고 이리저리 끌고 다녔던 자신이 얼마나 이기적이었는지. 시간을 돌릴 수만 있다면 무엇을 내주고서라도 돌리고 싶은 심정이었다.

　『팬이에요. 사인을 부탁드려도 될까요?』

　서늘한 기운을 흘리는 이작과는 달리 여직원의 얼굴에는 화색이 돌았다. 그리고 앞치마 주머니에서 작은 메모장과 펜을 꺼냈다.

'어떡하지? 어떡해야 되지?'

하이작이라는 유명 인사를 우연히 만나게 된 여직원의 기쁨을 이해 못할 바는 아니었다. 하지만 소담은 이작이 이런 상황—귀찮고 거슬리고 짜증나는—에 얼마나 날카로워질 수 있는지 잘 알고 있었다. 그리고 그의 말과 행동에 상처받을 여직원보다는 나쁜 사람이 되어버릴 이작이 더 걱정되었다. 팔은 안으로 굽는 거니까.

『팬이라고?』

이작의 입술 끝이 말려 올라갔다. 비웃음마저 아름다운 이작의 앞에서 여직원은 얼떨떨한 표정이었다.

『내 팬이면 사인을 해달라는 소리 같은 건 못할 텐데. 아니면 팬이라 불구가 되어버린 손까지 보고 싶은 건가?』

소담은 초조하게 이작의 표정만 살폈다. 그가 뭐라 말하는지 알아들을 수는 없었지만 상황이 좋지 않게 돌아가고 있다는 것만은 알 수 있었다.

다정하게까지 느껴지는 음성에 담담한 어투로 말을 잇고 있는 이작이었지만 여직원을 차갑게 노려보는 눈빛에 소담은 손끝이 오그라들었다.

『저, 저는…… 그럴 생각은…….』

얼굴이 시뻘겋게 달아오른 여직원의 입술이 파르르 떨렸다.

『좋아하는 대상이 왼손잡이인지 오른손잡이인지 알려는 노력조차 하지 않을 거라면, 감히 내 팬이라고 떠벌리고 다니지 마.』

『죄, 죄송합니다! 정말 죄송합니다!』

허리를 꺾으며 죄송하다는 말만 되풀이하는 여직원의 눈가에 눈물이 맺혀 있었다. 말없이 계산대로 향하는 이작의 등 뒤로 그를 비난하는 눈빛들이 쏟아졌다. 정확하게 알 수는 없지만 사인 하나 해달라고 한 게 죽을죄냐고 묻는 것 같은 표정들이었다. 그래서 소담은 음식 값을 지불하고 있는 이작의 옆에 딱 달라붙어 그를 비난하는 눈빛들에 맞서 싸웠다.

소담에게는 금방이라도 울음을 터뜨릴 것 같은 여직원보다 차갑게 식어버린 이작의 눈빛이 더 안쓰러웠다.

누군가에게 2년은 까마득하게 긴 시간이겠지만 또 다른 누군가에게는 이틀만큼이나 짧게 느껴지는 시간일 수 있었다. 사고가 난 지 2년이 지났지만 시간이 흘렀다고 해서 이작의 아픔이 무뎌졌을 거라고 지레짐작해서는 안 되는 거였다.

2년이라는 시간 동안 이작이 감당해야 했을 고통과 절망의 크기를 알지 못한다면 감히 누구도 어떤 이유로든 그를 비난해서는 안 된다. 하이작이라는 사람이 되어보기 전까지는 비난의 눈빛 같은 건 보내면 안 된다는 말이다.

'이씨! 그만 쳐다봐! 그만 보라고! 이 사람이 뭘 잘못했는데!'

소담은 눈에 핏발이 설 정도로 힘을 주고 식당 안의 사람들을 노려보았다. 답답하고 속상한 마음에 가슴속에서 뜨거운 기운이 치솟았다.

계산을 마친 이작이 소담의 손목을 잡아끌었다. 그와 함께 식당에서 나왔는데도 울컥한 마음이 가라앉질 않아 소담은 천천히 호흡을 골랐다.

"잠깐 여기 있어."

한류 스타들의 얼굴이 새겨진 물건들을 파는 상점 앞에 소담을 세워둔 이작은 흡연구역으로 걸어가 담배에 불을 붙였다.

후우우, 한숨처럼 담배 연기를 흘린 이작의 얼굴빛이 어두웠다. 언제까지 이렇게 신경을 곤두세우고 살아야 할지 익숙한 막막함이 밀려왔다.

잊히고 싶었고 잊힌 줄 알았다. 조금은 달라진 외모와 선글라스로 경계하고 다니기는 하지만 오늘처럼 대놓고 사인을 요구하는 사람은 없을 거라고 좋을 대로 생각해 버렸었다.

선글라스도 알아보지 못하게 하려는 게 아니라 타인의 시선을 막기 위한 도구에 불과했다. 측은해하는, 동정의 눈빛을 견딜 수가 없었다. 안쓰럽고 불쌍해서 미치겠다는 눈으로 바라보는 사람은 어머니 한 분으로 충분하니까.

담배를 들고 있는 오른손을 떨어트린 이작은 왼손으로 얼굴을 쓸어내렸다. 그러다 제대로 펴지지 않는 손가락을 보고 쓴웃음을 지었다.

이작은 왼손잡이였었다. 젓가락을 쥐는 손도 왼손이었고, 문고리를 돌리는 손도 왼손이었다. 그러니 당연히 글을 쓰는 펜을 잡는 손도 왼손이 될 수밖에 없었다. 눈물겨운 노력으로 지금은 오른손으로도 어지간한 일들을 해내는 그였지만 예전에 왼손을 쓸 때처럼 자유롭지는 못했다. 그런 그에게 사인을 해달라는 건 왼손을 쓰지 못한다는 걸 눈앞에서 보여달라는 것과 다름이 없었다.

아직은…… 아팠다. 왼손을 제대로 쓰지 못한다는 걸 인정한다는 게. 그걸 다른 사람에게 내보인다는 게. 이작에게는 아프고도 아픈 손이고 마음이었다.

"저기요."

담배가 필터 끝까지 타들어가는 것도 모른 채 서 있던 이작은 소담의 음성에 급히 담배를 껐다.

"저기 있으라니까 왜 와?"

미간을 좁히고 꾸짖듯 말하자 머뭇대던 소담이 고갯짓으로 자신이 서 있던 곳을 가리켰다.

"아니, 자꾸 말을 걸어서. 나는 일본어 못하는데."

무슨 말인가 싶어 그녀가 가리킨 곳을 쳐다보니 대여섯 명의 남자가 그때까지도 소담을 지켜보고 있었다.

"담배 더 필 거면, 나 여기 있어도 돼요?"

많이 무서웠던 모양이다. 저쪽에 가 있으라고 할까 봐 불안했던지 그의 셔츠 끄트머리를 잡고 놔주질 않았다.

"안 펴. 가자."

이작은 제 셔츠를 잡고 있는 소담의 손을 떼어내고 그 작은 손을 자신의 손안에 가두었다. 소담이 움찔하는 게 느껴졌지만 놓아줄 생각은 없었다.

택시가 잡힐 때까지 이작은 소담의 손을 잡은 채로 그녀에게 수작을 걸었던 무리를 노려보았다.

'어린것들이 보는 눈은 있어가지고.'

선글라스는 자신이 아니라 소담에게 더 필요한 물건인 듯싶었다.

　　　　　　　　　　　❖

　호텔로 향하던 택시를 돌려 도착한 곳은 오다이바였다. 택시 안에서 소담에게 설득당해 버린 이작은 저도 모르게 피식 웃어버렸다.

　"바람 쐬러 안 갈래요?"

　어디 페인트 공한테 얻어왔나 싶을 정도로 엉망으로 보이는 청바지를 손바닥으로 연신 문지르던 그녀가 꺼낸 말이었다.

　"어차피 호텔 가도 할 일 없잖아요. 밤에 보는 레인보우브릿지가 그렇게 예쁘대요."

　밤에 봐서 예쁜 건 객실에서 볼 수 있는 야경도 마찬가지였다. 더구나 조금 전, 식당에서 그를 알아본 사람으로 인해 외출이 꺼려지는 상황이기도 했다. 하지만 그럼에도 소담은 주장을 굽히지 않았다.

　"꼭 가보고 싶은데 밤에 혼자 움직이는 건 조금 무섭거든요."

　이작도 그녀가 밤에 혼자 움직이는 건 결사 반대였다. 낮에 혼자 움직이는 것도 마뜩찮지만.

　"안…… 갈래요?"

　제대로 눈도 못 맞추며 묻는 소담에게 이작은 엄하게 대꾸했다.

　"감기 다 안 나았잖아."

　시무룩해져서 알았다고 대답할 줄 알았던 소담은 큰 눈을 더 크게 뜨면서 조잘댔다.

"이럴 때 침대에 누워만 있으면 더 아파요. 상쾌한 바람도 쐬고 몸도 조금씩 움직여 주고 그래야 빨리 낫는 거예요. 모르셨구나?"

"아플 때는 푹 쉬어야지."

"나는 그게 쉬는 거라니까요? 가요, 네? 레인보우브릿지, 진짜 예쁘대요. 막 황금빛으로 반짝반짝 거리는데 정말 예쁘대요. 보고 싶은데. 안 돼요?"

크고 맑은 눈망울의 공격에 잠시 마음이 약해졌던 이작은 시무룩해진 소담이 중얼거리는 말에 결국 방향을 돌릴 수밖에 없었다.

"그럼…… 혼자 가야죠, 뭐."

소담이 넌지시 던진, 협박처럼 들리는 말에 오다이바로 오게 되었지만 막상 와보니 썩 나쁘지는 않았다. 여름인데도 밤이라 그런지 선선한 바람이 불어 머리카락이 흩날렸다.

레인보우브릿지가 한눈 가득 들어오는 산책로 난간에 팔을 걸친 이작은 조용한 소담을 물끄러미 쳐다보았다. 기대만큼 예쁘지 않아서 그런 건지, 너무 예뻐서 말을 잃은 건지. 말 없는 그녀가 낯설어 괜히 동그란 어깨를 제 어깨로 툭툭 건드렸다.

"어, 왜요?"

"왜 이렇게 조용해?"

"아. 저거 때문에요."

소담이 손가락으로 가리킨 곳에는 자유의 여신상이 서 있었다.

"저게 왜 여기에 있을까, 참 안 어울린다, 그런 생각이 들어서요."

이작도 같은 생각이었다.

"차라리 우리나라에 있는 게 더 어울리지 않을까요?"

"굳이 있어야 할 필요는 없지."

"하긴."

짧게 고개를 끄덕인 소담에게 이작은 다시 질문을 던졌다.

"레인보우브릿지는? 저것도 별로야?"

그의 말에 소담은 잠시 휘황찬란하게 반짝이는 다리를 쳐다보고는 고개를 갸웃했다.

"제 눈엔 광안대교가 더 예쁜 것 같아요."

열심히 설득하고 반 협박까지 해서 레인보우브릿지를 보러 온 사람치고는 김빠지는 평가였다. 하지만 이작도 어느 정도 수긍이 가는 말이었기에 고개만 끄덕였다.

한동안 수많은 차들이 지나다니는 금빛 다리만 응시하던 소담은 이작을 흘깃 쳐다보았다가 조용히 시선을 거뒀다.

레인보우브릿지를 보는 게 관광 목록에 적혀 있기는 했지만 필사적으로 보고자 했던 건 아니었다. 그럼에도 고집을 부려 이곳으로 온 것은 그가 아픈 마음을 보듬을 시간을 주고 싶었기 때문이었다. 그 시간을 혼자 보내게 놔두어서는 안 될 것 같기도 했고.

마음속에 쌓이두있던 울분을 신나게 우는 것으로 풀어낸 소담이었다. 덕분에 조금쯤 시원해지기도 했었다. 하지만 이작은 우는 것으로 상처를 털어낼 사람으로 보이지 않았다. 운다고 털어져 나갈 상처도 아니고.

숨 쉴 때마다 술 냄새를 풍기던 그를 알고 있었고 오늘도 왠지 그럴 것 같았다. 술을 입에 대지도 못하게 할 수는 없었지만 그 양이 조금이나마 적어진다면, 함께 있는 시간만큼 그가 마실 술의 양이 줄어들 수만 있다면 소담은 그가 원할 때까지 같이 있을 수 있었다. 다만 그저 함께 있는 것만으로는 의미가 없다고 여겼다. 그가 행복해졌으면 좋겠다는 마음을 전하고 싶었다.

선선하던 바람이 쌀쌀해졌을 때, 소담은 용기를 내어 무거운 침묵을 깨트렸다.

"가끔, 그쪽이 공기처럼 느껴질 때가 있어요."

마음속으로만 생각하던 것을 말로 꺼낸 소담은 이작의 시선을 느꼈지만 그를 쳐다보지는 못했다. 지금 이작의 얼굴을 보게 되면 바보처럼 눈물이 날 것만 같았다.

"그럴 때는요, 내 옆에 있는데 아닌 것 같고, 손을 뻗으면 사라질 것 같기도 하고 그래요. 마치 신기루처럼."

말을 하면 할수록 울컥해졌다. 하이작은 행복하게 살아갈 자격이 충분한 사람인데. 행복이 곁에 있어도 느끼지 못할 만큼 아픈 시간을 보냈으리라 예상은 하지만 그럼에도 행복했으면 좋겠다고 소망하게 되는 건 어쩔 수 없는 팬의 마음이었다.

이작을 연약한 사람으로 본 적은 없지만 손대면 깨져 버릴 것 같은 위태로움을 보았다. 술의 힘을 빌리거나 흐르는 시간을 의미 없이 보내는 것을 나무랄 수는 없었다. 그가 느꼈을 절망의 크기를 짐작도 할 수 없으니까. 하지만 따가운 가시 옷을 벗어 던지고 억지로 차가운 사람인 척 굴지는 않았으면 좋겠다. 그래서 사람들이 그를 미워하지 않았으면 좋겠다. 이기적이게도 모두가 그의 다정함을 알게 되길 바라지는 않지만 보이는 것처럼 차갑고 무심한 사람이 아니라는 것 정도는, 그도 상처받는 사람이라는 걸 알게 되었으면 좋겠다.

"아무것도 남은 게 없다는 생각 같은 건, 하지 않았으면 좋겠어요."

주제넘은 참견이라는 건 알지만 소담은 그가 꼭 알아주길 바랐다. 그에게 남은 게 얼마나 많고 큰지를. 그래서 침묵을 고수하는 이작의 시선을 외면한 채 속에만 담아두었던 말들을 하나씩 하나씩 펼쳐 보였다.

"하이작의 겉모습만을 사랑했던 사람들도 있지만 하이작의 음악을 사랑했던 사람들이 훨씬 많아요. 비록 지금은 라이브로 들을 수는 없지만 그쪽이 남겨준 선물들이 많잖아요. 그래서 사람들은 여전히 말해요. 다행이라고, 감사하다고, 그리고 행복하다고."

"……뭐가."

깊게 잠겨 들릴 듯 말 듯한 이작의 음성에 소담은 그제야 그를 바라볼 수 있었다.

"하이작의 음악을 들을 수 있어서, 우리한테 그런 선물을 남겨주어서 너무 다행이라구요. 그렇게 큰 행복을 안겨준 사람을 잃지 않을 수 있었음에 감사한다구요. 그쪽한테는 그런 사람들의 마음이 남아 있어요. 아무것도 남은 게 없다는 건…… 자신을 소중하게 여기는 사람이 한 명도 없는 사람한테나 어울리는 말이에요."

소담이 자신의 마음속에 들어와 본 사람 같아 차마 그녀를 쳐다볼 수가 없었던 이작은 검게 변한 수면 위로 시선을 던졌다.

소담의 말처럼 아무것도 남은 게 없다는 결론을 내린 건 오래전이었다. 소담을 좋아하게 된 것은 부정할 수 없는 현실이지만 그렇다고 그가 내린 결론이 달라지지는 않았다.

2년 전에 일어난 사고는 바이올리니스트 하이작의 인생을 송두리째 앗아간 대신 부족하기만 했던 시간의 양을 방대하게 늘려주었다.

남아도는 시간에 그가 할 수 있었던 것은 자신에게 일어난 일에 대해 분노하고 다시는 예전처럼 돌아갈 수 없는 현실에 절망하는 것이었다.

분노하고 절망하고 체념하고, 그러다 포기하는 방법을 익혀가던 그는 자신이 살아온 인생을 되돌아보았었다.

남은 게 없을 수밖에 없었다. 바이올린이 유일했으니까. 바이올린을 켜지 않고 다른 일을 한다는 건 생각조차 해보지 않았었으니까.

이작에게 사고는 바이올리니스트가 아닌 하이작은 쓸모없는 인간일 뿐이라는 걸 알게 해준 계기였다. 마음 터놓을 친구 한 명 없는 주제에 뭐 그리 잘났다고 빳빳하게 고개를 치켜들고 살았을까.

'저런 얼굴을 보려던 게 아닌데.'

별 하나 없는 밤하늘만큼이나 공허해 보이는 이작의 모습에 소담은 입술을 깨물었다. 가만히 쳐다보는 것만으로도 그의 절망과 고통이 전해져 와 숨 쉬기가 힘들 정도였다.

힘을 내라고, 그에겐 남은 것이 많이 있다고 위로하려 꺼낸 말들이 오히려 이작을 더 힘들게 만든 것 같아서 걱정이 몰려왔다.

희망을 주고 싶었는데. 그가 더 많이 웃게 되길 바란 것뿐인데.

도대체 어떤 말이 그에게 위로가 될 수 있는 걸까?

이작이 다시금 신기루처럼 느껴져 덜컥 겁이 난 소담은 그의 팔에 조심스럽게 손을 얹고 자못 다부진 표정을 지어 보였다.

"그래도 남은 게 없는 것 같으면, 그러면 지금부터 만들어요. 그러면 돼요."

이작은 젊었다. 살아가야 할 셀 수 없이 많은 날들이 그를 기다리고 있었다. 연주자로서의 인생은 끝났을지 모르지만 그가 다른 무엇이 되더라도 늘 빛나는 사람일 거라고 소담은 그렇게 믿었다.

후드득!

어색한 적막을 뚫고 빗줄기가 내리쳤다. 갑자기 쏟아지는 소나기에 소담은 석상처럼 우뚝 서 있는 이작을 끌고 비를 피할 수 있는 곳으로 뛰었다.

불이 꺼진 옷가게의 차양 아래에 선 소담은 금세 온몸을 적셔버린 소나기가 어이없어 웃어버렸다.

"우와, 나 건방지게 굴었다고 벌받나 보다."

감기도 떨어지지 않았고 억지로 이작을 이곳으로 끌고 와 엄한 말까지 해댔는데 비가 온다는 건 분명히 벌이었다. 하늘이 너나 잘하라고 꾸짖는 것 같았다.

언제 멈출지 가늠할 수 없게 쏟아지는 비를 쳐다보고 있던 소담은 어깨에 전해지는 부드러운 촉감에 이작을 쳐다보았다.

입고 있던 카디건을 벗어 소담의 몸을 감싼 이작은 그녀의 어깨를 잡아 저와 마주 보도록 돌려세웠다.

"신이 공평하다고 생각한 적 없는데……."

소담은 그 뒤에 이어지는 말을 듣지 못했다. 빗소리 때문이었을 수도, 그가 속삭이듯 말해서 일 수도, 그도 아니면 놀라서 일 수도 있었다.

"너를 보내준 걸 보니 내 생각이 틀렸을지도."

소담이 알 수 있는 건 그의 입술이 자신의 입술에 닿았다는 것 뿐이었다.

이른 아침부터 나타샤의 기분은 최악을 향해 달리고 있었다. 매니저가 들고 온 봉투에는 그녀가 보고 싶지 않은 사진들이 잔뜩 들어 있었다.

「고작, 고작 이런 여자애한테!」

화려하게 꾸며진 긴 손톱이 손바닥의 여린 살들을 찔러댔지만 아픔은 느껴지지 않았다.

처음 봤을 때부터 거슬리던 꼬마였다. 하지만 자신의 발끝에도 미치지 못한다고 여겼기에 그 꼬마를 연인으로 욕심낸다는 이작의 말을 믿지 않았었다. 그런데 이게 뭔가. 이 꼬마를 보는 그의 표정이 어떻게 이럴 수가 있나.

「나한테는 한 번도…….」

중얼거리던 나타샤는 이를 갈았다. 분하고 분해서 참을 수가 없었다. 자신은 한 번도 그에게서 사랑스러워 죽겠다는 눈빛 같은 거, 받아본 적 없었다. 자신에게는 소유욕을 드러내며 키스하는 일 따위, 하지 않았던 그였다.

차라리 자신과 비등해 보이는 여자였다면 나았을 것이다. 전투심이라도 생겼을 테니까. 그런데 어떻게 이런 보잘것없는 꼬마를 나 나타샤가 머물렀던 자리에!

복수로밖에 보이지 않았다. 그녀에게 보이기 위한 복수. 자신과 하지 않았던, 해주지 않았던 일들을 그 꼬마에게 하면서 그가 비웃고 있는 것 같았다.

「당신은 내 사랑이 우스워? 그래?」

분을 참지 못한 그녀는 이내 눈물을 흘렸다. 사진을 쥐고 있는 손이 부들부들 떨렸다. 이런 눈빛을 받기 위해 얼마나 노력했었는지 그는 모른다. 알려 하지도 않았다. 그녀가 미친 듯이 원했던 그의 마음을 볼품없는 꼬마가 쥐고 있었다.

눈물을 흘리고 있어도 아름다운 나타샤였지만 그녀의 마음은 추하게 일그러지고 있었다.

오랜 시간 사진에 담긴 이작의 모습만을 뚫어지게 쳐다보던 나타샤는 목소리를 가다듬고서 매니저에게 전화를 걸었다. 기다렸다는 듯이 전화를 받는 매니저에게 그녀는 세상에서 가장 황홀한 유성이라 극찬받는 목소리로 감미롭게 명령했다.

「사진 보내고, 기사 내라고 해.」

전화를 끊은 나타샤는 손등으로 눈물을 훔치고 차가운 미소를 지었다.

「내 사랑이 우스워도 날 우습게보지는 말았어야 해요, 이작.」

 #8

Rrrr. Rrrr. Rrrr.

"우웅."

베개에 얼굴을 묻고 엎드린 자세로 잠들어 있던 소담이 칭얼거렸다. 시끄러운 전화벨 소리에 머리가 지끈거렸다.

스르르 올라간 양손이 귀를 막았다. 그래도 전화벨 소리가 들리자 아예 이불을 머리끝까지 올리고 베개로 귀를 막아봤지만 소용없었다. 전화벨 소리는 알람마냥 지치지도 않고 울려댔다.

"나한테 왜 이래에."

반쯤 눈을 뜬 소담이 울먹거리며 이불 밖으로 팔을 뻗어 휘저었다. 수화기를 찾아 귓가에 대면서도 소담의 정신은 꿈과 현실 사이에서 갈피를 잡지 못하고 있었다.

“여보세요.”

짜증과 잠기운이 덕지덕지 묻어나는 목소리로 전화를 받았지만 상대방은 개의치 않았다.

[일어나. 아침 먹자.]

아직 자니? 잘 잤니? 혹은 자는데 내가 깨웠구나, 미안해. 등등. 자고 있는 사람을 깨웠을 때 나올 수 있는 지극히 평범한 말들이 쏙 빠진 ‘용건만 간단히’ 의 표본이 수화기를 통해 흘러나왔다.

“……네?”

[아침 먹어야지.]

“자야 되는데…….”

[일어날 시간 됐어.]

잠결에도 눈을 가늘게 뜨고 시계를 쳐다볼 이작이 상상되었다. 그게 우습기도 하고 얄밉기도 하고.

[준비하고 내려와.]

“어, 저기……!”

뚜뚜뚜.

전화가 끊기고 나서도 소담은 손에서 수화기를 놓을 수가 없었다. 몽롱한 상태에서 일어난 일에 멍해져서 일방적으로 약속을 잡은 이작을 무시해야겠다는 생각은 하지도 못했다.

“뭐가 이래?”

턱이 빠질 만큼 크게 하품을 하고서 느릿느릿 침대에서 빠져나온 소담은 입술을 삐죽였다. 누구 때문에 잠을 설쳤는데 참 양심도 없다.

“저쪽은 아무렇지도 않은가? 역시 어른이라…… 경험이 많아서 그런 거겠지?”

중얼중얼, 연신 중얼거리다가 욕실에 들어가 거울을 쳐다보았다. 어제보다 도톰해진 것 같은 입술을 보니 얼굴에서 열이 난다.

소담은 조심스럽게 손끝을 입술에 대보았다.

“첫…… 키스였는데.”

그저 키스였을 뿐이라고 가볍게 여겨보려 해도 처음이라는 단어가 주는 의미 때문에 쉽지가 않았다. 더군다나 그 상대가 이작이니 가볍게 여겨질 리 없었다.

비 내리던 거리의 좁은 차양 밑에 서서 나눈 키스. 마치 영화 속 한 장면 같은 그 키스신의 주인공이 소담 본인이었다. 그래서 억울해할 수도 없었다. 그보다 더 멋있는 사람과 그보다 더 로맨틱하게 첫 키스를 할 수는 없을 테니까.

“짝사랑은 무슨. 짝사랑하는 사람이 뭐가 그렇게 당당해?”

옷을 벗고 샤워기 밑에 서서도 투덜거렸지만 그녀의 투덜거림은 그리 오래가지 못했다. 어느새 귓가에 맴도는 이작의 음성에 소담의 눈빛이 진지해졌다.

신이 공평하다고 생각해 본 적이 없었다고 했다. 어떤 마음으로 그런 생각을 하게 되었는지 알 것 같아서 고장 나버린 것처럼 자꾸만 욱신대는 심장에 절로 한숨이 흘러나왔다.

‘꿈을 만들면 좋을 텐데.’

소담은 머리에 하얀 거품을 잔뜩 만든 채로 고민하기 시작했다. 그녀의 아버지는 어렸을 때부터 귀에 인이 박히게 말씀하셨었다.

사람은 목표가 있어야 하는 거라고. 꿈이 없으면 사는 게 재미없어지고, 그럼 무기력해질 수밖에 없다고. 개미와 베짱이에서 나오는 베짱이조차 즐겁게 살겠다는 목표가 있었다고 친절하게 예까지 들어주시면서 말이다.

아버지 덕분에 소담은 항상 목표와 꿈을 가지고 있었다. 지금도 미래에 대한 구체적인 계획을 세우지는 못했지만 공부를 더 해서 패션 디자이너가 되면 좋을 것 같다는 생각은 하고 있었다.

"아빠가 베짱이를 예로 드셨던 것처럼 나는 나를 예로 들어볼까? 급이 너무 떨어지나?"

비 맞은 중처럼 중얼대면서도 손은 바쁘게 움직였다. 샤워를 끝내고 몸의 물기를 닦으면서도 소담은 어떻게 하면 이작에게 꿈과 희망을 심어줄 수 있을지 고민했다.

"에이 씨, 롯데월드라도 데려가야 되나."

꿈과 희망에 대해서만 생각하다 보니 꿈과 희망이 가득한 나라라는 롯데월드가 떠올랐지만 이작이 그곳에서 그것들을 찾을 일은 없어 보였다. 정신없이 뛰어다니는 애들을 보면서 화를 내지나 않으면 다행일 것이다.

아무것도 하지 않아도 충분히 멋있는 이작이었지만 언제 스러질지 모를 위태로움을 걷어내 주고 싶었다. 그럴 힘도, 자격도 없다는 걸 알면서 욕심은 무럭무럭 자라나기만 했다.

"좋아한다는 고백을 받아들이지도 못하고 야멸차게 거절하지도 못하면서 꿈만 크지. 쯧!"

이작을 향한 감정이 이성으로서의 호감보다는 그가 힘을 낼 수

있도록 도와야 한다는 사명감 같은 게 크다는 걸 깨닫고 소담은
자조했다. 어쩌면 그냥 그의 마음을 받아들이는 게 더 큰 도움이
될 수도 있을 텐데. 키스도 해버린 마당에 야멸차게 거절하는 건
좀 이상하지 않을까?

거기까지 생각이 미치자 이작의 뜨거운 입술이 주던 감촉과 아
랫입술을 살며시 빨아 당기던 느낌, 무언가 낯선 것이 자신의 입
안으로 들어와 움직이던 충격이 떠올라 말할 수 없이 부끄러워졌
다.

"아악! 그만! 그만 생각해!"

눈을 질끈 감은 소담은 양손으로 얼굴을 가리고서 세차게 고개
를 저었다.

좋았었는지 나빴었는지 기억도 나지 않았다. 그냥, 그냥 묘했
다. 이게 키스라는 거구나 싶었고 그 순간이 놀라웠었다. 종소리
가 난다거나 달콤한 초콜릿 맛이 난다거나 하지는 않았다. 도희가
첫 키스를 하고 와서는 황홀했다고 했었는데 소담은 자신이 느낀
감정이 황홀이었는지 알 길이 없었다.

'첫 키스를 너무 대단한 남자하고 해서 그래, 예고도 없이.'

삐죽거리던 입술이 툭 튀어 나왔다. 볼을 빵빵하게 부풀린 소담
은 건성으로 머리를 말리고 옷을 골랐다.

"보자, 얌전한 게……."

눈으로 옷들을 훑던 소담이 하얀 치아를 드러내며 씨익 미소를
지었다.

"저 왔어요."

로비에서 소담을 기다리며 신문을 읽고 있던 이작은 고개를 들었다. 약간 거리를 두고 서 있는 소담을 보자마자 신문을 쥔 그의 손등에 핏줄이 불거졌다.

짧디짧은 트레이닝팬츠에 그것과 한 벌인 듯 소매 없는 헐렁한 후드 티셔츠. 내놓을 수 있는 데는 다 내놓은 것 같은 패션에 입이 떡 벌어지려는 것을 겨우 참아냈다.

저게 팬티야, 바지야?

이작은 짧아도 너무 짧은, 타이트하기까지 해서 몸에 쫙 달라붙어 있는 바지를 노려보다가 소담에게 눈을 부라렸다.

"여기서 먹을 거죠? 호텔 조식이 괜찮더라구요."

이작의 얼굴이 무섭게 구겨져 있었지만 소담은 눈을 반짝이며 생글생글 웃어 보였다.

실은 어제 주제넘은 소리를 너무 많이 해버린 탓에 혹시 이작의 상처를 건드린 건 아닌가, 그래서 그가 술을 물마시듯 마시지는 않을까 걱정했었다.

이작이 싫어할 만한 옷을 입고 나온 것에도 그만한 이유가 있었다. 소담은 그가 내보이는 생생한 감정을 가감 없이 느끼고 싶었다. 자신을 좋아한다고 하기는 했지만 어젯밤 이후로 무표정한 얼굴로 돌아간 그가 화라도 내주면 좋겠다는 마음이었다. 뭐, 아주 조금쯤은 어른 키스를 해놓고도 변화 없이 말짱한 그가 얄미운 마음도 있었고.

"안 가요? 나 배고파요."

그녀가 다가오자 달콤한 샴푸 향이 훅 끼쳐 왔다. 머리를 제대로 말리지 않았는지 머리카락 끝에 매달려 있던 물방울이 똑똑 떨어지고 있었다.

자리에서 일어선 이작은 길게 한숨을 쉬었다. 다른 건 다 온순하게 받아넘기는 소담이 유독 옷에 관해서만은 예민하게 구는 걸 경험으로 알고 있는 바였다. 그러니 한마디 하고 싶어도 마음처럼 입이 떨어지질 않아 한숨만 나왔다.

"감기는 다 나은 거야?"

로비에서 멀지 않은 레스토랑으로 걸어가면서 묻자 소담이 기운차게 고개를 끄덕였다.

"그러고 다니다 또 걸린다."

결국 한마디 하고야 마는 이작이지만 소담은 말간 얼굴로 그를 쳐다보았다.

"머리. 제대로 말렸어야지."

"이거 말리려면 얼마나 오래 걸리는데요. 차라리 자연바람에 말리는 게 더 나아요."

"계속 기르는 이유라도 있나?"

"뭐, 지금은 없어요."

어깨를 으쓱해 보이는 소담이었지만 이작은 본능적으로 알 수 있었다. 긴 머리를 고수했던 이유가 그 계집애같이 생긴 싼티 나던 남자 때문이었다는 것을.

"조금 잘라보는 건 어때?"

이작은 짜증나는 기색을 숨기면서 소담의 반응을 살폈다.

"안 그래도 한국 가면 자르려고요. 여기서는 말이 안 통하니까 어떻게 잘라놓을지 모르잖아요. 여자는 피부발, 화장발, 머리발인데."

머리 잘못 하면 몇 달은 고생한다며 혀를 내두르는 소담을 이작은 가만히 쳐다보았다.

소담의 피부는 손가락으로 꾹꾹 눌러보고도 싶고 아프지 않게 물어보고도 싶을 만큼 뽀얗고 하얗다. 화장은 한 적이 있었는지 모르겠지만 안 하는 게 더 예쁠 것 같았다. 그의 눈에는 지금도 충분히, 넘칠 만큼 예뻤다. 긴 머리는……. 짧게 자르면 지금처럼 어려 보이지는 않을 것 같았다. 세련되게 커트를 해놓으면 자신과 나란히 서도 나이 차이가 많이 느껴지지는 않을 거란 예상에 생각만으로도 흡족해졌다.

통역해 줄 테니 당장 머리부터 자르러 가자고 하고 싶은 마음이 굴뚝같았지만 일단은 밥을 먹이는 게 먼저인 것 같아서 이작은 소담과 함께 레스토랑 안으로 들어섰다.

직원이 자리를 안내해 주기가 무섭게 소담은 의자에 엉덩이를 붙이지도 않고 곧장 음식을 가지러 갔다. 그 모습을 보고 웃음을 깨문 이작은 그녀의 뒤를 따라 천천히 접시에 음식을 담았다.

아침 식사량으로는 엄청나다 싶을 만큼의 음식을 가져온 소담은 앉지 않고 다시 몸을 움직였다. 그녀는 감자 수프와 오렌지 주스를 가져와 테이블에 내려놓고 나서야 의자에 앉았다.

콧노래까지 흥얼거리며 포크를 손에 쥔 소담이 뒤늦게 이작의 접시를 쳐다보았다. 그러다 쯧쯧, 혀를 차더니 빵 두 개와 소시지를 그의 접시에 옮겨다 놓았다.

"토끼예요? 풀만 먹고 무슨 힘을 써요."

소담의 말마따나 야채와 채소만 가져왔던 이작은 말을 잃었다. 원체 소식을 하는 습관이 들여져 있기도 했지만 어머니가 아침을 챙겨주실 때에도 샐러드에 과일이 주를 이루었었다. 이작이 아는 사람 중에서 소담처럼 아침을 먹는 사람은 동생 강호뿐이었다. 그나마 강호는 먹는 게 키로 가기라도 했지.

남자한테 토끼라는 말이 얼마나 수치스러운 건지 알기나 하냐고, 내가 얼마나 힘을 쓸 수 있는지 한 번 보겠냐고 따져 묻고 싶었지만 이작은 입을 꾹 다물고 씁쓸하게 포크를 움직였다. 왜 수치스럽냐고, 어떻게 힘을 쓸 거냐고 묻는다면 아직은 설명해 줄 길이 없다.

소담이 식사를 마칠 때까지 기다리느라 커피를 두 잔이나 마신 이작이었지만 속이 쓰리기는커녕 행복해하는 그녀를 보니 덩달아 기분이 좋아졌다.

연한 미소를 배어 문 이작은 커피잔을 내려놓고서 깍지 낀 손에 턱을 받쳤다.

"가고 싶은 곳."

볼록 나온 배를 두드리던 소담은 그의 말에 동그란 눈을 깜박였다.

"없어?"

없다고 하면 거짓말이겠지만 있다고 대답하기도 꺼림칙했다. 어제 그를 알아본 사람으로 인해 10년은 늙어버린 것 같은 기분이라 또다시 그와 밖으로 나선다는 게 썩 내키지가 않았다. 그는 기억하지 못할지도 모르지만 이미 혼자 관광하겠다는 말을 해놓은 처지이기도 하고.

이작의 기분이 상하지 않도록 거절을 하려면 어떻게 해야 하나 고민하던 소담은 솔직하게 원래의 계획을 말하기로 했디.

"오늘은 쇼핑 가려구요."

소담은 마음속으로 회심의 미소를 지었다. 남자들이 학을 뗀다는 쇼핑이다. 드물게 여자친구보다 더 오랜 시간 쇼핑에 공을 들이는 남자도 있다고는 하지만 소담이 봤을 때 이작은 드문 남자 중의 한 명은 절대 아니었다. 한 시간도 못 돼서 그만하라고 화를 냈으면 냈지.

그녀의 생각처럼 쇼핑을 간다는 게 마음에 들지 않는지 이작의 눈썹이 강하게 휘었다.

"쇼핑?"

그가 되묻자 소담은 기다렸다는 듯 말을 늘어놓았다.

"패션의 메카에서 일본을 빼놓을 수는 없죠. 지금이야 놀고먹는 백조지만 잘나가는 연예인 코디였다고 몇 번 말해요? 요즘 일본 패션 트렌드는 어떤지도 보고 예쁜 아이들 있으면 데려오기도 해야죠. 도망 왔어도 여행은 여행인데."

어깨를 쭉 펴고 의기양양하게 말하는 소담을 지켜보던 이작이 눈을 가늘게 떴다. 그래서 소담은 그가 잘 갔다 오라고 말할 줄 알았다. 하지만 그는 이내 그 가늘어진 눈을 곱게 접어 미소를 지었다.

“쇼핑 좋지. 시부야로 갈 거지?”

“에, 네?”

“오다이바의 비너스포트도 괜찮지만 그쪽은 몇 번 갔었으니 시부야가 낫겠네. 하라주쿠도 가깝고.”

소담은 혼란스러워졌다. 이 남자, 왜 굳이 쇼핑하는 데 따라나서겠다는 걸까? 아니, 그보다 어떻게 쇼핑 루트를 알고 있는 거지?

“자, 그럼 옷부터 갈아입고 와.”

“오, 옷이요?”

“외출복.”

“이게 외출복인데요.”

소담은 무슨 문제 있냐는 표정으로 이작을 쳐다보았고, 그는 문제 많다는 눈빛으로 그녀를 훑어내렸다.

“정.상.적.인. 외출복으로 갈아입고 내려와.”

누가 음악하던 사람 아니랄까 봐 스타카토 한 번 기가 막힌다.

먼저 일어서 버린 이작 때문에 혼자 가겠다고 우길 기회조차 잃어버린 소담은 울상을 하고선 터벅터벅 걸음을 옮겼다.

옷을 비롯한 잡화들을 잔뜩 사들이느라 허기가 진 두 사람은 외진 골목에 자리 잡은 카페로 들어섰다. 넓지도 좁지도 않은 공간에 푹신해 보이는 소파가 원목 테이블과 매치되어 놓여 있었고,

밝지 않은 조명과 아기자기한 소품들 덕분에 아늑한 느낌이 물씬 풍기는 곳이었다.

가볍게 요기를 할 수 있는 음식으로 주문을 마치자마자 소담이 기다렸다는 듯 말을 꺼냈다.

"점심은 제가 살게요."

시원한 얼음물로 목을 축인 이작은 잠시 소담을 쳐다보다가 어깨를 으쓱했다. 쇼핑하면서 옷 몇 벌 선물한 게 마음에 걸린 모양이었다.

"나 돈 많아."

소담은 새로운 깨달음을 얻은 사람마냥 포옥 한숨을 내쉬었다. 그렇다. 하이작은 재력도 빵빵한 남자였다. 이러니 이 남자의 고백을 가볍게 받아들일 수 있을 리가 있나.

"돈도 많고 시간도 많아."

시간 많은 건 나도 뒤지지 않는데.

"돈도 많고 시간도 많은데 생긴 것도 나쁘지 않지."

진짜 자기 자랑 같은 거 안 하게 생겨가지고. 아우, 뻔뻔하기도 하셔.

"이런 내가 좋아하는 여자 배불리 먹이고 옷 몇 벌 사줬다고 큰일 날 것 같지는 않은데."

더는 이작의 잘난 점을 찾을 수 없을 것 같은데 또 하나 발견해 버렸다. 사람 입 막는 데도 천재적인 기질이 있다는 것.

"옷은 감사하게 받을게요. 그래도 점심값은 내가 낼래요."

가만히 소담을 응시하던 이작은 고개를 끄덕였다. 소담은 그제야 마음 놓고 밥을 먹을 수 있었다.

오래 지나지 않아 음식이 담겼던 접시가 비워지고 디저트로 나온 고소하고 촉촉한 두부푸딩까지 먹고 난 후에도 두 사람은 자리에서 일어서지 않았다.

평온한 오후였다. 은은하게 흘러나오는 팝송과 들릴락 말락 한 사람들의 목소리가 섞여들었고 하늘은 구름 한 점 없이 맑았다.

손에 턱을 괴고 창밖을 쳐다보던 소담은 넌지시 말을 던졌다.

"나는 공부를 참 못해요."

뜬금없는 고백에 그녀처럼 창밖 풍경에 시선을 두고 있던 이작이 고개를 돌려 소담의 말간 얼굴을 쳐다보았다.

"그래서 항상 공부 잘하는 친구들이 부러웠었어요."

"그런 게 뭐가 부러워?"

이해할 수 없다는 표정을 짓는 이작에게 소담은 배시시 웃어 보였다.

"수학 시험에서 3점을 받으면 부러워져요."

그 말에는 이작도 입을 다물어 버렸다. 그럴 수도 있는 일이기는 하지만 수학 시험 3점은……. 아니다. 그럴 수도 있지.

"그래서 쿨하게 대학 진학을 포기했어요."

생긋 미소 짓는 소담은 아무렇지도 않아 보였다. 대학을 가지 못해서 아쉽다거나 더 열심히 공부하지 않은 게 후회된다는 감정 같은 건 보이지 않았다.

"그 대신 내가 할 수 있는 일을 찾았죠. 할 수 있고, 하고 싶은 일."

"그래서 코디가 된 건가?"

소담은 고개를 끄덕였다. 그때는 그것이 최선이었다. 순간순간 최선이라고 믿는 일을 하면서 사는 것. 소담에게는 그렇게 사는 게 당연했다.

"해고당하고 나서는 솔직히 암담했어요. 이제 뭘 해야 하나, 내가 뭘 할 수 있을까 생각하는데 머리가 터질 것 같더라구요."

이작의 눈빛이 진지해졌다. 소담이 느낀 그 감정을 가장 잘 이해할 수 있는 사람이 바로 그였으니까.

"부모님 말씀대로 공부를 해야 할까? 나는 공부 못하는데. 외국 나가서 공부를 하라고 하시는데 나는 영어도 못하고 낯선 나라에서 혼자 살 자신도 없거든요. 그렇다고 부모님께 부끄러운 딸이 되고 싶지는 않고. 그런데요."

잠시 말을 멈추고 올곧은 눈빛으로 자신을 바라보는 소담 때문에 이작은 저도 모르게 긴장해 버렸다.

"세상에 쉬운 일은 없어요. 사람들이 장난삼아 인형 눈 붙이는 일이라도 할까, 봉투에 풀이라도 붙일까 하지만 그 일들도 쉬운 건 아니거든요. 제 친구 중에 한 명은 실제로 인형 눈 붙이다가 한 달 만에 5kg이나 빠졌다니까요? 그러고 나서는 다신 그 일 안 한다고 학을 떼더라구요."

킥킥 웃음을 터트리는 소담이었지만 이작은 차마 웃을 수가 없었다. 소담이 무엇을 말하려 이런 얘기들을 꺼내는지 감이 잡혔기 때문이다.

"해보지도 않고 겁부터 먹었어요. 어차피 세상에 쉬운 일은 없는 건데. 영어는 못하지만 나는 배고픈 건 못 참으니까 어떻게든 말을 배우려고 할 거고, 처음에는 가족들과 떨어졌다는 게 무섭겠지만 시간이 지나면 익숙해질 거예요. 그래서 영어도 못하고 머리도 안 좋아서 겁부터 나지만 나는 공부를 다시 해보려고 해요. 그러다 보면 언젠가는 내가 꿈꾸던 패션 디자이너가 될 수 있을 거라고 믿어요."

이작은 스스로를 믿는 소담이 부러웠다. 그녀가 공부 잘하는 친구를 부러워하던 마음이 이런 거였을까?

소담처럼 겁이 나거나 두려운 일은 이작에겐 없었다. 잃을 게 없는 사람은 무서운 것도 없는 법이니까. 하지만 사고 이후로 무엇을 해야 할지 알 수가 없어졌다. 유일한 재능이 쓸모없어진 마당에 할 수 있는 다른 일이 있을 리 없었다. 참담했던 그 사고는 이작에게서 스스로에 대한 신뢰감마저 앗아가 버렸다.

점점 표정이 굳어가는 이작을 보면서 소담은 크게 숨을 들이마셨다. 이작이 어렸을 때부터 사고가 나기 직전까지 쭉 바이올린만 켜왔다는 건 익히 알고 있었다. 하지만 바이올리니스트로 살면서도 꿈꾸던 일 하나쯤은 있었을 것이다. 바이올린과 관계없는, 바이올린을 켜지 못해도 할 수 있는 그런 일이.

"하고 싶은 일…… 아니면 해보고 싶었던 일, 없어요? 이다음에 나이 들면 한적한 시골에 아담한 집 한 채 지어서 살아야지, 그런 생각 같은 거 해본 적 없어요?"

소담의 말에 이작은 오래된 기억을 파헤쳤다. 아무도 찾지 못하게 숨겨둔 보물처럼 마음 한편 깊숙이 넣어두었던 기억을.

바이올리니스트 하이작은 고립된 삶을 살았다. 전혀 의도하지 않았지만 어느새 그는 사람들 틈에서 외톨이가 되어 있었다. 하지만 그렇다고 해서 들을 수 없고 볼 수 없는 건 아니었다.

가끔 가족들과 함께하는 동료들의 모습을 볼 때면 그들처럼 살고 싶다고 생각했었다. 한 손으로는 큰아이의 손을 잡고 한 팔로는 작은아이를 안아 올리고서 사랑하는 아내의 입맞춤을 받는 모습들을 목격할 때면 자신이 누리고 있는 모든 것들과 바꿔서라도 그런 인생을 살아보고 싶다고 꿈꿨었다. 어찌 보면 소박하지만 그에게는 절대로 이룰 수 없을 것 같았던 거대한 꿈이었다.

나중에, 아주 나중에 아이들을 가르치고 싶다는 생각도 했었던 것 같다.

이작은 아무리 바쁜 스케줄에도 일 년에 한두 번쯤은 보호시설이나 난치병 어린이들을 찾아 무료 연주회를 열었었다. 배우고 싶어도 배우지 못하는 환경에 체념부터 배워 버린 아이들을 모아 자신이 알고 있는 것들을 나누어주고 싶다는, 그런 생각을 했었다.

생각으로만 그쳤었던 일들을 행동으로 옮길 수 있을까? 이룰 수 없을 것 같았던 꿈을 향해 달려도 되는 걸까?

"없어도 문제될 긴 없어요. 지금부터 생각해 보면 되죠."

스스로에게 질문을 던지던 이작은 걱정스런 표정으로 저를 위로하려 애쓰는 소담 때문에 피식 웃어버렸다.

"음, 배우는 어떨까요? 혹시 노래 잘해요? 가수도 괜찮을 것 같은데. 아니면 화보 전문 모델을 해도 될 것 같고. 통역사는……음, 그건 안 되겠다. 장사도 힘들 것 같은데. 손님이 기분 나쁘게 굴면 막 나가라고 쫓아낼 것 같아. 풋!"

그가 할 수 있는 일이 아니라 하면 좋을 것 같은 일들을 열거하던 소담이 웃음을 터뜨렸다. 당신 같은 사람한테 장사 안 한다고 손님 등을 떠밀고 그것도 모자라 굵은 소금을 가져와 길거리에 뿌려댈 이작의 모습이 그려져 웃음을 참을 수가 없었다.

이작은 앞으로 이루어야 할 꿈에 대한 계획만으로도 버거울 텐데 자신의 미래까지 걱정해 주는 소담이 눈부시게 예뻐 보여 그녀의 볼을 살짝 꼬집었다.

"내가 연예인 되면 네가 코디할래?"

"어? 연예인 하고 싶어요? 진짜?"

그쪽 일들을 먼저 제의해 놓고도 막상 하겠다고 나서니 깜짝 놀란다.

"네가 내 코디할 거냐고."

꼬집은 볼을 주욱 늘려보지만 소담은 심각한 고민에 빠진 얼굴이었다. 그 모습이 귀여워 이작은 말랑말랑한 볼을 가지고 놀았다.

이렇게 예쁜 게 어떻게 내 품에 떨어졌을까. 하늘도 내가 불쌍하긴 엄청 불쌍해 보였나 보다. 그런 생각을 하고 있는데 양볼이 이작의 손에 잡힌 소담이 결연한 눈빛으로 그를 바라보았다.

"제가 공부를 해야 해서 코디는 어려울 것 같구요. 대신 디자이너가 되면 그때부터 그쪽 의상은 전부 다 내가 만들어줄게요. 약속해요."

공부도 해야겠고 하이작도 걱정되니 얼마나 머리를 굴렸을까.

"못 믿어요? 새끼손가락 걸까요? 복사에 코팅까지 싹 해줄게
요."

이작은 자신의 눈앞으로 불쑥 내밀어지는 하얗고 가느다란 손
가락을 잡아끌었다. 그리고 굽혀져 있는 손가락들을 하나하나 펴
고서 그녀의 손바닥에 입술을 묻었다. 수담이 달큼한 살 내음에
이성이 날아가 버린다.

"못 믿겠으니까……."

손바닥 위에서 움직이는 이작의 입술 때문에 소담은 소름이 돋
았다. 기분이 나쁜 건 아닌데 뭔가 짜릿짜릿한 것이 영 낯설다.

"나한테 시집 와라."

이어질 말을 기다리며 꿀꺽 굵은 침을 삼키던 소담은 사레에 들
려 기침을 해댔다. 롤러코스터를 탄 것처럼 심장이 뛰고 온몸이
달아오르는 건 기침 때문이라고 변명하면서.

눈물이 맺힐 정도로 기침을 하는 소담의 손에 물컵을 쥐어준 이
작의 눈가에 미소가 맺혔다. 당황하고 놀라는 소담의 모습을 보는
건 즐거웠지만 시집오라는 말을 아무 뜻 없이 던진 건 아니었다.
소담과 함께라면 꿈을 향해 달리는 일이 힘들지 않을 것 같았다.
오히려 행복…… 하지 않을까?

기침이 멈추고 나서도 물 잔에서 입을 떼지 않는 소담을 짓궂은
표정으로 쳐다보던 이작은 주머니에서 진동하는 휴대폰을 꺼냈
다. 소담과 함께 있으니 꺼두어도 됐겠지만 근래 강호에게 도움받
을 일들도 있었고 일본에 와 있는 불편한 존재 때문에 꺼림칙한
기분이 들어 켜놓았더니 그걸 알기라도 하듯 전화가 걸려왔다.

이작은 휴대폰에 새겨진 동생의 이름에 부담 없이 전화를 받았다.

[형, 봤어?]

난데없이 봤냐니. 급하게 질문을 던지는 동생의 음성이 심상치 않았다.

[형! 형도 알고 있는 일이야? 정말 그 기사 내용이 맞아?]

조금씩, 아주 미세하게 이작의 얼굴로 찬 기운이 스며들었다.

"알아듣게 말을 해, 흥분하지 말고."

흥분하지 말라고 했건만 강호는 울분을 토했다. 얘기를 듣고 있자니 동생이 그럴 만도 하다 싶었지만 희한하게도 화가 나지는 않았다.

[형, 아니지? 오보지?]

강호는 금방이라도 숨이 넘어갈 것 같았다. 나타샤가 이렇게나 미움받고 있었나 싶어 헛웃음이 나왔다.

"오보야. 신경 쓸 거 없어."

[그렇지? 오보지? 잠깐만……. 어머니, 제 말이 맞잖아요. 형이 왜 그 미친 여자를 다시 만나요? 말도 안 되는 소리라고 말씀드렸잖아요.]

자동적으로 한숨이 새어 나왔다. 이 전화통화가 짧게 끝나지 않을 것이란 불길한 예감이 들었다.

[아들? 엄마다.]

"말씀하세요."

[정말 오보니? 잘못된 기사야?]

“잘못된 기사예요.”

[강호는 고소해야 한다고 펄펄 뛰는데……. 나는 그렇게까지 해야 하나, 싶구나.]

동생의 심정은 이해가 되고 어머니의 심정은 이해가 되지 않는 고약한 상황에 이작은 쓴웃음을 삼켰다.

“제가 처리하겠습니다. 신경 쓰지 마세요.”

[애는, 어떻게 신경을 안 쓰니? 다른 사람도 아니고 우리 아들 일인데.]

그러니까 신경 쓰지 마시라는 겁니다.

이작은 목구멍까지 차오르는 말들을 억지로 구겨 넣었다.

[그 아이는, 만나본 거니?]

조심스럽게 물어보시는 말씀에 헛웃음조차 나오질 않았다. 만나라고 부추기신 분이 만났냐고 물어보시면 뭐라 대답을 해드려야 하나.

[정말 영…… 마음이 없는 거야?]

어머니는 듣기 싫은 말은 걸러내는 필터가 있으신 것 같았다. 분명 그 여자는 아니라고, 죽어도 아니라고 말씀드렸는데. 이제는 어머니와 나타샤 사이에 보송의 거래가 있는 건 아닌가, 하는 의구심마저 들었다.

“밖에 나와 있어서 길게 말씀 못 드립니다. 해결하고 강호 통해서 알려 드리겠습니다. 그리고 똑같은 말 반복하게 만들지 마세요. 그 여자가 어머니께 무슨 말을 했든, 저한테는 전부 쓸데없는 것일 테니까.”

뭐라 말을 덧붙이려는 어머니를 외면하고 전화를 끊었을 때는 완벽하게 기분이 나빠진 후였다. 나쁘다는 말로도 부족했다. 평온하고 평화로웠던 오후 시간을 망쳐 버린 나타샤와 자신의 마음은 눈곱만큼도 고려하지 않는 어머니 덕분에 이작은 이를 사려 물었다.

시부야 거리를 걸으며 소담은 연신 이작의 표정을 살폈다. 목적지 없이 무작정 걷고만 있는 그의 얼굴에서는 미소 한 자락 찾아볼 수가 없었다. 앞은 보면서 걷고 있는 건지 궁금할 정도로 혼자만의 생각에 잠겨 있는 것 같았다.

소담의 귓가에 그가 통화를 하며 했던 말들이 시끄럽게 부딪혀 댔다. 가족과 통화를 한 것 같은데 왜 저렇게 기분이 안 좋아진 것인지, 무슨 기사가 났기에 그가 알아서 처리하겠다고 한 것인지 궁금했지만 차마 물을 수가 없었다.

'가족하고 사이가 나쁜가?'

가만히 놔두어도 힘든 그를 괴롭히는 사람들이 가족일 리 없었다. 하지만 의도치 않게 기억하고 있는 이작의 어머니를 떠올리자 미간에 주름이 잡혔다.

하이작의 어머니는 아들만큼이나, 어쩌면 아들보다 더 유명한 인물이었다. 인터뷰를 기피하는 이작이었지만 그의 어머니는 그런 일들을 즐기는 것 같았다. 여성잡지의 단골손님이었고 아침방송에서도 심심찮게 볼 수 있던 사람이 이작의 어머니였다.

'쯧쯧! 자식들이 고생 좀 하겠다. 소담이 너, 저런 집에는 절대로 시집가면 안 돼! 알았지?'

언제였더라. 이작이 명성을 떨치며 활동하던 어느 날이었다. 정신없이 바빴을 텐데도 그는 어머니와 함께 아침방송에 출연했었고, 박 여사는 옆에 앉은 소담에게 그렇게 당부했었다. 절대로 저런 집에 시집가면 안 된다고.

'왜?'

순수한 호기심으로 물은 말에 박 여사는 열변을 토했었다.

'딱 봐도 자기 아들밖에 모르게 생겼잖아. 지금도 봐. 모르는 사람이 보면 저 남자 이름이 하이작이 아니라 우리 아들인 줄 알겠다. 저런 엄마는 대통령 딸이 며느리로 들어와도 눈에 안 차. 자기 아들이 최고니까. 그러니 시집살이가 얼마나 대단할 거야? 자식도 아들만 둘이라는데 딸 가진 부모 심정을 손톱만큼이라도 이해하겠어?'

'그렇게 따지면 엄마도 아들 가진 부모 심정 이해 못하는 거잖아. 언제는 부모 마음은 다 똑같은 거라며?'

그렇게 입바른 소리를 했다가 등짝만 얻어맞았었다.

'그것도 사람 나름이지! 너, 저렇게 인물 좋은 남자라고 홀라당 반해가지고 결혼하겠다고 나서면 정말 혼날 줄 알아!'

'피이. 그럴 일 없네요. 나는 선기 오빠밖에 없는걸 뭐.'

실실 웃던 저를 한심하다는 듯 쳐다보던 엄마 때문에 입술을 삐죽였었는데. 그때도 박 여사는 인물로만 치자면 차라리 저쪽이 낫다며 이작의 편을 들었었다. 그만큼 선기를 싫어했었다. 소담은 선기의 얼굴을 머릿속에서 털어내고 방송에서 보았던 이작의 어머니, 우경숙 여사를 그려보았다.

‘그러고 보니 이 사람이 엄마를 닮은 거였구나.’

우 여사는 마른 체형에 선이 얇은 분이셨다. 그래서 날카로워 보이기도 했고, 나쁘게 말하면 신경질적으로 느껴지기도 했었다. 하지만 하얀 얼굴에 또렷한 눈매, 희미하게 짓고 있는 미소와 차분한 음성이 어우러진 그분은 우아해 보였었다. 어딘지 모르게 가까이 하기 어려운 분위기를 가지고 있었지만 아들을 사랑한다는 것만큼은 확실하게 느낄 수 있었다.

그런 분이 시어머니가 된다면 편치는 않을 것 같았다. 세상에 편한 시어머니가 있을까 싶지만 굉장히 편하지 않은 시어머니가 될 것 같았다.

‘그래도, 닮았으니까…….’

소담은 고개를 들어 이작을 쳐다보았다. 여전히 생각에 빠져 있는 그의 옆모습이 눈에 박혔다.

가까워지기 전에는 그도 그저 차가워 보이는 사람일 뿐이었다. 하지만 알고 보니 섬세하고 다정한, 달콤하기까지 한 사람이 이작이었다. 그러니 그의 어머니도 보이는 모습과는 다른, 이작처럼 보이지 않는 면에 따듯함을 지니고 있는 사람일 수도 있었다. 누가 뭐래도 하이작의 어머니니까.

“밥 먹으러 갈래요?”

소담은 슬쩍 이작의 새끼손가락을 잡고 흔들었다. 깊은 생각에서 반쯤 빠져나온 그가 소담의 손을 잡았다.

“그래.”

“우리 우동 먹어요.”

“가자.”

소담은 이작의 손에 갇힌 제 손을 빼내지 않고 오히려 잡은 손에 힘을 주었다. 그가 알 수 없는 눈빛으로 쳐다보았지만 가만히 웃어만 주었다. 고작 손을 잡아주는 것밖에 할 수 없지만 그에게 조금이나마 위로가 되길 바라면서.

저녁과 밤 사이의 어중간한 시간. 호텔에 돌아와 소담을 객실 앞까지 데려다 준 이작은 그녀의 것인 쇼핑백을 건네주지 못하고 망설였다.

세기의 로맨스로 꾸며진 거짓 기사를 소담에게 말해주어야 할지 말아야 할지 답이 나오지 않았다. 작정하고 내보내진 거짓 기사를 뭐 하러 말하나 싶지만 말하지 않으면 속이는 게 될 것 같아 신경이 쓰였다. 소담의 마음을 얻기도 전에 터져 버린 일 때문에 뒤늦게 머리끝까지 화가 치솟았다.

“저기…….”

허공을 노려보고 있던 이작은 소담의 음성에 시선을 내렸다.

“차…… 한 잔 드릴까요?”

쇼핑백도 안 주고 들어가라는 말도 없이 미적거리고 있으니 불편했던 모양이다. 이작은 길게 숨을 내뱉고 소담의 눈을 쳐다보았다.

어떻게 사람의 눈이 저렇게 맑을 수가 있는지. 자신을 올려다보는 맑은 눈빛에 흔들리던 마음이 자리를 잡아갔다. 소담이라면…… 소담이라면 저를 믿어줄 거라는 근거 없는 확신이 생겼다.

"기사가 났어."

부러 담담하게 말했는데도 소담의 눈은 휘둥그레졌다.

"기사요?"

"그 여자하고 내가 다시 만날 거라는 내용의 기사가 났는데, 오보야."

소담이 눈을 깜박였다. 그 여자. 이작이 말하는 그 여자가 나타샤라는 건 묻지 않아도 알 수 있었다. 그는 분명 다시 만날 일 없다고 했는데 왜 그런 기사가 났을까?

"내가 좋아하는 여자는 너야."

무게감 있는 묵직한 음성에 소담의 얼굴이 빨개졌다. 이작에게 좋아한다는 말을 듣는 건 적응이 되질 않는다.

"다른 누구도 아니고 유소담, 너야."

정색하고 퍼붓는 고백에 손끝이 저려왔다. 표정 없이 굳은 얼굴로 좋아한다 말하는 사람 앞에서 심장이 미친 듯이 뛰어댔다.

"그러니까 내 말만 믿어."

명령하듯 딱딱한 어투였지만 소담은 저도 모르게 고개를 끄덕이고 말았다. 이 남자가 거짓말을 할 리는 없으니까. 얼굴도, 이름도 모르는 기자가 내보낸 기사보다는 이 남자를 믿는 게 맞는 거니까.

"착하네."

크고 하얀 손이 소담의 머리를 쓰다듬었다. 다정한 음성과 조금은 따스해진 그의 눈빛에 어쩐지 소담은 안심이 되었다.

"술, 마실 거예요?"

이작이 건네주는 쇼핑백을 받아 든 소담이 우물거리며 물었다. 나시 다정한 이작으로 돌아온 것 같긴 하지만 오늘은 왠지 그가 술을 필요로 할 것 같아서.

"아마도."

미소를 짓고 있는 그였지만 소담이 보기에는 아파 보였다. 복잡한 마음 같은 건 뒤로하고 꼬옥 안아주고 싶을 만큼.

술을 마실 것 같다는 그의 말에 많이 마시지 말라는 말을 하는 대신 소담은 억지로 입술 끝을 올려 웃는 얼굴로 이작을 바라보았다.

"내일, 라면 끓여줄게요."

피식 웃은 이작이 고개를 끄덕이고는 소담의 이마에 입을 맞췄다.

"잘 자라."

왜 어른 키스를 할 때보다 지금이 더 떨리는지 알 수가 없었다. 소담은 터질 것처럼 새빨개진 얼굴로 급하게 객실 문을 열고 도망치듯 몸을 숨겼다.

철컥. 문이 잠기는 소리와 동시에 이작의 얼굴에 퍼져 있던 옅은 웃음기가 사라졌다. 몸을 돌려 엘리베이터로 향하는 그의 눈빛이 서늘했다.

믿겠다고 했으니 지구가 두 쪽 나도 자신을 믿어줄 소담 덕분에 위험할 정도로 치솟던 분노가 가라앉기는 했다. 하지만 달라지는 건 없었다. 어머니는 여전히 자신의 감정을 배려하지 않았고, 이 대로 놔둔다면 그 여자도 헛된 희망을 버리지 않을 것이다.

로비로 내려간 이작은 프런트 데스크 앞에 섰다.

『나타샤 에바소르바 레리나, 아직 체크아웃 전인 것으로 아는 데. 전화 좀 걸어주겠습니까?』

『잠시만 기다려 주세요.』

이작은 마우스를 움직이는 직원에게서 시선을 거두었다.

사실 나타샤가 아직 이 호텔에 머무는지 그로서는 알 길이 없었 다. 하지만 자신을 도발할 요량으로 오보를 내보낸 여자가 쉽게 거처를 옮기지는 않았을 것 같았다. 그럴싸한 사진을 한 장이라도 더 얻으려면 자신과 가까운 곳에 있어야 할 테니.

『성함이 어떻게 되시죠?』

호텔 입구 쪽을 바라보며 오가는 사람들을 지켜보던 이작이 직 원에게로 몸을 돌렸다.

『하이작입니다.』

고개를 까딱해 보인 직원이 수화기를 들었다. 그리고 잠시 후 이작에게 수화기가 건네졌다.

「나타샤.」

[이작, 마음이 바뀌기라도 한 건가요?]

비단결처럼 부드러운 목소리였지만 이작은 나타샤의 목소리를 듣는 순간 욕지기가 치밀었다.

「당신하고 나, 해야 할 말이 있는 걸로 아는데. 라운지 바에서 기다리지.」

[3115호예요. 내가 기다리죠.]

뚝! 전화가 끊겼다. 이작은 실소를 흘리며 수화기를 직원에게 돌려주었다. 이제 아쉬운 쪽은 그라고 믿는 모양이었다.

고집을 부려 라운지 바에서 기다릴 생각은 없었다. 아쉬울 건 없지만 그런 식으로 시간 낭비를 하고 싶지도 않았다.

3115라는 숫자가 붙어 있는 객실의 벨을 누른 이작은 문이 열리고 나타난 여자의 모습에 기가 막혔다.

「들어와요.」

새빨간 립스틱을 바른 입술과 몸의 실루엣이 비치는 얇은 가운 차림. 객실로 들어가 소파에 앉아서도 이작은 자신이 맞게 찾아온 것인지 의심이 들었다.

나타샤는 영악한 여자였다. 이작이 기억하는 바로는 그랬다. 그녀는 남의 역할을 가로채고도 원망을 사지 않는 기술을 가지고 있었고, 특히 언론플레이에 능했다. 싫어하는 사람이라도 자신에게 이익이 된다면 화사한 웃음을 뿌릴 줄 알았고 겉으로는 모든 사람들에게 친절한, 그런 여자였다. 그런 그녀가 이렇게 빤히 읽히는 수를 쓰고 있다는 사실에 허탈함마저 밀려왔다.

「자려고 하던 참이라 옷차림이 이래요. 이해해요.」

이작의 맞은편에 앉은 나타샤가 눈웃음을 지으며 다리를 꼬았다. 가운이 흘러내려 새하얀 허벅지가 드러났다.

침대에 오르기 전까지는 늘 구김 한 점 없는 외출복을 입었었던 그녀가 가운을 걸치고 있는 이유가 훤히 읽혔다. 너무 얇은 가운 덕분에 풍만한 가슴을 자랑하듯 깊게 파여 있는 가슴골과 오똑 솟아 있는 가슴의 정점까지 보였다. 마냥 쉬운 여자처럼 굴고 있는 나타샤가 이작은 몹시 거슬렸다.

「마실 거라도…….」

「정정기사, 먼저 낼 수 있도록 양보하지.」

나타샤의 말을 자른 이작의 표정은 단호했다.

「무슨 말이에요?」

그녀는 고개를 갸웃거리며 아무것도 모른다는 얼굴로 이작을 쳐다보았다.

「이렇게 얕은 수를 쓰는 여자일 줄은 몰랐는데. 마지막 자존심은 세워주겠다는 얘기야. 못 알아듣겠어?」

조소를 머금은 이작의 말에 나타샤의 하얀 얼굴이 핏기를 잃었다. 주먹을 말아 쥔 그녀의 손등에 시퍼런 핏줄이 도드라졌다.

「내가 먼저 정정기사를 낼 수도 있고, 여기서 더 시끄러워지면 기자회견을 할 수도 있겠지. 사람을 부려서 당신이 꾸민 짓이라는 걸 밝혀낼 수도 있어. 그렇게 되면 기자들은 신나서 펜을 놀려댈 거야. 안 그래?」

「나는…… 무슨 말인지…….」

나타샤는 미소를 유지하고 있었지만 안쓰럽게도 그녀의 파란 눈동자는 흔들리고 있었다.

「사랑을 되찾으려고 발버둥 치는 가련한 여자……. 나쁘지는 않지만 당신과 어울리지는 않잖아? 싫다는데도 들러붙는 스토커가 괜찮지 않을까 싶은데, 당신 같은 여자가 그걸 감당할 수 있을까?」

「당신, 그렇게 치졸한 사람 아니잖아요?」

가느다랗게 떨리는 음성도 연기처럼 느껴졌다.

이작은 눈앞에 앉아 있는 여자가 낯설기만 했다. 몇 년간 연인이라는 이름으로 곁에 두었고 결혼까지 염두에 두었던 여자는 이런 사람이 아니었다. 하긴 그녀에 대해 알고 있는 것이 많지 않으니 낯선 게 당연한 것일지도.

사랑한 적은 없었다. 아니, 좋아한 적도 없었다. 다만 음악에 대한 그녀의 열정과 재능을 존중했고 황홀하리만치 감미로운 음성이 칭송받아 마땅하다고 인정했을 뿐이었다.

나타샤는 이작이 그어놓은 선을 절대로 넘지 않았던 여자였다. 결혼은 언제 할 거냐고 징징거리지도 않았고 바빠서 만나지 못하는 것에 대해 서운해하지도 않았다. 바이올리니스트 하이작에게 어울리는 깔끔한 여자였다. 적어도 몸을 이용해 원하는 것을 취하는 여자는 아니었다.

「이자, 내가 잘못했어요. 진심이에요. 기사는……. 기사를 낸 건 무서워서 그런 거예요. 정말 당신이 돌아오지 않을 것 같아서. 이해 못하겠어요?」

날듯이 그의 옆으로 자리를 옮긴 나타샤가 촉촉해진 눈으로 이작을 쳐다보았다. 은근히 가슴을 그의 팔뚝에 붙이고 손은 탄탄한 허벅지를 배회하고 있었다.

　아무것도 발라져 있지 않은 소담의 도톰한 입술과 호텔 투숙객
이라면 누구나 사용하는 흔한 샴푸 향에도 위험 신호를 보냈었던
몸이 나타샤의 흑심 가득한 몸짓에는 아무런 반응을 보이지 않았
다. 당연했다. 전이나 지금이나 나타샤에게 마음이 간 적은 없었
으니까.

　이작은 자리를 박차고 일어섰다. 그리고 오페라 무대에 섰을 때
처럼 눈물이 그렁그렁한 눈과 처연한 얼굴로 자신을 바라보는 나
타샤에게 경고했다.

　「내일 아침까지 정정기사가 나가지 않는다면, 당신이 원하지
않는 일들이 일어날 거야. 내가 당신을 모르는 것처럼 나에 대해
모르는 게 많은 것 같아서 해주는 말이니까 잊지 마.」

　「이작!」

　나타샤는 문으로 걸어가던 이작을 뒤에서 껴안았다. 자존심을
버려가면서까지 기사를 내보냈다. 자신을 찾아온 그를 이대로 돌
려보낼 수는 없었다.

　「사랑해요! 당신을 사랑해요! 왜 내 사랑을 믿지 않아요? 나한
테는 당신밖에 없어요.」

　이작의 등에 얼굴을 묻은 나타샤가 흐느꼈다. 의도하지 않았는
데도 눈물이 흘러내렸다. 자신의 마음을 받아주지 않는 이작이 원
망스러워서, 한 번의 실수를 용서해 주지 않는 그가 미워서 눈물
을 흘렸다.

　나타샤의 몸이 들썩거리는 것을 뚜렷하게 느끼고 있는 이작이었
지만 그는 자신의 몸을 얽매고 있는 얇은 팔을 냉정하게 떼어냈다.

몸을 돌려 나타샤와 시선을 맞춘 이작은 그녀의 얼굴에 흘러내리고 있는 눈물을 닦아주지 않았다. 그럴 이유가 없었다.

「당신은 가진 게 많은 여자야. 그러니까 지금 당신이 가지고 있는 것들을 지켜. 잃고 난 후에는 어떻게 해도 되찾아올 수 없으니까.」

「나는! 나는 당신만 있으면 돼요!」

이작은 악을 쓰며 안기려는 나타샤의 어깨를 강하게 잡았다.

「아니, 당신은 내가 필요 없어. 필요하다고 착각하고 있을 뿐이지. 정신 차려. 나는 더 이상 바이올린을 켜지 않아. 바이올리니스트 하이작은 그날…… 죽었어.」

담담하게 말을 잇던 이작은 자신이 들은 말을 믿을 수 없다는 듯 경악에 찬 눈빛으로 바라보고 있는 나타샤를 뒤로하고 객실에서 나왔다.

정정기사를 내겠다는 확답을 듣지는 못했지만 상관없었다. 이미 한 번 자존심을 버린 나타샤는 또다시 자신의 자존심이 뭉개지는 것을 용납할 수 없을 것이다. 만에 하나 그녀가 나서지 않는다면 그가 움직이면 될 일이니 문제될 건 없었다. 단지 그로 인해 일어나는 귀찮은 일들을 감수해야 할 뿐.

자신의 객실로 돌아온 이작은 소파에 무너지듯 앉아 고개를 뒤로 젖혔다.

바이올리니스트 하이작은…… 죽었지.

이작은 씁쓸한 표정으로 헛웃음을 흘렸다. 진즉 포기한 줄 알았는데 아직까지도 바이올리니스트로서의 삶에 미련이 남아 있었나.

이작은 온전히 펴지지도 굽혀지지도 않는 손가락들을 응시했다. 허공으로 들어 올린 왼손에는 수술의 흔적이 남아 있었다.

일본으로 향하는 비행기에 탑승할 때까지만 해도 이작의 마음은 갈피를 잡지 못하고 있었다. 수술을 취소해 버리고도 싶었고 못 이기는 척 수술을 받는 게 나을 수도 있다는 마음이 치열하게 싸워댔었다.

수술에 동의하는 게 어머니의 꼭두각시놀음을 지속하겠다는 의미인 것 같아 진저리가 쳐졌었다. 하지만 바이올리니스트 하이작 때문에 희생을 강요당한 가족에게 속죄하는 길은 재기하는 것밖에 없는 것 같아서 섣불리 취소라는 말을 입에 담지 못했다.

머릿속으로 부모님과 동생의 얼굴을 그려보던 이작은 실소를 머금었다. 무의식적으로 수술을 취소하지 않은 가장 큰 이유가 끝끝내 버릴 수 없던 희망에서 비롯되었다는 사실을 부정하려는 스스로가 역겨웠다.

재기하고 싶은 마음이 없었다면 거짓말이다. 기실 누구보다 재기에 대한 욕심이 컸던 사람이 이작이었다. 할 줄 아는 게, 할 수 있는 게 그것밖에 없었으니까. 바이올리니스트 하이작으로 사는 게 숨 쉬는 것만큼이나 당연했으니까.

재기를 꿈꿨었다. 전 세계를 누비며 저명하다는 의사들에게 수술을 받고 더는 가망이 없다는 소리를 들었어도 믿기지 않았었다. 아니, 믿지 않았다. 나는 바이올리니스트인데, 바이올리니스트로 사는 방법밖에 알지 못하는데, 그런 제게 자꾸만 평범한 인간으로 살라고 말하는 사람들의 목을 꺾어버리고 싶었다.

이작에게 평범함이란 쓸모없고 가치 없음을 뜻했었다. 아무것
도 할 줄 모르는 갓난아이로 돌아간 것 같은 기분에 미칠 것만 같
았었다. 하지만 이제는 알았다. 평범할 수 있다는 것이 얼마나 큰
행운인지.

소담 덕분에 바이올리니스트 하이작이 아니라 바이올리니스트
였던 하이작으로 사는 것도 나쁘지 않을 것 같다는 생각을 하게
되었다. 성공할 수 없을 것 같았던 계획과 이룰 수 없을 거라 단정
지었던 꿈에 대해 희망이 생겼다. 그래서 이제는 무슨 일이 있어
도 수술을 받아 좋은 결과를 얻어내야 했다.

수술이 성공한다고 해도 피치카토나 더블 스토핑 같은 기교를
자유롭게 구사할 가능성은 낮았다. 하지만 손가락으로 현을 누를
수 있게 된다면, 자신이 원하는 음을 표현할 정도로만 회복이 되
어준다면 누군가에게 연주의 기쁨을 알려주기에 부족함은 없을
것이다.

목표를 세운 이작의 머리가 빠르게 회전했다. 일단은 수술이 먼
저였지만 그전에 준비해 놓아야 할 것들이 있었다.

바지 주머니에서 휴대폰을 꺼낸 이작은 동생에게 전화를 걸었
다. 수정이 옆에 있는지 '오빠, 언제 오실 거예요!' 소리치는 소
리가 들려왔다.

[형, 수정이가 언제 올 거냐는데?]

"들었다."

이작은 힘없이 웃었다. 해준 것도 없는 자신을 수정은 참 잘 따
랐다. 다정한 말 한마디 해준 적 없는 자신에게 싹싹하게 군다는

이유가 아니더라도 강호 짝으로 그녀보다 좋은 사람은 있을 수 없다고 믿게 만드는, 소담만큼이나 맑고 밝은 예쁜 사람이었다.

큰 소리로 보고 싶다 말하는 수정의 목소리를 뒤로하고 이작은 크게 숨을 들이마셨다.

"강호야, 부탁 하나만 하자."

[말만 해, 형. 다 들어줄게.]

든든한 동생 때문에 웃음이 나면서도 마음이 울컥해진다.

"집 하나만 알아봐 줘. 즉시 입주가 가능한 곳으로. 생활하기에 불편함만 없으면 되니까 이것저것 따지지 말고. 빠르면 빠를수록, 본가에서 멀면 멀수록 좋아."

[……형?]

놀라고 어리둥절해하는 동생의 얼굴이 눈에 선했다. 그래서 이작은 속내를 숨겼다.

고아인 수정은 시부모님을 모시고 살겠다며 신접살림을 본가에 차렸다. 어머니는 며느리와 마주칠 때마다 살가운 눈빛을 던지긴커녕 분가하라는데 왜 고집을 피우냐고 안 좋은 소리만 하셨지만 수정은 꿋꿋했다. 기껏 가족이 생겼는데 남인 것마냥 살 수는 없다는 이유였다.

수정의 외로움을 알기에 결혼을 서둘렀던 동생이 콩쥐 신세가 되어버린 아내에게 얼마나 미안해하는지 이작은 알고 있었다. 그러니 자신과 어머니와의 싸움에 두 사람이 피해를 보는 일을 최대한 줄여야 했다. 집을 얻어 본가에서 나가겠다는 결정은 동생 부부를 위해서였다.

[형, 설마…… 수술…….]

자라 보고 놀란 가슴 솥뚜껑 보고 놀란다고, 독립하겠다는 말이 수술도 받지 않겠다는 말로 들렸는지 힘겹게 말을 쥐어짜는 동생의 목소리에 떨림이 묻어났다.

"아니, 수술은 받을 거니까 걱정 마."

동생의 안도하는 한숨 소리에 이작은 뒷말을 삼켰다. 본가에서 나가겠다는 결정도 충격일 텐데 수술을 받는 이유가 재기를 위해서가 아니라는 소리까지 보태어 동생의 심장에 무리를 주고 싶지는 않았다.

"어머니께는 한국으로 돌아가서 직접 말씀드릴 테니까 조용히 집만 알아봐 줘. 부탁한다."

강호는 대답하지 못했다. 그리고 이작은 대답을 채근하지 않았다.

부모님께 꿰다 놓은 보릿자루보다 못한 대우를 받으면서도 저를 보면 환히 웃던 동생이었다. 강호는 늘 형이 내 형이라 얼마나 좋은지 모른다고, 세상에서 우리 형이 최고라고 언제나 엄지를 치켜세웠었다. 그래서 이작은 동생이 환하게 웃으면 웃을수록 미안했다. 동생이 받아야 마땅할 사랑과 관심을 빼앗은 것 같아서 속이 아팠다.

이작이 아무리 노력한다 해도 어머니와 한집에서 사는 이상 동생 부부가 편하지만은 않을 것이다. 그래서 또다시 미안해졌다. 분란을 만들 저 때문에 힘들어할 수정이, 그런 수정을 보면서 더 힘들어할 강호임을 알기에 심장이 죄어왔다.

"강호야, 미안하다."

갈라진 목소리로 미안한 마음을 전하는 이작에게 강호가 소리 쳤다.

[섭섭하게 왜 그런 말을 해? 그러지 마, 형. 어머니께는 아무 말도 안 할게. 집은 좋은 곳으로 구해놓을 테니까 신경 쓰지 마. 그리고 그 여자가 정정기사 내보내지 않으면 그것도 내가 알아서 할 테니까 형은 아무것도 걱정하지 마. 그냥 마음 편하게 있다가 와. 건강하게 돌아와 주기만 하면 돼.]

"……그래."

동생이 울먹거렸다. 덩치는 산만 한 녀석이 커다란 주먹으로 눈을 비비는 모습이 그려졌다. 그래도 다행이었다. 그런 동생을 안아줄 수 있는 수정이 옆에 있어서.

"티켓 끊으면 다시 전화할게. 쉬어라."

강호의 대답을 듣지 않고 전화를 끊은 이작은 양손에 얼굴을 묻었다. 자신이 이렇게도 행복한 놈이라는 걸 알게 해준 소담이 사무치게 보고 싶었다.

 #9

홀로 쇼핑에 나선 소담은 시부야에서 옷을 몇 벌 사고 하라주쿠로 장소를 옮겼다. 조식을 먹은 지 꽤 시간이 지나 배가 고파왔지만 꾹 참고 도희가 부탁한 샴푸를 사기 위해 상점들을 기웃거렸다.

규모가 큰 드러그 스토어를 찾은 소담은 초록색 병에 담긴 샴푸를 품 안 가득 챙겼디. 여동생이 사다 달라고 한 코팩과 찜질용 핫팩, 엄마가 좋아할 만한 아기자기한 디자인의 화장품 소품들까지 고르고 나서야 양손 가득 짐을 들고 거리로 나섰다.

택시를 잡으려고 서 있던 소담은 강한 바람이 불어오자 짧아진 머리카락을 매만졌다. 아직은 낯설기만 한 앞머리를 손바닥으로 꾸욱 누른 그녀는 하늘을 올려다보았다.

"비 오려나?"

비 오는 날에는 머리 하면 안 되는 건데. 파마를 하지 않은 게 다행이었다.

어렵지 않게 택시를 잡아탄 소담은 계속 머리를 만지작거렸다. 머리를 자른 걸 후회하지는 않지만 갑자기 너무 짧아지니 어색하기는 했다.

'정말 자르시게요?'

쭈뼛거리며 들어선 헤어숍에서 친절하게 맞아주던 디자이너의 목소리가 생각나 소담은 웃음을 머금었다. 일본어를 알아들을 수는 없지만 디자이너의 표정과 말투가 딱 그렇게 묻고 있는 것 같았다. 하나로 모아 묶은 머리카락을 한 손에 쥐고 다른 손으로는 가위를 들고서 망설이던 디자이너. 자꾸만 거울로 자신을 쳐다보며 짓는 걱정스러워하는 표정에 연신 웃으면서 고개를 끄덕여 주어야만 했었다.

걱정했던 게 우습게도 소담은 전과는 판이하게 달라진 헤어스타일이 상당히 마음에 들었다. '숏커트 플리즈' 한마디만 했을 뿐인데 수십 장의 사진을 보여주면서 심각하게 고민해 주던 디자이너가 새삼 고맙게 느껴졌다.

'놀라겠지?'

귓불을 간질이는 머리카락을 손가락으로 쓸어내리던 소담이 배시시 웃었다. 잘라보는 게 어떠냐고 물었던 이작이니 이상하다고 말할 것 같지는 않았다.

'예쁘다고 해주면 좋을 텐데.'

소담의 볼이 분홍색으로 물들었다.

이작 때문에 오랜 시간 길러오던 머리카락을 자른 건 아니었다. 하지만 한국에서 자르려던 계획을 수정하게 만든 사람은 그였다.

선기 때문에 애지중지 기르던 머리카락이었다. 실연을 당하고서도 자르지 못한 머리카락은 어떻게 해도 떨쳐지지 않던 미련과 같았다.

굳은 얼굴로 좋아한다 말하는, 내가 좋아하는 여자는 너라고 말하는 이작에게 구질구질한 미련을 내보이고 싶지 않다는 마음이 든 건 언제부터였을까?

어젯밤에 아마도 술을 마시게 될 것 같다는 그를 보내고 난 후, 소담은 끙끙거리며 고민하다가 휴대폰을 들었었다. 그리고 이작이 말했던 '기사'를 찾아보았다.

이작의 기사는 힘들게 찾아볼 것도 없이 포털사이트 중요 기사로 떠 있었다. 그와 나타샤가 함께 있는 사진이 실려 있었고, 기사는 그런 사진이 찍힌 이유를 설명해 주고 있었다.

재기불능이 된 세기의 바이올리니스트를 사랑하는 아름다운 디바. 이작은 사랑하는 여인에게 짐이 되고 싶지 않아 그녀를 떠나보낸 로맨티스트로, 나타샤는 그린 그를 잊지 못하고 사랑하는 사람에게 힘이 되어주려 돌아온, 겉모습만큼이나 내면도 아름다운 여인으로 표현되어 있었다.

사진에는 호텔 라운지 바에서 나타샤가 이작에게 손을 뻗는 모습이 담겨 있었다. 눈물이 그렁그렁한 얼굴로 이작을 바라보는 나타샤의 모습이 기사 내용과 딱 떨어졌지만 이작은 아니었다.

이작은 믿으라고 말할 필요가 없었다. 바보가 아닌 이상에야 사진과 기사를 보고서 그를 의심할 수는 없었다.

세기의 연인. 재회한 연인. 아름다운 사랑. 두 사람의 기사에 사람들은 그렇게 말하고 있었지만 소담은 그것이 진실이 아님을 잘 알고 있었다.

사진을 찍은 사람이 누군지는 몰라도 포커스를 기가 막히게 맞췄다. 이작의 표정은 보이지 않게 찍었으니까. 만약 그가 나타샤를 향해 따스한 미소라도 지어주고 있었다면 그의 얼굴이 잘 보이지도 않는 사진을 내보내지는 않았을 것이다.

기사를 확인하고 나서 소담은 왜 굳이 그걸 보려 했는지 생각해 봤었다.

이작을 믿었다. 처음부터 그는 믿음이 가는 사람이었다. 정확한 이유를 댈 수는 없지만 그가 뻔뻔하게 거짓말을 할 사람이 아니라는 걸 알았고, 거짓말에 거짓말을 보태야 하는 귀찮음보다는 누군가 상처받더라도 솔직하고 정직하게 말할 사람이라는 걸 알았다. 좋아한다고 말할 때에도 흔하디흔한 사탕발림 대신 유소담이라서 좋다고 말한 사람이었다. 그렇게 그를 믿는데도 불구하고 기사를 확인했던 건, 이작이 걱정되어서였다.

카페에서 전화통화를 하고 난 후에 휴대폰을 들여다보며 그가 지었던 웃음을 잊을 수가 없었다. 웃고 있었지만 심장이 쓰릴 정도로 아파 보였던 눈동자가 내내 마음에 걸렸었다.

도대체 무엇이 그에게 상처를 입힌 것인지, 무엇으로 인해 그렇게 아파했는지 알고 싶었다. 물을 수 없으니 찾아보았을 뿐이지 다른 이유는 없었다. 단지 그가 걱정되었다는 것, 그 이유 하나였다.

좋아하는구나. 내가…… 그 사람을 좋아해.

그때 알았다. 이작을 바이올리니스트로서 동경하거나 친절하게 대해준 것 때문에 좋은 사람이라고 여기는 것이 아니라 그를 남자로 좋아하게 되었다는 것을.

의식하지 못하는 새에 이작을 남자로 좋아하고 있었다는 것도 깨달았다. 인정하기가 쉽지는 않았지만.

많은 사람들의 관심과 사랑을 받는 남자에게 데였고, 그것으로 인해 받은 상처를 치유하기에 넉넉한 시간이 아니었다. 앞으로 걷게 될 길에 대해서도 생각해야 했고, 그래서 다른 것은 모르는 척하자고, 저도 모르는 사이 그렇게 마음먹고 있었던 모양이다.

'이제 좋아한다는 말 많이많이 해줘야지.'

분홍색으로 칠해져 있던 볼을 붉은색으로 덧칠한 소담이 택시에서 내려 엘리베이터에 탔을 때, 가방에 넣어두었던 휴대폰에서 벨소리가 울렸다. 그녀는 무거운 짐을 한 손에 들고 낑낑대면서도 반가운 얼굴로 전화를 받았다.

"도희야! 내가 니 샴푸……."

[하이작은 아니지?]

대뜸 물어오는 말에 소담은 잠시 멍해졌다. 어떻게 알았지? 내가 말했었나? 안 했는데. 그러면 어떻게 안 거지?

"어, 잠깐만. 내가 지금 짐이 많아서. 잠깐만 기다려."

엘리베이터에서 내려 카드 키로 문을 열고 짐들을 소파 밑에 내려놓은 소담은 그제야 어떻게 알았지, 가 아니라 왜 이작은 아닐 거라고 생각하는지에 대해서 물어야 한다는 걸 깨달았다.

"이제 됐어, 말해."

[대답 안 했잖아. 하이작은 아닌 거지?]

왜 이렇게 묻는 걸까? 왜 이렇게 걱정이 가득한 목소리로 그가 아니길 바라는 걸까?

[하이작 기사가 났더라고. 너처럼 광적인 팬은 아니지만 나야 원래 잘생긴 남자들은 다 좋아하니까 기사를 읽었지. 보다 보니까 하이작이 일본에 있더라? 혹시나 싶어서 니가 있는 호텔 홈페이지에 가서 사진들을 뒤졌더니 하이작이 사진 찍힌 장소가 떡하니 나와 있더라고. 그걸 보는데 갑자기 소지섭 같은 남자가 좋아한다고 말하면 어떡할 거냐고 묻던 게 기억이 나는 거야. 아니겠지, 아니겠지 하다가 전화했어. 아니지? 하이작이 그런 거 아니지?]

숨은 쉬고 있는 건지. 다급하게 말을 잇던 도희가 숨을 몰아쉬는 소리가 들려왔다.

"도희야, 너…… 그 사람 그렇게 좋아했었어?"

[야!]

빽 소리를 지르는 도희 때문에 소담은 휴대폰을 귀에서 멀리 떼어냈다.

[그걸 지금 말이라고 해? 그게 말이야 소야? 하이작이면 안 되니까 그런 거지!]

먼저 좋아하던 남자를 뺏긴 사람처럼 구는 도희 때문에 소담의 입술이 씰룩거렸다.

"왜 안 되는데?"

[대답부터 해! 하이작이야? 하이작이 너 좋다고 했어? 그래?]

이게 진짜. 지보다 나이도 많은 사람인데 꼬박꼬박 하이작이래.

언제부턴가 자신도 이작을 꼬박꼬박 그쪽이라고 부르고 있다는 것도 잊고 소담은 눈을 세모꼴로 만들었다

"맞아. 그 사람이야."

툴툴거리며 대답하는데 도희가 긴 한숨을 쉬었다.

[어쩐지 꿈자리가 뒤숭숭하다 했어.]

한숨만 푹푹 쉬어대는 도희 때문에 소담도 한숨을 흘렸다. 저한테 고백을 한 사람이 이작인 게 왜 도희를 걱정하게 만드는지 알 수가 없었다. 소지섭 같은 남자도 좋으면 일단 잡으라고 했으면서.

[그래서 너도 하이작이 좋아?]

한참이 지나서 물어오는 말에 소담이 얼굴을 붉혔다.

"응, 좋아."

[하아. 내가 못 살아.]

"도대체 왜 그러는데? 그 사람 어디가 그렇게 못마땅해?"

[다.]

굵고 짧은 대답에 소담의 눈썹이 휘었다.

잘생긴 남자는 덮어놓고 좋다는 도희였고 소담이 이작을 팬으로서 좋아할 때도 그만한 남자는 좋아할 만한 가치가 있다고 고개를 끄덕이기도 했었다. 그런데 왜 이제 와서 마음이 바뀌었는지, 왜 이작의 모든 것이 마뜩찮은지 이해할 수가 없었다.

"장동건이나 소지섭은 괜찮고 그 사람은 안 되는 이유가 뭐야?"

따지듯 묻는 소담에게 도희는 기운 빠진 음성으로 대꾸했다.

[적어도 그 사람들은 겉으로 드러난 상처가 없잖아.]

"그 사람이 사고당해서 바이올린 못 켜게 된 거? 그거 때문에 그래?"

[그게 제일 커. 모르는 사람도 하이작이 안쓰럽고 불쌍한데 본인은 얼마나 힘들겠어? 그런데 그렇게 힘든 사람하고 연애를 하겠다고? 그 사람 다시 수술한다는 소문 있던데 그건 알아? 그 수술도 실패해서 정말 영원히 바이올린을 못 켜게 되면 그 사람, 괜찮을 것 같아? 어떻게 할 수도 없게 무너질 수도 있는 사람하고 연애를 하면 어쩌겠다는 거야, 너.]

시기나 질투 따위가 아니었다. 도희는 소담이 이작을 걱정하는 것처럼 제 친구를 걱정하고 있을 뿐이었다.

[짝사랑이 끝난 걸로, 좋아하던 사람한테 인간적인 배신을 당한 걸로 혼자 여행을 갈 정도로 아파했던 너야. 그런 넌데, 그렇게 마음이 여린 넌데, 사랑하는 사람이 무너지면…… 너는 괜찮을 것 같아?]

마치 자기 일처럼 걱정해 주는 친구 때문에 울컥해진 소담의 눈자위가 붉어졌다. 하지만 소담은 애써 웃음을 지으며 씩씩하게 대답했다.

"내가 같이 무너질까 봐? 안 그래. 나 안 그래, 도희야."

[퍽이나 안 그러겠다. 그 사람 울면 같이 울지도 못하고 구석에 숨어서 울 년이.]

소담은 실없는 사람처럼 헤헤거리면서 웃었다. 너는 날 너무 잘 안다고, 이제 그만 친해지자고 재미없는 농담을 해가면서.

[연애하기로 한 거야?]

한 번 고집 부리기 시작하면 누구도 못 말리는 것처럼 좋아한다고 인정한 순간부터 누가 말려도 수용없는 소담을 일기에 노희의 음성엔 체념이 묻어 있었다.

"할 거야, 연애. 그리고 아직 사랑은 아니야, 야. 그냥 좋아하는 거지."

[얼마 안 돼서 사랑한다고 할 거잖아.]

그건…… 그렇지.

[어우, 난 몰라. 울 엄마 뒷목 잡으시겠네.]

도희는 박 여사를 엄마라고 불렀다. 어려서 어머니가 돌아가시고 재혼은 절대 고려하지 않는 아버지와 단둘이 살고 있는 도희에게 박 여사가 엄마라고 부르라고 했던 때부터. 그래서 도희가 박 여사보다 먼저 반대를 하고 나섰는지도 모른다. 박 여사한테는 더 심하게 당할 테니 미리 익숙해지라는 배려쯤 될까?

[아직 모르시지?]

"말 안 했으니까."

[어지간하면 수술이나 끝나고 말씀드려.]

"그런데 그거 확실한 거야? 수술한다는 거."

소담은 입술을 잘근잘근 깨물었다. 이작에게는 수술의 수 자도 들은 적이 없었다.

도희의 말에 따르자면 카더라 통신은 일찌감치 그의 수술에 대해 떠들었다고 했다. 처음에는 나타샤와 이작의 기사를 보고서 조심스럽게 추측만 하던 분위기였는데 지금은 그가 수술을 하기로 예정되어 있는 병원의 이니셜까지 나와 있는 상태라고. 주변인들과 가족들은 노코멘트로 일관하고 있지만 아니라고 부정하는 게 아니라서 그의 수술이 확실시되어 있는 상황이라고.

[내 입장에서는 그 남자, 엄청 무책임한 거야. 그 남자가 너를 조금이라도 안다면 수술이 끝난 다음에 고백을 했어야 했어.]

이를 가는 도희에게 소담은 피식 웃어주었다.

"사람 마음이 그렇게 되니? 그럼 나도 선기 오빠 안 좋아했게?"

[너는 왜 거기다 그 자식 이름을 가져다 붙여!]

이를 가는 것도 모자라 아예 씩씩대는 도희 때문에 소담은 킥킥, 웃음을 터뜨렸다.

[후우. 그래서 내 샴푸 샀다고?]

"이렇게 급하게 화제 전환하기 있냐?"

[있어. 샴푸만 샀어?]

"샴푸만 사라고 했잖아."

[내가 언제? 샴푸도 사야 한다고 했지.]

입을 쩌억 벌리고 있는 소담을 아는지 모르는지 도희는 예쁜 거 있으면 니 거 살 때 내 것도 같이 사는 게 인지상정이라고 잔소리를 늘어놓았다. 세상에 이렇게 친구를 생각하는 사람 있으면 나와 보라고, 너는 그런 친구에게 보답을 해야 한다며 당당하게 더 많은 선물을 요구했다.

정성이 담긴 선물보다 여자라면 누구나 좋아할 선물이 낫지 않겠냐며 은근하게 면세점에 들를 것을 요구하고서야 도희는 전화를 끊었다. 마음 가면 몸도 따라가는 거지만 내 친구는 쉬운 여자가 아니길 바란다는 마지막 말로 사람 기함하게 만들고서.

붉어진 얼굴에 손부채질을 하던 소담은 고개를 갸웃거렸다. 입술도 몸의 일부분인데 그럼 나는 벌써 쉬운 여자가 되어버린 건가?

"꺄악! 몰라, 몰라!"

떠올리지 않으려 애썼던 빗속의 키스가 허공에 그려져 소담이 손을 휘저었다. 침대에 엎어져 헛발질을 하고 온몸을 비틀면서 부끄러워하던 그녀는 튕겨지듯이 침대에서 일어나 시간을 확인했다.

"벌써 2시야?"

술을 마셨으면 늦게 잠들었을 것이고 늦게 잠들었으면 늦게 일어날 테니 일부러 이작을 깨우지 않았던 소담이었다. 하지만 이제는 깨워서라도 밥을 먹여야 할 것 같았다. 사람은 배가 불러야 비로소 사람다워지는 거니까.

갈아입을 옷을 꺼내놓고 샤워를 하러 들어가는 소담은 콧노래를 흥얼거렸다.

이작의 수술은 심각하게 받아들여야 할 일이었지만 그가 말해주기 전까지는 묻지 않을 작정이었다. 언젠가 그가 먼저 말해줄 거라 믿으니까. 지금은 그저 상큼하게 자른 머리와 새로 산 옷을 보고 좋아해 줄 이작의 모습만 떠올라 자연스레 미소가 지어졌다.

룸서비스라는 말에 비몽사몽으로 문을 열어준 이작은 눈만 깜박이고 있었다.

"라면 배달 왔습니다!"

씨익 웃고 서 있는 여자는 소담이 맞는 것 같은데 아닌 것도 같았다.

"들어가면 안 돼요? 더 잘 거예요? 밥 먹어야 하는데."

뒤늦게 소담이 들고 있는 쇼핑백에 눈이 갔다. 투명한 쇼핑백 안에는 컵라면과 햇반, 볶음김치가 들어 있었다.

"들어가지 말아요?"

눈꼬리를 축 늘어뜨리는 소담을 멍하니 쳐다보고 있던 이작은 슬쩍 몸을 틀어 공간을 만들었다.

"들어와."

가벼운 발걸음으로 이작이 머무는 객실로 들어선 소담의 눈이 커졌다.

"우와! 진짜 넓다. 방이 따로 있어요? 식탁도 있어! 대박!"

트레이닝 바지 주머니에 손을 넣고 벽에 몸을 기댄 이작은 스위트룸을 신기해하는 소담을 빤히 쳐다보았다.

머리를 짧게 자르면 어려 보이지 않을 거란 그의 예측은 완벽하게 빗나갔다. 동글동글한 얼굴형에 숏커트가 지독하게 잘 어울렸지만 전보다 더 어려 보이는, 좋지 않은 효과를 가져왔다. 치렁치렁했던 긴 머리카락이 없어지니 큰 눈이 더욱 돋보여 귀여운 인상만 강조되는 것도 그가 바라던 효과는 아니었다. 머리를 자르기 전에도 호시탐탐 소담을 훔쳐보던 남자들이 이젠 대놓고 침을 흘리게 생겼다. 게다가 전에도 나이 차가 많이 나는 것처럼 보이는 건 아닐까 신경이 쓰였었는데 이제 전격적으로 피부 관리를 받으러 다녀야 하나, 하는 생각에 한숨만 나왔다.

옷차림은 마음에 들었다. 이제까지 소담이 정상적인 옷을 입고 있는 걸 본 적이 없는 이작으로서는 그녀가 입고 온 옷이 흡족했다. 타이트하지 않은 기본형의 화이트 브이넥 티셔츠는 소담의 하얀 피부를 돋보이게 했다. 제 몸에 딱 맞는 옷을 찾을 수가 없었는지 바지 밑단을 접어놓기는 했지만 찢어지지도, 뭔가 묻어 있지도 않은 연청색 스키니진도 이작을 기쁘게 만들기에 넘치도록 충분했다. 그를 기쁘게 만드는 게 목적이었다면 소담은 훌륭하게 성공한 셈이다.

"샤워할 거죠?"

이작은 길게 한숨을 흘리며 뒷목을 주물렀다. 저한테 좋아한다고 고백한 남자가 혼자 지내는 객실에 들어와서 저토록 순진무구한 얼굴로 샤워할 거냐고 물으면 안 되는 거다. 그런 말은 뒷감당할 자신이 섰을 때 해야 되는 거란 말이다. 소담에게 그런 걸 바랄 수는 없겠지만.

그냥 확 덮쳐 버리라고 종용하는 마음속의 악마를 반쯤 죽여놓은 이작은 소담을 향해 고개를 끄덕였다.

"그럼 그동안 방 구경해도 돼요?"

호텔방이 다 거기서 거기지 뭐가 더 있나. 스위트룸이라 일반 객실보다 침대가 크기는 하지만 소담이 그곳에 누울 일은 없으니 이작에겐 그냥 침대일 뿐이다. 하지만 이번에도 그는 조용히 고개를 끄덕였고, 즐거워하는 기색이 역력한 소담을 뒤로하고서 갈아입을 옷을 챙겨 욕실로 들어섰다.

"언제 키워서 잡아먹지."

차가운 물 아래 선 이작이 한숨처럼 중얼거렸다. 아주 가끔이긴 해도 자신보다 어른스럽게 굴 때가 있어서 마냥 애는 아니구나 싶다가 오늘 같은 날은 마냥 애처럼 보였다. 그렇지 않고서야 이렇듯 위험하게 그를 도발할 수는 없는 노릇이다.

잡아먹기에는 아직 멀었다고 생각하던 그는 피식거리면서 웃었다. 사람 욕심은 끝이 없다는 말은 정확했다. 그냥 옆에 있어주는 것만으로도 괜찮을 것 같았던 마음이 이젠 잡아먹으려 안달을 하고 있으니.

사랑하니까 너의 순결을 지켜주겠다는 말 같은 건 모른다. 사랑하는 여자니까 키스도 하고 싶고 안고도 싶고 그런 거 아닌가? 확실히 그랬다. 나타샤가 아무리 몸을 문질러 대도 도도하게 굴었던 그 녀석이 지금은 왜 나를 해방시켜 주지 않느냐고 성을 내고 있으니까.

"진정해라. 아직 한참 멀었다."

이작이 피식피식 웃으면서 샤워를 하고 있을 때 소담은 금방이라도 밖으로 튀어나올 것처럼 뛰어대는 심장을 다독이느라 애를 먹고 있었다.

'우와아. 뭐야, 저 남자? 어떻게 자고 일어난 모습도 멋있어?'

라면 스프를 뜯는 손끝이 달달달 떨렸다. 좋아한다고 인정해 버리니 전보다 열 배 정도는 더 멋있어 보였다. 원래도 멋있는 사람

이었으니 그건 별로 문제가 안 되는데 새로이 느끼게 된 감정이
문제였다.

'완전 섹시해. 대박.'

문을 열어준 그는 상의를 입고 있지 않았다. 헐렁해 보이는 트
레이닝 바지 위로 보이는 치골에 눈이 가는 걸 막느라 얼마나 노
력했는지 모른다.

신이 공들여 빚어놓은 것 같은 쇄골과 예술이라는 말이 절로 나
올 만큼 아름답게 물결치던 근육들이 눈앞에 아른거렸다. 지금은
옅어졌지만 예전의 참상을 일깨워 주는 상흔들까지. 그런데 그에
게는 아픔일 것이 분명한, 소담에게도 아픔으로 다가온 그 상흔이
아픔과 함께 섹시함까지 몰고 와버렸다.

'상처마저 섹시하다고 느끼는 내가 미친 거야. 미친 거지.'

선기가 필요에 의해서 가짜 상처를 만들고 난 후에 은근히 섹시
하지 않냐고 물었을 때는 그런 걸 섹시하다고 말하는 그가 귀엽게
만 보였었다. 그런데 상대가 선기에서 이작으로 바뀌었다는 것만
으로도 상처가 미치도록 섹시해 보이다니.

'나빠, 유소담. 저 사람은 아픈 상처일 텐데 섹시하다니. 물론
저 사람이 섹시한 건 맞지만 그렇다고 상처를……. 에이 씨! 섹시
한 걸 어떡해! 섹시한 저 사람이 나쁜 거야!'

도리질을 치던 소담은 욕실 문이 열리는 소리에 이작이 제발 옷
을 다 입고 나와 주기만을 바랐다. 그런데 웬걸. 막상 그가 티셔츠
를 입고 나온 모습을 보자 뭔가 아쉽다.

"앉아 계세요. 지금 물 부었거든요. 밥도 말아 드실 거죠?"

소담은 문을 열어준 그의 벗은 상체를 보았을 때처럼 아무렇지도 않게 웃으면서 말했다. 고개를 끄덕인 이작은 미니바에서 생수를 꺼내 식탁 의자에 앉아 수건으로 머리의 물기를 털어냈다.

"어떻게 된 거야?"

컵라면을 식탁 위에 내려놓고 다시 물을 끓이려 몸을 돌린 소담은 이작의 말에 눈을 깜박였다.

"옷, 머리."

그가 눈짓으로 자신의 머리카락과 옷을 가리키자 소담의 볼이 빨개졌다.

"이상해요?"

"예뻐."

히죽 웃으면서 돌아서는 소담의 뒤에서 이작은 한숨을 흘렸다. 네가 너무, 자꾸, 계속 예뻐지기만 해서 큰일이다.

소담은 전기포트에 물을 채워 넣으면서 제법 덤덤한 음성으로 대답했다.

"머리는 원래 자르려고 했었어요. 오늘 샤워하고 나와서 머리를 말리려는데 갑자기 막 짜증이 나는 거예요. 그래서 잘라 버려야지, 마음먹고 나갔었죠. 그렇게 나간 김에 옷도 몇 벌 샀구요. 만날 내 옷 가지고 뭐라 하니까 내가 보기에도 이상한 것 같잖아요. 다 그쪽 때문이에요."

입술을 뾰족하게 만들어 툴툴거리는 소담이었지만 이작의 눈에는 예쁘게만 보였다. 언제, 어떻게 잡아먹어야 잘 잡아먹었다고 소문이 나려나.

"그런데…… 왜 계속 그쪽이야?"

세면대에 뜨거운 물을 붓고서 햇반을 담가놓고 돌아온 소담은 눈을 가늘게 뜨고 있는 이작을 보면서 고개를 갸웃했다.

"뭐가요?"

"부르지 말래두 오빠라고 부르더니 왜 계속 그쪽이냐고."

젓가락으로 라면을 집어 올리던 소담이 멈칫했다.

"그쪽, 별로야. 오빠가 나아."

아무렇지도 않게 라면을 먹기 시작한 이작이었지만 소담은 그럴 수가 없었다. 이작의 말처럼 제가 먼저 오빠라고 불러놓고서 그가 오빠라고 부르라니까 갑자기 이루 말할 수 없이 부끄러웠다.

그쪽이라고 불렀던 건 다시는 그를 볼 수 없을 거라고 여겼기 때문이었다. 초밥집 앞에 버려두듯 두고서 그가 돌아섰을 때, 그때가 마지막일 거라고 생각했었다. 그를 오빠라고 부를 일이, 그를 부를 일 자체가 없어졌다고 생각했다. 하지만 다시 만나게 되었고 하루가 지날 때마다 '오늘이 마지막일 거야'라고 생각하다 보니 그쪽이라는 호칭이 입에 붙어버렸다.

"……네에."

힘없는 대답에 볶음김치를 집던 그가 쳐다보는 게 느껴졌지만 소담은 외면해 버렸다. 새빨개진 얼굴을 보이는 게 창피했다.

얼마간의 시간이 지나 자리에서 일어서려는 소담을 저지한 이작이 욕실에서 햇반을 가져와 라면 국물에 말아 한입 떠먹었다. 저번에도 그랬듯이 밥이 약간 설익었지만 못 먹을 정도는 아니었다. 얼마 남지 않은 볶음김치를 소담의 앞으로 밀어주던 이작은 귓가를 간질이는 소리에 움직임을 멈췄다.

"좋아해요."

고개를 푹 숙이고 컵라면을 쳐다보며 고백하는 소담 때문에 이작이 눈살을 찌푸렸다.

"너는 그런 얘기를 왜 라면 먹으면서 해?"

뜻하지 않은 반응에 소담이 어버버거리자 이작이 입맛 떨어졌다는 듯 젓가락을 탁 소리 나게 내려놨다.

"키스를 못하잖아."

"네에?"

"고백을 할 거면 김치 먹지 말라는 소리라도 하고 하던가. 그리고 컵라면이 나야? 좋아한다는 말을 날 보면서 해야지 왜 저걸 보면서 해?"

정말 짜증난다는 듯 이작이 험악하게 미간을 구겼다. 하지만 소담은 웃음이 났다. 그의 목덜미가 붉어진 게 보여서.

이작이 무안해할까 봐 입안의 연한 속살을 깨물며 간신히 웃음을 참고 있는데 드르륵, 의자 밀리는 소리가 났다.

"어디 가요?"

큰 눈을 깜박이며 묻는 소담을 돌아본 이작이 씨익 웃어 보였다.

"양치하러."

서둘러 욕실로 들어가는 이작의 뒷모습을 지켜보던 소담의 얼굴이 그의 목덜미만큼이나 붉게 달아올랐다.

 #10

호텔 밖으로 나온 두 사람은 서로의 손을 꼭 잡고 있었다. 날씨마저 그들을 축복하듯 따스하고 부드러운 바람이 불어왔다.

"예쁘네, 우리 꼬맹이."

이 남자, 이제 보니 눈웃음도 장난 아니다. 눈이 돌아가게 섹시한 눈웃음을 지으며 저를 바라보는 이작에게 다가간 소담이 냉큼 그의 팔에 제 팔을 얽었다.

"당연하죠. 누구 여자친군데."

"그러게. 누구 여자친구래?"

"있어요, 하이작이라고."

"그래? 남자는 봐줄 만하대?"

제 장난에 맞장구를 쳐주는 이작 때문에 한껏 기분이 좋아진 소담이 콧소리를 냈다.

"여자친구가 한눈에 반할 만큼은 된대요."

"흐음. 봐줄 만은 한가 보네."

배시시 웃는 소담을 사랑스럽다는 눈빛으로 쳐다보던 이작은 허리를 숙여 동그란 이마에 입술을 내렸다.

얼굴을 발갛게 물들인 소담이 용감하게 이작의 얼굴을 붙잡고 그가 했던 것처럼 반듯한 이마에 뽀뽀를 한 순간이었다.

"엄지공주!"

뼈가 으스러지게 저를 껴안는 이작의 품에서 겨우 고개만 빼어든 소담이 익숙한 호칭과 음성에 맞은편으로 시선을 돌렸다. 그리고 순식간에 이작에게서 빠져나와 남자에게로 달려갔다.

"오빠아!"

낯선 남자에게로 달려가는 소담의 뒷모습에 이작의 얼굴이 차갑게 얼어붙었다.

광영은 저한테 매달린 꼴로 안겨 있는 엄지공주를 힘주어 마주 안았다. 냉큼 달려와 안긴 소담 때문에 서글서글하게 웃고는 있었지만 반대편에 장승처럼 서서 저를 죽일 듯 노려보고 있는 남자에 대한 의구심이 사라진 건 아니었다.

"엄지공주, 오빠 숨 막힌다."

저를 꽉 끌어안고 있던 소담의 어깨를 붙잡아 살짝 떼어내자 광영의 작은 아가씨가 상기된 표정으로 질문을 쏟아냈다.

"오빠, 여기는 어떻게 온 거예요? 안 바빠요? 나 보러 왔어요?"

“여기는 일이 있어서 비행기 타고 왔고, 이 오라버니는 항상 바쁘고 그런 와중에도 엄지공주 보러 올 시간은 만들었지.”

한꺼번에 질문을 쏟아낸 소담처럼 한 번에 대답을 마친 광영은 저를 죽일 듯이 노려보고 있는 남자에게로 시선을 옮겼다.

“엄지공주, 일행이 있었던 것 같은데?”

“응? 아!”

광영의 깜짝 등장에 이작을 잊고 있었다. 광영을 올려다보고 있던 소담의 등줄기로 식은땀이 흘러내렸다. 이제야 뒤통수가 따갑다는 걸 느낀 것이다.

이미 벌어진 일이니 수습이라도 잘해야 했다. 소담은 광영에게 잠깐만 기다리라고 말하곤 이작에게로 쪼르르 달려갔다. 그는 따사롭게 웃으며 장난을 치던 시간이 무색하게 꽁꽁 얼어 있었다.

찬 기운을 폴폴 날리는 이작이 무섭지는 않았지만 걱정은 되었다. 행여나 그가 이상한 오해를 할까 봐.

“소개해 줄게요. 같이 가요.”

소담이 조심스럽게 이작의 손을 잡아 끌어당겼다. 그녀를 끌어안은 남자 따위, 소개받고 싶은 마음은 없었지만 이작은 거부하지 않고 끌려가 주었다. 대체 놈의 성체가 뭐기에 허락도 없이 제 여자의 몸에 손을 댔는지 알아야 했다.

“소개할게요. 이쪽은 저한테 친오빠나 다름없는 구광영 씨. 그리고 이쪽은…….”

“알아.”

이작을 남자친구라고 소개하며 화난 마음을 조금이나마 달래주려 했는데 광영이 말을 잘라 먹은 탓에 뜻대로 되질 않았다. 이렇게 된 이상 광영을 소개할 때 일부러 친오빠나 다름없다고 강하게 어필한 걸 기억이나 해주었으면 좋겠다.

알아도 모르는 척 좀 해주지. 광영을 보는 소담의 눈이 세모꼴로 변했다.

광영은 여전히 무서운 기세로 눈을 부라리고 있는 이작에게 오른손을 내밀었다.

"이런 곳에서 뵙는군요. 구광영입니다."

이작은 저에게 내밀어진 손을 빤히 응시하다가 광영의 얼굴을 쳐다보았다. 자신을 잘 알고 있다는 듯 꽤나 친근하게 말을 거는 광영은 그의 기억에 없었다.

자신과 눈높이가 비슷한 남자의 머리카락은 회색빛을 띠고 있었다. 태어날 때부터 머리카락이 그 색이었다 해도 믿을 만큼 평범치 않은 머리카락 색이 남자에게는 자연스러워 보였다.

쌍꺼풀 없는 큰 눈에 높지는 않지만 매끈한 콧날과 도톰한 입술이 소담의 친오빠라고 해도 이상하지 않을 만큼 두 사람은 닮은 모습이었다. 그것이 이작의 심기를 더욱 불편하게 만들었다.

"아무하고나 악수 안 합니다."

통성명을 하고 악수를 나누는 게 예의라는 것을 머리로는 알고 있지만 마음이 그리 따라주질 않았다. 소담의 몸에 손을 댔다는 것만으로도 마음에 들지 않았던 남자는 생긋 웃으며 어깨를 으쓱해 보였다.

"소문이라고 다 못 믿을 건 아닌가 봅니다."

내밀었던 손을 거둬가며 하는 말에 이작의 이마에 핏대가 섰다.

"엄지공주, 오빠하고 아이스크림 먹을 시간은 있지? 오빠가 엄지공주랑 먹으려고 기가 막힌 아이스크림 가게를 알아놨는데."

"계속 이상하게 부르는데, 이름 모릅니까?"

다정한 손길로 소담의 머리를 흩뜨려 놓던 광영은 이작의 가시 박힌 말에도 웃음을 지우지 않았다.

"어렸을 때부터 엄지공주라고 불러서요. 그럼. 가자, 엄지공주."

이작에게 고개를 까딱해 보인 광영이 소담의 어깨에 팔을 둘렀다. 하지만 한 걸음 채 떼기도 전에 이작에 의해서 쳐내진 팔이 허공에서 흔들렸다.

"함부로 손대지 마시죠."

광영에게서 소담을 빼앗아 온 이작이 그녀를 제 품에 가뒀다. 소담이 친오빠 같은 사람이라고 해서 겨우겨우 참고는 있었지만 이작은 폭발 직전이었다.

실실 웃는 모습이나 소담과의 친분을 과시하는 모습이 완벽하게 밉상이었다. 계속해서 소담의 몸에 손을 대는 광영을 딱 한 대만 치면 소원이 없겠는데 그러지 못하니 주먹만 부르르 떨렸다.

광영은 주변에 있는 것들을 모조리 태우고도 남을 만큼 불타오르고 있는 이작의 눈빛을 담담하게 받아냈다.

소담에게 말했던 것처럼 일이 생겨 급하게 일본에 오게 된 광영이었다. 도착한 건 이틀 전이었지만 일 처리를 하느라 소담에게 연락할 생각도 못했었다. 여유가 생기자마자 곧바로 엄지공주를 찾아온 것인데 이런 재미난 일이 기다리고 있을 줄이야.

대놓고 소유욕을 드러내는 하이작이 그저 신기하기만 했다. 이 남자가 이런 캐릭터였나? 아니면 우리 엄지공주의 맑음이 이 남자를 이렇게 만들어놓은 건가?

이작을 도발할 의도가 아예 없었다고는 못하겠지만 적어도 소담을 난처하게 만들 생각은 없었다. 광영은 안절부절, 자신과 하이작의 얼굴을 번갈아 쳐다보며 어쩔 줄 몰라 하는 소담을 쳐다보았다.

기생오라비를 마음속에서 몰아낸 것 같아서 그 점은 한없이 뿌듯하고 만족스러웠다. 그래도 이렇게 빨리 다른 사랑을 찾아낼 줄은 몰랐는데. 아픔을 두려워하지 않고 새로운 사랑을 찾은 소담이 기특하면서도 과연 하이작이 소중한 엄지공주의 사랑을 받을 만한 자격이 있을까 우려가 되는 것도 사실이었다.

"우.리.꼬.맹.이.는 저하고 선약이 있습니다."

손만 대도 얼어붙을 것 같은 서늘한 낯빛으로 소담을 우리 꼬맹이라고 칭한 이작이 광영을 어이없게 만들었다. 저렇게 무서운 표정으로 그런 낯간지러운 말을 하니 어째 소름이 돋는다.

"저도 밤비행기를 타야 해서 우.리. 엄.지.공.주.하고 보낼 시간이 많지 않습니다."

네가 선약이 있든 말든 나는 양보 못하겠다, 그 소리였다.

소담은 이를 갈며 눈에서 불꽃을 튀기는 두 남자를 망연자실하게 바라보았다. 한쪽은 어렸을 때부터 그녀를 업어주고 목마를 태워주며 친오빠라고 믿게 만든 광영이었고, 한쪽은 시간이 지날수록 좋아하는 마음이 커져만 가는 이작이다. 일단 급한 불부터 끄자면 이작의 손을 들어주는 게 맞지만 소담은 차마 그렇게 할 수가 없었다. 피 한 방울 섞이지 않은 광영이지만 한 번도 남이라고 생각해 본 적이 없으니까.

"같이, 먹으면 되잖아요."

두 남자 사이에 끼어버린 소담이 자그맣게 속삭이는 소리에 섭섭함을 담은 원망의 눈빛들이 날아들었다.

"같이 먹어요. 네?"

차마 사이좋게 지내라는 말을 할 엄두가 나질 않는다. 싸우지나 않으면 다행이겠다. 이쪽 오빠나 저쪽 오빠나 왜 저를 못 잡아먹어서 안달인지 소담은 울고만 싶었다.

아이스크림을 파는 곳이라기보다는 고급스러운 레스토랑 분위기가 물씬 풍기는 장소에서 소담은 달디단 아이스크림을 삼키며 한숨을 막았다.

"우리 엄지공주기 바이올리니스트 하이작 씨와 아는 사이라니, 적잖이 놀랐습니다."

"이제 바이올린, 안 켭니다."

"다른 일 한다는 소리는 들은 기억이 없는데."

"구상 중입니다."

"멀쩡한 남자가 놀고먹는 건, 그다지 보기 좋은 일은 아닌데요."

"나이 먹을 만큼 먹은 남자가 눈치 없이 구는 것도 썩 보기 좋지는 않습니다."

대체 왜들 이럴까…….

소담은 아이스크림을 푹푹 떠먹으면서 서로를 긁어대는, 시간을 거꾸로 되돌려 초딩이 되어버린 것 같은 남자들을 쳐다보았다.

"아, 우연히 기사를 보게 되었는데 나타샤라는 여자 분과 다정하게 마주 보고 있는 사진이 실렸더군요. 그분은 어쩌시고 우리 엄지공주하고 같이 계십니까?"

"그게 다정하게 보였다니, 시력 검사 좀 하셔야겠습니다."

"아무 상관도 없는 사람이다?"

"저와 상관있는 여자는 우리 꼬맹이밖에 없습니다."

한쪽 입꼬리만 비뚜름하게 말아 올리고 빈정대는 모습들이 가관도 아니었다. 이제는 저들이 이러고 있는 이유, 유소담이 이 자리에 있다는 것조차 잊어버린 것 같았다.

"수술한다고 하던데, 재기할 가능성이 있기는 한 겁니까?"

"내가 왜 당신한테 그런 것까지 말해야 합니까?"

"그만!"

쾅! 양손으로 테이블을 내려친 소담의 서슬 퍼런 기세에 그제야 두 남자의 시선이 그녀에게로 날아들었다.

"도대체 왜들 이래요? 전생에 둘이 같이 나라 팔아먹고 배신이라도 때렸어요? 무슨 억하심정으로 서로 못 잡아먹어 난리예요?"

씩씩거리는 소담을 보면서 두 남자는 입을 다물었다.

소담의 아버지인 유 선생님께서 들으신다면 기막혀 하시겠지만 광영은 딸 시집보내는 아버지의 심정이었고 이작은 애초에 광영이 눈엣가시처럼 여겨졌다. 그러니 두 남자가 쉴 새 없이 상대방을 할퀴어대는 건 자연스러운 일이었다.

조용히 소담을 쳐다보던 광영은 고개를 돌려 다시 이작에게 시선을 꽂았다. 이 남자의 얼굴에서 어둠이 걷힌 건 소담 때문일 것이다. 기생오라비 때문에 아팠던 소담이 행복해하는 건 하이작 때문일 것이고. 어지간하면 얌전히 축복해 줄 수도 있는 일이었지만 어쩐지 광영은 하이작이 마음에 차질 않았다. 누굴 데리고 오든 소담의 짝으로는 어림없다 생각하겠지만.

"유소담, 여자로 좋아합니까?"

광영이 빈정대지 않고 진지하게 물었다. 하지만 이작은 곧바로 대꾸하지 않고 질문을 질문으로 받아쳤다.

"그러는 그쪽은?"

허튼소리하면 가만두지 않겠다는 표정으로 저를 쳐다보는 이작 때문에 광영은 피식 웃어버렸다.

"내 손으로 기저귀도 갈아줬고, 우리 엄지공주가 제일 처음 했던 말이 엄마기 아니라 '밤마'였다는 것도 압니다. 고사리 같은 손으로 가위 들고 돌아다닐 때 말리느라 진땀 뺐던 게 엊그제 같은데……."

추억에 젖은 광영의 눈빛이 아련해졌다.

소담은 정말 천사 같은 아이였다. 전에도 그리고 지금도 광영은 소담처럼 앙증맞고 귀여운 아이를 본 적이 없었다. 시간이 지나

유 선생님이 늦둥이로 홍화를 보셨지만 그의 눈에는 소담이 제일이었다. 아마 소담이 선생님의 재능을 이어받아 옷감을 만지는 직업을 선택했다는 것도 그녀를 예뻐하는 데 한몫했을 것이다.

광영에게 소담은 여자가 아니었다. 통통하고 짧은 다리로 뒤뚱뒤뚱 뛰어오면서 처음으로 '어빠!'라고 불렀을 때부터 그녀는 이미 그의 가족이었다.

"소담이는 가족입니다. 사랑하고 보호해야 하는 내 여동생이죠."

감동받은 소담이 광영을 물끄러미 쳐다보았다.

"그쪽은 아직 질문에 대답 안 한 것 같은데. 좋아합니까, 여자로?"

소담의 짧아진 머리카락을 장난스럽게 헤집어놓던 광영의 따스한 눈빛이 이작을 볼 때는 날카롭게 번뜩였다.

하이작이 좋다는 소담을 말릴 명분은 없었지만 말릴 수만 있다면 말리고 싶었다. 유난히 촉이 뛰어난 광영이었다. 좋은 일은 일어났었는지도 모르게 지나가도 나쁜 일은 일부러 맞추기라도 한 것처럼 쉬이 지나간 적이 없었다. 무언가 석연찮은 기분. 왜인지 하이작이라는 남자 때문에 소담이 눈물 흘릴 일이 생길 것 같아 광영은 불안했다. 그래서 이작이 가벼운 마음으로 소담을 대하고 있는 거라면 그의 엄지공주를 데리고 한국으로 돌아갈 마음까지 먹었다.

"한 가지만 말씀드리죠."

이작은 소담의 손을 잡았다. 지금 하는 말이 진심임을, 절대 잊지 말아주기를 바라는 마음으로.

"유소담은…… 나한테 기적 같은 사람입니다."

"호텔에 도착하면 연락해."

다 녹아 못 먹게 되어버린 아이스크림이 치워지고 새로운 맛의 아이스크림이 테이블에 놓였을 때 이작이 자리에서 일어섰다.

"가려구요?"

이작의 말 한마디에 울음보가 터져 버려 화장실에 다녀온 소담이 빨간 눈을 하고 물었다.

"밤비행기 타고 돌아가신다는데 양보해야지."

이작이 소담의 볼을 살짝 꼬집으며 웃었다.

"다음에 뵙죠."

광영에게 까딱 고갯짓으로 인사를 건네자 그가 왼손을 내밀어 악수를 청했다. 이 자식, 뻔히 다 알고 있었으면서 아까 오른손을 내밀었었던 거다. 소담이 친오빠 같은 사람이라 하고 광영도 그녀를 친여동생으로 여긴다니 경계심이 허물어지기는 했지만 구광영이 밉상이라는 사실엔 변함이 없었다.

소담이 빤히 쳐다보고 있는 바람에 어쩔 수 없이 광영의 손을 잡아 악수를 나눈 이작은 등을 돌렸다. 등을 돌리기가 무섭게 소담이 걱정되고 그리워졌지만 다시 돌아보지는 않았다. 소담의 얼굴을 보게 되면 혼자서 호텔로 돌아갈 수 없을 것 같아서.

목을 길게 빼고 이작의 뒷모습을 하염없이 쳐다보던 소담에게 광영이 쯧! 혀를 찼다. 벌써부터 저렇게 좋아하는 티를 내면 어쩌자는 건지. 어렸을 때부터 밀당 교육을 시켰어야 하는 건데 잘못했다. 하긴, 그런 교육이 먹히는 애였으면 반반한 외모 하나 믿고 사는 기생오라비를 죽사자사 따라다니지도 않았겠지만.

"그렇게 좋아?"

심술 맞은 물음에 소담이 얼굴을 붉혔다.

"에헤헤."

"여자는 튕기는 맛이 있어야 하는 거야."

헤실헤실, 보는 사람마저도 설레게 웃던 소담이 훈계조로 말하는 광영에게 입술을 삐죽였다.

"여자가 음식인가, 뭐?"

"나도 남자지만 남자는 잘해줘 버릇하면 못써."

"그래서 오빠가 장가를 못 간 거예요? 여자들이 안 튕기고 잘해주기만 해서?"

"요게!"

킥킥 웃음을 터뜨리는 소담의 이마에 아프지 않은 꿀밤을 먹인 광영이 거만한 표정을 지어 보였다.

"이 오빠는 장가를 못 간 게 아니라 안 간 거야. 엄지공주 같은 여자가 또 있으면 말려도 장가갈 거야."

"피이. 내가 만날 오빠한테 시집간다고 했는데도 싫다고 했잖아요."

"엄지공주 같은 여자라고 했지, 엄지공주라고는 안 했잖아."

“그거 엄청 이상한 말인 건 알아요?”

“몰라.”

안 본 사이에 더 이상해졌다고 투덜거리는 소담을 보면서 광영은 피식 웃어버렸다. 저한테 시집오겠다고 난리 치던 게 언제더라? 너무 까마득해서 기억도 안 났다.

오빠도 아니고 어빠한테 시집갈 거라고 울고불고 난리를 치던 엄지공주가 사랑에 빠진 모습을 보고 있자니 서운하기도 하고 흐뭇하기도 하고, 기분이 묘했다.

행복한 얼굴로 아이스크림을 떠먹고 있는 소담을 보며 웃고 있는 광영이었지만 웃는 게 웃는 게 아니었다. 소담이 잠시 화장실에 갔을 때 이작과 나누었던 대화가 떠오른 탓이다.

“기적을 어떻게 지킬 생각입니까?”

소담이 그들의 대화를 듣지 못할 만큼 멀어지고서야 광영이 물은 말에 이작은 미간에 주름을 잡았다.

“무슨 뜻입니까?”

“나타샤라는 여자, 그리고 그쪽 어머니. 두 사람 모두 만만치 않을 것 같은데.”

“저 역시 만만한 사람은 아닙니다.”

피식 웃어버리는 이작의 모습에 희한하게도 믿음이 갔다. 이 남자는 자기가 피 흘리며 쓰러질망정 엄지공주만큼은 지켜낼 수 있을 거라는, 그런 믿음.

“우리 엄지공주, 좋아하던 남자가 있었다는 건 압니까?”

소담의 안위를 위해 찔러볼 수 있는 건 다 찔러보자고 작정한 광영의 말에 이작은 비교적 담담한 표정으로 대꾸했다.

"압니다. 결혼을 앞두고 있더군요."

"내일모레였죠."

"그래서요?"

"엎어졌습니다, 그 결혼."

그 일로 한국 연예계가 발칵 뒤집어졌지만 그런 소소한 얘기까지 들먹일 시간이 없었다. 그리고 그 말을 듣고 난 후에 이작의 표정이 무섭게 일그러지기도 했고.

"만약에 소담이가 흔들려 그 남자한테 돌아가겠다고 하면 놓아줄 자신, 있습니까?"

사랑하는 여자의 행복을 위해서라면 희생하겠다는 식의 대답을 바라지 않았다. 가장 우선적으로 여겨야 할 것은 당연히 소담의 행복이었지만 고작 빛바랜 과거의 한 조각 때문에 사랑하는 여자를 놓아주겠다고 한다면 이 둘의 만남은 여기서 끝나는 게 나았다. 잠시 연민에 흔들리는 사람을 붙잡을 힘도 없는 남자는 소담의 곁에 머무를 자격이 없었다.

"아무도 없는 외딴 섬으로 끌고 들어가 살았으면 살았지, 그럴 일은 없습니다."

아드득 이를 갈며 하는 말에 광영은 웃어버렸다. 그래, 이 정도는 돼야 공주를 지키는 기사인 척이라도 하지.

"그럼 됐습니다. 잘 지켜요. 주위에 엄청난 수호자들을 몰고 다니는 공주니까."

마지막에 내뱉은 경고를 듣고서야 하이작의 얼굴에 긴장이 떠다니는 걸 볼 수 있었던 광영은 어린아이처럼 해맑기만 한 소담의 걱정에 한숨을 쉬었다.

하이작은 연예인보다 더 연예인 같은 인생을 살아온 남자였고, 그 남자의 어머니, 우경숙 여사는 호사가들의 입과 귀를 즐겁게 해주는 인물이었다.

유명한 바이올리니스트가 되라고 이스라엘 출생의 미국 바이올리니스트의 이름을 따 아들의 이름까지 바꿔 버린 사람. 아들이 가는 곳이라면 어디든 따라다니며 하루의 스케줄을 관리, 감독하는 대단한 어머니. 하이작이 마시는 물 한 잔조차 우 여사의 허락을 받지 못한 건 식탁 위에 오르지 못한다 했었다.

빈곤층은 아니었지만 썩 잘사는 편은 아니었던 집안은 열성적으로 아들의 뒷바라지를 했던 우 여사 덕분에 빚더미에 올라앉았었다고 했다. 하지만 이작이 바이올리니스트로 성공하고 난 후에는 재벌 부럽지 않은 생활을 영위하고 있었다. 그 사실을 확인시켜 주듯 우 여사는 절대 기성복을 입지 않았다. 한국은 물론이고 해외의 유명 디자이너들이 제작한 의상만 입고 다녔다. 그러니 그 어머니의 소문이 광영의 귀에 들어오지 않을 수가 없었다.

광영도 일이 있어 절친한 디자이너의 샵에 들렀다가 우연찮게 우 여사를 봤었다. 한눈에 봐도 못된 시어머니상이라는 말이 절로 나오는 여인을 뒤로하며 누가 며느리가 되든 참 안됐다고 혀를 찼었는데.

"엄지공주."

갑갑한 마음에 소담을 부르자 겁이 많을 것 같은 큰 눈이 광영에게로 향했다.

"……맛있어?"

"응. 오빠도 빨리 먹어요. 녹으면 맛없어요."

속 타는 오빠의 마음을 모르는 엄지공주는 생글생글 예쁘게도 웃었다. 언제까지나 아이일 것 같았던 엄지공주가 가시밭길을 걸을 생각을 하니 광영은 눈앞이 깜깜했다.

'네가 견딜 수 있을까? 잘 헤쳐 나갈 수 있을까?'

빨리 먹으라고 스푼을 손에 쥐어주는 소담에게 광영은 속없이 웃어줄 수밖에 없었다. 이놈이나 저놈이나 마음에 안 들기는 마찬가지지만 인간이 덜된 기생오라비보다야 공주의 기사가 되겠다는 놈이 낫겠지. 그것도 그나마지만.

급한 일을 정리해 놓은 참이라 한국에 돌아가 완벽하게 마무리를 짓고 나면 소담을 데리고 여행이나 다닐까 싶었었다. 기생오라비의 소식도 듣지 못하게 막아주고 넓은 세상을 보여주며 미래를 계획하는 데 도움을 주고 싶었다. 하지만 두 가지 바람 모두 자신의 몫은 아닌 것 같았다.

힘없이 숟가락을 쥐고 있던 광영은 소담의 어깨를 툭툭 치고서 아, 하고 입을 벌렸다.

"아이참. 오빠가 애예요?"

눈을 찡그리고 타박하는 소담이었지만 광영은 더 크게 입을 벌렸다.

“오빠가 이래서 장가를 못 가는 거예요.”

미운 말을 하면서도 아이스크림을 듬뿍 떠 광영의 입에 넣어주는 소담이었다.

“다시 말하지만 안 가는 거다.”

“피이.”

광영은 소담이 떠먹여 주는 아이스크림을 받아먹으면서 이작을 믿어보자고 스스로를 위로했다. 두 사람이 서로 사랑한다면 그 사랑을 믿는 것밖에 할 수 있는 일이 없으니까.

호텔 앞까지 바래다준 광영은 선기의 결혼이 취소되었다는 폭탄을 터뜨려 놓고서 가버렸다. 한국에서 보자는 말을 남기고.

이작이 호텔에 돌아오면 연락하라고 했지만 선뜻 그에게 연락을 할 수가 없었다. 광영이 터뜨린 폭탄이 어마어마해서 정신이 하나도 없었다.

휴대폰으로 검색해 본 인터넷 기사의 헤드라인에 소담은 혼란스러워졌다

[이선기 결혼 취소!]

[P양과의 스캔들에 침묵하는 이선기.]

[이선기, 결혼 취소 이유는 성격 차이?]

　결혼 취소도 충격적인데 스캔들이라니. 아닐 거라 믿지만 P양으로 짐작되는 여자와 선기가 함께 있는 사진을 보고 나서는 누구를, 무엇을 믿어야 하는지 알 수가 없어졌다.

　연예계는 숱한 루머가 떠도는 곳이고 한솥밥 먹던 식구가 적으로 변하는 일들도 비일비재했다. 하지만 스캔들 기사에 큼지막하게 실린 사진은 결혼 취소 사유로 보이기에 충분했다.

　P양의 허리에 팔을 감고 있는 사진, 그녀를 끌어안고 키스를 하고 있는 사진은 불과 나흘 전에 찍힌 것이라 했다. 결혼식을 코앞에 놔두고 다른 여자를 만난 선기를 도저히 이해할 수가 없었다.

　"이렇게 무책임한 사람이었어?"

　좋아했던 사람에 대한 실망감으로 소담의 얼굴이 어두워졌다.

　대부분의 남자들이 살면서 한 번쯤은 외도를 경험한다는 말을 들었었다. 한때는 친구들과 그것을 용서할 수 있느냐, 용서의 기준은 어떻게 세워야 하느냐, 심각하게 토론을 했던 적도 있었다. 그때 소담이 내린 결론은 사랑하는 사람에게 기본적인 예의는 지켜줘야 한다는 것이었다. 외도를 하려면 최소한 걸리지 않으려는 노력이라도 해야 한다는 뜻이었다.

　선기와 그의 아내가 됐을 뻔한 사람은 연예인이었다. 공인이기에 어디서든 행동을 조심해야 하는 사람들. 그걸 너무나도 잘 알고 있는 사람이 이런 사진을 찍혔다는 건 결혼을 약속한 사람을 전혀 배려하지 않았다는 것이다.

　혹시, 하는 기대감으로 소담은 실시간으로 업데이트되는 기사를 샅샅이 살폈다.

잘못된 기사, 조작된 사진이라는 내용을 읽게 되길 바랐지만 이미 전문가들이 사진은 합성이 아님을 확인시켜 주었고, 한수정이 기자회견을 준비 중이라는 기사만 눈에 띄었다.

선기의 결혼 때문에 일본으로 와놓고도 이작 덕분에 이선기라는 남자 자체를 잊고 있었던 소담은 그저 멍했디.

"천벌은…… 한수정이 받았네."

도희가 그랬었다. 사람 소중한 걸 모르는 이선기는 천벌을 받을 거라고. 네 마음을 받아줄 수는 없었더라도 그렇게 모질게 쳐내면 안 되는 거였다고. 저 잘되라고 발바닥이 부르트게 뛰어다닌 널 이용만 해먹고 헌신짝처럼 내버린 이선기는 분명히 천벌을 받을 거라고 했었다.

도희의 말이 위로가 됐었다. 하지만 위로를 받으면서도 그가 천벌을 받길 원하지는 않았다. 선기를 두고 악한 말을 입에 담지도 않았다. 오히려 진심으로 그가 잘살기를 바랐다. 짝사랑하던 남자이기 전부터 소담에게는 착하고 다정한 이웃집 오빠였으니까.

몸값이 수억대로 오른 스타가 된 후부터 조금씩 변하기 시작한 선기였지만 소담만은 그가 변했다고 믿지 않았다. 하지만 연락이 두절되었던 선기가 미국으로 출국했다는 기사를 보고 난 후에는 제 생각이 틀렸던 것은 아닐까, 하는 생각이 들었다.

'흔들리니?'

선기의 결혼식이 취소되었다는 말을 꺼냈던 광영이 걱정스런 얼굴로 물었을 때, 소담은 망설임 없이 대답했었다.

'아니요.'

진심이었다. 흔들리지 않았다. 전혀 흔들리지 않는 마음에 스스로도 놀랐다. 얼마나 지났다고, 이작과 만난 지 얼마나 되었다고 그새 자신의 마음이 그렇게 단단해질 수 있었던 건지.

'네 마음이 아깝지 않을 사람만 봐. 네 마음을 귀하게 여기는 사람, 그 귀함에 감사해할 줄 아는 사람을 봐야 하는 거다, 엄지공주.'

머리를 쓰다듬어 주던 광영의 말을 듣자마자 이작이 떠올랐었다. 다른 건 몰라도 이작에게는 무엇을 주어도 아깝지 않았다. 지금의 마음이 빛을 잃어 각자의 길을 가게 된다 할지라도 그에게 주었던 마음이 아까울 것 같지는 않았다. 그런 사람에게 제 마음을 줄 수 있었던 시간이 감사할 것 같았다.

소담은 수화기를 들었다. 그리고 거침없이 버튼을 눌렀다.

[소담이니?]

자신의 전화만 기다리고 있었던 사람처럼 전화를 받은 이작의 음성에 소담은 그제야 마음이 평온해졌다.

"네, 소담이에요."

[……저녁은, 맛있는 거 먹었어?]

잠시 뜸을 들이다가 묻는 목소리에서 불안함이 느껴졌다. 설마 그도 선기의 결혼이 취소되었다는 걸 알게 된 건가? 그래서 내가 흔들릴까 봐 불안해하는 걸까? 자신의 마음이 그에게로만 향하고 있다는 확신을 주지 못한 것이 속상해 콧날이 시큰해졌다.

"보고 싶어요. 지금 갈게요."

이작에게서 대답을 듣지 못했지만 소담은 전화를 끊고 빠르게 걸음을 옮겼다. 그의 불안함을 없애주고 싶었다.

오늘이 지나기 전에 이작에게 꼭 전해야만 하는 말이 있었다. 좋아한다는 고백은 선수를 빼앗겼지만 사랑한다는 고백만큼은 먼 저 해주고 싶었다.

 #11

붉어진 얼굴로 뛰어와 안기는 소담의 체온이 이작을 안정시켰다. 쿵쿵거리는 심장 소리와 거칠게 몰아쉬는 숨소리, 그리고 소담에게서만 맡을 수 있는 향. 그녀를 품에 안고서야 불안함이 갉아먹고 있던 마음이 조금씩 본모습을 찾기 시작했다.

"왜…… 뛰어와? 넘어지면 어쩌려고."

제 허리를 끌어안고 있는 소담 때문에 이작은 가슴이 먹먹해졌다. 태연하게 굴자고 다짐했었건만 아무 소용도 없었다.

"엘리베이터, 안 탔어? 계단으로 온 거야?"

쌕쌕거리는 숨소리가 안쓰러웠다. 언제 오나 초조한 마음에 객실에서 나와 복도를 서성거렸으면서도 힘들게 뛰어온 소담만 걱정스러웠다.

“무슨 일 있어?”

가만히 소담의 등을 쓸어주던 이작은 맑은 눈빛으로 올곧이 저를 쳐다보는 그녀의 눈을 말없이 바라보았다.

“사랑해요.”

시간이 정지된 것 같았다. 아니, 시간을 멈춰 버렸으면 좋겠다. 저에게 찾아온 기적 같은 여자가 사랑한다고 말해주는 이 시간을 이작은 멈춰 버리고 싶었다. 지나가 버리지 않게, 돌아가 버리지도 않게.

“오빠한테…… 기적이 되고 싶지 않아요. 그냥 유소담으로 오빠 옆에 있으면서 온종일 웃게만 해주고 싶어요. 기적이 아니라, 오빠가 사랑하는 유소담이었으면 좋겠어요.”

거침없는 고백에 정신이 몽롱해졌다. 설마 꿈은 아니겠지. 꿈이라면 무슨 수를 써서라도 깨지 않을 것이다. 행복함에 진저리쳐지는 이 순간을 깨버린다면 설사 그 존재가 신이라도 결코 용서하지 않을 것이다.

“기적이라고 생각하지 말고, 유소담을…… 나를 사랑해 줘요.”

이슬이 맺힌 눈으로 웃으면서 말하는 소담은 절대 모를 것이다. 자신이 어떤 마음으로 그녀를 사랑하는지, 얼마나 사랑하는지. 사랑한다는 말이 그녀에게는 턱없이 모자라고 부족하다고 여기는 마음을 어떻게 설명할 수 있을까?

이작은 소담을 안아 올려 객실로 들어갔다. 본능적으로 제 허리를 감은 다리와 목을 꽉 껴안고 있는 팔에서 떨림이 느껴졌다.

소담을 안은 채로 푹신한 소파에 앉은 이작은 파르르 떨리는 속

눈썹을 보면서 손등으로 조심스럽게 그녀의 볼을 쓸어내렸다.

"다시 바이올린을 켤 수 있게 해준다고 해도, 너와 바꾸진 않
아."

소담의 눈이 커지고 위태롭게 들어차 있던 눈물이 투둑, 얼굴
위로 떨어졌다.

바이올린이 전부였던 사람이었다. 가끔씩 그의 소식을 전해주
던 기사들만으로도 이작이 거듭되는 수술을 견뎌가면서 재기에
힘썼다는 걸 알 수 있었다. 그런 사람에게서 네가 바이올린보다
소중하다는 말을 들은 소담은 북받쳐 오르는 감정을 주체할 수가
없었다.

"사랑한다는 말밖에 찾을 수가 없어서 화가 난다."

흐느끼며 도리질을 치는 소담의 얼굴을 양손으로 붙잡은 이작
이 살며시 그녀의 입술을 머금었다.

"사랑해. 사랑한다. 제발…… 날 버리지 마. 나한테서 달아나지
마."

작은 몸을 제 안으로 흡수시키려는 듯 강하게 끌어안은 이작의
애절함에 소담의 흐느낌이 짙어졌다.

"그런 말이 어디 있어요? 내가 어딜 가요, 오빠가 여기 있는데.
이제 가라고 등 떠밀어도 못 가요. 안 가요."

광영의 말마따나 못 가는 것과 안 가는 것에는 큰 차이가 있었
다. 그녀는 안 간다. 이작에게서 떨어질 수가 없었다. 그동안 혼자
서 외롭고 슬펐을 이 사람을 다시 혼자가 되게 할 수는 없었다.

"절대 안 가요. 내가 행복하게 해줄게요. 그러니까 울지 마요."

눈물 한 방울 비치지 않았는데, 죽을힘을 다해 울고 싶은 걸 참고 있는데. 이작은 자신의 마음이 소리 없이 울고 있다는 걸 알아차리는 소담의 몸을 으스러지게 껴안았다.

행복하게 해주는 사람은 저여야 하는데 되레 소담이 그를 행복하게 해주겠다고 약속하고 있었다. 하지만 이작은 거부하지 않았다. 소담이 주는 행복이 얼마나 단지 이미 알아버려서 네 행복만 생각하라고 말할 수가 없었다.

바르작거리며 이작의 가슴을 떠민 소담이 그의 얼굴을 빤히 바라보았다. 동경했던 사람. 안쓰러워 위로해 주고 싶었던 사람. 그리고 이제는 사랑하는 사람이 되어버린 얼굴이 눈과 마음을 메워버렸다.

소담은 순식간에 이작의 얇은 입술을 제 입술로 덮어버렸다. 그리고 그가 저에게 했던 것처럼 윗입술과 아랫입술을 살짝 빨아 당겼다.

이작이 숨을 멈춘 것이 느껴졌다. 제 허리를 잡고 있는 그의 손에 힘이 들어가고 저를 바라보는 눈빛이 어두워졌지만 하나도 두렵지 않았다. 버거울 정도의 설렘과 묘한 흥분이 심장을 세차게 두드렸다. 이작과 함께라면, 그가 원하는 것이라면 무엇이든 할 수 있을 것 같았다.

"……괜찮아요."

자신의 얼굴을 똑바로 쳐다보지도 못하면서 소담은 괜찮다고 말해주고 있었다. 수줍게 얼굴을 붉히는 소담을 차마 배려할 수가 없었다. 이기적인 놈이라고 욕해도 어쩔 수 없다. 소담을 가져야

한다는, 온전히 제 여자로 만들어야 제대로 숨을 쉴 수 있을 것 같
다는 욕심에 정신이 나가 버렸다.

"흐읍!"

예고 없이 제 입술을 가르고 들어오는 이작의 혀에 놀란 소담이
숨을 몰아쉬며 몸을 뒤로 뺐지만 그는 순순히 놔주지 않았다. 한
팔로는 소담의 허리를 감아 당기고 남은 한 손으로는 그녀의 목덜
미를 감싸 끌어당긴 이작이 거침없이 여린 입안을 탐했다.

이작의 손이 귓불을 문지르고 등을 쓸어내리다가 옆구리를 타
고 올라오자 소담은 바르르 떨었다. 마치 몸에 불이 붙은 것처럼
머리끝부터 발끝까지 열기가 솟구쳤다. 맨살을 더듬는 손길에 숨
이 차고 조심스럽게 가슴을 덮는 뜨거운 손바닥에 몸의 힘이 빠졌
다.

소담의 가슴을 손안에 담고 머뭇거리는 혀를 감아 제 입으로 데
려온 이작은 심장이 터질 것 같았다. 육체를 탐하는 행위는 경험
해 본 적이 있었지만 사랑을 나누는 건 처음이었다. 자신에게 모
든 것을 맡기고 따라오려 노력하는 모습을 보이는 소담 때문에 행
복해서 죽을 것 같은 격한 감정이 그를 옭아맸다.

호흡이 어려워질 정도로 고집스럽게 소담의 입술을 맛보던 이
작이 입술을 떼자 그녀가 참고 있던 숨을 몰아쉬었다. 이작은 그
틈을 타 소담의 얇은 티셔츠를 순식간에 벗겨냈다.

"……예쁘다, 우리 꼬맹이."

그의 시선에 소담의 몸이 달아올랐다. 큰맘 먹고 구입했던 야시
시한 빨간 속옷이 예쁘다는 것인지, 자신에게는 늘 콤플렉스로 작

용하는 작은 가슴이 예쁘다는 것인지 알 길이 없었지만 그가 예쁘다고 말해주니 다 괜찮은 것 같은 기분이었다.

밭은 숨을 쉴 때마다 빠르게 부풀어 올랐다가 내려앉는 가슴을 이작의 오른손이 섬세하게 매만지고 있었다. 그가 주는 생경한 감각에 몸을 떨던 소담은 제 허리에 얹어져 있는 이작의 왼손을 들어 입으로 가져갔다.

이작의 손가락 하나하나에 정성껏 입을 맞췄다. 사고의 흔적이 가장 심하게 드러나 있는 엄지와 잘 펴지지 않는 검지, 중지, 약지. 그리고 유난히 길어 보이는 새끼손가락까지.

언젠가 이작이 실렸던 기사에서 클로즈업되어 찍힌 그의 손을 본 적이 있었다. 결코 예쁘다고 할 수 없는 손이었다. 아프지 않을까 걱정되었을 만큼 짧고 뭉툭했던 손톱과 원래부터 그 자리에 있었던 것마냥 단단하게 박힌 굳은살들.

세계 정상의 피아니스트나 바이올리니스트들은 손끝의 감을 잡아두기 위해 무슨 일이 있어도 하루에 여덟 시간 이상은 연습을 쉬지 않는다고 했었다. 그렇기 때문에 당연히 굳은살이 생긴다고. 연습을 소홀히 해서 굳은살이 없어지면 다시 바이올린을 켰을 때 굉장한 아픔을 느끼게 되기 때문에 그 아픔 때문에라도 굳은살을 유지해야 한다는 기사를 읽은 적이 있었다. 하지만 이제 이작의 손끝에서 굳은살은 볼 수 없었다. 맨들맨들한 손끝이 아프다고 비명을 지르고 있는 것 같아서 소담의 심장이 죄어졌다.

"예뻐요, 오빠 손."

소담은 이작의 손바닥에 입술을 대고 울먹였다. 얼마나 아팠을까. 얼마나 힘들었을까.

"예쁘기는……."

말을 끝맺지 못한 이작은 소담의 가슴에 얼굴을 묻고 막혔던 숨을 내쉬었다. 제 손이 예쁘다고 말해주는 소담 때문에 사고 이후로 단 한 번도 든 적이 없었던, 다행이라는 생각이 가슴을 쳐댔다.

다행이다, 손을 완전히 잃지 않아서. 참 다행이다, 너를 보듬을 수 있는 손이 있어서.

예쁘다는, 소담의 말 한마디에 이작은 손을 쓸 수 있고 숨을 쉬며 살아갈 수 있는 게 축복이라는 걸 깨달았다.

이작은 왼손으로 소담의 얼굴을 감쌌다. 못 쓰는 손이었던 왼손이 쓸 수 있는, 훌륭한 손이 되어 소담의 뜨거움을 전해주었다.

침대에 눕혀진 소담은 가슴에 와 닿는 뜨거운 숨결에 눈만 깜박였다. 어느새 실오라기 하나 걸치지 않은 몸이 되어 이작의 아래에 있게 되니 입 밖으로 심장이 튀어나올 것 같았다.

"흣!"

자신의 가슴이 이작의 입안으로 빨려 들어가자 저도 모르게 새된 소리를 뱉었던 소담이 입술을 깨물었다. 정신이 마비될 정도로 짜릿한 감각에 숨이 제대로 쉬어지질 않았다.

이작은 잔인할 정도로 느릿했다. 아담하고 봉긋한 봉우리를 천천히 혀로 쓸고 아프지 않게 자근자근 깨물어댔다. 복부와 가슴을 오가던 손이 허벅지 안쪽을 느리게 쓸어내릴 때에는 아랫배가 조여드는 감각에 진저리가 쳐졌다.

“그, 그만······.”

어쩔 수 없이 그 말이 나오고 말았다. 다른 건 다 참을 수 있었는데 다리 사이에서 뜨끈한 것이 흘러나오자 창피해서 어디론가 숨고만 싶었다.

“무서워?”

집요하게 가슴을 애무하던 이작이 메마른 음성으로 물었다.

“무서운 건 아닌데······.”

새빨개진 얼굴로 숨을 몰아쉬는 소담 때문에 이작은 자제심을 잃을 지경이었다. 그가 입술로 붉은 꽃을 새겨 넣은 하얀 살결에서 달디단 복숭아 향이 뿜어져 나왔고 뜨거워진 체온은 어서 빨리 그녀를 안으라 부추기고 있었다.

“무서운 거 아니야. 솔직하기만 하면 돼.”

무슨 말인지 모르겠다는 표정으로 저를 쳐다보는 소담의 입술을 삼킨 이작은 그녀의 다리 사이로 손을 밀어 넣어 얌전히 잠들어 있던 성지를 손바닥으로 덮었다.

“읍!”

당황한 소담이 시트만 쥐고 있던 손으로 그의 팔을 잡아끌었지만 이작의 힘을 당해낼 수는 없었다.

손바닥을 간질이는 감촉에 감미로웠던 키스가 강렬함으로 바뀌었다. 손끝으로 조심조심 분홍빛 꽃잎들을 헤친 이작은 그녀의 몸 중에서 가장 뜨겁게 달아오른 촉촉한 곳으로 손가락을 밀어 넣었다.

“흐읏!”

아팠는지 소담이 날카롭게 숨을 들이켜며 눈을 찡그렸다.

"쉬이, 괜찮아."

소담의 귓불을 입안에 넣고 혀로 굴리면서 이작은 손가락을 움직였다. 뜨겁고 좁은 공간이 멋도 모르고 그의 손가락을 꽉 잡고서 놓아주질 않았다.

소담이 내뿜는 뜨거움에 이작은 어질어질했다. 당장에라도 그녀의 안으로 뚫고 들어가고 싶은 본능에 이를 악물어야 했다.

"아읏! 기분이, 이상해요."

이작의 손가락이 제 몸 안에 들어왔다가 나갔다가 하는 바람에 혼이 쏙 빠졌다. 몸이 점점 더 뜨거워지고 그만했으면 좋겠다는 마음과 뭐가 더 있을지 궁금한 마음이 충돌했다.

"오빠……."

그로 인해 젖어 있는 입술과 자신을 바라보는 까만 눈동자에 이작은 더는 참을 수 없음을 인정했다.

정신없이 옷을 벗어젖힌 이작은 소담의 다리를 벌리고 자리를 잡았다. 그리고 그녀의 입술에 제 입술을 비비면서 애절하게 속삭였다.

"미안해."

괜찮다는 듯 소담의 손이 이작의 등을 끌어안았다.

"아플, 거야."

"아파…… 요?"

겁먹은 얼굴로 되묻는 소담에게 이작은 약속했다.

"오늘만이야. 오늘만 아플 거야."

정말 그럴지 남자인 이작은 알 수가 없었다. 하지만 그렇게라도 소담의 걱정을 덜어주고 싶었다. 그런 확신 없는 약속밖에 해줄 수 없는 자신이 한심했지만 그녀를 가지고 싶다는 이기심을 꺾을 수는 없었다.

소담을 조금이라도 덜 아프게 하려면 어중간하게 굴어서는 안 된다. 이작은 그녀의 아픔을 나누려는 듯 작은 몸을 꽉 끌어안고서 강하게 허리를 움직였다.

"악!"

딱딱하게 굳어버린 몸으로 소담이 비명을 질렀다. 하지만 이작은 몸을 빼지 않았다. 신경이 가닥가닥 끊어질 정도의 희열이 그를 움직이지 못하게 만들었다.

"흐윽! 아파요, 아프다구요!"

울음을 터뜨린 소담이 그의 등을 때렸다.

"미안해. 사랑해. 사랑한다."

이작은 소담이 울음을 그칠 때까지 꼼짝도 하지 않았다. 목이 쉬어버릴 때까지 그녀의 귓가에 미안하다고, 사랑한다고 속삭였다.

조심스럽게 수화기를 내려놓은 이작은 도둑고양이처럼 소리 없이 침대 위로 올라가 소담의 몸을 안았다. 답답한지 뒤척이면서 칭얼거리는 보드라운 몸을 껴안고 목덜미에 얼굴을 묻었다.

이른 새벽, 욕조에 몸을 담갔을 때만 해도 온몸이 붉게 달아올라 그가 남긴 흔적이 보이지 않을 지경이었지만 지금은 달랐다. 보송보송, 아기 피부 같은 뽀얀 살결에 붉은 꽃들이 어지러이 피어 있었다.

베이비파우더 향이 나도 이상하지 않을 것 같은 몸에서 복숭아 향이 나니 기가 막혔다. 소담을 안은 이후에 더욱 진해진 그 향이 이작의 후각을 마비시키고 있었다.

소담을 안고 욕심껏 그녀의 향을 맡던 이작이 피식 웃음을 흘렸다. 완벽하게 채워지지 않은 욕심에 욕조에서도 그녀를 안으려다 어깨를 물려 버렸다.

욕실에서 소담을 안아 들고 나와 침대에 눕힐 때까지만 해도 편안하게 쉬게 해주려 했었다. 하지만 말간 얼굴에 미소를 그리고 누워 있는 모습에 몸이 먼저 반응했었고, 이작은 나머지 어깨도 물릴 각오를 다졌었다. 어르고 달래어 그녀를 또다시 안았던 이작은 눈을 흘기면서 잠드는 소담의 곁에서 마냥 행복했다.

이작은 가만히 보고만 있어도 예뻐 죽을 것 같은 소담의 귓불을 살짝 깨물었다.

"그만…… 물어요."

어제 된통 당한 게 기억나는지 힘겹게 눈꺼풀을 들어올린 소담이 얼굴을 찡그렸다.

"너도 물어."

태연한 그의 말에 소담의 눈이 쫙 찢어졌다.

"그럼 더 괴롭힐 거잖아요."

"똑똑한데?"

큭큭거리면서 웃는 이작을 보며 기가 막힌 듯 한숨을 쉬던 소담
도 어느새 미소를 띠고 있었다. 웃으면 큰일이라도 나는 것처럼
정색만 하던 남자가 웃는 모습이 보기 좋았다. 그를 웃게 만든 사
람이 저인 것 같아서 비록 몸은 무거워도 미음만은 날아갈 것처럼
가벼웠다.

새벽에 뜨거운 물에 몸을 담갔을 때만 해도 괜찮아지려나 싶었
던 몸이 잠에서 깨고 보니 쑤시지 않는 곳이 없었다. 입에 담기에
도 민망한 그곳은 홧홧하니 쓰라렸고, 이작이 놓아주지 않던 입술
과 가슴도 따끔거렸다. 엄살이 심하지 않은 그녀지만 아프다고 떼
를 쓰고 싶을 정도로 이곳저곳 아프지 않은 곳이 없었다. 하지만
이상하게 기분이 좋았다.

비로소 여자가 된 것 같은 기분. 사랑하는 남자에 의해 다시 태
어난 것 같은 기분이 들었다.

신혼 첫날밤을 꿈꾸던 소담이었지만 이작에게 안긴 걸 후회하
지는 않았다. 아프기는 했지만 그건 어쩔 수 없었던 일이고 그가
말로 다 할 수 없이 다정하게 대해주었다는 것을 아니까.

"아우. 씻어야 하는데 너무 귀찮다."

힘없이 중얼거리는 소담의 귓가에 이작이 뜨거운 숨결을 불어
넣으며 나른한 음성으로 속삭였다.

"아까 씻었잖아. 안 씻어도 돼."

"그 아까가 잠들기 전이거든요?"

"씻었으면 된 거야."

이작의 논리를 따라갈 수가 없었다. 어이가 없고 기가 막히는데도 웃음이 나는 자신이 황당했지만 소담은 웃음을 감추지 못했다.

"참, 수술은 언제 해요?"

안 씻어도 된다면서 자꾸만 뜨거운 손으로 제 몸을 쓰다듬는 이작 때문에 소담은 화제를 돌렸다.

말해주기 전까지는 아는 척하지 않으려고 했었지만 그가 수술을 앞두고 있다는 사실을 알고 있다는 걸 숨기고 싶지도 않았다. 일본에서 그와 함께 보내는 날들이 행복해서 시간을 멈춰 버리고 싶을 정도였지만 마냥 눌러 앉아 있을 수는 없는 일이었다. 재기를 위해서든, 또 다른 무엇을 위해서든 이작이 수술을 결정했다면 그만한 이유가 있을 것이라 믿었다.

"조만간."

짧은 대답에서 그가 자신과 같은 마음이라는 걸 느낄 수 있었다. 시간을 멈출 수 없다면 최대한 미루고라도 싶은 마음.

"그럼 한국엔 언제 가야 해요?"

아무렇지도 않다는 듯, 미소를 짓는 소담의 머리카락에 얼굴을 묻은 이작은 씁쓸해졌다.

"빠르면 빠를수록 좋겠지."

수술과는 상관없이 해야 할 일이 있었다. 이미 강호로부터 집을 구해놨다는 연락을 받았고 나타샤는 정정기사를 내보냈지만 가장 큰 문제가 남아 있었다. 자신이 계획한 미래를 어머니께 알리고 재기에 대한 희망을 없애 드리는 일.

어머니와의 문제는 쉽고 빠르게 해결될 일이 아니었다. 당신의

인생을 자식에게 바친 분이셨고 바이올리니스트의 어머니로서의
인생에 집착하고 계신다는 걸 알고 있었다. 그렇기에 어머니를 설
득하고 포기하게 만들려면 적지 않은 시간이 필요할 것이다.

　이작은 소담이 자신이 겪어야 할 일에 마음 쓰도록 만들고 싶지
않았다. 자식을 자신의 자부심을 높이는 노구로 여기는 어머니의
모습을 알게 하고 싶지도 않았다.

　"같이 가요. 일본에 왔을 때처럼 한국에 돌아갈 때도 나란히 앉
아서 가요."

　자신의 품에 파고들며 소곤거리는 소담을 이작은 강하게 껴안
았다. 이런 소담이기에 기적이라 말할 수밖에 없었다. 저보다 그
를 먼저 생각하고 위해주는 소담이 고맙고 한편으로는 미안하기
도 해서 이작은 제게 안긴 기적을 한참이나 놓아주지 못했다.

　소담을 침대에서 내려 보낼 생각이 없던 이작은 그녀에게 키스
를 퍼부으며 씻지 말라고 유혹했고 그녀는 씻어야 한다고 발버둥
을 치면서도 내내 웃음을 터뜨렸다. 당하기만 하던 소담이 이작의
옆구리를 간질이며 공격을 시도했지만 그는 지금 뭐 하냐는 표정
으로 멀뚱히 쳐다보기만 했다.

　"에이 씨, 간지럼도 안 타고."

　예쁘게 투덜거리는 소담의 볼을 잡아 늘리는데 초인종이 울렸
다.

　"어? 누구 올 사람 있어요?"

　놀라 눈이 커지는 소담의 이마에 이작이 쪽 소리 나게 입을 맞

쳤다.

"일어나면 배고파 할 것 같아서 먹을 것 좀 시켰어."

"진짜요?"

금세 표정이 환해지는 소담의 머리카락을 흩뜨려 놓은 이작이 침대에서 내려와 걸음을 옮겼다. 이작은 오늘 소담을 밖으로 내보낼 생각이 없었다. 한국으로 돌아가자고 결정을 하기는 했지만 그것도 소담의 몸이 괜찮아지고 나서가 될 것이다. 언제쯤 괜찮아질지, 괜찮아지기는 할지가 의문이었지만.

얼굴 가득 의뭉스런 미소를 담은 이작은 재차 울리는 초인종 소리에 아무 의심 없이 문을 열었다. 당연히 룸서비스일 거라 생각했고 룸서비스가 온 것이어야 했다. 하지만 열린 문 앞에 서 있는 사람은 이작의 예상을 깨부쉈다.

"……어머니?"

차갑게 굳은 얼굴로 이작을 잠시 바라보며 서 있던 우경숙 여사는 거침없이 객실 안으로 들어섰다. 그리고 한 치의 망설임도 없이 침실로 가 문을 열어젖혔다.

어젯밤, 급히 일본으로 오면서도 나타샤와 강호를 통해 알아낸 일들이 사실이 아닐 거라 굳게 믿고 있던 우 여사였다. 호텔에 도착해서 땅딸막한 계집애를 안고 문 안으로 사라지는 아들을 봤을 때도 잘못 본 것이라고, 객실을 잘못 찾은 거라고 스스로를 진정시켰었다. 하지만 화가 사그라지질 않았다. 그 즉시 아들을 꼬드긴 계집과 맞닥뜨리게 된다면 무슨 짓을 할지 알 수가 없어 뜬눈으로 밤을 지새우다 찾아온 참이었다.

아들이 오보라 우겼던 기사가 난 이후 바로 다음날 정정기사가 났었다. 두 사람은 그저 친구일 뿐이고, 휴식을 취하기 위해 일본에 갔던 나타샤가 이작도 일본에 있다는 소식을 듣고 반가워서 서로의 안부를 묻기 위해 만났을 뿐이라는 정정기사에 우 여사는 나타샤에게 전화를 걸었었다. 그리고 마른하늘에 날벼락 같은 소리를 들었다.

'그 사람한테…… 다른 여자가 있어요. 저 어떡해요?'

서럽게 우는 나타샤에게 우 여사는 아니라고, 내가 있는 한 그럴 일은 없다고 말해주었다. 내가 인정한 아들의 짝은 너밖에 없다는 말로 달래느라 진땀을 빼야 했었다.

사고가 나기 전이라면 모르겠지만 지금의 이작에게 나타샤는 절대적으로 필요한 존재였다. 우 여사 본인에게도.

'그 사람이 성공적으로 재기할 수 있도록 제가 발판이 되어주겠어요. 재기 후에 누구든, 어느 곳이든 그의 명성에 흠집을 낼 수는 없을 거예요. 그리고 그가 자리 잡기 전까지는 아이라는 방해물도 없을 거라고 약속드려요.'

솔깃한 제안이었다. 사고가 나고 2년이라는 시간이 흐르자 대다수의 사람들은 아들의 재기에 비관적인 태도를 보였다. 그런 상황에서 나타샤의 배경과 결혼을 하더라도 아이를 가지지 않겠다는 약속은 우 여사의 마음을 흔들어놓기에 충분했다.

나타샤는 결혼을 하게 된다면 러시아에 있는 자신의 호텔을 우 여사에게 선물하겠다는, 소유하고 있는 부동산의 반을 이작의 명의로 바꾸겠다는 약속까지 했다.

누구도 무시 못할 배경과 재력이 눈앞에 있었다. 아들에게 반드시 필요한 것이었고, 우 여사는 아들이 그걸 가질 수 있게 수단과 방법을 가리지 않을 생각이었다.

어떻게든 아들을 설득해 나타샤와 결혼을 시켜야 한다는 각오를 다지던 차에 기함할 소식을 듣긴 했지만 우 여사는 자신의 아들을 믿었다. 어미 허락 없이 듣도 보도 못한 계집애를 만나는, 그런 일을 저지를 아이가 아니었다.

설사 아들에게 다른 여자가 있다는 나타샤의 말이 맞다 할지라도 상관없었다.

하이작은, 우경숙의 큰아들은 바이올리니스트로 살기 위해 태어난 사람이었다. 제 욕심을 차리자고 아들을 바이올리니스트로 만든 게 아니었다. 그 아이는 바이올리니스트가 될 수밖에 없는 아이였으니까 바이올리니스트로 산 것이다. 그러니 앞으로도 바이올리니스트로 살아야 했다. 그 앞날에 방해가 되는 건 우 여사, 자신이 다 치워줄 것이다.

침실로 들어간 우 여사 앞에 믿을 수 없게도 눈만 커다란 계집이 어쩔 줄 몰라 하며 서 있었다. 저렇게 아무것도 모른다는 얼굴로, 순진한 척 내 아들을 꼬드겼겠지.

"나가세요. 하실 말씀 있으시면 저한테 하세요."

어느새 다가온 아들이 우 여사의 팔을 잡아끌었다. 하지만 이성을 잃은 우 여사는 아들의 팔을 강하게 쳐냈다. 그녀는 감히 제 아들의 티셔츠를 입고 긴장한 얼굴로 서 있는 여자를 노려보았다.

입술을 깨물던 소담이 입을 열었을 때, 우 여사가 다가갔다.

“어, 저기, 처음 뵙겠…….”

쫙!

소름 끼치는 소리가 방 안에 울려 퍼졌다. 고개를 숙여 인사하려던 소담의 뺨을 올려붙인 우 여사는 화를 삭이지 못하고 이를 길았다.

“아가씨는 가정교육을 어떻게 받았기에 내 아들 방에 그런 차림으로 있는 거죠?”

갑작스럽게 이작의 어머니를 뵙게 되고 뺨까지 맞은 소담은 정신이 하나도 없었다. 이작의 공간에서 그의 티셔츠만 입은 채로 인사를 하는 건 옳지 못한 경우가 맞지만 자신이 왜 맞아야 하는지는 알 수가 없었다. 게다가 이 일로 아무것도 모르고 계신 부모님을 욕되게 만들었다는 사실에 넋이 빠져 버렸다.

“미치셨습니까?”

분노로 얼굴이 하얗게 질린 이작이 소담의 앞에 서서 그녀를 제 등 뒤로 숨겼다. 얼굴을 보지 못하는데도 그녀의 떨림이 전해져 와 심장이 갈기갈기 찢어지는 것 같았다.

“아들, 그건 엄마가 묻고 싶은 말이야. 너, 지금 뭐 하는 거니? 나타샤는 어떡하고 이런 아가씨와 함께 있는 거야? 여자가 필요했으면 그 애 모르게 했어야지. 예의 없이 이게 무슨 짓이니. 응?”

아이러니하게도 이작은 웃음이 났다. 이제야 광영이 자신을 마음에 들어 하지 않던 이유를 조금이나마 알 것 같았다.

“아가씨, 혹시 우리 아들한테 돈 받았어요? 얼마를 받고 이런 일을 하는지는 모르겠지만 인생 그렇게 살지 말아요. 아가씨 부모님이 얼마나 마음 아파하시겠……."

제 몸으로 소담을 완벽하게 가리고 있는데도 해괴한 소리를 퍼붓는 우 여사를 향해 이작이 비소를 날렸다. 그리고 몸을 돌려 바르르 떨고 있는 소담을 바라보았다.

미안하다, 이런 일을 겪게 만들어서. 미안하다, 이런 추한 모습을 보이게 돼서. 미안하다, 미안하다, 미안하다.

소담을 보며 울분을 삼킨 이작은 그녀의 얼굴을 감쌌다.

"나 봐."

혼란스러운 표정으로 자신을 쳐다보지 않는 소담의 얼굴을 들어 올려 억지로 시선을 맞춘 이작은 주체할 수 없는 감정을 다잡았다.

"눈, 감아."

흰자위가 빨갛게 변한, 눈물이 맺힌 눈으로 그를 쳐다본 소담이 고맙게도 눈을 감아주었다.

"이제부터, 듣지도…… 보지도 마. 네가 들어야 할 건 내 말이고 네가 봐야 할 사람은 나야. 다른 건, 아무것도 신경 쓰지 마."

감은 눈에서 흘러나오는 소담의 눈물에 이작은 피눈물을 흘려야 했다. 기적같이 제게로 찾아온 귀한 사람이었다. 소담으로 인해서 살아갈 수 있는 힘을, 살아가야 할 이유를 찾았다. 그런데 자신을 낳아준 사람에게 돈 몇 푼에 몸을 파는 여자로 오인받았다. 다른 누구도 아니고 제 어머니 때문에 귀하고 귀한 사람이 상처받아 울고 있었다.

떨리는 손으로 소담의 눈물을 닦아준 이작이 몸을 돌려 우 여사

의 팔을 잡아끌어 침실 밖으로 내몰았다. 침실에서 멀리 떨어져서
야 이작은 어울리지 않게도 서운하다는 표정을 짓고 있는 어머니
와 마주했다.

"정말, 미치셨습니까? 미치지 않고서야 어떻게 자식이 사랑하
는 여자한테 그런 짓을……!"

제 입으로 뱉어낼 수 없을 만큼 참혹했던 상황에 이작의 턱이
굳어졌다. 이렇게까지 하실 줄은 몰랐다. 저만큼이나 힘든 시간을
겪은 어머니기에 이해하고 넘어갈 수 있는 것에도 한계라는 게 있
었다. 절벽으로 떠밀린 이작은 자신의 앞에 서 있는 사람이 어머
니라는 자각도 할 수 없는 상태였다.

잃기 직전인 이성을 붙잡느라 숨을 고르고 있던 이작이었지만
우 여사는 후회의 기미조차 보이지 않았다.

"뭐라고 하면서 꼬드겼니? 대체 어떻게 했기에 착한 내 아들이
집에서 나가겠다고 하게 만든 거야? 누군지는 모르겠지만 아주 대
단한 여자를 보냈구나. 걱정 마라. 엄마가 누군지 알아내서 혼쭐
을……."

"제발 정신 좀 차리세요!"

자신의 어깨를 붙잡아 거세게 흔들어대는 아들의 일그러진 얼
굴에 우 여사는 당황했다. 이럴 리가 없는데. 내 아들이, 내 아들
이 이럴 리가 없는데.

"어디까지 가실 겁니까! 어디까지 가보셔야 멈추시겠어요!"

분노로 인해 더욱 검어진 아들의 눈동자에 우 여사는 이를 악물
었다.

"다 널 위해서야! 왜 몰라! 지금 너한테 필요한 사람은 저 계집이 아니라 나타샤야! 엄마가 널 위해 그렇게 노력하는데……!"

이작은 악다구니를 쓰는 어머니의 어깨를 놔버렸다. 다리에 힘이 풀린 우 여사는 소파에 주저앉았지만 독기로 물든 눈빛에는 변함이 없었다.

눈에 빤히 보이는 거짓으로 스스로를 포장하고 있는 어머니를 보고 있는 게 힘겨웠다. 이런 어머니를 설득할 수 있을 거라 믿었다니.

이작은 힘없이 웃으며 물었다.

"제가, 모를 줄 아셨습니까?"

무슨 말이냐는 듯 눈을 치켜뜨는 어머니를 보면서 이작은 뼈가 부서져라 주먹을 쥐었다.

"손만, 살리면 된다. 내 아들은 바이올린을 켜야 된다. 다른 곳은…… 어떻게 되든 상관없다. 그러셨잖습니까. 그것도 저를 위해서 하신 말씀이었습니까?"

"그, 그건……. 넌, 내 아들은…… 바이올리니스트니까……. 네가 아는 건, 바이올린밖에…… 없으니까……."

뜨문뜨문 말을 잇는 우 여사는 이작을 쳐다보지 못했다. 고개를 모로 틀고 저를 외면하는 어머니를 보면서 이작은 슬펐다. 오늘까지도 제가 기억하는 그 말이 환청이었을 거라고 믿었었다. 그렇게 믿고 싶었다. 환청이 아닌 사실이었다면 견딜 수가 없을 것 같았다.

사고가 일어난 직후, 이작은 눈을 뜰 수도 없는 상태였다. 운전

을 하셨던 아버지가 신음을 흘리시면서도 괜찮아질 거라고 말을
건네셨지만 대답을 할 수가 없었다. 응급실에 도착해서야 끊겼던
정신이 돌아왔었고, 몸에는 감각이 없는데 머리가 깨질 것 같은
이명에 죽음이 가까워졌음을 느꼈다. 그리고 그때, 마치 환청처럼
어머니의 비명 소리가 들려왔었다.

'손을 살려요! 손을 살려야 해요! 내 아들은 바이올린을 켤 수 있
어야 한다고! 당신들이 지금 누굴 치료하는 건지나 알아? 바이올리
니스트 하이작이야! 그 하이작이라고! 다른 데는 어떻게 되도 상관없
어! 손을 살려요!'

그 말을 듣자마자 이렇게 살 바엔 죽는 게 낫겠다고 생각했었
다. 바이올린을 켜지 못하면 부모에게조차 무의미한 존재가 되는
인생 따위, 더 살아서 뭐 하나. 하지만 그것이 잘못된 생각이었다
는 것을 소담 덕분에 알게 되었다. 하이작 그 자체를 의미 있는 존
재로 바라봐 주는 소담이 있기 때문에 그는 앞으로도 살아가야 했
다.

"어머니 아들, 바이올리니스트 하이작은 그 사고가 났던 날 죽
었습니다. 어머니가 사랑하시던 그 대단한 아들은 죽고 없어요.
이제는 인정하세요."

"아들……?"

초점 없는 눈으로 이작을 쳐다보던 우 여사가 아들을 향해 손을
뻗었다. 하지만 이작은 뒷걸음질을 치는 것으로 어머니의 손을 피
했다.

"어머니의 자식인 게 부끄럽습니다."

독하고 모진 말이었다. 자식이 부모에게 해서는 안 되는 말이었다. 하지만 그런 생각보다 말이 먼저 나왔다. 개똥밭에 굴러도 이승이 낫다는 사실을 알게 해준 소담에게 상처를 주고, 자신의 존재 가치를 없애 버렸던 어머니를 용서할 수가 없었다.

혼이 빠져나간 것 같은 어머니를 일별하고 돌아선 이작은 침실로 향했다. 그리고 바닥에 주저앉아 무릎을 끌어안고 있는 소담을 일으켜 옷을 입히고 침대에 앉혔다.

서둘러 짐을 싼 이작은 힘없이 앉아 있는 소담에게 물었다.

"걸을 수, 있겠어?"

못 걷겠다면 안겠다는 말에 소담은 고개를 저었다. 이미 부모님을 욕보였는데 또다시 흠을 잡힐 수는 없었다. 잠시 숨을 가다듬은 소담은 몸을 일으켰다. 하지만 생각처럼 몸이 따라주질 않았다. 소담은 한 걸음도 채 떼기 전에 비틀거렸고 이작이 재빨리 그녀의 허리를 안아 부축했다.

"괜, 찮아요. 걸을 수 있어요."

하얗게 바랜 얼굴로 고개를 주억거리던 소담이 천천히 걸음을 옮겼다. 안겨 나가거나 비틀거리는 모습을 우 여사에게 보이고 싶지 않았다.

이작이 소담과 함께 침실에서 나왔지만 충격에 잠긴 우 여사는 쳐다보지 않았다. 그리고 이작과 소담도 굳이 우 여사를 쳐다보지 않았다.

소담의 객실에 들어서서야 이작은 발갛게 부어오른 뺨을 확인했다. 자신은 보는 것만으로도 이렇게 마음이 아픈데 소담은 오죽할까. 이작은 그저 미안하다는 말밖에 할 수 없는 자신이 경멸스러웠다.

"미안하……."

"하지 말아요."

제 얼굴을 제대로 감싸지도 못하고 떨리는 손을 얹어만 둔 이작의 큰 손을 소담이 제 손으로 감쌌다.

"오빠 때문에 일어난 일이라고 생각하지 말아요. 그거 아니야. 절대로 그런 생각은 하지 말아요."

눈자위가 시뻘겋게 물든 이작 때문에 소담은 마음이 아팠다. 이럴 줄 알았다. 이작이 모든 게 자신의 잘못이라고 고집 부릴 줄 알았다. 그런 사람인 걸 알아서 더 아팠다.

한 번도 뺨을 맞아본 적이 없는 소담이었다. 성인이 되기 전까지 박 여사한테 맞으면서 자랐지만 절대로 얼굴에 손을 대지는 않았다. 아프지도 않게 때려놓고서 때린 날은 온종일 미안해 어쩔 줄 몰라 하던 박 여사였다. 그래서 뺨을 맞았을 때 놀랐고 충격받았다. 어찌나 세게 맞았는지 아직도 볼이 얼얼하고 따끔거렸다. 하지만 소담은 빙그레 웃어 보였다.

"하나도 안 아파요. 오빠가 아픈 거에 비하면 이건 아픈 것도 아니에요. 그냥 잠깐…… 놀랐던 것뿐이에요. 그러니까 미안해하지도 말고, 오빠 때문이라고 자책하지도 말아요."

든든한 모습을 보여야 하는데, 의지할 수 있을 만한 모습을 보여야 한다는 걸 알면서도 이작은 눈물이 날 것 같았다. 이 사람이 너무 고마워서, 이런 사람이 저를 사랑해 준다는 게 너무 감사해서.

"이해할 수는 없어요. 하지만 그런 상황에서 화가 날 수는 있을 거라고 생각해요. 그나저나 지금 비행기 티켓이 있을까요?"

부어오른 얼굴로 뭐가 좋다고 웃을까. 해준 게 하나도 없는데 왜 나같이 모자란 사람한테 그 귀한 마음을 주나. 한국으로 가야겠다는 말은 꺼내지도 않았는데 어떻게 내 마음을 그렇게 읽어내나, 이 여자는.

이작은 소담을 힘껏 끌어안았다. 미안하다는 말도 못하게 하는 그녀가 말할 수 없이 사랑스러워서 뼈가 부서져라 강하게 껴안았다.

"……사랑해."

이작의 가슴에 얼굴을 묻고 그의 허리를 안은 소담이 배시시 웃었다.

"봐요. 미안하다는 말보다 사랑한다는 말이 훨씬 좋잖아."

"사랑한다, 유소담."

"나도 사랑해요."

두 사람은 한참이나 사랑한다는 말을 건네고 건네받았다.

 #12

나리타공항에 도착해서 비행기가 인천국제공항에 착륙한다는 기내 방송이 나올 때까지, 이작과 소담은 불가피한 경우를 제외하고는 꼭 잡은 두 손을 놓지 않았다.

1분 1초가 소중해 더 많은 눈빛을 나누고 더 많은 말들을 해야 할 것 같았지만 그럴 필요가 없다는 것을 두 사람 모두 알고 있었다. 지나간 시간보다 남은 시간이 더 많으니까.

한국 땅을 밟은 두 사람은 적어도 겉으로는 담담해 보였다. 수화물을 찾고 당연하다는 듯 이작이 소담의 짐을 챙겨 출국장으로 향하면서도 불안해하거나 두려워하는 기색은 볼 수 없었다. 마치 한국에 돌아오기 전에 있었던 일을 기억하지 못하는 것처럼.

왼손으로는 소담의 손을 잡고 오른손으로는 짐을 들고 있는 이작이 그녀의 얼굴로 시선을 던졌다. 비행기에 타자마자 스튜어디스에게 부탁해 받은 얼음팩을 얼굴에 대고 있었던 덕분에 붓기가 약간은 가라앉은 것 같았다. 하지만 그의 눈에는 아직도 붉은 기가 어른거리는 것처럼 보였다.

이작의 시선을 느낀 소담이 그를 향해 고개를 돌리곤 헤헤 웃어 보였다.

"보고 또 봐도 예쁘죠?"

피식 웃은 그가 고개를 끄덕이자 소담이 새침하게 턱을 들어올렸다.

"어디서 이런 복덩이가 굴러 들어왔나 싶죠?"

"응."

순순히 긍정하는 이작을 보며 환하게 웃던 소담이 그와 잡은 손을 살짝살짝 흔들었다. 손을 흔들 때마다 그의 손목에 채워진 팔찌가 빛을 받아 반짝였다.

광영과 함께 거리를 돌아다녔던 소담이 이작을 위해 샀던 팔찌였다. 내내 가방에 넣어두고 있다가 비행기에 타서야 건네주게 된.

소담이 직접 그의 손목에 채워준 팔찌에는 대천사 성 라파엘의 인자한 미소가 담긴 메달이 대롱대고 있었다. 대천사 성 라파엘은 치유하는 빛나는 자, 사람의 영혼을 지키는 자, 주님의 천사로 칭해진다고 했었다. 그래서 소담은 광영의 설명을 듣자마자 고민 없이 그 팔찌를 사버렸었다. 자신이 그를 지키지 못할 때에, 주님의 천사가 그를 보호해 줄 수 있기를 바라면서.

액세서리를 즐기지 않는 이작이라 마음에 들어 하지 않으면 어쩌나 싶어서 팔찌를 선물하는 이유를 장황하게 설명했던 소담은 그의 키스에 입이 막혀 버렸었다. 눈이 마주친 스튜어디스가 부럽다는 듯 쳐다보던 눈빛이 떠올라 소담의 얼굴이 붉어졌다.

"부모님, 마중 나오신다고 안 하셨어?"

이작의 물음에 소담이 고개를 저었다.

"그러시지 말라고 말씀드렸어요. 버스 타면 되는데요, 뭐."

"택시 타. 데려다 줄게."

"오빠도 참! 여기서 거기까지 택시비가 얼마나 많이 나오는데 택시를 타요? 그리고 버스가 택시보다 빠를걸요?"

"그러니까."

버스가 택시보다 나은 이유를 따지던 소담은 이해할 수 없는 이작의 대꾸에 눈을 깜박였다.

"버스가 택시보다 빠를 테니까 택시 타자고."

도저히 못 알아듣겠다는 듯 눈알을 굴리는 소담을 보면서 이작은 또다시 피식 웃어버렸다. 가끔 무서울 정도로 정곡을 찌르는 소담이지만 이런 쪽에는 영 눈치가 없었다. 1분이라도 더 같이 있고 싶은 마음을 이렇게 몰라주나.

욕심 같아서는 소담을 들쳐 메고서 도망이라도 치고 싶었다. 아무도 없는 곳으로 도망가 그녀와 단둘이서 알콩달콩 행복하게만 살 수 있다면 얼마나 좋을까. 하지만 두 사람의 미래를 위한다면 결코 좋은 방법이 아니었다. 그렇게 도망간다고 해서 마냥 행복해할 소담도 아니고.

"나는 아무리 생각해 봐도 모르겠어요. 택시를 타야 하는 이유가 뭐예요?"

말없이 걸음을 옮기던 소담이 포기했다는 듯한 표정으로 묻자 이작은 웃음을 터뜨렸다. 그가 이유를 말해주려 했지만 누군가 소담을 부르는 소리가 들려왔다.

"소담아!"

"큰딸!"

거의 동시에 외쳐진 부름에 이작에게 향해 있던 소담의 고개가 획 돌아갔다. 당황한 표정으로 서 있던 소담은 이작이 가보라고 등을 떠밀어서야 부모님께 뛰어갔다.

"엄마! 아빠!"

부모님께 폭삭 안긴 소담의 얼굴에 안정감이 번져 갔다. 부모님이 공항으로 마중 나가겠다고 말씀하셨을 때 절대 그러시지 말라고 말렸었다. 1분이라도 더 이작과 함께 있고 싶은 마음이 부모님을 향한 그리움을 꺾어버린 것이다. 하지만 그럼에도 부모님께 안긴 소담은 더없이 행복했다. 아빠의 은은한 스킨 향과 엄마의 화장품 냄새가 이렇게 반가울 거라고는 생각도 못했었다.

"우리 딸, 그새 키가 큰 것 같은데?"

"에이참, 아빠는 농담도 꼭 그런 걸로. 오시지 말라니까 왜 오셨어요? 바쁘시지 않아요?"

"우리 큰딸이 집에 온다는데 어떻게 가만히 있어?"

손바닥을 펴서 소담의 키를 재보며 오랜만에 본 큰딸에게 장난을 치는 유석진이었지만 박 여사는 쉬이 말을 붙이지 못했다. 제대로 보았던 것이다, 낯익은 남자의 손을 잡고 있던 딸의 모습을.

"소담아, 너."

박 여사가 초조한 얼굴로 입술을 떼는데 그새 그들의 곁으로 다가온 이작이 짐을 내려놓고 정중하게 인사를 올렸다.

"처음 뵙겠습니다. 하이자이라고 합니다."

이작의 등장에 두 어른의 표정이 기묘하게 변했다.

"기억 못하나 보네. 우린 처음 아니에요."

부드럽게 미소를 지은 유석진이 이작에게 악수를 청했다. 그의 사정을 알고 있다는 듯 왼손을 내미는 석진의 손을 마주 잡은 이작이 혼란스러운 눈빛으로 그를 쳐다보았다. 이상하게 낯이 익었지만 누군지 떠오르질 않았다. 아마 소담의 부모님이라 낯익어 보이는 것 같다고, 단순하게 생각하던 이작은 유석진의 말에 깜짝 놀랐다.

"데뷔 5주년 때 내가 옷을 선물한 적이 있어요. 오래전이니 기억 못하는 것도 무리는 아니에요."

석진의 말을 듣고 나서야 흐릿했던 기억에 윤곽이 잡혔다. 데뷔 5주년. 이작이 막 스무 살이 되었을 때 유석진은 이미 유명한 디자이너였다. 녹특하고 개성적인 패턴으로 찬사를 받던 석진이 직접 연락을 해와 선물을 하고 싶다고 했을 때 무척이나 감사하게 여겼었는데. 몸에 딱 맞는, 과하게 튀지도 않고 그렇다고 무난하지도 않게 자신을 돋보이게 만들어주는 옷이 마음에 들어 어떤 공연에서든 꼭 한 번은 석진이 선물한 옷을 입었었다.

"알아 뵙지 못해 죄송합니다. 오랜만에 뵙습니다, 선생님."

“죄송하기는. 괜찮아요. 못 본 새에 많이 건강해진 것 같아서 마음이 좋네요.”

놀라고 죄송한 마음에 다시 허리를 숙인 이작의 어깨를 석진이 툭툭 쳐주었다.

석진에게 박 여사를 소개받고 인사를 나눈 이작은 인연이 이런 것인가, 하는 생각이 들었다. 치수를 재기 위해 석진과 만났을 때 분명 딸이 둘 있다고 했었다. 큰딸이 고등학생인데 그의 팬이라고, 아마 이름도 말해주었던 것 같다. 딸이 팬이라기에 사인 정도는 부탁할 줄 알았는데 앞으로도 응원하겠다는 말을 마지막으로 뒤돌아서는 석진의 모습이 오랫동안 기억에 남았었다. 그런데 언제 그렇게 까맣게 지워져 버린 것인지.

유석진의 딸 유소담. 이작은 이제야 소담이 어떻게 패션 쪽에 관심을 가지고 그쪽 일을 하게 되었는지 납득이 되었다.

유석진은 디자이너로서도 성공한 인물이지만 그가 가진 배경도 결코 만만치 않았다. 유석진의 아내는 음대에서 피아노를 전공했고, 처가가 꽤 큰 규모의 의류 사업을 하고 있었다. 게다가 유석진의 아버지이자 소담의 친할아버지는 대한민국 미술계에 한 획을 그었다는 평을 듣는 유경도 화백이었다. 소담은 피는 물보다 진하다는 말을 여과 없이 보여주는 예였던 것이다.

“그런데 우리 딸하고는 어떻게…….”

예의가 아니라는 것을 알면서도 그를 뚫어지게 쳐다보던 박 여사가 말을 끌었다. 좋지 않은 예감이 박 여사를 불안하게 만들고 있었다.

“아, 엄마, 그게……”

양볼을 예쁜 분홍빛으로 물들이는 딸을 보면서 치솟던 박 여사
의 불안함은 이작의 대답에 정점을 찍었다.

“따님과 교제하고 있습니다.”

박 여사의 얼굴이 납빛으로 변하고 히히히 웃고민 있던 유식진
의 얼굴에도 당혹감이 번졌다.

화장대 옆에 놓아둔 짐에는 손도 대지 못하고 소담은 제 방을
서성이고 있었다. 공항에서 괜찮다고, 연락할 테니 가보라고 고개
를 끄덕여 주던 이작과 연락이 닿질 않았다. 우선 올라가서 씻고
쉬라고 말씀하시고는 안방으로 들어가 버리신 부모님도 그녀의
걱정을 부채질하고 있었다.

부모님이 이작과의 교제를 탐탁지 않아 하신다는 건 알 것 같았
다. 집으로 돌아오는 차 안에서도 정말이냐고 물으신 것 외에는
달리 말씀이 없으셨으니 바보가 아닌 이상 부모님의 마음을 모를
수가 없었다.

이작을 반길 수만은 없는 부모님의 심정을 이해할 수 있었다.
하지만 제가 생각하는 이유 때문이 아니기를 바랐다. 손이 조금
불편하다는 이유로 그를 싫어하시는 게 아니길 바랐다. 소담이 아
는 부모님은 그런 분들이 아니니까.

휴대폰을 쥐고서 몇 번이나 문자 메시지의 내용을 고쳐 쓰던 소

담은 초인종이 울리자 메시지 창을 꺼버렸다. 바쁠 수도 있는데 자꾸만 연락해서 이작을 귀찮게 만들고 싶지 않았다.

"어? 언니야!"

안방에서 움직이지 않고 계시는 부모님을 대신해 문을 연 소담은 달려들어 안기는 동생 때문에 휘청거렸다.

"학교에 있다가 온 거야?"

동생 홍화는 소담보다 한 뼘은 컸지만 어린아이처럼 언니를 끌어안고 방방 뛰었다.

"아니. 요즘 우리 학교 주변에 이상한 사람들이 많아서 친구들하고 동네 독서실에 있다가 온 거야. 언니야가 와서 아빠가 연락도 없으셨구나?"

아버지는 급한 일이 없으면 고등학생이 된 후에 늘 늦게까지 학교에 남아 공부를 하는 동생을 데리러 가셨었다. 그런 아버지가 연락도 없이 움직이지 않으셨다면 필시 저 때문일 거라는 생각 때문에 소담은 한숨이 나왔다.

"밥은?"

"친구들하고 햄버거……. 어, 엄마! 언니 왔으면 연락 좀 해주지! 그럼 일찍 왔을 텐데!"

양볼을 부풀리고 투정을 부리는 홍화를 잠시 쳐다보던 박 여사가 길게 한숨을 쉬었다.

"홍화, 올라가서 씻어. 엄마가 간식 먹으라고 할 때까지 내려오지 말고."

"어?"

부모님과 언니의 얼굴을 번갈아 쳐다보며 무슨 일 있냐고 묻는 홍화에게 박 여사가 엄한 표정을 지어 보였다.

"엄마하고 아빠가 언니하고 할 얘기가 있어. 그러니까 올라가 있어."

"어, 응."

심상치 않은 분위기에 홍화가 고개를 주억거리면서 2층으로 향하는 계단을 올랐다. 그러면서도 제 언니가 걱정되는지 자꾸만 뒤를 돌아보았다.

부모님도 모자라 동생의 걱정까지 사게 된 소담의 얼굴이 굳어졌다. 그저 이작과 사귀는 것뿐인데, 그를 좋아하게 된 것뿐인데.

"소담이는 앉아."

소담은 소파에 나란히 앉으신 부모님의 맞은편에 자리를 잡았다. 모아진 무릎 위에 포개어진 손이 미약하게 떨리고 있었다.

"아까는 정신이 하나도 없어서 제대로 못 물어봤는데 그……여보, 군이라고 해야 해요, 씨라고 해야 해요?"

이작을 어떻게 불러야 하는지 고민하던 박 여사가 남편을 쳐다보며 묻자 석진은 군이 낫겠다고 대답했다.

"그래, 하이작 군하고 교제…… 그러니까 사귄다고?"

"응."

단숨에 대꾸를 해버리는 딸을 보면서 박 여사는 끄응, 신음을 흘렸다. 어째 좋아해도 꼭 그런 남자들만 좋아하는지 도통 딸을 이해할 수가 없었다.

박 여사는 선기가 싫었다. 저 잘되라고 제 딸이 고생하는 걸 뻔히 알면서도 모른 척하는 게 괘씸했고 딸의 마음을 받아주지도 않을 거면서 미소 한 자락, 다정한 말 한마디로 그 마음을 버리지 못하게 만들어서 화가 났었다. 얼굴값을 하려던 건지 주변에 여자가 많은 것도 싫었고, 그 부모의 콧대가 이루 말할 수 없이 높아져 제 딸을 무시하는 언행을 일삼을 때면 분해서 잠도 못 잘 지경이었다. 그런데도 선기가 좋다고 졸졸 쫓아다니는 딸을 막지 않았다. 부모란 더 나은 길이 있다고 방향을 알려줄 수는 있어도 제가 선택한 길을 가겠다는 자식의 길을 막는 존재가 되면 안 된다고 믿기 때문이었다.

내 자식이 귀해서 남의 자식도 귀했다. 그래서 박 여사는 단 한 번도 선기가 잘못되길 바라지 않았다. TV를 통해 결혼이 취소되었다는 소식을 접하고서는 어쩌다 일이 그렇게 되었을까 안쓰러움에 혀를 찼었다. 인생살이 새옹지마라고 더 좋은 인연 만나려고 그런 거려니, 좋게 생각하려고 했었다.

내 자식이 귀해서 남의 자식도 귀하다. 그건 진심이었다. 하지만 내 자식보다 남의 자식이 귀할 수는 없었다. 그래서 박 여사는 딸이 만나고 있다는 남자를 반대할 작정이었다.

"엄마는, 싫어."

딸이 어떤 반응을 보여도 흔들리지 말자고 다짐했건만 소담이 금방이라도 울음을 터뜨릴 것처럼 슬픈 눈으로 바라보자 박 여사는 가슴이 욱신거렸다.

"아빠도 잘된 일이라고 생각하시지 않아."

소담의 시선이 박 여사에게서 석진에게로 옮겨갔다. 정말이냐고 묻는 눈빛에 유석진은 차마 딸을 쳐다보지 못했다.

"그 사람 손 때문에 그러는 건 아니야."

딸의 생각 정도는 읽고도 남는다는 듯 박 여사가 반대의 이유를 늘어놓기 시작했다.

"아빠는 그 사람이 너무 차갑다고 생각하시고 엄마도 다르지 않아."

"아니야. 그 사람, 얼마나 다정한데요. 엄마, 아빠가 몰라서 그래. 알고 보면……."

"유소담."

딸의 말을 끊은 박 여사의 심장이 쿵쿵, 죄책감으로 빠르게 뛰고 있었다. 심장이 있는 곳을 손바닥으로 지그시 누르며 호흡을 고른 박 여사는 소담을 똑바로 쳐다보았다.

"뒷말하는 거, 좋아하지도 않고 너희한테도 그러는 거 아니라고 가르쳤지만 들려오는 이야기들을 막을 재간은 없어. 들은 말들을 여기저기 전하지는 않았지만 듣기는 했고, 그 사람에 대해 엄마가 들은 얘기들 중에 좋은 건 없어."

"엄마……."

이미 큰 눈 가득 눈물을 담고 저를 부르는 소담 때문에 박 여사는 딸보다 먼저 울고 싶은 심정이었다. 남의 자식도 귀한데. 내 자식이 귀한 만큼 남의 자식도 귀한 건데. 너무 잘 아는데 그 귀한 남의 자식 흠을 잡으려니 죽을 맛이었다.

자식들에게 인간은 본디 누구나 착하다는 믿음을 주고 싶었다. 단점이 있으면 장점도 있으니 단점보다 장점을 먼저 보라고 수없이 말했었다. 남의 흠을 잡기 전에 내 흠부터 먼저 볼 줄 아는 사람이 되어야 한다고 입이 마르게 말했었는데 자식들 앞에서 거짓말쟁이를 자처하게 된 상황이 쓰라렸다.

그래도 어떡하나. 장점은 하나도 없는 것 같고 무수히 많은 단점들만 보이는데. 그 사람이 제 딸을 결코 가벼운 마음으로 만나지는 않았을 것이니 이대로 놔두면 결혼을 하겠다고 나설 수도 있었다. 박 여사는 그것만은 막고 싶었다. 미래를 예견하는 능력 같은 건 없지만 그 사람을 계속 만나게 되면 딸이 겪게 될 고통이 너무 훤히 보여 뒷짐 지고 관망만 할 수는 없었다.

"엄마는…… 뛰어난 피아니스트가 될 수 없다는 걸 인정했을 때 죽을 것처럼 힘들고 아팠어. 나는 여기까지구나, 내가 어떻게 해도 더는 실력이 늘지 않겠구나, 그걸 깨달았을 때 좌절감과 자괴감에 무너졌었어."

처음 듣는 엄마의 고백에 소담은 결국 눈물을 흘렸다. 엄마는 그냥 엄마인 줄 알았다. 아버지의 아내로, 자신과 동생의 엄마로 충분히 행복해하는 줄 알았다. 엄마에게도 꿈이 있었고 그 꿈을 이루지 못해 아파했다는 사실 같은 건 알지 못했었다.

어렸을 때, 자신을 무릎 위에 앉혀놓고 피아노를 치던 엄마는 참 예뻤다. 쳐달라고 부탁하면 무엇이든 쳐주고 콧노래를 흥얼거리는 엄마가 멋있어 보여서 하루가 멀다 하고 피아노를 쳐달라 떼를 쓰곤 했었다.

나이가 들고, 피아노를 쳐달라는 말을 하지 않기 시작했을 무렵부터 가끔씩 엄마가 먼지 없는 깨끗한 피아노를 손끝으로 쓰는 모습을 봤을 때도 그냥 그리우신가 보다 생각했을 뿐이었다.

"엄마는 피아노를 칠 수 없게 된 게 아니라 스스로 포기한 거였어. 그런데도 생살이 찢기는 것처럼 아팠어. 그런데 그 사람은 어떻겠니? 생살이 찢기는 거, 그것뿐이었을까?"

소담은 대답하지 못했다. 섣히 대답이란 걸 할 수 있을 리가 없었다.

"그 상처, 누구도 이해 못하고 어떡해도 위로 못해. 시간이 지나 괜찮아졌겠지 싶다가도 한 번쯤 울컥울컥 치미는 게 있어. 그런 상처 안고 사는 사람 옆에, 내 딸을 두고 싶지 않아."

"……엄마."

"그리고."

눈물로 얼굴을 적신 딸이 안쓰러웠다. 지금이라도 아니라고, 괜찮다고, 그깟 상처 너 하나로 부족하면 우리도 나서 감싸 안아주면 된다고 말하고 싶었다. 하지만 박 여사는 약해져 흔들리는 마음을 다잡았다.

"그 어머니 되시는 분, 아직 포기하지 않았다고 들었어. 신경 수술, 재활 치료로 이름난 사람들을 수소문하고 다니고 벌써 어디 병원에 수술까지 잡아났다고 하더라. 참 대단한 어머니라고 생각했고 아들을 위해서 발 벗고 뛰어다니는 거 존경스러워. 하지만 내 딸이 마음에 담은 남자의 어머니로 보자면…… 솔직히 소름 끼친다."

놀라 눈이 휘둥그레진 소담을 보고 박 여사는 눈을 감았다.

악기를 다루며 부상을 당해보지 않은 사람, 한 명이라도 있을

까. 피아니스트와 바이올리니스트들은 필연적으로 손목터널증후
군에 시달리고 잦은 부상과 마주친다. 끝나지 않을 것 같은 연습
시간, 없어지지 않을 것 같은 위기감과 중압감, 그로 인해 찾아오
는 스트레스는 본인만이 감당하고 해결해야 할 문제였다.

예체능 계열에 몸담은 사람들은 끊임없이 자신과의 싸움을 계
속해야 한다. 도태되지 않고 발전하기 위해서. 남이 아닌 나를 실
망시키지 않기 위해서.

바이올리니스트 하이작에게 닥친 사고는 악몽이었다. 절대로
깨어날 수 없는 악몽.

이작이 사고를 당한 지 2년이 훌쩍 지나 있었다. 경미한 부상이
었어도 쉴 만큼, 그 배의 배로 연습을 해야 재기를 논할 수 있을
텐데 그는 그 시간 동안 한 번도 바이올린을 잡지 않았다. 그건 스
스로 재기를 포기했다는 뜻이었다.

바이올리니스트를 자식으로 두었다면 수술을 강요하지 말아야
한다는 게 박 여사의 생각이었다. 수술이 거듭될수록 이작의 상처
는 커지기만 할 거라는 것을 왜 모를까. 누군가를 실망하게 만들
어본 적 없는 사람이 연속으로 실망을 안겨주는 사람이 되어버린
상황에 절망할 것을 왜 모르냔 말이다.

내 자식 같았으면 그래도 잘난 내 자식이라 끌어안을 수 있겠지
만 안타깝게도 이작은 박 여사의 자식이 아니었다. 그리고 그 어
머니에 대해서 돌고 도는 소문은 간과할 수 없는 문제였다.

"엄마가 쓴소리한다고 너무 서운하게 듣지 마라. 누구보다 우
리 딸이 행복하길 바라서 그러는 거야."

떨리는 아내의 손을 토닥거리던 석진이 흐느끼는 딸을 보며 마른침을 삼켰다. 아직도 어린 아이라고만 여겼는데 언제 이렇게 커 사랑이라는 걸 하는지. 대견하면서도 서운하고, 상대가 이작이기에 걱정만 앞섰다.

"오빠하고 있으면, 행복해요. 정말이야. 그 사람 덕분에 마음을 주고받는 게 얼마나 행복한 건지 알았어. 그러니까 그냥, 그 사람도 예쁘다…… 해주면 안 돼? 안 돼요?"

다물어진 부모님의 입은 열릴 줄을 몰랐다. 완강하게 반대의 뜻을 밝히는 부모님 앞에서 소담은 막막해졌다.

"예쁘다, 못하시겠으면 불…… 쌍하다, 그렇게라도 생각해 줘요. 응?"

소파에서 내려와 무릎걸음으로 부모님 사이에 자리 잡은 소담은 엄마, 아빠의 손을 잡고 매달렸다.

"나보고 기적이래요. 내가 그 사람한테는 기적이래요. 내가 뭐라고, 내가 뭐가 그렇게 잘났다고 입만 열면 나보고 예쁘대요. 나 사랑한대요, 그 사람이. 나도 그 사람 사랑해. 그거면 된 거잖아. 서로 사랑하면 된 거잖아요."

딸을 기적이라 칭했다는 말에 유석진과 박 여사의 얼굴이 붉어졌다. 불쌍하고 안쓰러운 사람. 그동안 얼마나 외롭고 힘들었으면 기적이라는 말까지 했을까.

소담이 조금만 더 애원하면 네 마음대로 하라고, 힘들고 괴로워할 게 보이지만 네가 좋다니 됐다고 말해 버릴 것 같아서 박 여사는 자리를 박차고 일어섰다.

"싫어. 그렇게까지 절실해서 더 싫어."

모진 말을 하면서도 가슴이 아파 바르르 떠는 아내와 진즉 눈물 한 바가지를 쏟아낸 딸을 보면서 유석진은 깊은 한숨을 내쉬었다.

"엄마는 싫다고 했어. 만나지 마. 그 사람은 안 돼."

"엄마!"

"그리고 아빠하고 얘기했었는데 너, 뉴욕 가. 유진이하고 같이 지내면서 공부해. 유진이나 고모도 넌지시 너 보내면 어떻겠냐고 물어봤었어. 그러니까 그렇게 알아."

쉼 없이 말을 쏟아낸 박 여사가 휑하니 안방으로 들어갔다. 쾅! 문이 닫히는 소리가 엄마 마음이 닫혀 버린 소리 같아서 소담은 아득해졌다.

"……아빠?"

눈물샘도 놀랐는지 눈물도 뚝 그쳐 버린 소담이 석진을 쳐다보았다. 지금 제가 들은 얘기가 진짠지 확인하려는 표정에 석진은 안방 문에 시선을 두었다가 딸의 얼굴을 바라보았다.

"예전부터 아빠하고 엄마가 했었던 얘기야. 갑자기 만들어진 얘기 아니고. 유진이도 외롭다 그러고 고모도 네 재능 아깝다는 소리 많이 했었어. 아빠도 우리 딸이 공부를 더 했으면 좋겠는데 혼자 보내는 게 영 마음에 걸렸었거든. 뉴욕이면 유진이도 있고 아빠 지인들도 있으니까 괜찮겠다 싶었어."

"나도, 나도 생각했었어요. 공부를 더 해야겠다고, 부모님께 부끄럽지 않은 딸이 되고 싶다고 생각했었어. 그런데 그렇게 가는 건 아니잖아요. 그렇게 간다고 해서 내가 행복할 리 없다는 거, 아빠도 아시잖아요."

부끄럽지 않은 딸이 되고 싶다니. 석진은 딸이 그런 생각을 하고 있다는 것에 놀라고 먹먹해졌다.

큰딸이라고 해서 살림 밑천이라는 생각을 해본 적도 없었고, 언니니까 무조건 동생에게 양보하고 살아야 한다는 생각도 하지 않았다. 공부 머리는 없었지만 자신을 쏙 빼닮은 재능을 타고났기에 언제나 자랑스러웠던 딸이었다. 누구도 자신의 큰딸처럼 올곧고 맑게 자랄 수는 없을 것 같아서 자부심을 가지고 살았던 석진이다. 그래서 딸이 마음에 품은 남자가 마음에 차지 않았다.

"소담아."

다정하게 제 이름을 부르는 아빠의 눈자위가 빨갰다. 소담은 제 사랑이 부모님을 아프게 한다는 사실에 미칠 것만 같았다.

"아빠도 엄마 마음과 다르지 않아. 세상에 어떤 부모도 자식이 힘든 길을 가겠다는데 그래라 말할 수는 없는 거야."

딸의 눈물을 닦아주고 어깨를 두드려 준 석진은 안방이 아닌 집 밖 정원으로 향했다. 아내가 정해준, 하루 담배 다섯 개비의 규칙을 철저히 지키던 그였지만 지금은 담배가 필요했다.

어둑해진 밤하늘에 석진이 내뿜는 연기가 아스라이 흩어졌다. 뿌연 담배 연기가 채 빠져나가지 못하고 가슴 안에 남아 있는 것 같은 기분에 석진의 한숨도 깊어졌다.

예술을 하다 망가진 사람을 너무 많이 봤다. 다정한 남편, 자상한 아버지 상의 으뜸으로 뽑히는 자신의 아버지 유경도 화백도 몇 년간 술에 의존해야만 버틸 수 있었던 시간이 존재했었다. 술과 담배는 그나마 봐줄 수 있는 중독에 속했다. 우울증을 호소하던 사람 몇은 약에 기대기도 했고 불면에 시달리다 환시를 겪은 사람도 있었다.

모든 일이 그렇듯 언제나 승승장구할 수만은 없었다. 제 맘대로 펄럭이던 날개가 떨어져 버리면 멀쩡한 사람도 망가지게 마련인데 남들보다 크고 화려한 날개를 가졌던 바이올리니스트 하이작이라면 그 심정이 어떨까.

상처가 아물려면 시간이 필요했다. 아직 이작에게는 충분한 시간이 주어지지 못했다고 석진은 생각했다. 망가지지 않고 다시 일어설 수도 있겠지만 반대로 망가질 수도 있었다. 석진은 그 불확실한 미래에 자신의 딸을 끼워 넣고 싶지 않았다.

"평범한 사람이었으면…… 좋았을 것을."

연기와 함께 조용히 말을 흘린 석진의 얼굴이 밤하늘처럼 어둑해졌다.

이작은 나타샤를 대동하고 본가로 들어온 어머니를 공허한 눈빛으로 쳐다보았다.

"집에 와 있었구나. 그래, 그럴 줄 알았어. 앉아."

마뜩찮아 하는 남편의 표정과 어쩔 줄 몰라 하는 작은아들 내외의 모습을 보고도 우 여사의 얼굴 만면에는 웃음꽃이 피었다. 그럴 줄 알았다. 내 아들은 어미를 배신하는 일 같은 건 못한다. 그러니 본가에 와 있는 것이다. 우 여사의 믿음은 확고했다.

우 여사의 뒤를 따라 들어서던 나타샤는 당당해 보였다. 이래도 네가 계속 버틸 수 있겠냐고 묻는 눈빛에 이작은 오장육부가 뒤틀렸다.

"안 오겠다는 걸 내가 데리고 왔다."

이작의 시선이 나타샤에게로 향해 있는 걸 발견한 우 여사가 샐긋 미소를 지었다. 실은 나타샤가 먼저 함께 가자고 했지만 이러면 어떻고 저러면 어떠랴.

"널 용서한다는구나. 결혼 전에 한 번쯤 실수할 수도 있는 거니 이해할 수 있다고. 내가 무슨 복으로 이런 아이를 며느리로 삼게 됐는지 모르겠어. 수술하고 나서 약혼식부터 올리자고 했는데, 괜찮지?"

나타샤의 손등을 토닥이며 예뻐서 어쩔 줄 모르겠다는 듯 웃고 있는 우 여사 때문에 이작은 구토가 치밀었다.

누가 누굴 용서하고 자신이 무슨 실수를 저질렀다는 것인지. 어처구니없는 상황에 피식피식, 웃음이 나왔다.

어머니 옆에 얌전히 앉아 있는 나타샤의 입가에는 승리의 미소가 걸려 있었다. 나타샤와 어머니는 한 치의 다름도 없이 똑같은 사람들이었다. 원하는 걸 가질 수만 있다면 무슨 짓을 해도 괜찮다고 믿는 사람들. 빈껍데기뿐이라도 손에 쥐게 된다면 상관없다고 생각하는 사람들.

"네가 재기할 수 있도록 돕겠다고 했어. 수술하고 재활 끝날 때까지 스케줄도 안 잡는단다. 왜 그러고 서 있어? 와서 앉으라니까."

피곤한 듯 눈가를 손끝으로 꾹꾹 누르며 신경질적으로 명령하는 우 여사를 쳐다보는 가족들의 얼굴에 안쓰러움과 경멸의 빛이 동시에 떠올랐다. 가족이기에 이해해야 하지만 한편으로는 가족이기에 이해할 수 없는 부분에 누구도 쉬이 입을 열지 못했다.

비릿한 미소를 머금고 어머니와 나타샤를 쳐다보던 이작은 걸음을 옮겨 소파로 향했다. 그리고 어머니와 마주 보고 앉아 숨을 골랐다.

설득한다고 해서 설득당해 주실 리 없지만 시도는 해봐야 했다. 그것이 현재 이작이 자식으로서 지킬 수 있는 최대한의 도리이자 어머니께 드리는 마지막 기회였다.

"재기, 안 합니다."

눈 깜빡할 사이에 우 여사의 얼굴에 노기가 들어찼다. 하지만 이작은 담담하게 말을 꺼냈다.

"아이들을 가르칠 겁니다. 소외받고 외로운 아이들에게 제가 가지고 있는 것들을 나누어줄 생각입니다. 수술을 받고 바이올린을 켤 수 있게 된다면 좋겠지만 아니더라도 제가 계획한 일에 크게 문제될 건 없습니다."

"내가, 내가 기껏 선생질이나 하라고 내 인생을 너한테 바쳤는지 알아?"

결국엔 그거였다. 선생질이나 하는 아들이 아니라 바이올리니스트 아들의 어머니라는 자리를 잃고 싶지 않았던 것. 그 사실을 확인하자 어머니에 대한 증오마저 사그라졌다. 증오도 아깝다. 어머니께는 감정 한 자락조차 아까웠다.

"누구도 어머니께 강요하지 않았습니다. 오랜 시간, 저보다 더 행복해하셨으니 더는 욕심 내지 마십시오. 제 계획을 말씀드린 건 허락을 받으려 한 게 아니라 그렇게 하겠다고 알려 드린 겁니다. 이해해 주시길 바라지도 않고, 원하지도 않습니다."

"그…… 계집 때문이지?"

이작이 자리에서 일어서자 우 여사가 조소를 품고 아들을 노려보았다. 맹랑한 계집! 그 계집이 아이 같은 얼굴로 자신의 아들을 망가뜨렸다.

광기로 번들거리는 어머니의 눈빛을 받아내던 이작의 눈가에 서글픈 미소가 어렸다.

"아니오. 그 사람이 아니라 저 때문입니다. 저도 이제…… 행복하게 살고 싶어졌습니다."

캐리어를 끌고 현관으로 향하던 이작은 악에 받쳐 소리를 내지르는 어머니의 음성에 걸음을 멈췄다.

"너는 다시 바이올린을 켜게 될 거야! 바이올리니스트로 살지 못하면 네 인생은 아무런 의미가 없으니까! 너, 내가 그 계집을 가만 놔둘 줄 알아? 내 아들 망쳐 놓은 그 계집, 내가 어떻게 괴롭힐지 두고 보려무나!"

"여보!"

"어머니!"

이작의 아버지 하용진과 강호가 경악한 얼굴로 우 여사를 말려 봤지만 너무 늦었다. 비소를 흘린 이작이 캐리어를 손에서 놓고 신발장 안에서 공구함을 찾아 망치를 꺼내 들었다.

아무도 이작을 막지 못했다. 그가 다시 우 여사에게로 다가가 거실 탁자에 왼손을 올려놓고 망치를 휘두르는 순간, 우 여사를 비롯한 모든 사람들은 눈도 깜박이지 못했다.

찰나의 시간. 이작의 손으로 날아가던 망치는 손등 바로 위에서 멈춰 섰다.

"저한테는…… 이따위 손과는 비교도 되지 않을 만큼 소중한 사람입니다. 제가 반병신이 되어도 사랑해 줄, 기적보다 더 큰 사람이란 말입니다."

망치로 손을 내려치려던 사람답지 않게 평온한 음성이었다. 강호가 서둘러 망치를 빼앗아 등 뒤로 숨길 때까지 그는 어머니의 눈만을 응시하고 있었다.

"그 사람 놓치면, 이 손도 없어지는 겁니다. 잊지 마십시오."

온몸을 떨고 있는 어머니를 일별한 채, 이작은 본가에서 빠져나왔다. 하지만 그게 끝이 아니었다.

「그 여자가, 그렇게 대단해요?」

뒤따라 나온 나타샤가 등 뒤에서 소리치자 이작은 길게 숨을 내쉬었다. 숨 쉬는 것조차 귀찮을 정도로 피곤했지만 순순히 몸을 돌려 그녀를 쳐다보았다.

「당신은 저 안에서 귀 막고 눈 감고 있었나?」

「말해봐요. 그 여자의 무엇이 당신을 미치게 만든 거죠? 나도 그 여자처럼 할 수 있어요. 그러니 말해봐요.」

도대체 이 여자는 왜 이렇게까지 추락한 건가. 달콤하게 사랑을 속삭인 적도, 살뜰하게 챙긴 적도, 다정한 눈빛을 준 적도 없었다. 그런데 자신의 무엇이 탐나 이렇게 귀찮게 구는지 알 수가 없었다.

「불가능하겠지만 다음 생에 그 여자로 태어나 봐. 그럼 알 수 있을 테니까.」

나타샤를 향해 동정의 눈빛을 던진 이작이 몸을 돌리려 할 때였다.

「나는 당신 어머니와는 달라!」

「……뭐?」

「내가 그 여자를 괴롭히려고 마음먹으면 가볍게 손봐 주는 정도로 끝나지는 않을 거예요. 당신, 알잖아요? 우리 집안이 마피아와도 인연이 깊다는 걸.」

최악의 수까지 꺼내 든 나타샤는 이작의 미소에 움찔거리며 뒷걸음질쳤다. 사랑받은 적은 없었지만 저렇게 소름 끼치도록 무서운 미소를 짓지도 않았었다. 단숨에 제 목줄을 틀어쥘 것 같은 냉기 가득한 눈빛과 미소에 나타샤는 저도 모르게 몸을 떨고 있었다.

「그 여자 머리카락 한 올이라도 건드려 봐, 미친놈이 어떤 건지 제대로 알게 해줄 테니까.」

하얀 이를 드러내며 웃는 이작 때문에 나타샤는 소름이 돋았다. 그가 진심이라는 건 굳이 일을 저질러 보지 않아도 알 수 있었다.

"형, 괜히 미친 여자 상대하지 말고 그냥 가."

"그래요, 오빠. 더러우니까 우리가 피해요. 가요."

어느새 집 밖으로 나온 강호와 수정이 양쪽에서 이작의 팔을 잡아끌었다.

트렁크에 캐리어를 싣고 강호의 차에 올라탈 때까지 이작은 본가나 나타샤를 쳐다보지 않았다. 끔찍한 지옥 같은 곳, 괴물 같은 존재들을 눈에 담아야 할 이유가 없었다.

"울었어?"

자냐는 문자 메시지를 보내자마자 걸려온 소담의 전화에 이작은 기쁨보다 아픔이 먼저였다. 밝은 척, 목소리를 꾸며내는 소담의 음성에 지울 수 없는 울음기가 묻어 있었다.

[울기는. 내가 왜 울어요? 밥은 먹었어요?]

"그래."

서로를 위한 거짓말. 이작에게 메시지가 오기 전까지 울고 있었던 소담은 울지 않았다 거짓말을 하고 밥 생각은 하지도 않던 이작은 걱정할 그녀를 위해 먹었다고 거짓말을 했다. 그렇게 두 사람은 사랑하는 이를 위해 서로의 거짓말을 믿어주었다.

"부모님, 많이 놀라셨지?"

소담과 교제한다고 했을 때 받은 충격을 고스란히 드러내던 박 여사가 떠올라 이작은 한숨을 삼켰다.

[당연히 놀라죠. 신남 하이작이 내 남자친구라는데. 막 자랑했어요. 오빠가 사실은 너무너무 다정하고 착한 사람이라고.]

"그랬…… 어?"

[응. 오빠는 집이에요?]

“어.”

[음…… 저기…….]

어려운 말을 꺼내려는 듯 소담이 호흡을 고르고 있었다.

“말해.”

[어, 머님은…….]

“만나 봤어.”

자세한 얘기는 하고 싶지도 않았고 할 수도 없었다. 소담이 그
런 추악함을 감당할 수 있을 리 없었다. 자신으로 인해 그녀의 맑
음이 훼손되는 건 참을 수 없었다.

[너무 화내지 말아요. 어머니잖아요.]

“……그래.”

[술 마시지도 말아요. 자꾸 술 마시고 그러면 확 늙는다? 완전
동안 여친을 뒀으면 알아서 관리해야 하는 거 알죠?]

애써 장난을 거는 소담 덕분에 이작의 입가에도 비로소 희미하
게나마 미소가 걸렸다.

“혼난다.”

[헤헤. 우리 언제 볼 수 있이요?]

“조만간. 그동안 하고 싶은 거 생각해 놔.”

소담은 지금도 백 가지쯤은 거뜬히 말할 수 있다면서 가고 싶은
곳, 하고 싶은 일들을 읊기 시작했다. 그런 소담의 목소리를 들으
며 이작은 차를 사야겠다고 생각했다.

운전면허는 있었지만 직접 운전을 해본 건 오래전이었다. 한국
에 있을 때는 아버지가 기사를 자청하셨었고 사고가 난 이후로는

강호를 제외한 누구도 운전할 엄두를 내지 못했다. 하지만 이제 변할 때가 되었다. 항상 대중교통을 이용할 수도 없는 노릇이고 소담과 다니려면 아무래도 차가 있는 쪽이 더 편할 터였다.

[……해요?]

보기 좋은 차보다는 그래도 안전한 차가 낫겠지, 수술하기 전에 사두어야 하는 건가, 혼자만의 생각에 빠져 있던 이작은 그녀의 말을 놓쳤다.

"뭐라고?"

[혹시 뉴욕, 좋아하냐구요.]

"갑자기 뉴욕은 왜?"

[그, 그냥요. 싫어요?]

좋을 것도 싫을 것도 없었다. 번잡함은 질색이지만 뉴욕 특유의 분위기는 썩 나쁘지 않았다. 하지만 어쩐지 뜬금없이 뉴욕을 좋아하냐고 묻는 소담에게 싫다고 말하면 안 될 것 같았다.

"네가 있는 곳이면 어디라도 좋아."

[난 그런 말을 해주는 오빠가 참 좋아요.]

얼굴을 안 보고 있다고 많이도 용감해진 소담이 예뻐 이작의 눈가에까지 미소가 번졌다.

"피곤할 텐데 자라. 내일 연락할게."

얼굴을 못 보는 대신 밤을 새워서라도 그녀의 목소리를 듣고 싶었지만 어렵게 욕심을 접었다. 오늘 하루 일어난 일들이 그녀가 감당하기에는 버거운 무게였을 테니까.

코맹맹이 소리를 내며 자기 꿈꾸라고 말하는 소담 때문에 피식 웃어버렸지만 전화를 끊자마자 걸려오는 또 다른 전화에 웃음기가 걷혔다.

아버지. 이작에게는 훌륭한 방관자인 동시에 더없이 안쓰러운 존재였다. 어머니와 나타샤로도 모자라 아버지까지 상대해야 하는 상황에 어깨가 묵직해졌다.

"네."

한숨을 쉬고 전화를 받았지만 용진은 말이 없었다. 용진은 무척이나 과묵한 사람이었다. 그래서 어머니가 강호를 시댁과 친정에 번갈아가며 맡길 때도, 당신 때문에 사고가 난 거라는 소리를 들을 때에도 입을 떼지 않았었다.

"아버지, 말씀하세요."

[······미안, 하다.]

예상하지 못했던 말에 당황한 이작은 숨을 멈췄다.

[너한테······ 아비라 불릴 자격이 없다는 거, 잘 안다.]

어머니가 하시는 모든 행동이 옳다는 듯 지켜보기만 하시던 분이 갑자기 왜 이러시는지 알 수가 없었다. 이제야 과묵함을 버린 아버지의 말씀이 심장에 박혀 가슴이 아파왔다.

[네 엄마는, 신경 쓰지 마라. 아비가 알아서 할 테니 너는······ 행복하게 살아.]

"······."

[행복하게 살아라. 그거면 된다. 나는 그거면 돼.]

눈물이 솟구쳐 이작은 주먹으로 입을 막았다. 아들의 침묵을 거부로 해석한 용진은 한참 동안 망설이다 또다시 미안하다는 말을 하고는 전화를 끊었다.

"하아."

강호가 구해준 낯선 공간, 따듯한 연둣빛의 벽에 기대어 눈을 감은 이작의 얼굴에 가느다란 눈물길이 생겼다.

찬 기운이 스며든 바닥에 미동 없이 앉아 있던 이작의 머릿속으로 소담의 음성이 파고들었다.

'너무 화내지 말아요. 어머니잖아요.'

피싯, 입술 틈으로 실소가 새어 나왔다. 철저하게 지배자였던 어머니보다는 방관자였던 아버지가 더 나았다.

어머니라서 대처가 늦었다. 내 어머니라서 참는 게 옳은 일이라고 믿고 살아왔다. 그 어리석음에 대한 대가를 이제야 받는다.

어머니의 아들이기에 바이올린을 켜야 하는 게 숨 쉬는 것보다 자연스러운 일이 되어버렸었다. 그래서 당연한 건 줄 알았다, 어머니가 제 옆에 계시는 것이. 그러다 저로 인해 희생을 강요당한 사람들이 있었다는 사실을 알아버렸다.

강호가 다섯 살이 되던 해에, 동생도 바이올린을 잡았었다. 하지만 불행히도 강호는 재능이 없었고 어머니는 포기가 빨랐다. 그때부터 강호는 어머니께 분명히 존재하지만 존재 가치가 없는 무의미한 자식이 되어버렸다.

탄탄한 중소기업에 다니시던 아버지는 어느새 큰아들의 운전사가 되어 있었고, 강호는 운이 좋아야 한 달에 한 번 정도 부모님과 형을 만날 수 있는 아이가 되어버렸다.

말렸었다. 확실하게 그러지 마시라고 못을 박았었다. 항상 주눅

들어 있고 자신감 없는 모습으로 변하는 동생에게 미안해서 강호 곁에 있으시라고 화도 내보고 설득도 해봤었다. 하지만 언제나 그때뿐, 네가 자리를 잡으면 그렇게 하겠다는 말씀으로 넘어가시던 어머니셨다.

세계적인 바이올리니스트, 신이 내린 바이올리니스트라는 명성을 얻게 된 후에도 어머니께 가족은 바이올리니스트 하이작 한 사람뿐이었다.

점점 지쳐 가는 게 보이는 아버지와 동생 때문에 바이올린을 그만 켜겠다는 무리수까지 놓아봤지만 소용없었다. 그가 잘못된 일들을 바로잡으려고 할수록 피해를 입는 건 아버지와 동생이었다.

'엄마의 인생이 바로 너야. 엄마의 모든 것을 너한테 쏟아부었어. 그러니까 아들, 엄마를 배신하지 마. 아들은 엄마한테 상처 주면 안 돼.'

어머니가 눈물을 뚝뚝 흘리며 가슴을 쥐어뜯을 때마다 뭐라 할 말이 없었다. 나는 희생을 강요한 적이 없는데, 나는 아무것도 바라지 않았는데 왜 그러는 거냐고 따져 묻지도 못했다. 강요했든 하지 않았든 어머니는 그를 위해 희생했고, 나머지 가족들도 그 때문에 희생당했으니까.

사고가 난 이후에도 이작은 누구도 원망할 수가 없었다. 바이올리니스트로서 살아오던 인생을 잃게 되었지만 마음껏 울 수도, 누군가를 향해 욕지거리를 지껄일 수도 없었다. 어머니가 그를 대신해 모든 걸 다 하셨으니까.

어머니는 모두를 원망했다. 이틀 동안 고작 여섯 시간도 자지 못하고 운전을 해야 했던 트럭 운전수를, 안전운전을 하지 않았던 아버지를, 그리고 아들의 손가락을 전처럼 돌려놓지 못한 의료진들을. 어머니의 원망 목록에 없었던 사람은 어머니 본인과 이작뿐이었다.

어머니와 다르게 이작은 원망할 사람이 없었다. 먹고살기 위해 열심히 일했던 것밖에 잘못이 없는 운전수를 원망해야 할까, 신이 아니기에 제 손가락을 돌려놓지 못한 의료진을 원망해야 할까. 아니면 늦겠다고, 좀 밟으라고 재촉했던 어머니 등쌀에 못 이겨 가속 페달에서 발을 떼지 못했던 아버지를?

"큭!"

이작이 비명처럼 웃음을 토해냈다. 그는 누군가를 원망할 자격이 없었다. 그날, 몸이 무거워 침대에서 벗어나는 것조차 힘들었지만 기어이 독일로 가겠다고 결정한 사람이 자신이니까. 아버지께 다음 비행기를 타도 되니까 걱정하지 마시라고 말씀드리지 못한 사람이 바로 자신이니까.

사고의 시발점은 자신이었다. 그래서 더욱 죄책감이 컸었다. 수술을 받지 않겠다고, 재기를 포기하겠다고 결정을 내리게 되면 저때문에 희생을 강요당했던 사람들의 인생이 정말 무의미해질 것 같았다.

이제야 이작은 모든 것을 내려놓았다. 어머니를 향한 애증, 자신으로 인해 상처받은 가족들을 향한 죄책감, 바이올리니스트가 아니면 누구도 나를 사랑해 주지 않을 거라는 두려움까지. 전부 다 내려놓은 이작의 몸이 바닥으로 쓰러졌다. 너무 많이, 피곤했다.

 #13

저녁 시간, 박 여사는 2층 계단을 올랐다. 남편은 일이 있어 밖에서 해결하고 들어온다고 하고 작은아이는 친구들과 대충 먹고서 독서실에 간다고 했으니 넓은 집 안에는 박 여사와 큰딸 소담만 덩그러니 남겨져 있었다.

아이들이 어릴 때는 우당탕 뛰어다니는 소리와 재잘거리는 소리, 웃음소리가 끊이지 않던 집 안이 적적하기 짝이 없었다. 이래서 시어머니가 아들 하나 더 낳아라 하셨던 건가 싶었다. 나 좋으려고 낳으라는 게 아니라 너 좋으라고 낳으라는 거다, 하셨던 말씀이 귓가에 맴돌았다.

여우 같은 며느리와 토끼 같은 손주들이 있었으면 이 적적함이 조금 덜했을까. 그런 생각을 하다 보니 어느새 큰딸의 방 앞이었다.

'부모님의 사랑스러운 큰딸, 소담이 방.', '사생활을 지켜주세요.' 알록달록한 색감의 부직포로 만들어 붙여놓은 문구를 가만히 손가락으로 더듬는 박 여사의 눈에 또다시 눈물이 차올랐다. 이미 너무 울어 눈가가 짓물러 버렸는데도.

소담에게 뉴욕으로 가버리라고 말한 그날. 새벽에 목이 말라 잠에서 깬 작은아이가 제 언니 방에서 이상한 소리가 나는 걸 듣고 비명을 지르며 엄마, 아빠를 찾아댔었다. 온몸을 땀으로 적시고 시뻘게진 몸으로 끙끙 신음을 흘리는 딸을 보고 어찌나 놀랐던지, 박 여사는 그때 딱 심장이 멈추는 것 같았다.

급하게 딸아이를 안아 들고 병원 응급실로 향하면서 박 여사는 정신을 차리지 못하는 딸을 끌어안고 대성통곡했었다.

의사들이 내린 진단은 대성통곡에 비하면 하잘것없었다. 가벼운 쇼크, 그리고 탈수 증상. 깨어나면 다시 진료를 해보자고 하던 말에 딸이 깨어날 때까지 기다리던 그 두어 시간이 얼마나 길게 느껴지던지. 이상 없으니 돌아가도 좋다는 말이 떨어지고 나서야 가슴을 쓸어내렸었다.

'걱정시켜 드려 죄송해요.'

박 여사는 부르트고 말라 버린 입술로 죄송하다 말하는 딸아이의 등짝을 후려치고 싶었다. 왜 이렇게 속을 썩이느냐고, 그 남자가 그리 좋으냐고 악을 쓰고 싶었다. 하지만 결국 아무 말도 하지 못한 박 여사는 혼자 이불 속에 들어가 손으로 입을 틀어막고 울기만 했다. 어미가 돼서는 행복하게 해주지는 못할망정 자식 마음

아프게 한 게 미안해서. 내 자식이 사랑한다는 사람 하나 끌어안지 못하는 좁디좁은 마음이 한심해서.

"후우."

박 여사는 손을 떨구고 한숨을 내쉬었다. 며칠 새 파르르 떨리는 입가에 패인 팔자주름이 짙어져 있었다.

사흘간 미음과 죽밖에 먹지 못한 딸이니 몸보신할 거라도 먹여야겠다 싶어 삼계탕을 끓여놓고 올라온 박 여사였지만 그녀는 딸의 이름을 부르지 못했다. 살짝 열려 있는 문틈으로 딸의 목소리가 들려왔기 때문이다.

"응? 아니, 아프기는. 자다가 일어나서 그래요."

누구와 통화를 하는지 묻지 않아도 알 수 있었다. 엿들으면 안 된다는 생각은 드는데 도저히 문 앞에서 떠날 수가 없었다. 박 여사는 자신이 이렇게도 모자란 엄마였나 싶어 헛웃음이 나왔다.

"……원래 미인은 잠꾸러기인 거예요. 그것도 몰라요?"

웃음소리를 듣자니 이제는 살 만한 것 같았다. 어제까지는 아파서 계단도 못 내려오더니만.

"저녁? 먹어야죠. 오빠는 먹었어요? ……에에? 지금이 몇 신데 안 먹었어요? 막 밥 거르고 그러는 거 아니에요. 사람은 밥심으로 사는 건데."

그렇게 잘 아는 게 밥도 못 먹을 정도로 아프기나 하고. 절로 혀가 차지던 박 여사는 행여나 딸이 자신의 존재를 눈치챌까 싶어 손으로 입을 막았다.

"우리 오빠 안 되겠네. 내가 챙겨주지 않으면 아무것도 못하죠?

우리 만나서 맛있는 거 먹어요. 나 삼겹살 먹고 싶은데, 삼겹살 먹을래요?”

먹고 싶다고 말해놓고 먹을 거냐고 물어보는 건 무슨 경운지. 자기 딸이지만 이런 앙큼한 구석이 있었나 싶은 마음에 기가 막혔다. 왜? 차라리 사달라고 빌지?

“아니에요. 힘들게 뭐 하러 그래. 그냥 중간에서 만나요. 응? 아하하! 누가 날 잡아가요? 나처럼 쪼끄만 애는 힘 못 쓸 것처럼 보여서 아무도 안 잡아가요. 응? 응! 하하하!”

행복해 죽겠다는 듯 웃는 소리에 박 여사는 몸을 돌려 버렸다. 자식 키워봐야 아무 소용 없다더니 엄마가 밥을 먹는지 안 먹는지는 궁금하지도 않고 그저 제 남자만 좋단다.

서운한 마음을 보이지도 못하고 살금살금 계단을 내려오던 박 여사는 현관문이 열리는 소리에 기겁했다.

“엄마야!”

저녁을 먹고 들어온다던 남편의 갑작스러운 출현에 박 여사가 눈을 흘겼다.

“왜 그렇게 놀라? 우리 큰딸은, 아직 자?”

“난들 알아요?”

입술을 뾰족하게 세우고 계단을 내려와 주방으로 걸어가는 아내의 뒷모습에 머쓱해진 석진이 이마를 긁었다.

“우리 마나님, 왜 이렇게 기분이 안 좋으실까?”

슬금슬금 주방으로 들어서며 물었지만 어제도 내리 닦았던 찻잔을 꺼내 또다시 닦고 있던 아내는 말을 돌렸다.

“저녁 먹고 들어온다면서요.”

“당신 혼자 먹을 것 같아서 일찍 왔어.”

“중요한 자리 아니었어요?”

“세상에 당신보다 중요한 게 어디 있어?”

한 손으로 자신의 허리를 감고 볼에 턱을 비비는 남편이 밉지 않았다.

“삼계탕 있는데, 드실래요?”

한풀 꺾인 음성으로 묻자 석진이 고개를 갸웃거렸다.

“우리 큰딸 주려고 한 거 아니야?”

“우리 큰딸은 무슨. 우리나 맛나게 먹고 벽에 똥칠할 때까지 삽시다. 씻고 오세요.”

나른하게 풀어졌던 음성이 금세 뾰족해졌다. 알았다고 말한 뒤에 주방을 나서던 석진은 뭔가 생각났다는 듯 몸을 돌려 아내의 뒷모습을 바라보았다.

“그런데 말이야.”

진지해진 남편의 음성에 박 여사가 고개를 돌렸다.

“꼭 벽에 똥칠을 해야겠어?”

“여보!”

머릿속이고 마음속이고 복잡해 죽겠는데 장난을 치는 남편을 새된 소리로 부르자 석진이 어이쿠! 겁먹은 척을 하면서 빠르게 사라졌다.

소리나지 않게 문고리를 돌려 방문을 닫은 소담은 까치발로 계단 앞에 서서 1층의 동향을 살폈다. 작게나마 부모님의 음성이 들려오고 물 쏟아지는 소리, 달그락거리는 소리가 들리는 걸 보니 엄마가 설거지를 하고 계신 것 같았다.

'괜찮아, 잘할 수 있어.'

크로스백의 끈을 양손으로 꼭 붙들고 고개를 주억거린 소담이 조심조심 계단을 내려갔다. 그리고 나란히 서서 다정한 모습으로 설거지를 하고 있는 부모님의 등 뒤에 대고 중얼거렸다.

"나, 나갔다 올게요."

그 말만 남기고 휙 몸을 돌린 소담이었지만 신발도 신기 전에 박 여사에게 목덜미를 잡혔다.

"어디 간다고?"

단단히 팔짱을 끼고 있는 박 여사의 눈이 무섭게 찢어져 있었다.

"잠깐 밖에……. 에헤헤."

바보처럼 웃는 딸을 보면서 박 여사는 속이 터져 문드러졌다. 제딴에는 아팠던 걸 감춘다고 노력한 것 같기는 한데 화장이 얼굴하고 따로 놀았다. 드라이를 어떻게 한 건지 헤어스타일은 영락없이 몽실 언니에 입술은 자르르 기름이 흐르고 있었다. 내 딸이지만 용감하기도 하다. 이 꼴을 하고도 좋아하는 녀석 만나러 가겠다고 눈에 총기가 돈다.

"밖에 어디?"

빤히 이작과 만나기로 약속한 걸 알면서 박 여사는 소담을 떠보았다. 네가 거짓말까지 하고 나가려는지 두고 보자는 심산이었다.

"어? 어, 도, 도희 만나려고!"

쯧쯧! 나오느니 한숨이다. 거짓말도 못하는 게 말까지 더듬어가면서 나, 거짓말 하고 있어요, 하며 사람 속을 뒤집지.

공아 딸 바보인 남편이 큰딸내미가 너무 예쁘다며 연기를 시켜보자고 했을 때 말린 게 다행이었다. 저걸 연기를 시켰으면 빌연기의 대가라는 소리를 들었을 게 분명했다.

"아프니까 도희 집으로 오라고 해."

"어? 아니야! 나 하나도 안 아파!"

"안 아프긴 뭐가 안 아파? 잔말 말고 도희보고 오라고 해. 엄마가 전화해?"

핑곗거리가 생각나지 않는지 맑고 검은 눈동자가 홱홱 돌아갔다.

"방에 가 있어, 엄마가 도희한테 전화해 줄 테니까."

"엄마아."

"너, 이제 엄마한테 거짓말까지 해? 자꾸 이럴 거야?"

소파 옆 협탁에 놓인 전화기를 향해 걷던 박 여사는 몸을 돌려 딸을 쳐다보았다. 한 번도 거짓말을 한 적이 없던 아이였다. 선기를 쫓아다니던 것을 제외하면 제대로 떼를 써본 적도 없는 소담의 때늦은 반항에 박 여사는 마음이 아프면서도 배신감이 들었다.

"엄마, 나 엄마 딸이야."

얼토당토않은 대꾸에 박 여사의 눈꼬리가 치켜 올라갔다.

"거짓말한 건 잘못했어. 그런데 거짓말한 거 말고는 나는 엄마한테 배운 대로 했어."

"뭐?"

"엄마가 나보다 모자란 사람은 감싸 안아주고 아픈 사람은 위로해 주고 사랑하는 사람은 상처 주지 말라고 가르쳤잖아."

"위로해 주고 상처 주지 말라고 했지 언제 사랑하라고 했어?"

"엄마는 그게 마음처럼 돼?"

눈을 동그랗게 뜨고 묻는 말에 박 여사는 할 말을 잃었다.

"사랑하자, 하면 사랑하게 되고 사랑하지 말자, 하면 마음이 안 가? 엄마는 그래?"

"안 되면 노력이라도 해!"

억지라는 건 알고 있지만 박 여사는 그렇게 해서라도 딸의 마음이 접혀지길 바랐다. 하지만 이어진 소담의 말에 그만 입을 다물 수밖에 없었다.

"엄마는 노력하면 아빠랑 우리 없이도 살 수 있어?"

어딜 우리 가족과 비교를 하느냐고 꾸짖고 싶다가도 딸의 마음이 그 정도로 깊었나 싶어 억장이 무너졌다. 비틀거리는 아내를 부축해 소파에 앉힌 석진은 소담에게 팔을 저어 보였다.

"소담이, 일단 나가봐."

걱정으로 물든 남편의 얼굴을 바라보던 박 여사는 고개를 떨궜다. 뚝뚝, 아내의 허벅지에 떨어지는 눈물에 석진이 가냘픈 어깨를 끌어당겨 품에 안았다.

"그만 울어. 이러다 당신까지 탈진해."

아기를 달래듯 부드럽게 팔을 쓸어주고 어깨를 토닥여 주는 남편의 위로에 박 여사는 눈물을 멈출 수가 없었다.

소담의 말은 틀리지 않았다. 분명히 그렇게 가르쳤었다. 사람은 그렇게 살아야 하는 거라고 교육시켰다. 그랬던 사람이 제 자식의 행복을 바란다는 이유로 가르친 대로 살지 말라고 강요하고 있으니 무슨 이런 경우가 다 있을까.

"내가 뭘 가르친 거야, 대체. 어떡해…… 어떡하지? 이렇게 해……."

흐느끼는 아내를 끌어안은 석진이 한숨을 내쉬었다. 그러게. 이 일을 어쩌면 좋을까. 행복하게 살게 하려고 반대하는데 반대해서 행복하지 않다고 하니 이제 어떡하나.

대문 앞에서 크게 숨을 들이마신 소담은 걸음을 옮겼다. 타닥타닥, 땅을 차는 발소리에 힘이 없었다.

엄마를 아프게 하고 싶지는 않았다. 하지만 이작도 아프게 하고 싶지 않았다. 두 사람 모두 소담이 끔찍하게 사랑하는 사람들이었다. 어느 한쪽도 놓을 수 없는 욕심쟁이가 되어버렸지만 어쩔 수 없는 욕심이었다.

엄마가 무엇을 걱정해서 반대하는지 잘 알고 있었지만 머리로는 이해해도 마음으로는 받아들일 수가 없었다.

가끔 전철을 탈 때면 그러지 말라고 말려도 구걸하는 사람들에게 선뜻 만 원짜리 지폐를 내밀고 그들이 파는 물건을 기쁘게 사는 박 여사였다. 방금 마트에서 콩나물을 사고도 길거리에 앉아 콩나물을 파는 할머니가 계시면 남은 콩나물을 모두 사버리는 사람이 박 여사였다. 어렵고 가난한 사람들을 무심히 지나치지 못하고 서로 돕고 살아야 하는 거라며 환히 웃는 박 여사는 소담이 세상에서 가장 존경하는 사람이었다.

일주일에 한 번씩 고아원과 양로원에서 봉사 활동을 하고 소담이 아는 것만으로도 벌써 10년이 넘게 불우한 환경의 학생들을 후원하고 계시는 분이 이작을 반대만 하는 게 소담은 이율배반적으로 느껴졌다. 엄마가 밉거나 원망스럽지는 않았지만 서운하기는 했다.

"유소담."

땅만 쳐다보며 걷던 소담은 반가운 음성에 고개를 획 들었다.

"오빠!"

검은색의 승용차에 기대어 서 있던 이작은 달려와 안기는 소담의 향을 담뿍 들이마셨다.

"뭐야, 왜 이렇게 말랐어요? 밥 잘 먹고 있다더니 거짓말한 거였어요? 세상에, 뼈밖에 안 남았어."

제 몸을 더듬고 살피며 울상을 짓는 소담 때문에 이작은 아무 말도 할 수가 없었다. 텅 비어져 있던 마음에 조금씩 따스한 기운이 스며들고 있었다. 온 집 안의 문이란 문은 다 열어놓고도 답답하다 비명을 질렀던 심장이 이제야 살 것 같다며 편안하게 뛰고 있었다.

"정말 뼈밖에 안 남았는지 확인시켜 줘?"

소담의 걱정을 덜어주려 자못 음흉한 표정까지 지어 보인 이작은 팔뚝을 세게 얻어맞았다.

"어우, 왜 그래요, 정말? 어우, 어우!"

혼자 무슨 상상을 하는지 얼굴이 새빨개져서는 자신의 팔뚝을 계속 내려지는 소담의 손목을 잡은 이작이 눈을 가늘게 떴다.

"때릴 때마다 뽀뽀 한 번씩."

뎅그레진 눈으로 그를 쳐다보던 소담이 수줍게 고개를 모로 틀고 중얼거렸다.

"애들도 아니고 무슨 뽀뽀를. 키스 정도는 돼야 또 때리지."

제법 능글맞은 혼잣말에 이작이 웃음을 터뜨렸다. 살맛 난다는 건 이런 건가 보다.

번잡한 식당 대신 이작의 새로운 집에서 삼겹살을 구워 먹기로 한 두 사람은 마트로 향했다. 둘이 먹을 삼겹살을 세 근이나 사고 삼겹살은 신문지 펴놓고 거실에서 구워 먹는 게 제 맛이라는 소담의 주장에 프라이팬과 휴대용 가스레인지까지 샀더니 짐이 한보따리였다.

"나는 야채 씻고 소금장 만들 테니까, 고기는 오빠가 구워요."

"그래."

집에 오면서 가져온 생활정보지를 바닥에 깔고 삼겹살 구울 준비를 하던 이작의 시선이 주방으로 향했다.

집이라고 이름 붙이기에 부족함이 없는 공간이었지만 이작에게는 낯설기만 했던 장소였다. 그런데 소담이 들어오자 비로소 사람 사는 집 같다는 생각이 들었다. 그리고 생각의 끝은 그냥 집이 아니라 '우리 집'이 되었으면 좋겠다는 것이었다.

뭉실뭉실 피어오르는 이작의 욕심을 알 리 없는 소담은 긴장해
서 바짝 얼어 있는 마음을 다독이며 야채를 씻었다. 선기의 집을
제집 드나들 듯했었지만 남자 혼자 사는 집에 온 건 처음이었다.
예상했던 것처럼 깨끗한 공간이었지만 어쩐지 이작이 혼자 살기
에는 외롭겠다 싶어서 마음이 쓰였다.

'에이, 하나씩 꾸며가면 되지 뭐. 다음에는 예쁜 화분이라도 사
와야겠다.'

꽃에 물을 주는 이작의 모습이 잘 그려지지는 않지만 삭막해 보
이는 집에 화분 하나 정도는 있어도 괜찮을 것이다.

삼겹살로 기분 좋게 배를 채운 소담은 거실 바닥에 앉아 이작이
타준 커피를 마시면서 창밖을 내다보고 있었다.

깜깜한 밤이 되었지만 드문드문 세워져 있는 건물들에서 빛이
날렸다. 그 빛이 반딧불 같다고 생각하던 소담은 옆에 앉아 있는
이작에게로 고개를 돌렸다.

"운전하는 거, 안 무서워요?"

트라우마가 있을 법도 한데 이작은 능숙하게 운전을 했었다. 평
소에도 잘 느끼지 못하긴 했지만 핸들을 잡은 이작의 손은 멀쩡해
보일 정도였다.

"전혀."

어깨를 으쓱인 이작이 커피를 마시는 모습을 소담은 빤히 쳐다
보았다. 일본에 있을 때보다 핼쑥해지기는 했지만 여전히 멋있었
다. 새삼 이렇게 멋있는 남자가, 신남 하이작이 정말 나를 좋아하

는 거구나 싶어서 소담의 눈이 곱게 접혔다.

"소담아."

나지막하게 제 이름을 부르는 음성에 소담의 시선이 이작에게로 향했다.

"수술, 이번 주 일요일이다."

하마터면 커피잔을 떨어트릴 뻔했다. 빠른 시일 내에 수술을 하게 될 거라는 걸 알고 있었으면서도 얼마 남지 않은 시간에 심장이 쿵쾅거렸다.

"어…… 5일밖에 안 남았네요?"

"그래."

다시 창밖으로 시선을 던진 소담은 괜히 손가락으로 날짜를 계산해 봤다. 오늘이 월요일이니까 화요일, 수요일, 목요일…….

아무리 계산을 해봐도 남은 시간은 5일이었다. 정작 이작은 담담하기만 한데 소담은 입안이 바짝바짝 말랐다. 수술이 잘못될 일은 없을 것이다. 하지만 혹시라도 결과가 기대치에 못 미쳐 이작이 또다시 절망하면 어쩌나 걱정이 앞섰다.

"꼬맹이."

이작이 실망이라도 하게 되면 어떻게 위로해야 하나. 무슨 말이 위로가 될까. 아니, 위로라는 게 가능하기나 할까? 미리부터 겁을 집어먹느라 그의 부름을 듣지 못한 소담은 이작이 볼을 잡아당겨서야 그와 눈을 맞췄다.

"수술하고 나서 상태가 안정되면, 같이 외국 갈까?"

"여행 가고 싶어요?"

이작은 무구한 얼굴로 큰 눈을 깜박이며 되묻는 소담의 머리카락을 쓰다듬었다.

"같이 외국 가서 너는 공부하고 나는 아이들 가르치고, 그렇게 살래?"

수차례 눈만 깜박이던 소담의 입술이 살짝 벌어졌다. 큰 눈에 눈물이 들어찬 건 순식간의 일이었다.

이 남자, 프러포즈를 참 멋대가리 없이도 한다. 그냥 같이 살자니. 요즘 그런 프러포즈에 넘어갈 여자가 어디 있다고.

"같이 살자구요?"

소담은 울먹거리면서도 눈을 흘겼다.

"응. 같이 살자."

주체할 수 없이 흘러내리는 눈물을 손등으로 닦아낸 소담이 고개를 젓는 바람에 이작의 얼굴이 굳었다. 너무 일렀던 건가. 연애도 제대로 못했는데 결혼부터 하자고 하니 마음이 상한 건가.

소담과 함께하고 싶은 마음이 너무 커 일을 그르쳤다고 후회하던 이작은 자그맣게 들려오는 목소리에 귀를 기울였다.

"수술하고 나서…… 유람선이나 레스토랑 같은 데서 다시 물어 봐요. 장미꽃하고 반지도 주면 생각해 볼게요."

눈물을 줄줄 흘리면서도 새침하게 요구 조건을 말하는 소담을 끌어안은 이작이 그녀의 이마에 입을 맞췄다.

"사랑한다."

"암만 생각해도 내가 더 사랑하는 것 같아요."

코를 훌쩍이면서 제 사랑이 더 크다 말하는 소담 때문에 이작의 얼굴엔 웃음이 번졌다.

❖

　연락도 없이 소담이 들어오지 않자 걱정이 된 박 여사는 대문 밖에 나와 있었다. 저녁 먹으러 나간 애가 자정이 되도록 전화 한 통이 없었다. 들어오면 오랜만에 매운 손맛을 보여줘야지, 단단히 결심을 하면서도 몸도 성치 않은 애가 혹시 무슨 일이라도 생긴 건 아닌가 걱정이 탑을 쌓고 있을 때였다. 집 앞으로 다가오는 헤드라이트 불빛에 박 여사는 눈을 찡그렸다.

　지나가겠거니 했던 차가 자신의 집 앞에 서자 박 여사는 천천히 걸음을 옮겼다. 그리고 잠시 후, 운전석에서 내린 남자가 다가와 허리를 숙였다.

　"미리 연락을 드렸어야 하는데, 죄송합니다."

　제 딸만큼이나 야윈 남자의 얼굴에 박 여사의 마음이 복잡해졌다. 키도 큰 사람이 사람 신경 쓰이게 저리 말라서는. 그렇지 않아도 쉼 없이 흔들리던 마음에 깅풍이 불었다.

　더는 이작을 보고 서 있을 수가 없어 가타부타 말도 없이 조수석으로 향한 박 여사는 세상모르게 잠들어 있는 딸을 보고서 혀를 찼다. 제집보다 좋아하는 남자의 차가 더 편한지 곤하게 잠든 모습에 울컥해졌다.

　"애! 소담아! 유소담!"

　"우웅."

어깨를 잡아 흔들어도 보고 뺨을 살짝살짝 쳐보기도 했지만 딸은 귀찮다는 듯 손만 휘저어댔다.

"놔두십시오. 제가 안고……."

"됐어요. 바깥양반 계세요."

제법 야멸차게 대꾸한 박 여사는 카디건 주머니에서 휴대폰을 꺼내 남편에게 전화를 걸었다. 금세 전화를 받은 석진은 신발도 제대로 신지 않고서 달려나왔다.

"죄송합니다."

이작은 석진을 보고도 허리를 꾸벅 숙이며 죄송하다 말했다.

"뭐 해요. 애 업어요."

뭐라 말해야 하는지 망설이던 석진은 아내의 재촉에 냉큼 딸을 끌어내 업었다.

박 여사는 이작을 쳐다보지도 않고 말없이 돌아섰다. 딸을 업은 남편에게 빨리 들어가자고 재촉하던 박 여사는 끝내 이작에게 눈길을 주지 않고 대문을 닫아버렸다.

철컹! 대문이 닫히는 소리에 이작은 마음이 선득해졌다. 하지만 소담의 부모님께 서운한 감정은 들지 않았다. 저 같아도 귀하게 키운 딸을 흠 있는 남자에게 주고 싶지는 않을 테니까.

높지 않은 담 덕분에 소담의 방으로 보이는 곳이 환히 밝혀지는 게 보이자 이작은 청명한 밤바람을 들이마셨다.

문을 열어주시지 않는다면 열어주실 때까지 찾아오면 된다. 허락해 주시지 않는다면 허락해 주실 때까지 기다리면 된다. 제 마음이 보이지 않는다 하시면 가슴을 열어서라도 보여 드리면 되고 믿음이 가지 않는다 하시면 바라시는 무슨 일이든 해내면 된다.

이작은 사람 마음을 얻는 게 쉬운 일이 아님을 알고 있었다. 누구에게도 마음 자락을 내주지 않았던 사람이 자신이니까. 그래서 그는 소담의 부모님이 마음을 여실 때까지 기다리기로 했다. 막무가내로 저를 기다리기만 했던 소담에게 빠져 버렸으니 그녀의 방법을 따라 해볼 작정이었다.

소담이 잠들어 있는 방을 잘 지키라는 듯 별이 반짝이는 밤하늘 아래에서 이작은 오랫동안 움직이지 못했다.

다음날, 이작은 석진의 작업실을 찾았다. 미리 연락하고 방문한 게 아니어서 뵙지 못하면 어떡하나 걱정했지만 다행히도 석진을 만날 수 있었다.

작업실에서 얘기하기는 불편할 거라던 석진이 이작을 데리고 간 곳은 조용한 한정식 집이었다.

"먹을 만했는지 모르겠네요."

넓은 상을 빼곡하게 채웠던 음식들이 사라질……지 굳게 입을 다물고 있던 석진이 차가운 식혜를 한 모금……서 어색하게 웃었다.

"가리는 거 없이 잘 먹습니다. ㄱ……슴 놓으십시오, 아버님."

입매를 늘이는 이작을 보……표정을 짓던 석진에게서

허허허, 낮은 웃음소리가 흘러나왔다.

"집사람이나 나나 말을 잘 못 놔요."

"그럼 편해지실 때까지 기다리겠습니다."

석진은 식혜를 마시는 것으로 대답을 회피했다. 몇 번 만난 적도 없는 사람한테 쉽사리 말을 놓지 못하는 것이 거짓은 아니었지만 괜스레 마음이 불편했다.

잔잔한 수면처럼 고요하게 앉아 있는 이작 때문에 불편한 마음은 점점 더 커져 갔다.

딸아이의 말이 틀리지 않았었는지 이작은 전에 봤을 때보다 한결 유해진 모습이었다. 전에는 예의상 꾸며낸 미소를 보였다면 지금은 마음에서 우러나 짓는 미소라는 게 느껴졌고 전체적으로 한층 편안해 보였다.

식혜를 내려놓은 석진은 이작을 찬찬히 살펴보기 시작했다. 큰딸이 남자 얼굴을 꽤 따지는 타입이었는지 선기나 이작이나 잘난 건 마가지였다. 다만 결혼을 약속했던 여자는 나 몰라라 한 채 미국으로 가버린 선기보다야 이작이 훨씬 나아 보이긴 했다.

강한 [ ]을 풍기는 이작이었지만 눈웃음을 지을 때는 선해 보였다. 키도 [ ], 몸매도 날렵하니 한 번쯤 무대에 세워보고 싶은 욕심이 생길 [ ].

말쑥하게 [ ]려입고 은근하게 미소를 짓고 있는 이작은 자신이 여자였다 [ ] 반했을 만큼 근사했다. 이런 남자가 기 적이라며 사랑한테 [ ]는데 안 넘어가는 여자가 이상한 거지.

"준비해 온 말들이 있을 텐데, 해봐요."

애기 들어준다고 큰일이야 날까. 이작과 이러고 있는 걸 알면 아내는 펄펄 뛰겠지만 석진은 기회를 주고 싶었다. 상처 있는 사람에게 또 다른 상처 주기에는 석진의 마음이 그리 모질지가 못했다.

"따님이 저한테는 과한 사람이라는 거, 잘 알고 있습니다."

크게 숨을 들이마신 이작은 석진의 눈을 쳐다보며 말을 꺼냈다. 준비해 온 말은 없었다. 소담의 부모님이니만큼 진심으로만 부딪치자고 각오하고 나선 길이었다.

"반대하셔도 충분히 이해합니다. 하지만 소담이가 제게 어떤 의미인지는 알아주셨으면 하는 마음에 무턱대고 찾아뵈었습니다."

말로는 표현이 안 되는 의미였다. 제 목숨보다 귀하고 소중한 사람인데 그 의미를 어떻게 말로 다 할 수 있을까.

조용히 자신의 말을 듣고 있는 석진을 보며 이작은 오롯이 진심만을 토해냈다.

"살아야 하는 이유를 알지 못했습니다. 살아도 사는 것 같지가 않았습니다. 오랫동안 꾸었던 꿈도 잊어버리고 아까운 시간만 날려 보냈습니다."

너무 바닥까지 보이는 건 아닐까, 지금 하는 말들이 거부감만 일으키는 건 아닐까 걱정이 밀려왔지만 이작은 멈추지 않았다.

"소담이를 만나고 나서 심장이 다시 뛰기 시작했습니다. 차갑게 식어 있던 피가 뜨거워졌습니다. 하고 싶었던 일을 기억해 냈고 그 일을 해낼 수 있을지도 모른다는 믿음이 생겼습니다. 소담이가 아니었다면 불가능했을 일들입니다."

"그래서 우리 딸을 기적이라고 한 건가요?"

느릿하게 물어오는 말에 이작이 희미한 미소를 지었다.

"행복하게 살고 싶어졌습니다. 사람답게, 사는 것처럼 살고 싶어졌습니다."

"소담이가 없으면 그렇게 못 살고?"

단호하게 고개를 끄덕이는 이작을 보면서 석진은 한숨을 흘렸다. 이렇게까지 말하는데 무슨 말을 어떻게 해야 하나.

작은아이가 들으면 섭섭하겠지만 큰딸을 향한 애정이 유별난 석진이었다. 아내도 더하면 더했지 결코 덜하진 않았다. 그런 딸이 골라온 남자가 흡족하지는 않은데 함께 있으면 행복하긴 하겠구나, 생각이 드는 건 무슨 조화인지.

"따님의 행복을 우선순위로 두고 살겠습니다. 평생 사랑이 부족해 외로워하는 일은 없을 겁니다. 믿어주십시오."

깊이 허리를 숙인 이작의 말은 딸을 내어달라는 것과 다름없었다. 벌써 시집갈 때가 되었나 착잡하면서도 쌍수 들고 반대하고 싶은 마음이 사라져 버렸다.

"집사람 허락을 받아봐요. 지금 내가 해줄 수 있는 말은 그것밖에 없네요."

석진은 미지근해진 식혜를 들이켰다. 딸아이가 진정 원하는 사람이 이작이라면…… 도와야지 별수 있겠는가.

사사삭, 조심스럽게 움직이는 걸음 소리가 무색하게 현관문 열리는 소리는 거셌다. 몰래 나가는 것조차 제대로 못하는 손담 때문에 헛웃음을 흘린 박 여사는 현관문이 닫히고 나서야 안방에서 나와 거실 창 앞에 섰다.

남편에게서 무슨 일이 있었는지 들은 다음날, 이작이 집으로 찾아왔었다. 하지만 박 여사는 문을 열어주지 않았다. 얘기라도 들어보라고 설득하는 남편의 말도 무시했다. 저러다 제풀에 지치겠지, 바이올리니스트로 살았던 시간이 짧지 않은데 그 긴 세월 만들어진 자존심이 버텨내겠나, 하는 마음에 집안사람 누구든 문을 열어주면 가만두지 않겠다고 경고까지 해두었다.

첫날, 점심에 와서는 자정쯤에야 돌아간 이작은 둘째 날도 똑같은 시간에 찾아와 똑같은 시간에 돌아갔고 또 그 다음날도 마찬가지였다.

이작은 며칠간 열리지 않는 문만 하염없이 바라보고 서 있었다. 올 때마다 양손 가득 무언가를 들고서 서 있는 모습에 사람이 미련해도 저리 미련할 수가 있나 답답했던 건 말도 못한다.

어차피 문이 열리지 않을 것을 알면 제 몸이나 편하게 둘 것이지, 사람 마음 아프게 성치도 않은 손으로 꽃다발이며 과일바구니를 들고 서 있는 모습에 절로 혀가 차졌었다.

"내가…… 참 독하네."

피아노를 그만두겠다고 결정했을 때를 빼고는 다른 사람은 물론이고 자신한테조차 독하게 굴질 못했었는데 자식 일이라고 어찌 이리 독해질 수가 있는지.

'엄마, 그 사람 일요일에 수술해.'

딸아이가 애처로운 얼굴로 던진 말이 머릿속에 콕 박혀 빠지지가 않았다. 수술을 앞뒀으면 몸 관리나 할 것이지. 보양식이라도 챙겨 먹으면서 마음이나 다잡을 일이지 뭐 하러 사서 고생을 하는지 모를 일이었다.

어젯밤, 이작이 병원에 입원할 것 같다던 딸은 함께 병원으로 향할 게 뻔했다. 생각이 많은 얼굴로 못 박힌 듯 서 있던 박 여사는 다시 안방으로 들어갔다. 소담의 어머니인 자신에게 만남을 요구하던 사람과의 약속 시간에 늦지 않으려면 준비를 서둘러야 했다.

박 여사는 수차례 옷매무새를 살피고 거울을 보면서 애꿎은 입술만 깨물다가 겨우 밖으로 나섰다.

'바이올리니스트 하이작 엄마 되는 사람입니다.'

전화를 받자마자 들려온 말에 처음으로 든 생각은 '소개가 참 길기도 하다' 였었다. 바이올리니스트 하이작이었으니 앞으로도 바이올리니스트 하이작이라 믿어서 그렇게 말한 것인지, 여전히 마음만 먹으면 재기가 가능하다고 확신해서 그런 것인지 궁금했지만 굳이 묻지는 않았었다.

소개가 길었던 것에 대한 궁금함을 제외하면 박 여사는 희한할 정도로 우 여사에게 궁금한 점이 없었다. 그래서 전화번호는 어떻게 아셨냐고도 묻지 않았다. 전화번호 하나 알아내는 게 뭐 대수라고. 왜 전화를 걸었는지, 왜 만나자고 하는지에 대해서도 묻지 않았다. 이미 알고 있는 걸 물어 말을 길게 나누고 싶지 않았기 때문이다.

그쪽이 반대할 거 안다, 나도 반대한다. 서로 합심해서 반대하자. 그 짧은 말들로 통화를 끝내고 만날 이유를 없앨 수도 있었지만 박 여사는 만나자는 말에 알았다고 대답했었다.

우 여사는 자신의 딸을 기적이라고 말한 남자의 어머니였다. 도대체 얼마나 외롭고 힘들게 만들었기에 음악계를 하이작 전과 후로 나뉘게 만든 남자의 입에서 그런 말이 나오게 한 건지 몹쓸 호기심이 동했다.

만나면 더 흔들릴지도 모른다. 이작은 만나주지 않으면서 그 어머니를 만나는 건 옳지 못한 일이다. 그냥 이대로 시간이 흘러가게 놔두면 된다. 우 여사를 만나기 싫은 마음에 이런저런 변명을 대면서도 박 여사는 결국 길을 나섰다. 딸이 그렇게 좋다니까. 좋아서 어쩔 줄 모르겠다니까. 그 사람 아니면 안 된다니까.

우 여사가 정한 약속 장소인 호텔에 도착한 박 여사는 수자상에 차를 세우고 호흡을 골랐다. 살면서 이런 일을 처음 겪어보는지라 주책없이 가슴이 떨려왔다. 처음 시부모님께 인사를 드리러 가던 날보다 더 떨렸다.

"흔들리지 마. 흔들리지 말자. 소담이만 생각해. 그러면 돼."

손등에 핏줄이 불거지도록 핸들을 꽉 움켜쥐고 다짐을 곱씹은 박 여사는 길게 숨을 내뱉고 차에서 내렸다.

토요일답지 않게 호텔 커피숍은 한산했다. 직원에게 예약자의
이름을 말하고 자리를 안내받았지만 도착해 있는 사람은 없었다.

자리에 앉아 직원이 따라주는 물을 마시고 시계를 들여다본 박
여사는 자신이 일찍 온 것이 아님을 알았다. 서두른다고 했는데도
약속 시간에서 5분이 지나 있었지만 약속 상대는 보이지 않았다.

가만히 창밖만 바라보기를 20여 분. 박 여사는 가까이서 느껴
지는 인기척에 고개를 돌렸다가 자리에서 일어섰다.

"차가 밀리더군요. 앉으세요."

미안하단 말 한마디 없이 의자를 빼서 앉는 우 여사를 멍하니
쳐다보던 박 여사는 가까스로 실소를 삼켰다.

기성복을 입지 않기로 유명한 우 여사가 자신의 친정에서 만들
어 파는 옷을 입고 있었다. 그것이 무얼 의미하는지 말해주지 않
아도 알 것 같았다.

알이 큰 흑진주 세트를 매달고 있는 우 여사에게 무거우면 잠시
빼두어도 된다는 말이 하고 싶었다. 옷과 보석을 과시하고 이용하
는 데 사용하는 우 여사가 솔직히 조금은 낮아 보이기도 했다.

아이스커피를 주문하고 보기만 해도 시원해지는 것 같은 얼음
이 담긴 유리잔이 테이블에 올려질 때까지 두 여인은 입을 꾹 다
물고 있었다. 하지만 서로를 탐색하는 시선에는 한 치의 양보도
없었다.

"단도직입적으로 말씀드리죠."

커피로 입술을 축인 우 여사가 꺼낸 말에 박 여사는 조용히 그
녀를 쳐다보았다.

"따님을, 제 아들한테서 떼어내 주세요."

자신의 딸을, 귀하고 소중하게 키워온 제 딸을 마치 더러운 벌레라도 되는 것처럼 표현하며 인상을 구기는 우 여사의 말에 무릎 위에 오른 박 여사의 수먹이 바르르 떨렸다.

"아시다시피 제 아들은 바이올리니스트입니다. 뜻하지 않게 잠시 활동을 접기는 했지만 곧 다시 활동을 시작하게 될 거고, 약혼녀도 있는 아입니다."

웃기지도 않았다. 곧 다시 활동을 시작한다? 우 여사에 대한 수많은 소문들 중에 음악과 관련된 소문이 하나도 없었던 것이 전혀 이상하지 않았다. 이 사람은 음악의 음 자도 모른다. 악기를 다루는 사람에 대해, 그 사람들의 고통에 대해 아무것도 모른다.

"나타샤 에바소르바 레리나. 아마 아시리라 생각해요. 그 아이가 제 아들의 짝입니다. 따님과의 실수는 눈감아주겠다고 하는 마음 넓은 아이죠."

'이 여자는 날 물로 보는 건가.'

박 여사는 바보가 아니었다. 이작이 굳건하게 대문을 지키고 서 있는 동안 그녀도 가만히 하늘만 쳐다보고 있지는 않았다.

이작은 딸이 좋아하는 남자였고 딸을 좋아하는 남자였다. 그래서 막연하게 알고 있던 '바이올리니스트 하이작'이 아니라 '사람 하이작'에 대해서 알아볼 필요가 있었다.

박 여사는 체면과 스스로의 원칙을 버리고 학연, 지연을 두루 이용했다. 끌어모을 수 있는 인맥을 모조리 끌어모아 하이작에 대해 묻고 들었다. 반대를 지속할 수 있는 명분은 많으면 많을수록 좋았으니까. 비록 제대로 된 명분 하나 못 만들기는 했지만.

성악가 나타샤도 박 여사가 긁어모은 정보들 중의 하나였다. 그래서 우 여사의 말에 기가 막혔다. 박 여사가 이작이었어도 그 여자는 안 만난다. 재기불능 선고를 받았다고 미련 없이 뒤돌아서 신예 성악가에게 가버린 여자를 뭐 하러 다시 만날까. 그 성악가뿐만이 아니었다. 나타샤라는 여자는 명성 있는 음악가라면 덮어놓고 좋아하는 것 같았다. 사람들이 말하는 하이작에 대해서 들은 것만으로도 그와 나타샤는 어울리는 짝이 아니라고 생각했었다.

박 여사가 반대의 이유로 나타샤를 예로 들었을 때 딸은 펄쩍 뛰었었다. 두 사람이 다시 만날 일은 절대 없다고. 사람 일은 모르는 거라는 박 여사의 말에 한 길 사람 속은 몰라도 하이작이란 사람 속은 알 수 있다고 자신만만하게 대꾸했던 소담이었다.

'아니, 그보다…… 실수라고?'

자식의 사랑을 실수로 폄하하는 우 여사 때문에 박 여사는 그토록 흔들리지 말자고 다짐했음에도 강하게 흔들려 버렸다.

"내 아들은 바이올리니스트로 살아야 하는 사람입니다. 그 길에 따님은 전혀 도움이 되지 않아요. 왜 그대로 놔두셨는지는 모르겠지만 따님은 대학도 나오지 않았더군요. 더군다나 일개 연예인 수발이나 들던 따님이…… 대체 가당키나 하다고 생각하시는 겁니까?"

불쾌하다는 듯 눈살을 찌푸리는 우 여사를 응시하며 박 여사는 마음을 차분하게 가라앉혔다.

"학벌이 그 아이의 인생을 좌우한다고 생각하지 않았습니다.

그 생각은 지금도 변함이 없구요. 그리고 일개 연예인 수발을 든 것이 아니라 그 아이가 하고 싶고, 할 수 있어서 선택한 일을 한 겁니다."

"하고 싶고 할 수 있는 일이 아니라 잘하는 일을 더 잘해 나갈 수 있도록 이끌어야죠. 안 그래요?"

"아이가 행복해하지 않아도 말입니까?"

거만하게 턱을 추켜올리던 우 여사는 박 여사의 반문에 얼굴이 굳어졌다.

"하나 여쭙죠. 이작 군에게 계속 재기를 강요하실 생각이세요?"

"강요라니요! 누구보다 제 아들이 재기를 바랍니다!"

"그렇게 말하던가요?"

우 여사는 질문을 던지는 박 여사를 무섭게 노려보았다. 그 어미에 그 딸이라고 순진한 척, 아무것도 모르는 척하는 양이 똑 닮아 있었다.

"내 아들은 바이올리니스트예요. 그 아이는 바이올리니스트로 살았고 앞으로도 그렇게 살아야 합니다. 바이올린을 켜지 못한다면 내 아들에게 행복은 없어요. 그러니 재기하는 게 당연하다는 겁니다. 따님은 제 아들한테 방해만 될 뿐이구요. 아시겠어요?"

씨근덕거리는 우 여사를 박 여사는 안됐다는 표정으로 쳐다보았다. 조금은 알 것도 같았다, 자신의 딸이 기적이 된 이유를.

"이작 군이 그러던가요? 바이올린을 켜야만 행복하다고?"

"당연한 거 아닙니까? 물으나 마나죠."

"아니요. 어머님이 생각하시는 아드님의 행복이 아니라, 이작

군이 무엇에 행복을 느끼는지 알고 계시는가 물은 겁니다."

"바이올린을 켜야 한다니까요! 내 아들은 바이올리니스트라니까! 왜 이렇게 사람 말귀를 못 알아들어요!"

화를 삭이지 못해 얼굴이 시뻘게진 우 여사는 꽥꽥 소리를 질러댔다. 하지만 조용히 우 여사를 쳐다보던 박 여사의 음성은 평온하기만 했다.

"끝내 바이올린을 켜지 못하게 된다면, 그때는요. 그때는 어쩌실 생각이세요?"

말이 끝나기가 무섭게 차가운 액체가 박 여사의 얼굴을 덮었다. 박 여사의 얼굴에 커피를 끼얹은 우 여사는 비명처럼 소리를 질렀다.

"말 같지도 않은 소리! 내 아들은 바이올리니스트야! 바이올린을 켜지 못하는 건 내 아들이 아니야!"

눈으로 흘러들어 가는 액체를 닦아내지도 않고 박 여사는 우 여사만을 응시하고 있었다. 미친 사람처럼 내 아들은 바이올리니스트라고 되뇌는 우 여사는 참 많이 아파 보였다. 그리고 박 여사도 아팠다. 바이올린을 켜지 못하면 자식으로도 인정받지 못하는 이작이 말도 못하게 안쓰럽고 불쌍했다.

박 여사는 우 여사가 커피를 끼얹어준 것이 내심 고마웠다. 어미 자격도 없는 이런 여자 앞에서 눈물 흘리는 모습은 보이고 싶지 않으니까.

자리에서 일어선 박 여사는 그때까지도 내 아들은 바이올리니스트라고 중얼거리는 우 여사에게 고개를 숙여 인사했다. 들어야 할 것은 다 들었고 알아야 할 것도 다 알았다. 버티고 버티다 쓰러져 버린 마음이 이제 그만 됐다고 박 여사를 위로했다.

손수건을 꺼내 얼굴을 닦으며 몇 걸음 옮기기도 전에 헐레벌떡 달려오던 초로의 남자가 다짜고짜 박 여사 앞에 서서 허리를 숙였다.

"죄송합니다."

이게 무슨 일인가 싶어 얼이 빠진 박 여사는 남자를 훑어보았다. 빛바랜 양복 상의와 하얗게 새어버린 머리카락. 지친 기색이 역력한 남자가 누군지 알 수 없었던 박 여사는 그가 하는 말에 그대로 얼어버렸다.

"아내를 대신해서 사과드립니다. 저 사람이…… 많이 아픕니다. 무슨 말을 들으셨는지는 모르겠지만 부디 마음에 두지 마시고 용서해 주십시오."

용진은 참담한 심정이었다. 일거수일투족을 지켜본다고 애를 썼건만 어느새 이렇게 일을 쳐버린 건지 알 수가 없었다. 상담을 받으러 가자고, 치료받으면 괜찮을 거라고 설득하지 말았어야 했다. 강제로라도 치료를 받게 만들었어야 했다. 그랬다면 아늘의 얼굴에 오물을 뒤집어씌우는 이런 일은 생기지 않았을 것이다.

아들이 수술받는 날이 내일이라 수술받는 것까지만 지켜보게 하자고 마음먹었던 게 사단을 일으켰다.

"저희 아들은…… 다릅니다. 부모 닮지 않고 올바르게 컸습니다. 그러니 저희 아들만 봐주십시오. 부탁드립니다. 정말…… 정말 죄송합니다."

박 여사는 몇 번이나 허리를 숙이는 남자의 손을 잡았다.

"괜찮습니다. 자식 가진 부모 마음이야 똑같은 거 아니겠어요. 아드님을 참 잘 키우셨어요. 제게 보여주신 마음, 잊지 않겠습니다."

남자가 했던 것처럼 깊게 허리를 숙여 인사를 한 박 여사는 착잡한 심정으로 호텔 밖으로 나왔다.

 #14

이작의 수술 날, 박 여사는 아침 일찍 북촌으로 향했다.

"어머니, 저 밥 좀 주세요."

연락도 없이 찾아가 뱉은 말에 밥 맡겨놨냐 타박해도 할 말이 없었다. 하지만 시어머니는 말없이 상을 차려 박 여사 앞에 놔주었다.

꾸역꾸역 밥을 먹는 박 여사 옆에서 느릿하게 부채질을 하던 시어머니는 가만히 말을 꺼냈다.

"큰 강아지가 속 썩여?"

그냥 밥 달라는 말밖에 안 했는데 제 속을 훤히 꿰뚫어 보는 시어머니 때문에 울컥해진 박 여사는 입안에 밥이 있는데도 또 밥 한 숟가락을 욱여넣었다.

"세상에 말이다, 내 뜻대로 되지 않는 게 딱 하나가 있다."

젖은 눈으로 바라보는 박 여사에게 시어머니는 빙긋이 미소를 지었다.

"내 새끼들. 자식은 도통 내 뜻대로 되질 않아. 그래서 자식인 게지."

기어이 눈물을 보인 박 여사가 손등으로 눈물을 훔치며 고개를 숙이자 시어머니는 숟가락을 쥐고 있는 며느리의 손을 토닥여 주었다.

"욕심 내지 마라. 서운해하지도 마라. 내 자식이 좋다면 그걸로 된 거지. 내 자식이 행복하다는데 더 말해 뭐 하누. 다른 사람은 내 자식 눈에서 눈물 뽑아내도 부모는 그러면 안 되는 거다. 그러면 네가 힘들어. 나는 큰 강아지 우는 건 볼 수 있어도 내 며느리 우는 건 못 보겠구나. 체한다. 천천히 꼭꼭 씹어 먹어."

어린아이처럼 울음을 터뜨린 박 여사의 손을 주름진 따듯한 손이 덮었다.

"괜찮다. 다 괜찮아질 게다. 사는 거 뭐 있나. 내 자식 웃는 거 보면서 사는 거, 그게 행복이지."

시어머니의 말씀에 박 여사는 끅끅거리며 울었다.

이미 마음 갈 길은 정해졌는데도 그 길이 잘못된 길이면 어쩌나, 두려운 마음으로 시어머니를 찾아온 박 여사였다.

친정어머니가 암으로 고생하시다 돌아가신 후에 자신을 딸처럼 대해주신 시어머니셨다. 내 며느리, 내 며느리 하시는 말씀이 실은 내 딸아, 내 딸아 하시는 거라는 걸 누구보다 박 여사가 가장 잘 알았다.

시어머니 같은 장모가 되고 싶었다. 뭘 해도 예쁘다, 내 며느리라 예쁘다, 내 아들 행복하게 만들어주는 사람이라 더없이 예쁘다, 말씀해 주시는 시어머니 같은 장모가 되고 싶었다. 그런데 자식 행복 위한다는 변명을 대며 그 꿈을 스스로 깨트리려 했었다. 자신과 우 여사가 다를 게 없다는 생각에 박 여사는 눈물이 멈추질 않았다.

눈물을 멈출 때까지 자신의 등을 어루만지고 토닥거려 주는 시어머니의 손길에 박 여사는 기운을 차렸다. 더는 못난 모습을 보이고 싶지 않았다.

"매실차 한잔 마시고 가. 고운 얼굴 다 망가졌구나."

손수건으로 눈물을 닦아내던 박 여사는 시어머니의 뒷모습을 응시했다. 평소라면 저녁도 먹고 자고 가라 하실 분이 가보라고 등 떠미시는 걸 보니 가야 할 곳이 있다는 것을 알고 계신 것 같았다.

시어머니가 내주신 따듯한 매실차로 마음을 다독인 박 여사는 몸을 일으켰다. 화장이 울어 진이 다 빠져 버렸지만 정신만은 또렷했다.

"어머니."

도착했을 때 뵈었던 그 모습처럼 느릿하게 부채질을 하고 계신 시어머니는 네 맘 다 안다는 듯한 표정으로 웃고 계셨다. 그래서 박 여사도 웃을 수 있었다.

"다음에는 손주 사윗감하고 같이 올게요."

"오냐."

"감사해요, 어머니."

됐다는 듯 휘휘 손을 젓는 시어머니를 뒤로하고 박 여사는 곧장 병원으로 향했다.

아직도 머릿속에는 우 여사의 잔상이 남아 있었고 수술이 실패하더라도 이작이 절망하지 않으리란 확신이 선 것은 아니었다. 하지만 내 자식 행복을 위한 길이라 생각하고 나니 걸음이 한결 가벼워졌다.

병원에 도착한 박 여사는 입구에서 용진과 마주쳤다. 박 여사를 알아본 용진이 손에 쥐고 있던 담뱃갑을 얼른 바지 주머니에 집어넣고 허리를 숙였다.

"여긴 어떻게……."

놀라서 허둥거리는 용진을 보며 박 여사는 미소를 지었다.

"오늘 수술한다고 들어서요."

"와주셔서 감사합니다."

병원에서 밤이라도 샌 것인지 용진은 호텔에서 봤을 때와 다름없는 차림이었다. 달라진 것이 있다면 얼굴에 패인 주름이 조금 더 진해져 보인다는 것뿐.

"저……."

바닥으로 시선을 내리고 있던 용진이 힘겹게 고개를 들어올려 박 여사와 시선을 맞췄다. 초조한지 땀도 나지 않는 이마를 손으로 쓸고 있는 용진에게 박 여사는 부드럽게 미소를 지어 보였다.

"편하게 말씀하세요."

"아직 이작이 수술 들어가려면 시간이 조금 남았는데 커피 한 잔, 하시겠습니까?"

고개를 끄덕인 박 여사는 용진과 함께 작은 정원에 마련된 벤치에 앉았다. 뜨거운 김이 모락모락 피어나는 종이컵을 박 여사에게 건넨 용진의 시선은 새파란 하늘을 응시하고 있었다.

박 여사는 가만히 용진의 옆모습을 쳐다보았다. 삶에 지쳐 빛을 잃은 눈빛이 안타까웠다. 힘없이 늘어져 있는 어깨와 죄책감만이 가득한 표정에 위로의 말을 찾을 수조차 없었다.

"아내는…… 걱정하지 않으셔도 됩니다."

조용히 하늘만 바라보던 용진에게서 지친 음성이 흘러나왔다. 박 여사는 무슨 말을 해야 할지 알 수가 없어서 커피잔만 내려다보았다.

"마음이 많이 아픈 사람이라, 공기 좋고 물 좋은 곳에서 쉬라고 보내줬습니다."

용진은 수술을 기나리고 있는 아들에게도 똑같이 말해주었다. 그저 쉬러 갔다고. 나중에, 시간이 많이 흘러 용서라는 것을 할 수 있을 때가 오면 좋겠다고.

어젯밤, 아내는 기어이 자해를 감행했다. 그리고 왜 이러냐고 소리를 지르는 용진에게 웃으면서 말했다. 아들의 공연 의상을 찾으러 가야 한다고. 용진은 한참이나 아들이 앞에 있는 것마냥 혼잣말을 내뱉는 아내를 방치할 수 없었다. 그래서 보냈다. 24시간 그녀를 지켜보며 보호해 주고 치료해 줄 수 있는 사람들이 있는 곳으로.

"나중에라도 따님께 상처를 입힐 일은 없을 겁니다. 약속드립
니다."

용진은 커피를 마시는 것으로 쓴웃음을 감췄다. 잘못되었다고
느꼈을 때 바로잡았어야 했던 일을 미룬 결과가 참혹했다. 하지만
그 또한 자신이 자초한 일. 그에겐 아내를 원망할 자격이 없었다.

"저희 어머니가 그러셨어요."

나지막하게 건네지는 박 여사의 말에 용진은 느릿하게 눈을 깜
박였다.

"내 자식이 행복하면 다른 일은 다 괜찮다고. 안 괜찮은 것 같아
도 다 괜찮아진다고."

뻑뻑한 눈에 물기가 어른거려 용진은 시선을 들어올렸다.

"저는 이제 괜찮습니다. 그러니…… 괜찮아지실 거예요."

용진의 손등을 토닥인 박 여사가 일어나 병원 안으로 걸음을 옮
겼다. 하지만 용진은 한참이나 그 자리에서 움직이지 못했다. 구
름 한 점 없이 파랗기만 한 하늘을 쳐다보고 있어서인지 눈이 시
렸다. 그래서 눈물이 났다.

병실 문을 열고 들어온 사람을 발견한 강호의 얼굴이 무섭게 구
겨졌다. 당장에라도 방문객을 한 대 칠 기세인 남편의 팔을 꼭 붙
들고 있는 수정이었지만 그녀의 낯빛도 강호와 다르지 않았다.

「확실히 내가 불청객인가 보네요.」

이작이 불안해할까 봐 그 옆에서 침이 마르도록 재미난 이야기들을 꺼내고 있던 소담의 눈이 휘둥그레졌다. 이곳에 있으면 안 되는 사람. 이작이 봐서 좋을 게 없는 사람이 눈에 들어왔다.

「그런 눈으로 쳐다보지 말아요. 어떻게 해보려고 온 거 아니니까.」

이작이 소담을 끌어당겨 품에 안다시피 하고서 날 선 눈빛으로 노려보자 나타샤가 어깨를 으쓱해 보였다. 병실에 있는 사람 중 누구도 그녀를 반기지 않았고, 그럴 거라고 예상했었다.

「한 번쯤 제대로 보고 싶었어요. 도대체 어떤 여자가 당신의 심장을 움직였는지.」

나타샤의 시선이 소담에게로 향했다. 그녀의 기준으로 보자면 아직 소녀티도 벗지 못한 것 같은 어린 여자. 동그랗고 큰 눈이 나름 귀염성 있어 보이기는 했지만 그것 외에는 이렇다 할 특색이 있어 보이지는 않았다.

"괜찮아요. 화내지 말아요."

소담이 이작의 얼굴을 감싸 쥐고 씨익 웃어 보였다. 냉기가 돌던 그의 눈빛에 따스함이 들어찬 건 순식간이었다.

몇 번이나 괜찮다고 말하던 소담은 이작의 품에서 빠져나와 나타샤에게 음료수를 건넸다.

"형수님, 저 여자한테 그런 거 줄 필요 없습니다."

이미 소담을 형수로 인정한 강호가 나타샤 때문에 화가 나 씩씩거렸지만 소담은 미소만 지었다.

"저분한테 와주셔서 감사하다고 전해주실래요?"

"형수님!"

"일부러 찾아와 주신 분인데 감사 인사는 해야죠."

위선이나 가식과는 거리가 먼, 진심 어린 마음에서 우러나는 눈빛과 미소였다. 이작은 강호를 대신해 그녀의 말을 나타샤에게 전했다.

「와줘서 고맙다는군. 그거, 안 받을 건가?」

이작의 말에 나타샤는 소담이 내밀고 있던 음료수 병을 받아 들었다.

나타샤에게 음료수를 건넨 소담은 다시 이작의 곁으로 돌아갔다. 그리고 이작은 당연하다는 듯 그녀의 허리에 팔을 감았다.

한 몸인 듯 붙어 있는 두 사람을 보면서 나타샤는 피식 웃어버렸다.

소담을 보고자 찾아온 게 아니었다. 마지막으로 이작의 얼굴을 한 번만 더 보고 싶다는 욕심이 이곳으로 오게 만들었다. 어리석은 미련이었다.

어쩌자고 저렇게 하나밖에 모르는 남자를 사랑하게 되어버렸을까.

나타샤는 이작의 '하나'가 되어본 적이 없었다. 자신이 그의 곁을 지켰던 그때에는 바이올린이 이작의 하나였고 지금은 저 여자가 유일한 하나였다.

「당신, 행복할 것 같아요?」

바이올린을 켜지 못해도 저 여자만 있으면 행복할 것 같냐는 물음에 이작은 단호하게 고개를 끄덕였다.

나타샤는 음료수를 쥔 손에 힘을 주었다. 어리석은 미련을 버릴 수는 없더라두 이작에게 어리석은 여자로 남기는 싫었다. 그래서 있는 힘을 다해 미소를 지었다.

「내가 했던 말 전부를 진심이라고 믿지는 말아요. 당신이 생각하는 것만큼 바닥은 아니니까.」

「알아.」

「언젠가…… 당신의 연주를 들을 수 있게 되면 좋겠네요.」

그 말을 끝으로 나타샤는 몸을 돌렸다. 병실에서 나온 그녀는 쓰레기통에 음료수 병을 버렸다. 사과 주스 따위, 질색이다. 이렇게 가슴이 찢어지게 아픈 게 사랑이라면 이런 사랑 따위, 정말 질색이다.

꼿꼿하게 허리를 펴고 당당하게 걸음을 옮기는 그녀의 아름다운 얼굴 위로 눈물이 흘러내렸다.

조금 전에 닫혔던 병실 문이 다시 열리는 소리에 강호의 얼굴이 시뻘겋게 달아올랐다. 설마설마 하면서도 나타샤가 다시 돌아왔을지도 모른다는 생각에 방문객을 맞이하는 강호의 표정은 흡사 야차 같았다.

"에구머니!"

반쯤 열었던 문을 무서운 기세로 확 열어젖히는 강호 때문에 깜짝 놀란 박 여사가 뒷걸음질을 쳤다.

"누구, 십니까?"

"엄…… 마?"

식겁한 가슴을 쓸어내린 박 여사는 덩치 큰 남자의 뒤쪽에서 들려오는 소담의 목소리에 숨을 골랐다. 하지만 그것도 잠시, 금세 눈물이 그렁그렁 해져서는 무턱대고 달려와 안기는 딸 덕분에 다시 울컥해져 버렸다.

"얘가 애처럼 왜 이래."

핀잔을 던지면서도 박 여사는 딸의 등을 토닥였다.

"이런 날 울면 못써."

소담의 귀에 작게 속삭이던 박 여사는 어느새 다가와 허리를 굽히는 이작을 보고 손사래를 쳤다.

"들어가요, 들어가. 왜 밖에까지 나와서 이래요."

"와주셔서, 감사합니다."

"알았으니까 들어가요."

박 여사는 병실 문 앞에서 이작과 낯선 이들이 허리를 숙여 인사를 하고 있는 상황이 불편하기 짝이 없었다. 그래서 딸을 품에서 떼어내고 먼저 병실 안으로 걸음을 옮겼다.

"저 때문에 놀라셨으면 죄송합니다. 처음 뵙겠습니다, 하강호라고 합니다."

괜찮다고 고개를 젓는 박 여사에게 이작이 동생 부부라며 강호와 수정을 소개했다.

"형수님이 어머니 닮아서 예쁘신 거였네요. 하하하!"

넉살 좋게 웃음을 터뜨리는 강호를 보면서 박 여사도 피식 웃어 버렸다. 이작과는 다르게 첫눈에 호감이 갈 정도로 잘생긴 청년은 아니었지만 느낌이 참 맑았다.

수정이 못 말리겠다는 듯 강호를 밖으로 끌고 나간 후에 박 여사는 이작과 마주 앉았다.

"그래, 기분은 어때요?"

"좋습니다."

대답을 하는 이작은 환하게 웃고 있었다. 수술에 대한 불안이나 걱정 같은 건 하지 않는 것 같았다. 그래서 마음이 놓이면서도 재기에 대한 희망은 아예 놓아버린 것 같아 안쓰럽기도 했다.

이작의 얼굴을 배회하던 박 여사의 시선이 아이들이 맞잡고 있는 손으로 옮겨졌다. 다정하게 얽혀 있는 손에 뒤늦은 후회가 몰려와 속이 쓰렸다.

어차피 이렇게 될 거 왜 그렇게 모질게 굴었는지.

수술하기 전에 따듯한 밥 한 끼라도 해 먹일걸 그랬다. 대문 앞에 서서 문 열어주기만을 기다리고 있을 때, 못 이기는 척 집 안으로 들일걸 그랬다.

하나만 보고 둘은 보지 못했던 지난날이 후회스러워 눈시울을 붉히던 박 여사는 헛기침으로 목소리를 가다듬었다.

"아이들을 가르치고 싶다고 들었는데."

"네."

그 계획이 박 여사의 마음을 확고하게 만들었다는 사실을 모르는 이작은 바보처럼 웃기만 했다.

"나는 소담이가 공부를 더 했으면 좋겠어요. 그래서 외국으로 보내려고 해요."

이작의 얼굴이 굳어지고 소담의 눈엔 다시 눈물이 차올랐다. 두 사람을 바라보며 포옥 한숨을 쉰 박 여사는 말을 이었다.

"소담이가 공부를 하러 나가려면 당장은 힘들어요. 이작 군한 테도 그건 무리일 것 같고. 적어도 1년은 잡고 준비해서 나가는 게 좋을 것 같아요."

사랑하면 닮는다더니 어느새 이작도 딸처럼 촉촉해진 눈을 크게 뜨고 자신을 쳐다보고 있었다. 그 모습이 어여쁘기도 하고 어이없기도 해서 박 여사는 헛웃음을 흘렸다.

"내가 후원하는 곳이 몇 군데 있어요. 소담이가 준비하는 동안 나하고 같이 봉사를 다니면 하고자 하는 일에 도움이 될 것 같은 데. 부담돼요?"

이작은 지금 일어나고 있는 일들이 믿기지가 않았다. 무슨 말을 들은 것인지, 제대로 들은 게 맞는지 알 수가 없었다.

박 여사가 찾아와 준 것만으로도 이루 말할 수 없이 감사했다. 그 감사함을 전할 길이 없어 막막하기까지 했다. 그런데 이렇게나 부족하고 모자란 자신에게 선뜻 손을 내밀어주는 박 여사의 모습 이 꿈만 같았다.

"저…… 받아주시는 겁니까?"

의연해 보이고 싶었는데, 믿음이 가도록 단단해 보이고 싶었는데 한심하게도 목소리가 떨리고 있었다.

소담의 손을 더욱 힘주어 잡은 이작은 박 여사의 눈을 바라보았 다.

"방해하는 사람 있으면 외딴 섬에 끌고 들어가 산다고 했다면

서요. 내 딸 때문에 살고 싶어졌다는데 그렇게 만든 사람이 책임
져야지.”

장난스럽게 대꾸하던 박 여사가 살포시 미소를 지었다.

주변에 있는 남자들이라곤 죄다 능구렁이들뿐이었다. 남편도,
광영도. 혼잣말하는 척 슬쩍슬쩍 이작에게 들은 말을 흘리던 남편
이나 안부 묻는답시고 전화해서 이작의 편을 들던 광영이나 한 치
도 다를 거 없이 똑같았다.

남편이나 광영이 낯선 이에게 쉽게 마음 주는 사람들은 아니었
다. 한 번 믿으면 지구가 두 쪽이 나도 믿는 사람들이기는 하지만.
그런 이들이 괜찮은 이라고 했을 때는 분명 그럴 만한 이유가 있
을 것이라는 생각이 든 게 사실이었다. 이작을 받아들이는 데 가
장 큰 역할을 한 사람은 두말할 것도 없이 사돈 양반 될 어른이고.

멍하니 저를 쳐다보고만 있는 이작과 입을 꾹 다물고 눈물만 줄
줄 흘리고 있는 딸을 번갈아 쳐다본 박 여사는 한숨처럼 웃음을
흘렸다.

“이왕 살 거면 행복하게 살아요, 우리 소담이하고.”

“가, 감사합니다. 정말 감사합니다! 잘하겠습니다. 제 목숨보다
귀하게 여기겠습니다.”

벌떡 일어난 이작이 박 여사를 향해 허리를 숙였다. 천 번, 만
번 감사하다고 말해도 부족했다.

“그만해요. 좋게 허락한 것도 아닌데.”

빨리 앉으라고 손을 잡아끌어 내리는 박 여사 때문에 다시 의자
에 앉은 이작의 입이 귀에 걸려 있었다. 좋아서 어쩔 줄 모르면서

도 다정하게 소담의 눈물을 닦아주는 이작의 모습에 박 여사는 편안한 마음으로 몸을 일으켰다.

"수술 끝나면 찾아뵙겠습니다."

차 타는 곳까지 배웅하겠다는 이작을 말려 엘리베이터 앞에서 인사를 받은 박 여사는 고개를 끄덕였다.

"밝은 모습으로 봤으면 좋겠네요."

"그렇게 하겠습니다."

엘리베이터가 도착하자 이작은 소담의 등을 살짝 밀었다. 모셔다 드리고 오라는 이작의 말에 소담은 박 여사와 함께 엘리베이터에 올랐다.

정문으로 나가 택시를 기다리며 서 있던 박 여사는 옷 끄트머리를 잡아끄는 손길에 고개를 돌렸다.

"엄마…… 고마워."

박 여사는 고개를 푹 숙이고 닭똥 같은 눈물을 뚝뚝 떨구는 딸의 손을 잡았다.

"나중에 왜 허락했냐고 원망하지나 마."

"안 그래. 절대 안 그래."

정신없이 도리질을 치던 소담은 눈물로 범벅된 얼굴로 박 여사를 쳐다보았다.

"미안해, 엄마."

박 여사는 핸드백에서 손수건을 꺼내 딸의 얼굴을 닦아주었다. 체구도 자그마한 게 어디서 이렇게 눈물이 샘솟아나는지. 이러다 또 탈진이라도 하지는 않을까 걱정부터 앞섰다.

“그만 울어. 엄마가 이런 날 우는 거 아니라고 했잖아.”

“응, 응.”

“딸.”

“응.”

“미안하다는 말보다 좋은 말이 뭐라고?”

눈물에 달라붙은 머리카락을 떼어주며 묻는 박 여사의 미소에 소담은 울면서 웃었다.

“사랑해, 엄마.”

“엄마도 우리 딸 많이 사랑해.”

죄송함과 감사함이 뒤섞여 감정이 복받쳤지만 더 이상 울 수는 없었다. 그래서 소담은 박 여사를 꽉 끌어안았다. 말로 표현하지 못하는 마음이 전해지길 바라면서.

“가셨어?”

소담이 병실로 돌아가자 혼자 있던 그가 다가와 그녀를 품에 안았다.

“응.”

이작의 가슴에 얼굴을 묻은 소담은 그의 심장이 뛰는 소리에 귀를 기울였다. 저처럼 조금은 빠르게 뛰는 그의 심장이 반갑다. 이작도 자신과 같은 마음인 것 같아서.

소담의 등을 부드럽게 쓸어내리는 이작의 얼굴과 음성에서 더 이상 절망은 찾아볼 수 없었다. 추락한 바이올리니스트 하이작은 사라지고 그 자리에 행복한 사람 하이작이 우뚝 서 있었다. 힘겹게 얻은 그 자리를 절대로 빼앗기지 않겠다는 각오를 다지면서.

소담의 어깨를 잡아 살며시 제 품에서 떼어낸 이작은 자신을 향해 환하게 미소 짓고 있는 얼굴을 가만히 들여다보았다.

소담을 알기 전까지는 행복은 다른 세상의 것인 줄만 알고 살았다. 사는 게 의미가 없어서 한순간 먼지처럼 사라진다 해도 상관없을 것 같았다. 그런데 자신의 어깨에도 못 미치는 이 작은 여자가 모든 것을 바꿔놓았다.

어머니도 편해지셨을 거라고, 이작은 그렇게 믿기로 했다. 아직은 용서라는 말을 입에 담을 수는 없지만 언젠가는 용서할 수밖에 없는 날이 오리라는 것은 알고 있었다. 누가 뭐라 해도 어머니니까.

자신에게 남은 것이 많다는 것을 깨달았고 아버지의 마음도 이해하게 되었다. 하고 싶었던 일들을 기억해 냈고, 멀지 않은 날 이뤄질 꿈들에 벌써부터 설레었다. 소담이 없었다면 불가능했을, 모르고 살았을 일들이었다.

이작은 바지 주머니에 미리 넣어둔 반지를 꺼내 소담의 왼손 약지에 끼웠다.

"이건 내 약속이야."

상상도 못했던 일에 소담의 눈이 커졌다. 반지가 끼워진 손이 제멋대로 떨렸다.

"네 옆에서 내가 포기하거나 무너지는 일 같은 건 없어. 나는 널 지켜야 하니까. 널 지키려면 내가 행복해야 하니까."

"오…… 빠."

엄마가 이런 날 울면 안 되는 거라고 했는데 주책없이 자꾸만 눈물이 흘렀다.

이작은 안심시키려는 듯 연신 괜찮다고 말해주었지만 소담은 불안했었다. 혹시 수술 결과가 좋지 않으면 그가 실망할까 봐. 실망이 커져 절망하게 될까 봐. 자신이 옆에 있는 게 전혀 위로가 되지 않는 날이 올까 봐 무섭고 두려웠었다. 그런데 이작은 그 마음을 알고 있었던 사람처럼 말하고 있었다.

"기다려 줘, 웃으면서 나올 테니까."

반지가 끼워진 약지에 입을 맞추는 이작을 보면서 소담은 눈이 부시도록 환하게 웃어 보였다.

"웃으면서 기다리고 있을게요."

이작은 소담의 얼굴에 그려진 눈물길을 입술로 지웠다. 눈에서 볼로 움직이며 섬세하게 눈물 자국을 닦아낸 그의 입술은 따스한 온기를 흘리고 있는 소담의 입술에서 움직임을 멈췄다.

가만히 입술을 맞댄 채로 두 사람은 미소를 지었다. 사랑한다는 말을 입 밖으로 꺼낼 필요가 없었다. 서로의 눈을 바라보는 것만으로도 충분했다.

수술실에 들어갈 때까지 소담의 손을 놓지 않았던 이작은 정확히 다섯 시간 후, 약속을 지켰다. 그리고 마른 입술을 움직여 한마디를 내뱉고 웃는 얼굴로 깊은 잠에 빠져들었다.

"결혼하자."

수술은 실패하지도, 성공하지도 않았다. 의료진은 하이작의 재기를 목표로 수술을 한 것이기에 실패라 여겼지만 이작과 소담에게는 성공적인 수술이었다.

"나는 만족해."

물끄러미 자신을 바라보며 미소를 짓고 있는 소담에게 이작이 먼저 말을 건넸다.

재기는 어려울 것 같다고 했다. 무리하지 않는 선에서 연주가 가능하기는 하겠지만 전처럼 돌아가지는 못할 거라고. 여러 번 수술을 받았기에 욕심내어 연주를 하다가는 아예 손을 쓸 수 없게 될지도 모른다는 말도 들었다. 하지만 이작은 연주가 가능하다는 결론이 난 것만으로도 만족스러웠다.

애초에 재기를 바라지는 않았다. 수술실에 들어갈 때 꿈꿨던 건, 소담에게 짧은 곡 하나라도 들려주게 되면 좋겠다는 바람이었다. 그 꿈이 가능하게 되었으니 더는 바랄 게 없었다.

물리치료 때문에 병원에 머무는 이작에게는 방문객이 많았다. 강호와 수정은 시간이 날 때마다 병원에 들렀고 소담의 가족들도 몇 번이나 찾아왔었다. 어떻게 알았는지 그의 팬클럽에서도 선물들과 보양식을 보내왔고 함께 공연을 했던 동료들도 걸음했었다.

이작은 더 이상 진심을 내미는 사람들을 밀어내지 않았다. 오히려 그 마음들을 감사하게 받아들일 줄 아는 여유가 생겼다.

"아직 대답 못 들었는데."

반지를 낀 왼손으로 이작의 손을 잡고 있던 소담이 고개를 갸웃거렸다.

"결혼하자고 했잖아."

이작의 말에 눈을 가늘게 만든 소담이 그를 흘겨보았다.

"기억 안 나요? 유람선이나 레스토랑 같은 데서 장미꽃하고 반지 주면 생각해 보겠다고 했잖아요."

"반지는 줬잖아."

"이건 약속 반지라면서요?"

"꼬맹이, 보기보다 욕심 많네? 반지를 또 받겠다고?"

지금 끼워져 있는 반지만으로도 넘치도록 충분했지만 소담은 당연하다는 듯이 고개를 끄덕거렸다.

"그럼 그때까지 대답 안 할 거야?"

다시 고개를 끄덕이려던 소담은 멈칫했다. 그렇다고 해버리면 지금 끼워준 반지도 빼앗아가는 거 아니야?

본능적으로 왼손을 오른손으로 감추며 반지를 보호하는 소담을 보면서 이작은 피식 웃었다.

"제일 좋은 걸 가졌으면서 뭘 그렇게 욕심내?"

"내가 뭘 가졌는데요?"

"나."

능글맞은 뻔뻔함에 어이가 없으면서도 맞는 말이라 반박할 거리가 없었다. 빙긋이 웃고 있는 이작에게서 빛이 나 소담은 눈을 깜박였다.

"내 마음, 내 심장, 내 인생, 모두 가졌잖아, 유소담이."

"내가…… 요?"

마음속에 따스한 기운이 가득 찼다. 재기하지 못한다는데도 실망하지 않고 웃어주는 것만으로도 고마운데 그의 모든 것을 가진 사람이 저라고 말해주니 소담은 세상을 다 가진 것 같은 기분이었다.

"너는 내가 살아가는 이유고 내 세상이야. 결혼하자. 결혼해서 너와 내가 아닌 우리로 살자."

눈물을 보이고 싶지 않아 소담은 이작을 꼬옥 끌어안았다. 그리고 그의 귓가에 작게 속삭였다.

"해요. 우리로 살아요. 행복하게만 살아요, 우리."

소담을 품에 안은 이작이 고맙다는 듯 그녀의 몸을 더욱 강하게 끌어안았다.

더 이상 절망은 없다. 아픔도 없다. 소담이 내어준 세상에서 행복하게 사는 일만이 남아 있었다.

열려진 창문 틈으로 몰래 들어오던 미풍이 그들의 입맞춤을 질투라도 하듯 슬그머니 파란 하늘로 날아가 버렸다.

#에필로그

치솟는 화를 꾸욱 참아내며 이작은 소담을 향해 걸어가고 있었다. 금방이라도 폭발할 듯 어둠의 아우라를 풍기는 그에게 수많은 시선이 쏟아졌지만 느끼지 못했다. 이작은 아내만 바라보고 있었으니까.

'대체 저 뻘겋고 퍼런 것들은 다 뭐야.'

아드득 이를 가는 이작의 눈썹이 크게 휘었다. 머리통을 뻘겋고 퍼렇게 염색하고서 얼굴 여기저기에 구멍을 뚫은 사내들이 아내를 에워싸고 있었다.

소담과 결혼한 지 6년째. 20대 중반이던 아내는 어느새 30대가 되어 있었다. 처음 봤을 때와 다름없는 동안을 소유하고 있었다. 그녀의 말로는 어리게 생각하고 철없이 살아서 늙지 않는 거라는

데 이작은 아내가 자신 몰래 방부제를 먹는 건 아닌지 의심스러울
정도였다.

어려 보이는 외모는 그대로였지만 아내는 나날이 아름다워졌
다. 늘 변함없는 맑은 눈빛과 눈이 부시도록 환한 미소는 아직도
이작의 심장을 세차게 두드리고 있었다.

문제는! 그런 아내의 곁에 꼬여드는 똥파리들의 수가 갈수록 늘
어가고 있다는 점!

뉴욕으로 오기 전에 한국에서 1년간 영어 공부를 게을리하지
않았고, 뉴욕에 와서도 남편은 본척만척 공부에만 매달린 소담이
었지만 이제야 겨우 어엿한 대학생의 신분으로 살고 있었다. 대학
에 가지 못한 것이 전혀 아쉽지 않았다더니 소담은 뒤늦은 대학
생활을 실컷 만끽하고 있는 중이었다.

지금도 보라. 남편이 두 눈 시퍼렇게 뜨고 쳐다보고 서 있는데
머리카락을 헤집는 사내들의 손을 쳐내지도 않고 좋다고 웃고만
있었다.

소담은 함께 떠들면서 웃고 있던 친구들이 갑자기 사색이 되어
자신의 뒤를 쳐다보자 몸을 돌렸다.

"어? 언제 왔어요?"

하얗고 고른 이를 드러내며 웃는 아내를 끌어안으면서도 이작
은 낯선 사내들을 무섭게 노려보았다.

「다들 처음 봤나? 내 남편이야.」

이작의 품에서 빠져나온 소담이 친구들에게 이작을 소개했다.
하지만 어찌 된 일인지 가벼운 농담에도 배를 잡고 웃어젖히던 친

구들이 어색한 미소로 엉거주춤 손을 들어올리고 있었다.

「아, 우린 먼저 가볼게.」

「그, 그래. 내일 봐, 프린세스.」

한 명, 두 명 손을 흔들며 서둘러 사리를 피하자 이작의 음산한 음성이 소담의 귓가를 두드렸다.

"프.린.세.스?"

친구들의 기이한 행동에 고개를 갸웃하던 소담은 이작의 이 가는 소리를 듣지 못하고 얼굴을 붉히며 몸을 배배 꼬았다.

"아니, 나는 그렇게 부르지 말라는데 나더러 동양의 공주라고 계속 그러잖아요. 푸히힛!"

이작의 이마에 푸르른 핏대가 섰다.

"내 친구들 진짜 멋있죠? 어쩜 하나같이 다들 저렇게 잘생겼는지 몰라. 내가 세 살만 어렸어도……."

거기까지 말하던 소담은 얼굴로 불어오는 스산한 바람에 슬쩍 고개를 틀었다. 남편의 얼굴이 정말이지 볼 만했다. 오랫동안 볼 수 없었던 무표정한 얼굴에 찬 기운이 날리는 눈빛을 보고서야 자신이 실수를 했다는 걸 깨달았다.

"세 살만 어렸어도? 어렸으면 어쩔 건데."

들릴 듯 말 듯한 낮은 음성에 어깨를 떨면서 소담은 배시시 웃었다.

"세 살만 어렸어도 도희 소개시켜 준다고. 어차피 난 그때도 오빠 아내였잖아요."

"그래서. 아쉬워?"

"아쉽기느응! 무슨 그런 섭섭한 소리를! 세상에서 우리 남편이 제일 멋있는데! 우리 학교에 오빠가 내 남편인 줄 모르고 찬양하는 여자들이 얼마나 많은데요. 나는 오빠 아내라서 진짜, 정말, 굉장히 행복해요. 알잖아요?"

어떻게든 그의 기분을 풀어주려 재잘대던 소담은 꺄악 소리를 내며 남편의 품에 안겼다. 느닷없이 자신의 허리를 낚아챈 이작의 입술이 제 입술을 삼켜 버렸다.

놀란 마음도 잠시, 소담은 눈을 감고 남편의 목에 팔을 둘렀다. 그리고 진하디진한 그의 키스에 녹아내려 버렸다.

한국에서였다면 왜 이러냐고 앙탈을 부렸겠지만 이곳은 뉴욕이었다. 그것도 사랑을 속삭이는 커플들이 키스 정도야 밥 먹는 것처럼 자연스럽게 나누는 대학교 안. 그래서 소담은 이작에게 매달려 길고 길게 뜨거운 입맞춤을 나눴다.

키스 정도쯤이야 눈 하나 깜박하지 않는 학생들조차 이작과 소담을 힐끗거리기 시작할 무렵, 열정적으로 사랑을 확인하던 두 사람은 숨을 몰아쉬며 서로를 바라보았다.

"아무나 손대게 하지 마."

소유욕에 가득한 이글거리는 눈빛으로 경고하는 남편에게 소담은 발긋해진 얼굴로 생긋 웃었다.

"아무나 아닌데. 친군데."

"고작 스무 살도 안 된 것들이 무슨 친구야?"

"스무 살 넘은 친구도 있어요."

"유소담."

그의 질투가 좋아 일부러 장난을 치던 소담이 혀를 빼물었다.

"알았어요. 못 만지게 할게."

"절대로."

"절대로!"

단호한 표정으로 고개를 끄덕이는 아내를 보고서야 기분이 풀린 이작이 얇은 허리에 팔을 감았다.

결혼 6년차인 부부였지만 그들에게는 아직 아이가 없었다. 소담보다 덩치가 큰 골든 레트리버 두 마리는 있었지만.

소담이 대학에 들어갈 때까지 기다린다는 게 벌써 6년이나 지나 있었다. 양가에서는 그래서야 언제 아이를 가지겠냐며 난리였지만 이작은 크게 신경 쓰지 않았었다. 그에게는 무엇보다 아내의 꿈이 중요하니까. 하지만 이제는 생각을 바꿔야 할 것 같았다. 아이가 있다고 아내의 아름다움이 사라지거나 꼬여드는 똥파리들을 퇴치할 수 있게 되는 건 아니겠지만 아내를 꼭 빼닮은 딸아이라도 있어야겠다, 이제는.

"그런데 웬일이에요?"

고목나무에 매달린 매미처럼 이작의 옆구리에 찰싹 달라붙어 있던 소담이 물었다. 그녀만큼이나 바쁜 남편이지만 가끔 데리러 올 때도 있기는 했다. 하지만 연락 없이 온 건 처음이었다.

"오늘 어머님 오시잖아."

"어라? 그게 오늘이었어요?"

전혀 기억나지 않는다는 얼굴로 쳐다보는 아내 때문에 이작은 피식 웃어버렸다.

"도희한테 일러야겠다, 오는 것도 잊어버리고 있었다고."

"여보, 사랑해요."

이작의 얼굴을 양손으로 감싼 소담이 더할 수 없이 진지하게 사랑 고백을 해왔다. 어떻게 남편보다 친구를 더 무서워하는지.

박 여사와 크게 싸운 석진이 짐 싸들고서 뉴욕으로 온 지 벌써 2주나 지나가 있었다. 언제까지 버티나 지켜볼 심산이던 박 여사가 참지 못하고 뉴욕 행을 결정지은 게 삼 일 전이었다. 잘 다니던 회사를 뜬금없이 때려치우고 백수가 되어버린 도희는 마음을 정리한다며 박 여사를 따라나섰고 말이다. 과연 마음의 정리 때문인지, 광영도 뉴욕에 있다는 걸 알아서인지는 모르겠지만.

"그럼 오늘 케이트네하고 데이빗네도 초대해서 같이 저녁 먹을까요?"

이작은 뉴욕에 집을 마련한 후 가족처럼 친해져 버린 이웃 사람들의 얘기를 꺼내는 소담의 머리를 쓰다듬었다.

"오늘은 우리끼리 하자. 어머님하고 도희, 오랜만이잖아."

"그런가? 역시 우리 남편!"

소담이 엄지를 추켜올리자 이작이 씨익 미소를 지었다. 여전히 살 떨리게 멋있고, 여전히 환장하게 섹시한 남편 때문에 소담의 얼굴이 빨갛게 달아올랐다.

이작이 조수석의 문을 열어주자 소담이 냉큼 올라탔다. 1년 만에 만나게 되는 엄마와 도희 생각에 설렘이 몰려왔다. 약간의 미안함과 함께.

가족과 친구와 떨어져 외로움에 사무치면 어쩌나 걱정했던 것과 달리 이작과 함께하는 뉴욕에서의 생활은 더없이 행복했다.

계획대로 아이들을 가르치게 된 이작은 기관에 소속되거나 돈을 받고 지도하지 않았다. 대신 재능 있는 아이들을 집으로 불러 무료로 가르치고 몇 군데 정해진 시설에 나가 많은 아이들과 함께했다.

이작의 소식을 들은 유명 대학에서 그를 스카우트해 가려는 제의가 많았지만 그는 모두 거절했다. 아이들을 가르치고 싶었던 자신의 의도가 변색된다는 이유로.

오랜 시간이 흘렀지만 우 여사는 아직도 요양 중이었다. 이제 환청이나 망상에 시달리지는 않았지만 입을 꾹 다물고 허공만 응시하는 시간이 이어지고 있었다.

"참, 나타샤는 잘 지낸대요?"

몇 달 전, 공연 때문에 들렀다며 연락을 해온 나타샤와 만났던 소담이 묻자 이작이 고개를 끄덕였다.

"셋째 애 때문에 돌기 직전이라더군."

가벼운 미소를 머금은 그의 말에 소담이 키득거렸다. 누가 상상이나 했겠는가. 나타샤가 스무 살이나 많은 남자와 결혼해 세 아이의 엄마가 될 거라고.

용진은 잃었던 꿈을 되찾아 시인의 길을 걷고 있었고, 강호와 수정 부부도 쌍둥이 출산을 눈앞에 두고 있었다. 유치한 싸움이 잦아지기는 했지만 석진과 박 여사도 행복한 날들을 보내고 있었고, 소담 주변의 사람들은 다 괜찮았다. 도희만 제외하고.

"광영 오빠가 도희 마음을 받아주면 좋겠는데. 그렇게 되겠죠?"

"글쎄."

애매하게 대답하는 이작에게서 시선을 돌려 창밖을 바라보던 소담이 포옥 한숨을 쉬었다. 어쩌다가 도희가 광영에게 필이 꽂혀 버렸는지 모르겠지만 쉽게 이루어질 사랑이 아닌 것 같아 안타깝기만 했다.

"걱정하지 마. 우리가 행복하게 사는 거 보면 뭔가 느끼는 게 있겠지."

사랑스러운 남편의 말에 소담의 얼굴에 담뿍 미소가 채워졌다.

"그렇죠? 그렇겠죠?"

"그럼. 우리만큼 행복한 사람들이 어디 있어? 질투가 나서라도 연애하게 돼."

입술을 늘이며 섹시하게 눈웃음을 뿌리는 남편의 얼굴을 잡은 소담이 그에게 키스를 날렸다.

박 여사와 도희가 기다리고 있을 공항이 가까워질수록 소담의 행복지수도 높아져만 갔다. 이렇게 행복해질 수 있을 거라고 생각지 못했던 시간들이 거짓말 같았다.

믿음과 사랑. 소담은 세상에서 가장 손에 쥐기 쉬울 것 같으면서도 아무나 얻을 수 없는 크나큰 선물을 받았다.

드라마에서나 볼 법한 화목한 가족. 믿고 사랑하는 것이 무엇보다 중요하다고 여기는 남편과 모든 것을 내주어도 아깝지 않을 친구까지. 그녀는 더 이상 바랄 것이 없었다.

"알아요? 나 진짜 행복해요."

소담은 핸들을 잡고 있는 남편의 손 위에 자신의 손을 얹으며 환하게 미소 지었다.

"알아. 나도 믿기지 않을 만큼 행복하니까."

마주 미소 지어오는 남편의 말에 소담은 하고 싶은 나머지 말들을 입안으로 삼켰다. 그리고 아직은 납작한 배를 쳐다보면서 눈웃음을 지었다.

'아가, 너는 세상에서 가장 행복한 아이가 될 거야.'

행복은 늘 사람들의 뒤꽁무니를 쫓아다닌다. 그러니 잠시 걸음을 멈추고 뒤돌아서서 그 행복과 마주하면 된다.

소담은 잠시 걸음을 멈추었었던 그 시간이 결코 아깝지 않았다. 그 짧은 시간 덕분에 행복과 손잡고 나란히 걸어갈 수 있게 되었으니까.

the End

오랜만에 인사드립니다. 그동안 이혜선이라는 사람을 잊고 지내셨던 독자님들이 '아아, 이런 사람도 있었지.' 하고 기억해 주셨으면 하는 모자란 욕망이 꿈틀거립니다. 하하!

『어덜트시터』는 제게 너무 어려운 글이었어요. 처음에 연재를 하던 당시에 마음이 힘든 일이 생겨 손에서 놓아버렸더니 아이들이 제대로 비뚤어져 있더라구요. 어떻게 할 수도 없게 비뚤어진 아이들을 어르고 달래는 데 진이 다 빠져 버렸습니다.

잃어버린 감한테 돌아오라고 애원하는 것도 힘든데 왜 이렇게 지치게 하냐고 이작이와 소담이를 원망한 적도 있었지만 지금은 이 아이들이 사랑만 받기를, 그래서 행복해하기만을 바라고 있어요.

드라마 같지만 현실적인 이야기를 담고 싶었는데 뜻대로 되었는지는 잘 모르겠어요. 다만 세상에 우 여사 같은 어머니가 없기를, 석진과 박 여사 같은 부모님들만 계시기를 바랄 뿐이죠.

항상 바랍니다. 짧은 순간이나마 누군가 내 글로 인해 즐거워하기

를, 그리고 책을 덮었을 때 조금이라도 행복해하기를. 그 두 가지가 제가 바라는 모든 것인 것 같아요. 그래서 감히 소망해 봅니다. 행복해지셨기를. ^^

감사한 분들이 너무 많아서 그분들께 보내는 마음만으로도 책 한 권은 거뜬히 낼 수 있을 것 같아요.

우선 몇 번이나 연재를 중단했음에도 위로해 주시고 격려해 주신 깨으른여자들의 가족님들과 작가님들께 감사 인사 드려요. 앞으로는 그런 극악연재는 없…… 겠죠? 헤헤.

늘 하소연을 하는데도 묵묵히 들어주시고 힘을 주시는 저의 멘토 혜진 언니, 요즘 제가 많이 대들지만 그게 다 애정표현이에요. 아시죠? 지켜봐 주시는 것만으로도 큰 힘이 되는 많은 언니들께도 고개 숙여 감사한 마음을 전합니다.

제 글을 예쁘게 펴내주신 예원북스 사장님과 관계자분들께도 감사드립니다. 그리고 유경화 실장님……. 정말 진심으로 감사해요. 자신없어서 풀 죽어 있을 때 실장님이 해주신 말씀들 덕분에 포기하지 않고 끝까지 올 수 있었어요. 제가 너무나 감사하게 생각하는 이 인연이 오래오래 지속되었으면 좋겠습니다.

내게는 또 다른 엄마 같은 사람 유진아. 너는 전생에 나라를 팔아

먹어 나를 친구로 뒀겠지만 나는 전생에 나라를 구해 너를 친구로 얻었어. 항상 고맙고 미안하고 사랑해.

선아, 아름! 우리의 아홉수가 저물어간다. 힘을 내자, 제군들.

송희야, 나는 신을 믿지 않지만 네 곁에는 항상 신이 함께하기를. 모든 게 다 잘될 거야. 행복하자, 우리.

부족한 딸을 믿어주시는 아버지, 짜증만 내는데도 우리 딸이 최고라고 말씀해 주시는 엄마, 감사하고 사랑합니다.

마지막으로 제 책을 읽어주신 독자님들께 무한한 감사의 마음을 전합니다.

따스한 마음으로 겨울을 맞이하시길 바라며

이혜선.